中國語言文字研究輯刊

十七編

許學仁 主編

第 1 冊

《十七編》總目

編輯部編

陸佃及其爾雅學研究（上）

林協成 著

花木蘭文化事業有限公司

國家圖書館出版品預行編目資料

陸佃及其爾雅學研究（上）／林協成 著 -- 初版 -- 新北市：

花木蘭文化事業有限公司，2019〔民 108〕

目 4+222 面；21×29.7 公分

（中國語言文字研究輯刊 十七編；第 1 冊）

ISBN 978-986-485-921-4（精裝）

1. 爾雅 2. 研究考訂

802.08   108011978

ISBN-978-986-485-921-4

9 789864 859214

中國語言文字研究輯刊

十七編　　第 一 冊　　　　ISBN：978-986-485-921-4

陸佃及其爾雅學研究（上）

作　　者　林協成

主　　編　許學仁

總 編 輯　杜潔祥

副總編輯　楊嘉樂

編　　輯　許郁翎、王　筑、張雅淋　美術編輯　陳逸婷

出　　版　花木蘭文化事業有限公司

發 行 人　高小娟

聯絡地址　235 新北市中和區中安街七二號十三樓

　　　　　電話：02-2923-1455 ／傳眞：02-2923-1452

網　　址　http://www.huamulan.tw 信箱 hml 810518@gmail.com

印　　刷　普羅文化出版廣告事業

初　　版　2019 年 9 月

全書字數　451391 字

定　　價　十七編 18 冊（精裝）　台幣 56,000 元

《十七編》總目

編輯部編

《中國語言文字研究輯刊》
十七編　書目

《中國語言文字研究輯刊》十七編
各書作者簡介·提要·目次

第一、二、三冊　陸佃及其爾雅學研究

作者簡介

　　林協成，高雄市人。中國文化大學中國文學博士，主要研究領域：「文字學」、「聲韻學」與「爾雅學」等。現於中國文化大學、醒吾科技大學、臺北城市科技大學、萬能科技大學、馬偕護專、聖母護專等校擔任兼任教師。著有《《元韻譜》音論研究》、《陸佃及其爾雅學研究》等專著，另有〈談漢字認知與國語文課程之關聯〉、〈《爾雅翼》引《字說》考〉、〈論聲介合母之語音現象——以明代韻圖爲例〉、〈《埤雅》引《說文》考〉、《王安石《字說》輯佚考》及《《和名類聚抄》引《文字集略》考〉等多篇學術論文。

提　要

　　本文共計十章及一附錄，其內容列舉如下：

　　第一章　緒論：敘述研究動機與目的、研究方法與材料及前人對陸佃研究之成果與檢討。

　　第二章　陸佃之生平：依家世、生平、交遊、門生等方面探析，以瞭解其生平事蹟。

　　第三章　陸佃之學術淵源：就陸佃之家學、師承等，以見其學思過程及學問旨趣。

　　第四章　陸佃著作考述：分現存、亡佚之著述考述，以呈現其完整之著作。

　　第五章　陸佃爾雅學著作考：論述陸佃爾雅學著作之內容、體例、版本等。

　　第六章　陸佃爾雅學著作釋例：二書中，陸佃采以互訓、比況、義界、音

訓、參驗群書及廣采俚、諺、俗說等為其訓釋之方式，藉由此幾方面的角度，以對陸佃釋例所施用之方術，作一全面而具體之探討。

第七章　陸佃爾雅學著作釋例用語：此取《埤雅》及《爾雅新義》二書釋例術語，為之歸類、統計、分析，以明其術語之涵義。

第八章　陸佃爾雅學著作引書考：就陸佃爾雅學著作所徵引之文獻著述，逐一自著作中檢索，次則考述該書之作者生平、內容、體例，以見其文獻、文學之價值。

第九章　陸佃爾雅學著作之價值：就小學、圖書文獻學、生物學及醫學等方面來論述陸佃爾雅學價值所在。

第十章　結論：歸納本文所探討之結果，以見陸佃爾雅學之成就。

目　次

上　冊

第四冊　謝啓昆《小學考》研究

作者簡介

　　陳雲豪（1983～），男，湖北鶴峰人，文學博士。主要研究方向爲傳統小學文獻、湖北地方文獻。2014 年畢業於北京大學中國語言文學系中國古典文獻學

專業，獲文學博士學位。2009 年畢業於武漢大學文學院國學與漢學專業，獲文學碩士學位。2007 年畢業於中南民族大學文學院漢語語言文學專業，獲文學學士學位。現爲湖北民族大學文學與傳媒學院教師。近五年主要從事中國古典文獻學、訓詁學、文字學等課程的教學工作。

提　要

　　《小學考》是清代乾嘉時期學者謝啓昆（1737～1802）主持，由陳鱣、胡虔、錢大昭協助編纂的一部備錄我國古代小學著作的輯錄體專科目錄。《小學考》的成書，直接原因是源於謝啓昆的老師翁方綱補《經義考》的設想，而其根本原因，應該說是乾嘉時代學術繁榮的產物。作爲清代學術中最放異彩的乾嘉考據學，其特徵之一就是小學的繁榮。謝啓昆身處段、王之間，目睹小學之盛，編成《小學考》一書，既能條古今之流別，集正變之大成，又以彰顯清朝儒術之盛足以超邁漢唐。因此，我們可以說，在這個時代背景下產生的《小學考》，既是對兩千年語言文字之學的第一次總結，又是乾嘉學術繁榮的直接體現。《謝啓昆〈小學考〉研究》一文從謝啓昆的生平與幕府、《小學考》的成書、體例特徵、材料來源分析及學術影響五個方面，論述了《小學考》這一部輯錄體小學專科目錄的成書原因，分析了其在目錄學史上的創新與成就，探討了其對史料的運用與處理方式，考查了其對後世在目錄學與小學方面的影響與後世對該書的評價。此外，針對《小學考》限於時代和條件而失收之小學著作，做成《補小學考》附於全文之末。遠不完備，聊備參考。另爲論述方便，附《謝啓昆大事年表》等材料以便參閱。

目　次

第五、六冊　《上海博物館藏戰國楚竹書（七）〈凡物流形〉》研究

作者簡介

張心怡，生於新竹，牡羊座。

臺北商專、國立中興大學中文系、國立臺灣師範大學國文所畢業

喜歡張愛玲的「因為懂得，所以慈悲」

現任　台中市立清水高中教師

提　要

　　本書共分四章，第一章緒論，只談及研究動機、方法及步驟；第二章針對《凡物流形》簡的編聯進行討論，其中包括《凡物流形》第 27 簡歸屬問題、字形初步討論及各家簡序討論，最後提出本書的簡序說明。第三章則是對於《凡物流形》一文的文字進行考釋，依據簡文內容加以分章，分別是：

　　（一）「萬物生成」章，內容主要是探究萬物生成、死亡的緣由、天地間固有的規律、法則發出的疑問，以及死後成為鬼神等問題。

　　（二）「自然徵象」章，是先民對於自然現象發出疑問，如風雨如何形成、日珥、月暈等現象，是否有特別的涵意？

　　（三）「察道」章，談論「上位者」明察天道與否，在施政上會有不同的展現以及天道迴環往復的概念。

　　（四）「守一」章，內容承「察道」章而來，進一步的說明，在上位者應遵從天道施政，若能持守「一」的理念思路，則天下大治。

　　第四章為研究成果展現及尚待解決之問題。

目 次

上 冊

第七、八、九、十、十一、十二、十三冊　山東出土金文合纂

作者簡介

　　蘇影，女，1973 年生，黑龍江哈爾濱人。文學博士。常州信息職業技術學院基礎課部副教授。江蘇省高校「青藍工程」中青年學術帶頭人培養對象。主要從事金文研究，目前已在《華夏考古》、《中國文字研究》、《殷都學刊》等學術刊物公開發表學術論文十餘篇，參與編寫《中國漢字文物大系》第七卷、第八卷，主持完成省級課題兩項，目前正主持教育部人文社會科學研究規劃基金項目「商周金文偏旁譜」的研究工作。

提 要

　　《山東出土金文合纂》內容包括上、下兩編。上編爲《山東出土金文圖錄》，以器類爲綱，對山東出土和山東傳世共計 1176 件銅器銘文進行全面著錄，內容包括器名、出土、時代、著錄、現藏、字數、器影、拓片、釋文等。下編是《山東出土金文編》，整理收錄山東出土銅器銘文共 704 件，單字共計 1166 個。本

字編將山東出土銘文以字頭分立，便與其他地域文字進行對比研究。本字編分正編與附錄兩部分，正編收釋銘文或可隸定的銘文，依《說文》部次編排，隸定諸字列於各部字後，附錄收錄不便隸定的銅器銘文。正編收字969個，合文25個，附錄收字172個，銘文考釋依學界研究成果，擇善而從。本字編銅器銘文，按照年代早晚排序。本字編後附有筆劃檢字表，以供檢索。

目　次

第十四冊　《廣韻》和《集韻》方言詞比較研究

作者簡介

　　馮慶莉，畢業於首都師範大學漢語言文字學專業，師從馮蒸教授。在其攻讀研究生期間，治學嚴謹，功底深厚，深得著名語言學家、古漢語語音大師鄭張尚芳先生的賞識。曾發表多篇學術論文，其研究生畢業論文被評為優秀碩士論文，在中國知網、萬方數據網、維普網等知名網站上曾被下載、轉引近千次。

　　研究生畢業後，一直從事高中語文教學及研究，先後在北京市朝陽區和東城區任教。曾經參與朝陽區「十二五」課題、朝陽區「雙名工程」骨幹教師等多項課題的研究，北京市級以上獲獎論文 8 篇，全國說課大賽二等獎，在東城區作區級公開課。

提　要

　　方言研究一直是漢語語音研究中的重要組成部分。《廣韻》和《集韻》收錄

了許多方言詞。一部分有歷史來源，另一部分反映實際語音。後者是本文的研究重點。我們將採用客觀描寫和比較分析相結合等研究方法，來考定《切韻》音系的性質和驗證唐宋方言分區。

我們研究分析後，得出以下結論：首先，《切韻》是一個以洛陽話爲基礎，同時照顧方言的活方言音系。其次，《廣韻》和《集韻》中的方言詞驗證並補充了目前學術界對唐宋方言區劃的擬測。

現將各章內容分述如下：

第一章：綜述國內外有關《廣韻》和《集韻》中方言詞的研究動態，揭示本文的理論及實際意義，點明本文的研究方法和研究方向。

第二章：《廣韻》中的方言材料分爲有歷史來源的和反映唐宋時音的兩類。前者反映的可能既是古方言又是今方言。反映時音的方言詞集中在吳，齊，江東，楚，秦，北方等地。方言詞中明確出現「北方」和「南方」的提法，可見北南兩大方言區的格局正日趨形成。有個別跨方言區的情況。

第三章：《集韻》中反映時音的方言詞，個別的在《廣韻》中已經出現了。它們集中在吳、楚、齊和秦等地，分別對應吳語區、湘語區、中原和秦。《集韻》中跨方言區的現象比較常見。

第四章：比較《廣韻》和《集韻》中的方言詞，可以歸納出以下特點：反映時音的方言材料，在繼承的同時，又新創了一些方言區域名，這說明地域分佈在宋代發生了一定的變化。吳、楚是宋代南方很有代表性的兩大方言區，相似性最大，關係最密切。尤其值得注意的是《集韻》中出現了閩語。

第五章：《廣韻》和《集韻》方言詞的研究意義就在於對《切韻》音系性質的考定和對唐宋方言區劃定的作用。從方言詞這一角度判斷《切韻》音系性質，《切韻》是一個以洛陽話爲基礎，同時照顧方言的活方言音系。《廣韻》和《集韻》中方言詞分佈狀況驗證了目前學術界對唐宋方言區劃的擬測，並在一定程度上有所補充。

目　次

第十五、十六、十七、十八冊　白語漢源詞之層次分析研究

作者簡介

　　周晏篆，國立臺灣師範大學國文博士，目前擔任中國科技大學及德明財經科技大學通識教育中心大一國文講師。研究專長主要爲傳統小學之語音學、文字學、語料庫運用設計、語義學、語法學、詞彙學；由傳統中文領域發展而出的華語文教學、桌遊教學，及古典小說、劇本創作、語言風格學等方面，研究兼具傳統與現代並包羅古今，近期研究佛學理論，樂於吸收新學識以充實學養，

以朝向「通才」爲學術及教學己任。

提　要

語音基礎建立在詞彙結構上，脫離詞彙，語音便遺失其作用。本文從詞彙展開研究，建立在內源自然音變，與外源對音變現象重建層次演變規律的基礎上，統整歷時與共時的泛時觀點，解釋滯古—上古時期至近現代時期的語音縱向演變過程，及漢語的橫向滲透機制。主要分爲七章，以史觀角度分析白語漢源詞之歷史層次語音演變，各章內容簡述如下：

第一章〈緒論〉闡述研究動機與目的、研究方法和材料、歷來針對白語懸而未解的問題、反思修正及論文整體架構說明。以前人未著重區辨聚焦的白語漢源關係詞彙入手，並兼融藏緬彝親族源爲輔，從歷史比較和層次分析、內部分析和系統歸納、語音—語義深層對應及方言比較和內部擬測的角度，全面分析白語，起源於彝語、接觸於漢語後的古今語音、語義演變現象。

第二章〈白族與白語——史地分析及音韻概述〉，藉由歷史發展梳理白族與各親族語之間的遷徙和語言接觸關係，才能明確白語後續在各歷史階層的詞彙自源和本源、借源和異源及同源現象；從現代語音學的角度，將白語視爲有機語言整體，統整歸納內部三語源區的語音特徵，分析其音節結構、音位系統、合璧詞彙組合現象及相關音變概況。

第三章和第四章從白語「詞源層次及發音方法」、「發音部位的制約鏈動」下的親源屬性，展開聲母「滯古本源—存古與近代在漢源、漢源歸化、借源之交會過渡—現代借源」之層次音變探討，例如特殊的擦音送氣、小舌音、分音詞之複輔音遺留及端組與舌齒音之源流等現象，可謂保有藏彝底層及漢語多重影響所致。

第五章〈白語韻母層次分析及演變〉，白語韻母依循元音鏈移原則，展開陰聲韻「果／假攝→遇攝→蟹攝→流攝→效攝」之演變；受到明清民家語西南官話時期，本悟《韻略易通》之「韻略」而後「易通」原則，將陽聲和入聲韻尾併合，呈現「高化前元音〔-i-〕：深攝→臻攝→曾／梗攝」和「〔-a-〕之果假攝路線：咸山攝→通攝→宕／江攝」，使得陽聲韻「重某韻」、陰陽對轉及元音鼻化等現象甚爲顯著；特殊止攝小稱 Z 變韻亦屬韻母層次的特殊現象。

第六章〈白語聲調層次之裂動對應〉，從滯古層的擦音送氣聲母及鬆緊元音，透過藏緬彝親族語的對應，先確立白語滯古聲調層，及已然混入漢語借詞聲調現象的各混血調值層，此外，同樣也就白語反應的自由連讀變調、條件連讀變調和去聲變調之構詞與價等相關語流音變現象進行解析。

第七章〈結論〉，總結全文研究成果，透過白語層次演變呈現的特殊語音現象，給予公允的定論，並述說未來研究展望和後續發展。

目　次

第一冊

陸佃及其爾雅學研究（上）

林協成 著

作者簡介

林協成，高雄市人。中國文化大學中國文學博士，主要研究領域：「文字學」、「聲韻學」與「爾雅學」等。現於中國文化大學、醒吾科技大學、臺北市科技大學、萬能科技大學、馬偕護專、聖母護專等校擔任兼任教師。著有《《元韻譜》音論研究》、《陸佃及其爾雅學研究》等專著，另有〈談漢字認知與國語文課程之關聯〉、〈《爾雅翼》引《字說》考〉、〈論聲介合母之語音現象——以明代韻圖爲例〉、〈《埤雅》引《說文》考〉、《王安石《字說》輯佚考》及〈《和名類聚抄》引《文字集略》考〉等多篇學術論文。

提　要

本文共計十章及一附錄，其內容列舉如下：

第一章　緒論：敘述研究動機與目的、研究方法與材料及前人對陸佃研究之成果與檢討。

第二章　陸佃之生平：依家世、生平、交遊、門生等方面探析，以瞭解其生平事蹟。

第三章　陸佃之學術淵源：就陸佃之家學、師承等，以見其學思過程及學問旨趣。

第四章　陸佃著作考述：分現存、亡佚之著述考述，以呈現其完整之著作。

第五章　陸佃爾雅學著作考：論述陸佃爾雅學著作之內容、體例、版本等。

第六章　陸佃爾雅學著作釋例：二書中，陸佃采以互訓、比況、義界、音訓、參驗群書及廣采俚、諺、俗說等爲其訓釋之方式，藉由此幾方面的角度，以對陸佃釋例所施用之方術，作一全面而具體之探討。

第七章　陸佃爾雅學著作釋例用語：此取《埤雅》及《爾雅新義》二書釋例術語，爲之歸類、統計、分析，以明其術語之涵義。

第八章　陸佃爾雅學著作引書考：就陸佃爾雅學著作所徵引之文獻著述，逐一自著作中檢索，次則考述該書之作者生平、內容、體例，以見其文獻、文學之價值。

第九章　陸佃爾雅學著作之價值：就小學、圖書文獻學、生物學及醫學等方面來論述陸佃爾雅學價值所在。

第十章　結論：歸納本文所探討之結果，以見陸佃爾雅學之成就。

目 次

第一章 緒 論

第一節 研究動機與目的

《爾雅》爲今存中國第一部辭典，其內容共七大類十九篇，收錄包含語言、親屬、建築、器物、天文、地理、動植物等，爲訓詁書籍中最早分類釋義之專著，後世名物訓詁之學，亦端始於此。而其「所以通訓詁之指歸，敘詩人之興詠，總絕代之離詞，辯同實而殊號者」〔註1〕的功用，使此書成爲治經者必讀的經典，魏・張揖云：

> 夫《爾雅》之爲書也，文約而義固；其陳道也，精研而無誤，眞七
> 經之檢度，學問之階路，儒林之楷素也。〔註2〕

晉・郭璞云：

> 誠九流之津涉，六藝之鈐鍵，學覽者之潭奧，摛翰者之華苑也。若
> 乃可以博物不惑，多識於鳥獸草木之名者，莫近於《爾雅》。〔註3〕

〔註 1〕見（晉）郭璞：《爾雅・序》，收錄於（晉）郭璞注，（宋）邢昺疏：《爾雅注疏》，（臺北：藝文印書館，1997 年），頁 4。

〔註 2〕見（魏）張揖：〈上廣雅表〉，收錄於（清）王念孫：《廣雅疏證》。

〔註 3〕見（晉）郭璞：《爾雅・序》，收錄於（晉）郭璞注，（宋）邢昺疏：《爾雅注疏》，（臺北：藝文印書館，1997 年），頁 4。

唐・陸德明云：

> 《爾雅》者所以訓釋五經，辯章同異，實九流之通路，百氏之指南，
> 多識鳥獸草木之名，博覽而不惑者也。〔註4〕

宋・邢昺云：

> 夫《爾雅》者，先儒授教之術，後進索隱之方，誠傳注之濫觴，爲
> 經籍之樞要者也。〔註5〕

因《爾雅》與治經有密切之關係，故自漢起，《爾雅》之學始顯於世，學者多對《爾雅》進行闡釋，爲之作注，治《爾雅》者自犍爲文學起，則有劉歆、樊光、李巡、孫炎等共十餘家；另有以廣《爾雅》內容之不備的《小爾雅》。西漢末年起，則有仿《爾雅》內容、體例之作，如揚雄《方言》；自此對《爾雅》闡述之作有注雅、仿雅及廣雅之分，進而《爾雅》遂爲專門之學，稱爲「雅學」。

魏晉之際，治雅學者有孫炎《爾雅注》、郭璞《爾雅注》、《爾雅音》、張揖《廣雅》、劉熙《釋名》、陳嶠《爾雅音》等。唐代受設科取士，《爾雅》不課之故，而使習《爾雅》者寡，雅學漸趨式微，然是時仍有陸德明《爾雅音義》、曹憲《爾雅音義》、孫炎《爾雅疏》、高璉《爾雅疏》等著作傳世。

至宋代，《爾雅》相關著作中，注《爾雅》者有如：依郭璞注而疏《爾雅》的邢昺《爾雅疏》、王雱《爾雅注》、陸佃《爾雅新義》、鄭樵《爾雅注》、潘翼《爾雅釋》、王柏《爾雅六義》、《爾雅音訓》、《爾雅兼義》等；仿《爾雅》之作者則有陸佃《埤雅》、羅願《爾雅翼》等。宋代諸多《爾雅》著作中，除邢昺《爾雅疏》外，陸佃所著之《埤雅》及《爾雅新義》二書當屬宋代《爾雅》學著作中重要者，黃季剛先生曰：

> 自邢叔明以後，戴東原之前，治《爾雅》學者，惟四家略可稱道：
> 一王雱，二陸佃，三鄭樵，四羅願。〔註6〕

《埤雅》一書，屬博物類仿雅之作〔註7〕，該書不釋詞語，專釋名物，則「尋究

〔註4〕見（唐）陸德明：《經典釋文・序錄》

〔註5〕見（宋）邢昺：〈爾雅疏敘〉，收錄於（晉）郭璞注，（宋）邢昺疏：《爾雅注疏》，（臺北：藝文印書館，1997年），頁3。

〔註6〕見黃季剛：〈爾雅略說〉，收錄於黃侃：《黃侃論學雜著》，（臺北：學藝出版社，1969年）。

〔註7〕見竇秀艷：《中國雅學史》，（濟南：齊魯書社，2004年9月），頁158。

偏旁，比附形聲，務求其得名之所以然。又推而通貫諸經，曲證旁稽，假物理以明其義」，以求「爲《爾雅》之輔」，故名之《埤雅》，謝山曾稱許該書於宋代新學之地位，云：

> 《爾雅》成于陸氏，而以其餘爲《埤雅》，既博且精〔註8〕。

《爾雅新義》則爲陸佃皓首窮經，爲求窮究《爾雅》之作，自言：

> 萬物汝故有之，是書能爲爾正非，能與爾以其所無也，名之曰《爾雅》……。故予每盡心焉，雖其微言奧旨有不能盡，然不得爲不知者也。豈天之將興是書，以予贊其始。譬如繪畫，我爲發其精神，後之涉此者致曲焉。〔註9〕

自初殆終，費時多載而成該書，故陳振孫言「其於是書，用力勤矣」〔註10〕，書中陸氏受王安石《三經新義》之影響，爲求與傳統注雅之作有所不同，故於逐條注疏《爾雅》時，捨舊注而多新義，雖後人多以爲其穿鑿傅會〔註11〕，然書中辨析同義詞之差異、發現「一名而兩讀」指出詞之多義性、徵引舊本以述經、糾正注疏本之誤等，確有其可取之處。故孫志祖有「說經間有傅會，然其博洽多識，視鄭漁仲注實遠過之」〔註12〕之說，近人管錫華、趙振鐸則認爲是書爲宋代值得提及的較好《爾雅》注本。〔註13〕。

〔註8〕見（宋）謝山：〈荊公《周禮新義》題辭〉，收錄於黃百家纂輯、全祖望修定、何紹基等校刊：《宋元學案》（下）：（臺北：廣文書局，1971年6月），卷九十八，頁1537。

〔註9〕見（宋）陸佃：《爾雅新義・序》，收錄於《續修四庫全書》，（上海：上海古籍出版社，1995年3月），經部・小學類・第一八五冊，頁337。

〔註10〕見（宋）陳振孫著、徐小蠻、顧美華點校：《直齋書錄解題》卷三「爾雅新義」條，（上海：上海古籍出版社，2005年8月），頁88。

〔註11〕如：陳振孫《直齋書錄解題》云：「以愚觀之，大率不出王氏之學，與劉貢父所謂不徹薑食、三牛三鹿戲笑之語，迨無以相過也。《書》云玩物喪志，斯其爲喪志也宏矣。」黃季剛〈爾雅略說〉云：「惟其說經，純乎傅會，展卷以觀，令人大噱。」

〔註12〕見（清）孫志祖：〈爾雅新義跋〉，收錄於《續修四庫全書》，（上海：上海古籍出版社，1995年3月），經部・小學類・第一八五冊，頁479。

〔註13〕管錫華云：「兩宋《爾雅》注除邢昺《爾雅疏》以外，尚有陸佃《爾雅新義》和鄭樵《爾雅注》值得提及」，收錄於管錫華：《爾雅研究》，（安徽：安徽大學出版社，1996年12月），頁200。趙振鐸則云：「宋人研究《爾雅》的書，邢昺《爾雅疏》雖然被列入《十三經注疏》，但是總體品質不高，前人早有論及。陸佃《爾雅新義》、

二書在《爾雅》學或訓詁學上皆有特殊之學術價值及地位，然歷來存有褒貶不一之見解，且學者鮮有深究其內容者，有鑒於此，本文以《陸佃及其爾雅學研究》爲題，以《埤雅》及《爾雅新義》二書爲主，針對陸佃之生平家世、學述淵源從事探討，並進而闡述其「爾雅學」之內涵與成就，以期爲陸佃於《爾雅》學上建立一明確之定位。

第二節　研究方法與材料

本文以闡述陸佃「爾雅學」之內涵與成就，並論及其生平家世、學述淵源等相關學術爲範圍。陸佃之「爾雅學」思想主要見於《埤雅》及《爾雅新義》二書，故論及「爾雅學」之材料當以此二書爲主，旁及其他與《爾雅》相關文獻，均爲參考之資料來源。至於生平、家世等則以《宋史》、《宋朝事實類苑》、《宋會要輯稿》、《續資治通鑑長編》等史料及其作品《陶山集》爲主，兼取其親友著述，如陸游《家世舊聞》、蘇頌《蘇魏公文集》等。

本文討論之方向主要有三：一爲考述陸佃之生平，以明其學術淵源；一爲詳考氏《爾雅》學相關著作之內容，以明其訓釋方法及體例；一爲探析書中所徵引之文獻，與前人評語作呼應，以明其學術地位。故本文之研究方法，生平部分，先言及其家世背景，次論其交游，終論及其師承及門生，舉凡與陸佃相關之活動或人事，皆引證其相關資料，並加以辨析且繫年之，呈現家世、生平完整之面貌。至於「爾雅學」部分，乃以今存而得見之《爾雅》著作：《埤雅》及《爾雅新義》二書爲基本資料，加以訓釋，經由研讀、整理、考辨、分析、歸納及比較等過程，揭櫫其「爾雅學」之特色。最後就陸佃《爾雅》學著作所徵引之文獻資料，逐一自著作中檢索，以明該書之內容及徵引之文獻。

第三節　前人研究之成果與檢討

前人對陸佃《爾雅》學之研究、論述，早期多僅見於史志目錄、政書目錄、藏書志、書目題跋及各訓詁、語言史等書所提及的《埤雅》、《爾雅新義》簡介，

鄭樵《爾雅注》是這個時期比較好的著作。」見趙振鐸：〈《爾雅》和《爾雅詁林》〉，收錄於《古漢語研究》，1998年第4期，頁57。

至 1970 年劉盼遂撰〈由《埤雅》右文證假借古義〉〔註14〕一文，臚列《埤雅》書中條目與形聲相關之字，是為首開研究陸佃《爾雅》學著作之先聲，此後方見相關之研究專著者，其研究約略可分為下列幾個部分〔註15〕：

（一）通論式之探討

就期刊部分包含如、范春媛撰〈陸佃《埤雅》評述〉〔註16〕、〈《埤雅》勾沉〉、〔註17〕李冬英撰〈陸佃《爾雅新義》管窺〉〔註18〕、陳波先撰〈《埤雅》研究綜述〉、〔註19〕李文澤撰〈陸佃及其雅學諸書評述──王安石新學學派研究之二〉〔註20〕等期刊及季自軍《《爾雅新義》研究》〔註21〕、劉清《《爾雅新義》訓詁研究》〔註22〕、范春媛《《埤雅》綜論》〔註23〕等三部專著。范春媛《《埤雅》綜論》共分六章，第一章以《宋史·陸佃傳》之資料略論陸佃之生平事蹟及其作品；第二章則以歷史因素及個人因素來說明《埤雅》成書的原因及版本大概；第三章則論述《埤雅》內容；第四章則說明書中的體例；第五章、第六章則分論該書之特色及價值。該論文雖對《埤雅》已作一概述性的介紹，然內

〔註14〕劉盼遂撰：〈由《埤雅》右文證假借古義〉，《學文》第 1 卷二期，收錄於（臺北：臺灣學生書局），1970 年 3 月，頁 6～10。

〔註15〕以下篇目的蒐集，其來源臺灣相關記錄部分，主要以國家圖書館「臺灣期刊論文索引系統」、「臺灣博碩士論文系統」所收錄；大陸期刊論文則以「中國期刊全文資料庫──文史哲專輯」、「中國博碩士論文全文資料庫──文史哲專輯」中之相關典藏為據。

〔註16〕范春媛撰：〈陸佃《埤雅》評述〉，《寧夏大學學報（人文社會科學版）》，2005 年第 03 期，頁 62～66。

〔註17〕范春媛撰：〈《埤雅》勾沉〉，《遵義師範學院學報》，2010 年 10 月第 123 卷第 5 期，頁 31～34。

〔註18〕李冬英撰：〈陸佃《爾雅新義》管窺〉，《信陽師範學院學報》（哲學社會科學版），2009 年第 04 期，頁 104～107。

〔註19〕陳波先撰：〈《埤雅》研究綜述〉，《古籍整理研究學刊》，2014 年 5 月第 03 期，頁 107～110。

〔註20〕李文澤撰：〈陸佃及其雅學諸書評述──王安石新學學派研究之二〉，《漢語史研究集刊》（第輯），（成都：巴蜀書社，1998 年 7 月），頁 639～651。

〔註21〕季自軍：《《爾雅新義》研究》，上海師範大學碩士論文，2005 年 5 月。

〔註22〕劉清：《《爾雅新義》訓詁研究》，湖南師範大學，2013 年 5 月。

〔註23〕范春媛撰：《《埤雅》綜論》，寧夏大學碩士論文，2004 年。

容中仍有若干缺漏、不足之處，如：版本部分僅作簡單臚列而無詳盡介紹，體例之介紹部分則仍有缺漏，如未提及「即」、「當作」、「呼作」、「所謂」、「一名」等術語；對徵引文獻部分亦無詳細論述等。此外其另二篇作品：〈陸佃《埤雅》評述〉及〈《埤雅》勾沉〉二文，內容則多與《《埤雅》綜論》說法雷同，應為摘錄自《《埤雅》綜論》該書之作。

李文澤〈陸佃及其雅學諸書評述——王安石新學學派研究之二〉一文，先論述陸佃其與王安石之關係，藉以考述陸佃之學術淵源；次則論述《埤雅》、《爾雅新義》二書之創作機緣，再則歸納出解釋名義、描述形狀、增刪條目等三種訓釋方式。陳波先撰〈《埤雅》研究綜述〉則主要針對目前研究《埤雅》的期刊論文中，歸納出目前的相關論述，主要有：關於版本源流、訓詁成就、文獻價值、辭書貢獻等方面。李多英於〈陸佃《爾雅新義》管窺〉中則指出《爾雅新義》的特色有三：一為辨析同義詞間的細微差異；二為提出「一名兩讀」之見解，最後指出該書所通過聲符、意符的方式來探求語源，卻出現過度引申而造成有牽強附會的缺點。

至於季自軍《《爾雅新義》研究》及劉清《《爾雅新義》訓詁研究》二本專著，季自軍《《爾雅新義》研究》一書著重於探討《爾雅新義》與傳統辭書的差異，分析出《爾雅新義》所標榜的「新義」有三：首先指出傳統辭書僅釋義不載思想，然陸佃卻以注釋《爾雅》的方式來表現個人對宇宙、社會的看法；二為以「右文說」來釋義，三則以邏輯方法來釋義。劉清《《爾雅新義》訓詁研究》則分成三部分探討：一為介紹陸佃生平，二為介紹《爾雅新義》的體例，三為說明《爾雅新義》的價值，同樣的亦提出重同義詞辨析、一名兩讀、右文說之實踐、引據善本等看法。

（二）訓詁方法、理論的探討

如劉盼遂撰〈由《埤雅》右文證假借古義〉〔註24〕、趙誠、康素娟合撰〈陸佃與《埤雅》〉〔註25〕、康素娟〈《埤雅》聲訓研究〉〔註26〕、范春媛撰〈淺談

〔註24〕劉盼遂撰：〈由《埤雅》右文證假借古義〉，收錄於《學文》，（臺北：臺灣學生書局），1970 年 3 月，第 1 卷二期，頁 6～10。

〔註25〕趙誠、康素娟合撰〈陸佃與《埤雅》〉，《陝西教育學院學報》，1999 年第 4 期，頁 42～43 及 60。

〔註26〕康素娟撰：〈《埤雅》聲訓研究〉，《陝西教育學院學報》，2004 年 11 月，第 20 卷第 4 期，頁 89～91。

《埤雅》的訓詁特色及其成因〉〔註27〕、〈《埤雅》與傳統訓詁學〉〔註28〕、〈論《埤雅》在中國語言學史上的價值〉〔註29〕、王敏紅撰〈論《埤雅》在訓詁學上的價值〉〔註30〕、黃旦玲撰〈《埤雅》名物聲訓釋源初探〉〔註31〕、黃新強撰〈論陸佃《埤雅》的訓詁學價值及其訓釋特色〉〔註32〕、霞紹暉撰〈陸佃《爾雅新義》與邢昺《爾雅疏》比較研究〉〔註33〕、吳澤順撰〈論《埤雅》聲訓推源〉〔註34〕。

　　此類的研究多著重於《埤雅》聲訓之訓詁方法為論述主軸，其中以劉盼遂所撰〈由《埤雅》右文證假借古義〉為最早，劉氏點出《埤雅》該書受王安石《字說》影響，多以「因音生訓」的方式來「推迹草木蟲魚受聲之原」，並臚列出該書中所見以「右文說」來釋義之字，但可惜該文僅見舉例，未見詳加說明，且有誤置之處，如「鱒，制字從尊；魦今吹小魚……蛟，交首尾束物焉，故謂之蛟也。」應為卷一之例，然劉氏卻誤標為卷二；或有缺漏，如未列卷七「今雛類賦尾皆促，故其字從隹」、卷八「準於文水從隼」。此後康素娟、黃旦玲及吳澤順的三篇文章雖皆針對《埤雅》聲訓部分加以論述，然著重的觀點則有異：康素娟〈《埤雅》聲訓研究〉主要認為陸佃是透過形聲字聲符兼義的方式

〔註27〕 范春媛撰：〈淺談《埤雅》的訓詁特色及其成因〉，《古籍整理研究學刊》，2006 年11 月第 6 期，頁 81～82。

〔註28〕 范春媛撰：〈《埤雅》與傳統訓詁學〉，《遵義師範學院學報》，2009 年第 05 期，頁30～34。

〔註29〕 范春媛撰：〈論《埤雅》在中國語言學史上的價值〉，《名作欣賞》，2010 年 12 月第36 期，頁 112～113。

〔註30〕 王敏紅撰：〈論《埤雅》在訓詁學上的價值〉，《紹興文理學院學報》（哲學社會科學版），2007 年第 27 卷第 5 期，頁 52～55。

〔註31〕 黃旦玲撰：〈《埤雅》名物聲訓釋源初探〉，《今日南國》（理論創新版），2008 年第04 期，頁 133～134。

〔註32〕 黃新強撰：〈論陸佃《埤雅》的訓詁學價值及其訓釋特色〉，《濮陽職業技術學院學報》，2010 年第 01 期，頁 74～76。

〔註33〕 霞紹暉撰：〈陸佃《爾雅新義》與邢昺《爾雅疏》比較研究〉，《宋代文化研究》，2011 年第期，頁 77～90。

〔註34〕 吳澤順、侯紅娟撰：〈論《埤雅》聲訓推源〉，《浙江師範大學學報》（社會科學版），2014 年第 39 卷第 03 期，頁 75～79。

來釋義；黃旦玲〈《埤雅》名物聲訓釋源初探〉則認爲「以單音節的語源」及「連綿詞」二種乃《埤雅》釋源的方法；吳澤順〈論《埤雅》聲訓推源〉則歸納出該書聲訓推源的方式可從形狀、顏色、聲音、功能、數量、習性、生育方式、特長、生長時間等獎方面來推源，且肯定「陸佃並不是毫無根據、隨意推源的，而是有其內在的系統性。」〔註35〕，然此三篇之論述處僅強調其運用聲訓的結果，卻皆忽略、甚至合理化其穿鑿附會的釋義現象〔註36〕。

趙誠、康素娟合撰〈陸佃與《埤雅》〉一文，主要以探討《埤雅》之釋義方法爲主，其歸納出直訓、描寫比況、設立界說三種方式。王敏紅〈論《埤雅》在訓詁學上的價值〉則歸納出《埤雅》之價值有四：興宋代之雅學、補《爾雅》之不足、備訓義之各法、，集古今之綜說四點，其說頗爲公允。至於范春媛所撰的〈淺談《埤雅》的訓詁特色及其成因〉、〈《埤雅》與傳統訓詁學〉、〈論《埤雅》在中國語言學史上的價值〉三篇文章內容，則亦多與《《埤雅》綜論》之說法頗多雷同，並無新的見解。

霞紹暉所撰〈陸佃《爾雅新義》與邢昺《爾雅疏》比較研究〉一文，主要論述三部分：第一部分乃針對《爾雅新義》與《爾雅疏》二書之作者、版本及內容作一簡介；第二部分則針對《爾雅新義》與《爾雅疏》二書做一比較，歸納出1、《爾雅疏》注經文又注郭注；《爾雅新義》僅釋《爾雅》而不標引郭注；2、《爾雅疏》廣徵博引，《爾雅新義》引用較爲簡略；3、不同注疏模式，造成不同的缺陷：《爾雅疏》探「六經注我」，所以造成扭曲原典以釋義之弊；《爾雅新義》則以「我注六經」的模式，卻形成主觀、荒誕不經、遷強附會的現象。第三部分則點出《爾雅新義》「誤釋詞義」、「文字音義關係的誤釋」的缺陷。

〔註35〕吳澤順撰：〈論《埤雅》聲訓推源〉，《浙江師範大學學報》（社會科學版），2014年第03期。頁76～77。

〔註36〕如：《埤雅》名物聲訓釋源初探〉中言「鷸——雨，《埤雅》：『知天將與之鳥也』」；如《埤雅》聲訓研究〉中所言「《釋獸·兔》：『兔口有缺，吐而生子，故謂之兔，兔，吐也。』兔，音吐。因爲兔子時常突突有聲，看起來像在舔愛初生子，所以音兔，爲音名。……「兔」與「吐」聲義完全相同。」；又如〈論《埤雅》聲訓推源〉中以數量推源所舉之例：「九鳥曰鳩，其字從九」及特長推源所舉之例：「猴善候，其字從侯」等。

（三）版本考證及整理

竇秀艷撰〈明贛州府刻《埤雅》版本述略〉〔註37〕、陳波先撰〈《埤雅》校點本標點商榷七則〉〔註38〕。

竇秀艷撰〈明贛州府刻《埤雅》版本述略〉一文，乃是針對贛州刻本之《埤雅》及其衍生之《埤雅》版本、典藏地及版式皆有介紹，其中竇秀艷先論斷贛州府所刻《埤雅》之底本，乃根據陸釴知贛州時所刻之「南宋開慶元年贛州府刻本」（簡稱開慶本）而翻刻；並指出贛州地區之刻本有三：一為明初建文二年刻本，一為明正統九年贛州府鄭暹重刻建文本，一為嘉靖元年贛州府清獻堂重刻本。此外又指出明成化九年福建廣秦書堂刻本、明成化十五年劉亨吉重刻正統九年本、明嘉靖二年王偀補刻成化劉亨吉刻本及朝鮮李朝時期活字刊印本等版本，皆屬贛州刻本之衍生，是有相關聯性。

按：此處所提「南宋開慶元年贛州府刻本」之說法似有不妥，因陸釴乃「咸淳間」知贛州，應稱為「南宋咸淳贛州重刊本」較為正確，不應稱之「南宋開慶元年贛州府刻本」〔註39〕。

陳波先所撰之〈《埤雅》校點本標點商榷七則〉，乃是針對近人王敏紅所校點之《埤雅》校點本內容中七處標點似不妥之處，提出質疑。

（四）與其他學科之關係

楊薇撰〈論《埤雅》對專科辭典編纂的貢獻〉〔註40〕、楊晉龍撰〈論《埤雅》及其在宋代《詩經》專著中的傳播〉〔註41〕。

楊薇〈論《埤雅》對專科辭典編纂的貢獻〉一文中認為《埤雅》僅收草木鳥獸蟲魚等生物領域，且專以釋名物形狀、特徵、性能為目標的釋義方式，堪稱中國第一本以收錄專科詞彙為主的辭書，並指出異於《爾雅》之處有：剔除

〔註37〕竇秀艷撰：〈明贛州府刻《埤雅》版本述略〉，《東方論壇》，2012年第03期。

〔註38〕陳波先撰：〈《埤雅》校點本標點商榷七則〉，《紹興文理學院學報》（哲學社會科學），2014年第01期。

〔註39〕因本論文第五章第二節「宋本」處，針對此疑義點有所闡述，故於此僅簡單論之。

〔註40〕楊薇撰：〈論《埤雅》對專科辭典編纂的貢獻〉，《辭書研究》，2006年第04期，頁162～167及173。

〔註41〕楊晉龍：〈論《埤雅》及其在宋代《詩經》專著中的傳播〉，《宋代經學國際研討會論文集》，2006年10月。

非生物類名詞條目、合併同實異名之詞目、收《爾雅》未收卻常見之名詞及將生物詞目重新歸併等。最後則指出宋代的「鳥獸草木之學」興盛,乃受《埤雅》之影響所致。楊晉龍〈論《埤雅》及其在宋代《詩經》專著中的傳播〉一文,則藉由分析《埤雅》中所引述《詩經》之次數多達四百四次,並涉及二百五首詩爲證,說明《埤雅》爲「宋代《詩經》學者注意與接受,並成爲某些學者詮釋《詩經》之際的有效助力」〔註42〕,並與《詩經》之關係密切的原因,並提出在宋代《詩經》學著作中如:蔡卞《毛詩名物解》、王質《詩總聞》等共十一種著作曾從《埤雅》取證或引述《埤雅》者。據此,亦可說明《埤雅》於宋代學術地位的表現及地位。

根據上述論著分析,可知前人對陸佃雅學的研究僅李文澤〈陸佃及其雅學諸書評述〉一文對陸佃雅學有較完整之介紹,其餘則多偏重於《埤雅》之探討,對《爾雅新義》之論述更僅有四篇,且多僅針對其訓詁、體例部分作探析,徵引文獻、版本部分則未見詳細探析;再者,前人論述多以單一書籍之特色,或析論、或批評,對陸佃雅學作品作一整體、並時之歸納、分析其共通點及差異處者,則有所不足。故本文即欲補此不足,從二書中之共性、差異性及爲人所稱頌之徵引文獻等部分作一探析,以觀其優劣異同,希冀能建立陸佃雅學之完整架構,以見其成就。

〔註42〕見楊晉龍:〈論《埤雅》及其在宋代《詩經》專著中的傳播〉,《宋代經學國際研討會論文集》,2006 年 10 月,頁 56。

第二章　陸佃之生平

　　《孟子・萬章下》曰：「頌其詩，讀其書。不知其人，可乎？是以論其世也。」故今欲探討陸佃之爾雅學，當先自陸佃之家世、生平、交遊等作一探析，方能對陸氏有一定之瞭解，故本章擬分別從陸佃之鄉里親族、生平經歷、交遊門生等方面考述於下。

第一節　家世

　　陸佃先祖源於戰國嬀姓。因田完裔孫齊宣王少子通，受封於平原般縣陸鄉（今山東平原縣），遂有陸姓。西漢時，陸烈有功於吳縣（今江蘇蘇州），卒後吳人感念其恩德，而迎葬於胥屏亭，其子孫遂由平原般縣陸鄉遷吳縣，號吳郡枝，始爲吳人。〔註1〕而吳郡陸氏才俊輩出，「自漢以來，爲天下名族，文武忠孝，史不絕書。」〔註2〕如：陸閎、陸遜、陸抗、陸機、陸贄、陸希聲等人，皆

〔註1〕《新唐書》云：「陸氏出自嬀姓。田完裔孫齊宣王少子通，字季達，封於平原般縣陸鄉，即陸終故地，因以氏焉。通諡曰元侯，生恭侯發，爲齊上大夫。發二子：萬、皋。皋生邕，邕生漢太中大夫賈。萬生烈，字伯元，吳令、豫章都尉，旣卒，吳人思之，迎其喪，葬於胥屏亭，子孫遂爲吳郡吳縣人。」見（宋）歐陽脩：《新唐書・卷七十三下・表第十三下・宰相世系表》，（臺北：藝文印書館，1996 年 8 月初版四刷，《二十五史》影印清乾隆武英殿刊本），頁 1026。

〔註2〕見（宋）陸游：《渭南文集》卷三二〈右朝散大夫陸公墓誌銘〉。收錄於楊家駱主

為吳郡陸氏中之翹楚，知名當時，且陸游曾曰「方唐盛時，號四十九枝，」〔註3〕由是可知其家族之繁，然五代之際，陸忻鑑於戰火燎原，遂遷徙山陰（今浙江紹興），退耕於野以避禍〔註4〕，是為山陰陸氏之始〔註5〕，陸游〈奉直大夫陸公墓誌銘〉云：「唐末，自吳之嘉興，東徙錢塘。吳越王時，又徙山陰魯墟。」〔註6〕是時，山陰陸氏族人雖皆去不仕，退而家居，而致門祚衰落，然仍有所為，以孝悌、行義教之子弟。遲至宋興，自陸軫以進士起家始，族中秀傑之才，如：陸寘、陸翰、陸琪乃至陸佃、陸宰、陸游等，先後多人登第為宦，陸氏始振家風，〈右朝散大夫陸公墓誌銘〉即曰：

> 太傅（陸軫）始以進士起家，楚公（陸佃）繼之，陸氏衣冠之盛，寖復如晉唐，往往各以所長見於世時。〔註7〕

《家世舊聞》卷上亦云：

> 太傅（陸軫）出入朝廷數十年，然官不過吏部郎中今朝請大夫。太尉諱珪，字廉叔，兄弟行有官者十餘人，惟十七伯曾祖諱琮，字寶之，仕至遠郡守，餘不過縣令而已。亦有為縣數任者，蓋前輩安於小官。〔註8〕

編：《中國學術名著第二輯・中國文學名著第三集第十一冊・陸放翁全集》上，（臺北：世界書局，1963年4月），頁198。

〔註3〕見（宋）陸游：《渭南文集》卷三五〈奉直大夫陸公墓誌銘〉，收錄於楊家駱主編：《中國學術名著第二輯・中國文學名著第三集第十一冊・陸放翁全集》上，（臺北：世界書局，1963年4月），頁217。

〔註4〕〈右朝散大夫陸公墓誌銘〉曰：「比唐亡，惡五代之亂，乃去不仕。」見（宋）陸游：《渭南文集》卷三二。收錄於楊家駱主編：《中國學術名著第二輯・中國文學名著第三集第十一冊・陸放翁全集》上，（臺北：世界書局，1963年4月），頁198。

〔註5〕見陶晉生：《北宋士族：家庭・婚姻・生活》，（臺北：中央研究院歷史語言研究所，2003年6月一版二刷），頁270。

〔註6〕見（宋）陸游：《渭南文集》卷三五〈奉直大夫陸公墓誌銘〉，收錄於楊家駱主編：《中國學術名著第二輯・中國文學名著第三集第十一冊・陸放翁全集》上，（臺北：世界書局，1963年4月），頁217。

〔註7〕見（宋）陸游：《渭南文集》卷三二右朝散大夫陸公墓誌銘〉。收錄於楊家駱主編：《中國學術名著第二輯・中國文學名著第三集第十一冊・陸放翁全集》上，（臺北：世界書局，1963年4月），頁198。

〔註8〕見（宋）陸游撰、孔凡禮點校：《家世舊聞》卷上，收錄於《歷代史料筆記叢刊・唐宋史料筆記》，（北京，中華書局，1997年12月），頁176。

陸軫，字齊卿，少孤，由伯父陸旰撫育成長〔註9〕，眞宗大中祥符五年（壬子，1012）登進士第，歷事眞宗、仁宗，入仕後在館閣最久。曾知越州、明州，累官工部郎中、集賢校理，仕終尙書吏部郎中，卒，贈太傅諫議大夫。晚因辟穀學道之故，取號朝隱子〔註10〕。娶尙書職方員外郎吳植之女吳氏，生陸琪、陸珪二子〔註11〕：長爲陸琪，曾任袁州萬載縣令，娶三司鹽鐵判官王絲之女，生二男：長曰儼、次曰伸〔註12〕；次男陸珪，字廉叔，生於眞宗乾興元年（壬戌，1022），爲陸佃之父，以父任爲太廟齋郎，補武康尉，歷任信州法參、南新令、睦州錄參，大理丞、知奉化、揚州天長等職，終於監濠州酒稅。神宗熙寧九年（丙辰，1076）卒，年五十五。〔註13〕有四子：陸似、陸佃、陸傅、陸倚〔註14〕。陸似，曾知高郵縣，仕至朝奉大夫，娶殿中丞吳毅之女爲妻，生二男：長曰表民、次曰長民〔註15〕。陸佃，熙寧中娶鄭氏〔註16〕，生五子：宧、字、賓、

〔註9〕　（宋）陸游《家世舊聞》云：「太傅幼孤，伯父中允公諱旰教養成就甚力。」見（宋）陸游撰、孔凡禮點校：《家世舊聞》，收錄於《歷代史料筆記叢刊·唐宋史料筆記》，（北京：中華書局，1997年12月），頁177。

〔註10〕《家世舊聞》言：「太傅辟穀幾二十年，或食少山果。」見（宋）陸游撰、孔凡禮點校：《家世舊聞》，收錄於《歷代史料筆記叢刊·唐宋史料筆記》，（北京，中華書局，1997年12月），頁176。

〔註11〕見（宋）陸佃：《陶山集》，卷十五〈仁壽縣太君吳氏墓誌銘〉，收錄於（清）永瑢、紀昀纂修：《景印文淵閣四庫全書》，（臺北：臺灣商務印書館，1986年3月），第一一一七冊，頁183。

〔註12〕見（宋）陸佃：《陶山集》，卷十五〈王氏夫人墓誌銘〉，收錄於（清）永瑢、紀昀纂修：《景印文淵閣四庫全書》，（臺北：臺灣商務印書館，1986年3月），第一一一七冊，頁184。

〔註13〕事具見（宋）蘇頌：〈國子博士陸君墓誌銘〉收錄於《蘇魏公集》卷五十九。

〔註14〕（宋）陸佃：〈邊氏夫人行狀〉云：「生四男子：似，右朝奉郎通判楚州；佃，左朝奉大夫龍圖閣待制知江寧府；傅，左奉議郎僉書鎮東軍節度判官廳公事；倚，杭州餘杭縣尉。」見《陶山集》，卷十六，收錄於（清）永瑢、紀昀纂修：《景印文淵閣四庫全書》，（臺北：臺灣商務印書館，1986年3月），第一一一七冊，頁196。

〔註15〕見（宋）陸佃《陶山集》，卷十五〈會稽縣君吳氏墓誌銘〉，收錄於（清）永瑢、紀昀纂修：《景印文淵閣四庫全書》，（臺北：臺灣商務印書館，1986年3月），第一一一七冊，頁183。

〔註16〕見（宋）陸佃：《陶山集》，卷十六〈朝請大夫鄭公墓表〉，收錄於（清）永瑢、紀昀纂修：《景印文淵閣四庫全書》，（臺北：臺灣商務印書館，1986年3月），第一

宰、寀。陸傳，熙寧六年（1073）登進士，早卒而無子。陸倚，生子宗。

第二節　生平

　　陸佃（1042～1102），陸游之祖，字農師，小字榮〔註17〕，號陶山。越州山陰（今浙江紹興）人。祖名軫，字齊卿，仕至吏部郎中直昭文館，贈太傅。父名珪，字廉叔，官國子博士，贈太尉〔註18〕。嘉祐年間，遊呂宏之門〔註19〕。仁宗嘉祐八年（1063），王安石因丁母憂於家，治平三年（丙午，1066），守喪期滿後，多次詔入京〔註20〕，然王氏具狀辭赴闕，並於江寧府（今南京）居住〔註21〕，陸佃聞介甫歸居江寧，便赴江寧從之遊。〔註22〕神宗熙寧三年（庚戌，

　　　　一一七冊，頁 194。

〔註17〕陸游《家世舊聞》載：「楚公生於魯墟故居，太傅曰：『是兒必榮吾家。』遂以榮為小字。」，見（宋）陸游撰、孔凡禮點校：《家世舊聞》，收錄於《歷代史料筆記叢刊・唐宋史料筆記》，（北京，中華書局，1997 年 12 月），頁 195。

〔註18〕陸珪（1022～1076），字廉叔，山陰人，宋真宗乾興元年（壬戌，1022）生。陸佃之父，陸軫之子，以父任為太廟齋郎，補武康尉，歷任信州法參、南新令、睦周錄參，知奉化、知天長等職。神宗熙寧九年（丙辰，1076）卒，年五十五。另（宋）何薳《春渚紀聞》卷七曾記錄其軼聞：「陸規七歲題詩：陸農師左丞之父少師公規，生七歲不能言。一日忽書壁間云：『昔年曾住海三山，日月宮中數往還。無事引他天女笑，謫來為吏向人間。』自此能言語，後登進士第，官至卿監，壽八十而終。」按：此「陸規」當為「陸珪」之誤。

〔註19〕〈長樂郡君賀氏墓誌銘〉云「嘉祐中，余以童子從呂宏學，適連居士之牆。」見（宋）陸佃：《陶山集》卷十五，頁十一 B，收錄於（清）永瑢、紀昀纂修《景印文淵閣四庫全書》，（臺北：臺灣商務印書館，1986 年 3 月），第一一一七冊，頁 182 下。

〔註20〕《續資治通鑑長編》卷二百九：「工部郎中、知制誥王安石既除喪，詔安石赴闕，安石屢引疾乞分司。」見（宋）李燾撰：《續資治通鑑長編》卷二百九，收入於楊家駱主編《中國學術名著第三輯・國史彙編第一期書第九冊》（臺北・世界書局，1974 年 6 月）。

〔註21〕見詹大和《王荊文公年譜》。

〔註22〕〈沈君墓表〉云：「治平三年，今大丞相王公守金陵，以緒餘成學者，而某也實竝群英之遊。」見《陶山集》卷十六，〈沈君墓表〉頁十一 B，收錄於（清）永瑢、紀昀纂修《景印文淵閣四庫全書》，（臺北：臺灣商務印書館，1986 年 3 月），第一一一七冊，頁 193 下。又按：陸佃曾以〈依韻和李知剛、黃安見示〉一詩論及仰慕介甫及投入王門之經過，並於詩中言此為終生不悔之志，詩言：「蔣山麟甝蒼嵯

1070），參加省試，是年蘇頌權知貢舉，擢陸佃爲進士第一〔註23〕。三月，應舉入京〔註24〕，擢進士甲科〔註25〕，調蔡州推官召爲國子監直講。熙寧四年（辛亥，1071），初置五路學，陸佃選爲鄆州教授〔註26〕，並召補國子監直講。是時，以說《詩》得名，後奉師王安石命作《詩講義》〔註27〕，「盛傳於時。學校爭相

峨，參伐可捫斗可摩；建康開府占形勝，千檣萬舳來江艖。憶昨司空駐千騎，與人傾蓋腸無他；有時僵寒枕書臥，忽地起走仍吟哦。諸生橫經飽餘論，宛若茂草生陵阿；發揮形聲解奇字，豈但晚學池中鵝。余初聞風裹糧走，願就秦扁醫沈疴；登堂一見便稱許。……平生慷慨慕荊國，自誓中立無邪頗。」見（宋）陸佃：《陶山集》卷一，頁四，收錄於（清）永瑢、紀昀纂修《景印文淵閣四庫全書》，（臺北：臺灣商務印書館，1986 年 3 月），第一一一七冊，頁 60 下。又如：〈傅府君墓誌〉曾言：「嘉祐治平間……淮之南學士、大夫宗安定先生之學，予獨疑焉。及得荊公《淮南雜說》與其《洪範傳》，心獨謂然，於是願掃臨川先生之門。」見《陶山集》卷十五，〈傅府君墓誌〉頁四 A，收錄於（清）永瑢、紀昀纂修《景印文淵閣四庫全書》，（臺北：臺灣商務印書館，1986 年 3 月），第一一一七冊，頁 179 上。

〔註23〕 見《宋會要輯稿》選舉一之一二及《蘇頌年表》，收錄於《宋人年譜叢刊》第四冊，（成都·四川大學出版社，2003 年），頁 2126。

〔註24〕 見（元）脫脫等修《宋史·陸佃傳》卷三百四十三·列傳第一百二，（臺北：藝文印書館，1996 年 8 月初版四刷，《二十五史》影印清乾隆武英殿刊本），頁 4323。

〔註25〕 《宋史·陸佃傳》載：「熙寧三年，方廷試賦，遽發策題，士皆愕然；佃從容就對，擢爲甲科。」見（宋）陸佃：《陶山集》卷九，頁四 B～頁九 A 收錄於（清）永瑢、紀昀纂修《景印文淵閣四庫全書》，（臺北：臺灣商務印書館，1986 年 3 月），第一一一七冊，頁 128 下～131 上。

〔註26〕 見（元）脫脫：《宋史·陸佃傳》（臺北：藝文印書館，1996 年 8 月初版四刷，《二十五史》影印清乾隆武英殿刊本），卷三百四十三，列傳第一百二，頁 4323。

〔註27〕 按：《續資治通鑑長編》卷二百二十九·熙寧五年（壬子，1072）戊戌條載：「戊戌，王安石以試中學官等第進呈，且言黎侁、張諤文字佳，第不合經義。上曰：『經術，今人人乖異，何以一道德？卿有所著可以頒行，令學者定於一。』安石曰：『詩，已令陸佃、沈季長作義。』上曰：『恐不能發明。』安石曰：『臣每與商量。』季長，錢塘人，安石妹壻也。黎侁，未詳邑里。二月十八日戊辰，前衡州推官黎侁爲光祿寺丞、崇文院校書。七年五月，卒。張諤，武昌人，沈括筆談詳之。司馬光熙寧五年正月日記，有旨令曾布撰詔書付直史館進從來所解經義，委太學編次，以教後生。」見（宋）李燾撰：《續資治通鑑長編》，卷二百二十九，收入於楊家駱主編《中國學術名著第三輯·國史彙編第一期書第七冊》，（臺北·世界書局，1974 年 6 月），頁 2415。

筆受，如恐不及。」〔註28〕熙寧九年（丙辰，1076），父陸珪卒。返家守喪。元
豐元年（戊午，1078），同王子韶修定《說文》。次年，元豐二年（己未，1079），
兼詳定《郊廟奉祀禮文》〔註29〕，因神宗讚譽其「資性明敏，學術贍博」，故擢
為集賢校理〔註30〕。八月擢為太子中允崇政殿說書〔註31〕。十月，入見神宗，
神宗問大裘襲衰之事，佃考禮以對作〈元豐大裘議〉〔註32〕。神宗悅，用為詳
定郊廟禮文官。時同列皆侍從，獨陸佃一人以光祿丞居其間。陸佃時以集賢校
理為崇政殿說書，每有所議，神宗輒曰：「自王、鄭以來，言禮未有如佃者。」
曾進講《周官》，神宗稱善，始命先一夕進稿。〔註33〕元豐五年（壬戌，1082），
夏四月丙子（二十五）與曾鞏、趙彥若等人並試中書舍人。五月癸未（三日），
與蔡卞兼崇政殿說書，六月己未（九日），重修《說文》竣事，上《說文》，獲
贈銀、絹。進書同時，神宗與陸佃論及《毛詩》名物之事，陸佃因而獻〈說魚〉、

〔註28〕見陸宰：〈埤雅序〉一文，收錄於陸佃撰：《埤雅》，明嘉靖元年（1522）贛州清獻
　　　　堂刊本。

〔註29〕見（宋）李燾撰：《續資治通鑑長編》第九冊，卷二百九十六，頁一Ｂ，收入於楊
　　　　家駱主編《中國學術名著第三輯‧國史彙編第一期書第九冊》，（臺北‧世界書局，
　　　　1974年6月），頁3110上。

〔註30〕可參見（宋）李燾撰：《續資治通鑑長編》第九冊，卷二百九十八，頁十五Ａ，收
　　　　入於楊家駱主編《中國學術名著第三輯‧國史彙編第一期書第九冊》（臺北‧世界
　　　　書局，1974年6月），頁3135上。及（宋）陸佃：《陶山集》卷四，頁九Ｂ，收錄
　　　　於（清）永瑢、紀昀纂修《景印文淵閣四庫全書》，（臺北：臺灣商務印書館，1986
　　　　年3月），第一一一七冊，頁90下。

〔註31〕見（宋）李燾撰：《續資治通鑑長編》第九冊，卷二百九十九，頁二十Ｂ，收入於
　　　　楊家駱主編《中國學術名著第三輯‧國史彙編第一期書第九冊》（臺北‧世界書局，
　　　　1974年6月），頁3147上。

〔註32〕按：〈元豐大裘議〉文末注云：「宋神宗元豐四年十月二十二日，中書箚子奉聖旨
　　　　依奏。案：神宗問大裘襲衰，佃考禮以對。神宗悅，用為詳定郊廟禮文官，即此
　　　　議是也。……今集（《陶山集》）中載此議在元豐四年，佃于二年已為集賢校理時，
　　　　轉官已久，足證載筆之誤。又「裘」字史訛作「喪」，諸本竝沿誤」。見（宋）陸
　　　　佃：《陶山集》卷五，頁二Ｂ～頁三Ａ，收錄於（清）永瑢、紀昀纂修《景印文淵
　　　　閣四庫全書》，（臺北：臺灣商務印書館，1986年3月），第一一一七冊，頁94。

〔註33〕見（元）脫脫：《宋史‧陸佃傳》，（臺北：藝文印書館，1996年8月初版四刷，《二
　　　　十五史》影印清乾隆武英殿刊本），卷三百四十三，列傳第一百二，頁4323。

〈說木〉二篇舊作〔註34〕，頗契神宗之意。元豐六年（癸亥，1083）九月丙寅（二十四日），奉詔與蔡京、蔡卞、王震等人修尚書省六曹條貫。〔註35〕

　　神宗元豐八年乙丑（1085）三月戊戌（五日），神宗崩，哲宗趙煦立。太常請複太廟牙盤食。博士呂希純、少卿趙令鑠皆以爲當複。佃言：「太廟，用先王之禮，於用俎豆爲稱；景靈宮、原廟，用時王之禮，於用牙盤爲稱，不可易也。」卒從佃議。〔註36〕同月己未（二十六日），受命權知貢舉再試。〔註37〕六月丁卯（五日），監護王珪葬事〔註38〕。十月癸未（二十二日），因侍御史劉摯上疏以「新進少年，越次暴起，論德業則未試，語公望則素輕」爲由欲罷陸佃、蔡卞二人之侍講職，而遭太皇太后高氏准奏〔註39〕罷侍讀事。〔註40〕十二月甲戌，任吏部侍郎。〔註41〕

〔註34〕陸宰〈埤雅序〉云：「元豐間，預修《說文》，因進書獲對神考，縱言至於物性，先公數奏稱旨，德音稱善且恨古未有著爲書者。先公又奏：『臣嘗試爲之，未成，未敢進也。』天意欣然，便欲見之，因進〈說魚〉、〈說木〉二篇，自是益加筆削，號《物性門類》。」見陸佃撰：《埤雅》，明嘉靖元年（1522）贛州清獻堂刊本。

〔註35〕見（宋）李燾撰：《續資治通鑑長編》第十冊，卷三百三十九，收入於楊家駱主編《中國學術名著第三輯・國史彙編第一期書第十冊》，（臺北・世界書局，1974年6月）。

〔註36〕見（元）脫脫：《宋史・陸佃傳》卷三百四十三，列傳第一百二，（臺北：藝文印書館，1996年8月初版四刷，《二十五史》影印清乾隆武英殿刊本），頁4323。

〔註37〕《續資治通鑑長編》：「兵部侍郎許將、給事中兼侍讀陸佃、秘書少監孫覺並權知貢舉，以遺火再試也」。見（宋）李燾撰：《續資治通鑑長編》第十冊，卷三百五十三，頁八A，收入於楊家駱主編《中學術名著第三輯・國史彙編第一期書第十冊》（臺北・世界書局，1974年6月），頁3601下。

〔註38〕見（宋）李燾撰：《續資治通鑑長編》第十冊，卷三百五十七，頁一B，收入於楊家駱主編《中學術名著第三輯・國史彙編第一期書第十冊》（臺北・世界書局，1974年6月），頁3624下。

〔註39〕見（宋）李燾撰：《續資治通鑑長編》第十冊，卷三百六十，頁十B～頁十一B，收入於楊家駱主編《中學術名著第三輯・國史彙編第一期書第十冊》（臺北・世界書局，1974年6月），頁3658上、下。

〔註40〕見（宋）李燾撰：《續資治通鑑長編》第十冊，卷三百六十，頁十九B，收入於楊家駱主編《中學術名著第三輯・國史彙編第一期書第十冊》（臺北・世界書局，1974年6月），頁3662下。

〔註41〕見（宋）李燾撰：《續資治通鑑長編》第十冊，卷三百六十二，頁十二B，收入於楊家駱主編《中學術名著第三輯・國史彙編第一期書第十冊》（臺北・世界書局，

　　哲宗元祐元年（丙寅，1086）二月乙丑（六日），陸佃任《神宗皇帝實錄》修撰官〔註42〕。四月癸巳（六日），王荊公病卒於江寧，「佃率諸生供佛，哭而祭之，識者嘉其無向背」〔註43〕，四月乙巳（十八日），充天章閣待制〔註44〕。七月戊辰（十二日），改任禮部侍郎〔註45〕。元祐三年（戊辰，1088）十月，與曾肇、趙彥若等人上奏請殿試復用「三題之制」試之。〔註46〕元祐五年（庚午，1090）三月己卯（十四日），加龍圖閣待制，為吏部侍郎。〔註47〕三月辛巳（十六日），復為禮部侍郎，六月辛丑（八日），以禮部侍郎權禮部尚書。〔註48〕後因鄭雍、蘇轍等人對陸佃之任命有所疑議，故哲宗詔陸佃候《實錄》書成日，別取旨〔註49〕。是時陸佃作〈乞潁州第一箚子〉、〈第二箚子〉、〈第三箚

1974 年 6 月），頁 3677 下。

〔註42〕見（宋）李燾撰：《續資治通鑑長編》第十一冊，卷三百六十五，頁十一 A，收入於楊家駱主編《中學術名著第三輯・國史彙編第一期書第十一冊》（臺北・世界書局，1974 年 6 月），頁 3714 下。

〔註43〕見《宋史・陸佃傳》卷三百四十三，列傳第一百二，（臺北：藝文印書館，1996 年 8 月初版四刷，《二十五史》影印清乾隆武英殿刊本），頁 4323。

〔註44〕見（宋）李燾撰：《續資治通鑑長編》第十一冊，卷三百七十五，頁十四 A，收入於楊家駱主編《中學術名著第三輯・國史彙編第一期書第十一冊》（臺北・世界書局，1974 年 6 月），頁 3857 下。

〔註45〕見（宋）李燾撰：《續資治通鑑長編》第十一冊，卷三百八十二，頁十七 B，收入於楊家駱主編《中學術名著第三輯・國史彙編第一期書第十一冊》（臺北・世界書局，1974 年 6 月），頁 3945 下。

〔註46〕見（宋）李燾撰：《續資治通鑑長編》第十二冊，卷四百十五，頁二十九 B～三十一 B，收入於楊家駱主編《中學術名著第三輯・國史彙編第一期書第十二冊》（臺北・世界書局，1974 年 6 月），頁 4272 上～頁 4273 上。

〔註47〕見（宋）李燾撰：《續資治通鑑長編》第十二冊，卷四百三十九，頁十一 B，收入於楊家駱主編《中學術名著第三輯・國史彙編第一期書第十二冊》（臺北・世界書局，1974 年 6 月），頁 4471 下。

〔註48〕見（宋）李燾撰：《續資治通鑑長編》第十三冊，卷四百四十三，頁一 B，收入於楊家駱主編《中學術名著第三輯・國史彙編第一期書第十三冊》（臺北・世界書局，1974 年 6 月），頁 4502 上。並見（宋）孫汝聽編：《蘇潁濱年表》，收錄於《宋人年譜叢刊》第五冊，據《永樂大典》卷二三九九影印，（成都・四川大學出版社，2003 年），頁 2951。

〔註49〕六月己酉（十六日），鄭雍上書言陸佃「附會穿鑿」、「苟容偷合」封還禮部尚書之

子）〔註50〕乞補外知穎州，後以佃爲龍圖閣待制、知穎州。元祐六年辛未（1091），三月癸酉（十四日），以《神宗皇帝實錄》書成賞功，爲龍圖閣直學士。〔註51〕閏八月，改知鄧州。元祐七年壬申（1092），四月壬子（八日），改知江寧府。元祐八年（癸酉，1093）二月八日，丁內艱〔註52〕，自金陵歸鄉里。

哲宗紹聖二年（乙亥，1095）春正月，服喪滿除服之時，因遭章惇、蔡卞等人誣毀而遭治《神宗實錄》罪，坐落職，改知泰州。紹聖四年（丁丑，1097）改知海州。哲宗元符二年（己卯，1099）春正月乙丑（二十二日），朝論灼其情，復集賢殿修撰，移知蔡州〔註53〕。五月，《爾雅新義》撰成。宋哲宗元符三年（庚辰，1100）春正月己卯（十二日），哲宗趙煦崩，徽宗即位。春正月乙未（二十八日），以陸佃爲吏部侍郎。〔註54〕七月癸未，秋，奉命出使遼，十一月二十日

命，而蘇轍亦上書提除疑議。見（宋）李燾撰：《續資治通鑑長編》第十三冊，卷四百四十三，頁十一A～頁二十一B，收入於楊家駱主編《中學術名著第三輯·國史彙編第一期書第十三冊》（臺北·世界書局，1974年6月），頁4564上～頁4564下。

〔註50〕見（宋）陸佃：《陶山集》卷四，頁三B～四A，收錄於（清）永瑢、紀昀纂修《景印文淵閣四庫全書》，（臺北：臺灣商務印書館，1986年3月），第一一一七冊，頁87～88。

〔註51〕見（宋）李燾撰：《續資治通鑑長編》第十三冊，卷四百五十六，頁四A～頁四B，收入於楊家駱主編《中學術名著第三輯·國史彙編第一期書》第十三冊（臺北·世界書局，1974年6月），頁4614上。並見於見（宋）黃𤲲編：《山谷年譜》卷二十六：「詔陸佃爲龍圖閣直學士，並以《神宗實錄》書成賞勞也」，收錄於《宋人年譜叢刊》第五冊，《景印文淵閣四庫全書》本，（成都·四川大學出版社，2003年），頁3069。

〔註52〕見吳廷燮撰：《北宋經撫年表》卷四，（北京，中華書局，2004年2月重印），頁293、見（宋）陸游撰、孔凡禮點校：《家世舊聞》，收錄於《歷代史料筆記叢刊·唐宋史料筆記》，（北京，中華書局，1997年12月），頁181。

〔註53〕（宋）李燾撰：《續資治通鑑長編》第十四冊，卷五百五，頁十五A，收入於楊家駱主編《中學術名著第三輯·國史彙編第一期書》第十四冊，（臺北·世界書局，1974年6月），頁5143上。

〔註54〕（宋）李燾撰：《續資治通鑑長編》第十四冊，卷五百二十，頁二十六B～頁二十八A，收入於楊家駱主編《中學術名著第三輯·國史彙編第一期書第十四冊》（臺北·世界書局，1974年6月），頁5280上～頁5281上。

至中京，隔年正月旦南歸。

徽宗建中靖國元年（辛巳，1101），正月甲戌（十三日）太后向氏崩，陸佃任禮儀使。三月初，因少府監韓粹彥、太常少卿李朝玘鳳引木主，入黃堂，佃察視之，乃空匣，即按發其事，并自劾失職，有詔放罪罰銅十斤。六月，陸佃奉詔修《哲宗實錄》，七月丁亥（二十八日），陸佃自試吏部尚書除中大夫、尚書右丞。〔註 55〕十一月庚申，自尚書右丞除尚書左丞，〔註 56〕並受封爲吳郡開國公。〔註 57〕

徽宗崇寧元年壬午（1102）五月己卯，因元祐黨禍之故，罷尚書左丞。〔註58〕六月丙申，罷爲中大夫出亳州。〔註59〕數月卒於官，年六十一。

〔註55〕 任尚書右丞間曾多次與群臣據理相爭：如（1）將祀南郊，有司欲飾大裘匣，度用黃金多，佃請易以銀。徽宗曰：「匣必用飾邪？」對曰：「大裘尚質，後世加飾焉，非禮也。」徽宗曰：「然則罷之可乎？數日來，豈稷屢言之矣。」佃因贊曰：「陛下及此，盛德之舉也。」徽宗欲親祀北郊，大臣以爲盛暑不可，徽宗意甚確。朝退，皆曰：「上不以爲勞，當遂行之。」李清臣不以爲然。佃曰：「元豐非合祭而是北郊，公之議也。今反以爲不可，何耶？」清臣乃止。（2）御史中丞趙挺之以論事不當，罰金。佃曰：「中丞不可罰，罰則不可爲中丞。」諫官陳瓘上書，曾布怒其尊私史而壓宗廟。佃曰：「瓘上書雖無取，不必深怒，若不能容，是成其名也。」佃執政與曾布比，而持論多近恕。每欲參用元祐人才，尤惡奔競，嘗曰：「天下多事，須不次用人；苟安寧時，人之才無大相遠，當以資歷序進。少緩之，則士知自重矣。」又曰：「今天下之勢，如人大病向愈，當以藥餌輔養之，須其安平；苟爲輕事改作，是使之騎射也。」見（宋）王稱：《東都事略》第四冊，第一三〇卷，（臺北：中央圖書館，1991 年 2 月），頁 1498～1499 收入中央圖書館善本書叢刊，第四種；事亦見錄於《宋史·卷三百四十三·列傳第一百〇二·陸佃傳》、見（元）脫脫：《宋史·徽宗紀》，卷十九·本紀第十九。

〔註56〕 見（元）脫脫等修：《宋史·徽宗紀》，卷十九·本紀第十九，（臺北：藝文印書館，1996 年 8 月初版四刷，《二十五史》影印清乾隆武英殿刊本），頁 230。

〔註57〕 據〈辭免冬祀加恩表〉及〈謝冬祀加恩表〉皆提及「伏奉告命特授臣依前中大夫守尚書左丞進封吳郡開國公加食邑七百戶食實封二百戶者」，由是可知，陸佃於尚書左丞任內亦曾有受封吳郡開國公之職。

〔註58〕 見（元）脫脫等修：《宋史·徽宗紀》，卷十九·本紀第十九，（臺北：藝文印書館，1996 年 8 月初版四刷，《二十五史》影印清乾隆武英殿刊本），頁 231。

〔註59〕 見（元）脫脫等修：《宋史·陸佃傳》，卷三百四十三，列傳第一百二，（臺北：藝文印書館，1996 年 8 月初版四刷，《二十五史》影印清乾隆武英殿刊本），頁 4324。

第三節　交遊

陸佃之交遊，可資考覈者有限，今據《陶山集》中所錄酬唱之詩文及墓誌銘、輔以《宋元學案》，稽考其交遊於下：

一、孫覺

孫覺（1028～1090），字莘老，高郵人。少從胡瑗學，爲弟子中之年少者，登仁宗皇祐元年（1049）進士第。初任合肥主簿，歷任直集賢院、右正言等職，因與王安石相左，而出知廣德軍，後又轉徙於蘇州、福州、亳州、揚州、徐州諸地，哲宗立，遷右諫議大夫，進御史中丞。後因疾而罷官，卒於元祐五年，年六十三。著有《文集》、《奏議》六十卷、《春秋經社要義》六卷、《春秋學纂》十二卷、《春秋經解》十五卷〔註60〕。事蹟具《宋史‧孫覺傳》、《續資治通鑑長編》、《東都事略》等。

據《家世舊聞》、《陶山集》所載，陸佃與孫覺交遊，始於嘉祐年間，旅居高郵，寄寓於傅瓊家之際，《家世舊聞》云：

> 楚公未第時，遊四方，留高郵最久，蓋從孫莘老遊，客於處士傅瓊家。〔註61〕

由是可見，二人相識甚早。

二、王雱

王雱（1044～1076），字元澤，撫州臨川人，王安石之子。《宋史》稱其「爲人慓悍陰刻，無所顧忌」，然性聰敏，治平四年（1067）舉進士第。熙寧四年（1071）神宗任太子中允、崇政殿說書，熙寧年六年，設經義局，王雱因與父王安石及呂惠卿編修《周禮》、《詩》、《書》三經，而擢天章閣待制兼侍講。熙寧年間王

〔註60〕見《宋史‧孫覺傳》，卷三百四十四‧列傳‧第一百三，（臺北：藝文印書館，1996年8月初版四刷，《二十五史》影印清乾隆武英殿刊本），頁4327。

〔註61〕見（宋）陸游撰、孔凡禮點校：《家世舊聞》卷上，收錄於《歷代史料筆記叢刊‧唐宋史料筆記》，（北京，中華書局，1997年12月），頁195。按：《陶山集‧孫氏夫人墓誌銘》云：「嘉祐中，卜鄰而處，在高郵玉女鍊丹井少東數十步，御家有常德，推以孝慈而百善備。」見（宋）陸佃：《陶山集‧孫氏夫人墓誌銘》，卷十六。收錄於（清）永瑢、紀昀纂修《景印文淵閣四庫全書》，（臺北：臺灣商務印書館，1986年3月），第一一一七冊，頁191。

安石更新政事，王雱參與其中，並導之。熙寧九年（1076）病卒，年三十三，贈左諫議大夫。著有《老子訓傳》及《佛書義解》、《老子注》、《南華眞經新傳》、《論語解》、《孟子注》等。事蹟附見於《宋史·王安石傳》、《東都事略》〔註62〕。

　　王雱雖爲人慓悍，然陸佃對其學問則讚賞有加，曾撰祭文曰：

> 公才豪氣傑，超羣絕類，據依六經，馳騁百氏，金版六韜，堅白同異，老聃瞿曇，外域所記，并包渟蓄，迥無涯涘，形于談辯，雄健俊偉。每令作人伏首抑氣，譬彼滄溟萬川俱至，驚瀾怒濤駕天卷地，又如白日雲霧斗起，風裂雨驟，雷震霆屬，倏忽斂氛，澄霽妩媚，異態殊狀，率有義味。自云功名可以力致，何作弗成，何立弗遂。熙寧逢辰，既昌且熾，立談遇主，騰上甚銳，公亦慨然，任天下事命也奈何，半途而稅。孰天孰壽，孰興孰廢，自古皆然。竟亦何爲，念昔此邦，初與公值，曷敢定交，公我所畏，傾蓋相從，期以百歲。今我來思，如復更世，豈無友人，先我而逝，懷舊感今，擲筆掩袂，猶想當年，拍手論議，白下長干，倒屣曳履，遺舟夜鑿，求馬唐肆，顧瞻空山，潸焉出涕，尚饗。〔註63〕

由此觀之，二人厚篤之情感，不言而喻；不捨友人之情，則情溢於表。

三、沈憑

　　沈憑（？～？），桐川人，有文行。熙寧六年進士，累官奉議郎。陸佃自言爲「吾遊之賢者」，《陶山集》云：

> 治平三年，今大丞相王功守金陵，以緒餘成學者，而某也時竝群英之遊，方是時，初識憑面，愛其平粹無礙，與之交淡，然已成故，固已卜知居士矣。其後遂爲同年之友。〔註64〕

〔註62〕見《宋史》卷三二七·列傳第八十六，及（宋）王稱：《東都事略》卷七十九，收錄於國立中央圖書館善本叢刊第四種，（臺北：中央圖書館，1991年2月），第四冊，頁1207～1219。

〔註63〕見（宋）陸佃：《陶山集·祭王元澤待制墓文》，卷十三。收錄於（清）永瑢、紀昀纂修《景印文淵閣四庫全書》，（臺北：臺灣商務印書館，1986年3月），第一一一七冊，頁166。

〔註64〕見（宋）陸佃：《陶山集·沈君墓表》，卷十六。收錄於（清）永瑢、紀昀纂修《景印

四、龔原

　　龔原（？～？），字深之，時稱括蒼先生，處州遂昌人。《宋史·龔原傳》載少與陸佃同遊於王安石門〔註65〕。仁宗嘉祐八年（1063）中進士第。神宗熙寧四年（1071），為國子直講，時與陸佃《詩》、孫諤《書》、葉濤《周禮》等聞名，而龔原以《易》為專，故習《易》者多以其說為宗。歷起居舍人，給事中。累官工部侍郎。終知亳州。《宋史·藝文志》載《龔原文集》七十卷、《易章句》一卷、《孟子解》十卷等，另《直齋書錄解題》錄有《易講義》十卷。事蹟具《宋史》、《東都事略》。〔註66〕

五、傅常

　　傅常（1047～1092），一名豫〔註67〕，字明孺，高郵人。揚州助教傅瓊之子。元祐七年四月甲子卒，年四十六歲。嘉祐治平間，與陸佃共學，過遊甚密。曾言「豫有美志，讀書志慕師友，與當世學士、大夫遊，而吾遊之舊者也。」〔註68〕傅常辭世，陸佃撰〈傅府君墓誌〉表哀矜之情，云：

> 嘉祐、治平間，與予同硯席，共敝衣服，無憾也。是時明孺尚未冠，予亦年少耳。淮之南，學士大夫宗安定先生之學，予獨疑焉，及得荊公《淮南雜說》與其《洪範傳》，心獨謂然，于是願掃臨川先生之門，後余見公，亦驟見稱獎，語器言道，朝虛而往，暮實而歸，覺平日就師十年，不如從公之一日也。既歸，明孺驚曰：「自今事兄矣，豈曰友之云乎？」然予亦不自讓也，憩其館累月，食客以予故，日

文淵閣四庫全書》，（臺北：臺灣商務印書館，1986年3月），第一一一七冊，頁193。

〔註65〕見《宋史·龔原傳》卷三百五十三·列傳第一百一十二，（臺北：藝文印書館，1996年8月初版四刷，《二十五史》影印清乾隆武英殿刊本），頁4431。

〔註66〕見《宋史》卷三五三及（宋）王稱：《東都事略》卷一百十四，收錄於國立中央圖書館善本叢刊第四種，（臺北：中央圖書館，1991年2月），第四冊，頁1772～1773。

〔註67〕見（宋）陸佃：《陶山集》卷十五，〈助教傅君墓誌銘〉，收錄於（清）永瑢、紀昀纂修《景印文淵閣四庫全書》，（臺北：臺灣商務印書館，1986年3月），第一一一七冊，頁178。

〔註68〕見（宋）陸佃：《陶山集》卷十五，〈助教傅君墓誌銘〉，收錄於（清）永瑢、紀昀纂修《景印文淵閣四庫全書》，（臺北：臺灣商務印書館，1986年3月），第一一一七冊，頁178。

嘗數十人，助教禮數益隆，無倦容厭色。逮予遭遇神考，既躋侍從，而明孺喪親，生事日窘急，不復積精問學矣。雖有良質美意，不能充也。元豐中，過我京師，予勉之曰：「夫青出于藍而青于藍，故學而能過其師者有矣。昔子質美于予，今更弗如是，不學之過也。」明孺嘆曰：「老矣，不能復進，于此願教子如公教，且傅氏多隱德，若陰報不昧，後當有興者。請名子興祖、興宗、興嗣，曰此其所以志也。」居久之，予守金陵，過其家，明孺既卒矣。弔其孤而哭焉，見其卒時自爲偈，有「風掃落花」之語，是亦達者也。〔註69〕

六、卜彊本

卜彊本（？～？），湖州歸安人，卜之先子，登紹興元年甲戌畢漸榜，有志尚，石子倩之婿，與陸佃爲姻親，〔註70〕並從之遊，爲學甚力，曾任譚州右司理參軍，事蹟具《宋元學案補遺》卷九十八。〔註71〕

七、俞方

俞方（？～？），諸暨望族，熙寧間從陸佃遊，陸佃讚云：

其爲學知所先後，蓋將求心之解，非若淺丈夫汲汲于外，以晞世利而已。〔註72〕

〔註69〕見（宋）陸佃：《陶山集》卷十五，〈傅府君墓誌〉，收錄於（清）永瑢、紀昀纂修《景印文淵閣四庫全書》，（臺北：臺灣商務印書館，1986年3月），第一一一七冊，頁179。

〔註70〕按：〈石子倩墓誌銘〉：「子倩，諱轍之，姓石氏。……初娶王氏早卒，再娶陸氏，吾姊也。才且賢，伯父琪惜其爲女子爲擇佳配以嫁子倩，子四人。景舒、景愈、景完、景洙，女三人。長適鄉貢進士卜彊本。」見（宋）陸佃：《陶山集》卷十五，收錄於（清）永瑢、紀昀纂修《景印文淵閣四庫全書》，（臺北：臺灣商務印書館，1986年3月），第一一一七冊，頁177～178。又〈卜君墓誌銘〉云：「彊本，吾姊之壻。」頁179～1810。

〔註71〕見（清）王梓材、馮雲濠撰，張壽鏞校補：《宋元學案補遺》卷九十八，頁百五十，收錄於楊家駱主編：《中國學術名著》第五輯，歷代學案第二期書，第八冊，頁3556。

〔註72〕見（宋）陸佃：《陶山集》卷十五，〈王氏夫人墓誌銘〉，收錄於（清）永瑢、紀昀纂修《景印文淵閣四庫全書》，（臺北：臺灣商務印書館，1986年3月），第一一一七冊，頁186。（清）王梓材、馮雲濠撰，張壽鏞校補：《宋元學案補遺》卷九十八，

八、許安世

許安世（1058～1084），字少張，襄邑人，許拯之子，與兄弟皆力於學，治平四年進士第一，官至尚書都官員外郎。與陸佃遊，佃讚曰「吾友之賢者」、「文足以華國，才足以應世。」〔註73〕元豐七年於其父卒後四十九日棄世，年僅二十七，事蹟具《宋元學案補遺》卷九十八。

第四節　門生

陸佃「以說《詩》得名，……《詩講義》盛傳於時」，神宗讚譽其「自王、鄭以來，言禮未有如佃者」，故各方俊茂從師焉，而陸佃亦親授之，今據《陶山集》、《宋元學案補遺》、《家世舊聞》、《宋史》等所載，將其門生分別簡介如下：

一、王昇

王昇（1052～1132），字君儀，嚴州人〔註74〕，弱冠即從陸佃游，無書不讀，諸書一字有疑，亦不放過〔註75〕，銳意取功名，然應舉不遂，至四十九歲，陸佃入預大政，除爲湖、婺二州學教授〔註76〕。後罷官歸返山林，宣和七年以待

頁百五十，收錄於楊家駱主編：《中國學術名著》第五輯，歷代學案第二期書，第八冊，頁3556。

〔註73〕見（宋）陸佃：《陶山集》卷十四，〈許侯墓誌〉，收錄於（清）永瑢、紀昀纂修《景印文淵閣四庫全書》，（臺北：臺灣商務印書館，1986年3月），第一一一七冊，頁174。

〔註74〕按：《泊宅編》則作「睦州」。

〔註75〕《家世舊聞》云：「紹聖初，王君儀昇來省楚公，公問君儀：『近讀何書？』君儀對曰：『讀諸史一徧否？渠便是一徧也。』蓋君儀諸書一字有疑，亦不放過」見（宋）陸游撰、孔凡禮點校：《家世舊聞》卷上，收錄於《歷代史料筆記叢刊・唐宋史料筆記》，（北京，中華書局，1997年12月），頁195。

〔註76〕王君儀戮力於功名可見諸於《寶慶四明志》、《泊宅編》等書之記載，如：1、《寶慶四明志》云：「王君儀年弱冠，寓陸佃門下力學攻文，至忘寢食。」收錄於《續修四庫全書》史部地理類・第705冊，（上海：上海古籍出版社，2002年），卷九「顛僧」條，頁143。2、（宋）方勺撰《泊宅編》載：「明州有僧佯狂，頗言人災福，時號癲僧。王君儀年弱冠，寓陸農師佃門下，力學工文，至忘寢食。一日，癲僧來托宿，陸公曰：『王秀才雖設榻，不曾睡，可就歇息。』明日，僧凤興，見君儀猶挾策窗下，一燈熒然，睥而言曰：『若要官，須四十九歲。』君儀聞之，頗

制領宮祠，卒於紹興二年，年七十九，事蹟具《宋元學案補遺》卷十。

二、石景舒、石景愈、石景完、石景洙

石景舒（？～？），越州新昌人，石徽之之子。與弟景愈、景完、景洙四人，以勤儉爲陸佃所讚許，云：

> 景舒與諸弟昔嘗從予在太學，見其糗食不美，夜分寒燈熒然，欲減其光映書，兄弟共之，而寢臥纔半榻，偃息蓋遞焉。刻意堅槁，甚於寒士。〔註77〕

三、黃特、黃持

黃特（？～？），剡人，黃頤之子，登元祐六年馬涓榜。〔註78〕黃持，特之弟。陸佃言二人「受學予所言多。」〔註79〕

四、黃彥、朱戩、韓羽

黃彥（？～？），諸暨人，黃舜欽之子，曾任興化軍錄事參軍、京畿轉運判官、朝議大夫等職。與朱戩、韓羽爲同邑人，神宗熙寧四年（辛亥，1071），陸佃選爲鄆州教授，三人同游陸佃之門，陸佃讚其「良質美志」，後韓羽、黃彥、朱戩〔註80〕

不懌。其後累應書不偶。直至年四十八，又夢癲僧笑而謂曰：『明年做官矣。』是時癲僧遷化已久，而來年又非唱第之年，君儀巨測。明年，陸公入預大政，首薦君儀，遂除湖州教授。君儀嘗謂予云：『欲游四明求師遺事，爲作傳以報之，而未能也。』」收錄於（宋）方勺撰、許沛藻、楊立揚點校：《泊宅編》（三卷本）卷中，《歷代史料筆記叢刊・唐宋史料筆記》，（北京，中華書局，1997 年 12 月），頁 84。

〔註77〕見（宋）陸佃：《陶山集》卷十五，〈石子倩墓誌銘〉，收錄於（清）永瑢、紀昀纂修《景印文淵閣四庫全書》，（臺北：臺灣商務印書館，1986 年 3 月），第一一一七冊，頁 178。

〔註78〕見高似孫：《剡錄》卷一。

〔註79〕見（宋）陸佃：《陶山集》卷十四，〈黃君墓誌銘〉，收錄於（清）永瑢、紀昀纂修《景印文淵閣四庫全書》，（臺北：臺灣商務印書館，1986 年 3 月），第一一一七冊，頁 170。另《宋元學案補遺》卷九十八「陸氏門人」條亦據《陶山集》引錄曰：「陶山誌吉老墓有云：『特、揚受學予所言多』」，按：「揚」應爲「持」之誤。見（清）王梓材、馮雲濠撰，張壽鏞校補：《宋元學案補遺》卷九十八，頁百五十，收錄於楊家駱主編：《中國學術名著》第五輯，歷代學案第二期書，第八冊，頁 3556。

〔註80〕按：朱戩，元豐五年登進士第，仕至知縣。

先後登科，鄉人皆欣慕之。三人中韓羽不幸早逝，然朱戩及黃彥宦、學皆有所成，
為時人所聞，陸佃則以之為喜〔註81〕。

五、李知剛、李知柔

李知剛（1071～1095），字作乂，山陰人，幼怙恃俱失，伯父撫育之。稍長，
志於文辭，問學而忘餐廢食，與兄長李知柔「在太學久，二李名動京師。」〔註
82〕，《家世舊聞》云其「才極高，公愛之」〔註83〕。元祐五年進士登第，任池
州司理參軍，後娶陸佃之女，然不幸於紹聖二年卒，年僅二十五。

李知剛與陸佃切磋經義，屢有奇見，如論《春秋》，曰：

> 經一而足，聖人以比貫類使，從可知耳，雖無魯，《春秋》猶著。〔註84〕

又曰：

> 三傳傳經《公羊》最精，《穀梁》殆其後人其佳處拾《公羊》之遺耳，
> 先儒云《公羊》不如《穀梁》之精，似誤也。〔註85〕

〔註81〕陸佃：〈諸暨黃君墓誌銘〉云：「諸暨為邑萬戶，能力教子者三家：朱氏諱塋，子
　　　名戩；韓氏諱彥昌，子名羽；黃氏諱舜卿，子名彥。熙寧中，先皇帝以德更化，
　　　以道更法，百度修而萬事舉，始詔諸路置學官。方是時予為鄆州州學教授，彥等
　　　裹糧走汶上，有良質美志，不媿齊魯。自茲從予遊。……羽登科，彥繼之，戩有
　　　繼之，鄉人莫不欣羨其父子，甚可喜也。……羽雖不幸短命，今彥及戩宦學方優
　　　異，時烜赫為世聞，人殆未可量，則予又將為之喜矣。」見（宋）陸佃：《陶山集》
　　　卷十四，〈諸暨黃君墓誌銘〉，收錄於（清）永瑢、紀昀纂修《景印文淵閣四庫全
　　　書》，（臺北：臺灣商務印書館，1986年3月），第一一一七冊，頁171。

〔註82〕見（宋）陸佃：《陶山集》卷十四，〈李司理墓誌〉，收錄於（清）永瑢、紀昀纂修
　　　《景印文淵閣四庫全書》，（臺北：臺灣商務印書館，1986年3月），第一一一七冊，
　　　頁172。

〔註83〕見（宋）陸游撰、孔凡禮點校：《家世舊聞》卷上，收錄於《歷代史料筆記叢刊‧
　　　唐宋史料筆記》，（北京，中華書局，1997年12月），頁188。

〔註84〕見（宋）陸佃：《陶山集》卷十四，〈李司理墓誌〉，收錄於（清）永瑢、紀昀纂修
　　　《景印文淵閣四庫全書》，（臺北：臺灣商務印書館，1986年3月），第一一一七冊，
　　　頁172。

〔註85〕見（宋）陸佃：《陶山集》卷十四，〈李司理墓誌〉，收錄於（清）永瑢、紀昀纂修
　　　《景印文淵閣四庫全書》，（臺北：臺灣商務印書館，1986年3月），第一一一七冊，
　　　頁172。

陸佃以其見爲前人所未發之奇語，自以爲不如也，故有「異時當爲國器，斯文實有寄焉」之說。

六、陳廓、陳度

陳廓（1056～1110），字彥明，金壇人。父亢，家饒，勇于爲義，嘗開速瀆河。陳廓登熙寧九年進士，曾任廣東轉運判官、潁昌府長社縣令、江寧府句容縣主簿等職。弟陳度，元豐三年第進士，曾任試秘書省校書郎。陸佃曾讚兄弟二人「廓頗樸茂，度也翹俊可喜。」而鄒浩則稱「其與弟彥通，文高學博，趨操堅正。」〔註86〕

七、鄭褒、鄭云

鄭褒、鄭云，衢州人，二兄弟同並遊陸佃之門，稱其二人「其文行皆可喜」，謂鄭云「從予最久，其進學駸駸如驟，有足以起予者。」〔註87〕

八、傅興祖

傅興祖（？～？），字仲修，自號且翁，傅明孺之子，陸佃未第前，於高郵時即從傅明孺游。傅明孺因舉進士不第，故對其子寄予厚望，元豐中於京師託陸佃教化其子，〈傅府君墓誌〉云：

> 明孺嘆曰：「老矣，不能復進，于此願教子如公教，且傅氏多隱德，若陰報不昧，後當有興者。請名子興祖、興宗、興嗣。曰此其所以志也。」〔註88〕

然傅興祖仍不第。〔註89〕

〔註86〕見《大清一統志》卷六十三。

〔註87〕見（宋）陸佃：《陶山集》卷十五，〈王氏夫人墓誌銘〉，收錄於（清）永瑢、紀昀纂修《景印文淵閣四庫全書》，（臺北：臺灣商務印書館，1986年3月），第一一一七冊，頁187。

〔註88〕見（宋）陸佃：《陶山集》卷十五，〈傅府君墓誌〉，收錄於（清）永瑢、紀昀纂修《景印文淵閣四庫全書》，（臺北：臺灣商務印書館，1986年3月），第一一一七冊，頁179。

〔註89〕《家世舊聞》曰：「楚公未第時，遊四方，留高郵最久，蓋從孫莘老遊，客於處士傅瓊家。傅氏孫興祖字仲修，實受業，爲仲修不第，自號且翁。」見（宋）陸游撰、孔凡禮點校：《家世舊聞》卷上，收錄於歷代史料筆記叢刊·唐宋史料筆記，

九、朱晞

朱晞（？～？），工於篆書，其人溫和敦厚，陸佃曾讚譽曰「晞性和厚，吾遊之賢者也，善篆，有古風，與建安章友直相上下。」〔註90〕

十、黃安

黃安（？～？），字安時，虔州人，號鳳橋耕叟。尚書膳部員外郎黃克俊之子，年少時於太學頗有名聲，曾向陸佃習《禮》、《春秋》，父亡後，遂罷科舉，隱居壽春縣鳳橋，布衣蔬食，閉門授《禮》，晚年則好程頤之《易》說，後死於兵亂。〔註91〕

（北京，中華書局，1997年12月），頁195。

〔註90〕見（宋）陸佃：《陶山集》卷十四，〈光祿寺丞陳君墓誌銘〉，收錄於（清）永瑢、紀昀纂修《景印文淵閣四庫全書》，（臺北：臺灣商務印書館，1986年3月），第一一一七冊，頁173。按：《宣和書譜·卷二·篆書》云：「（北宋）章友直（1006～1062），字伯益，閩人。博通經史，不以進取為意。工玉筯字學，嘉祐中與楊南仲篆石經於國子監，當時稱之太常少卿。元居中出領宿州，素喜其書，且富有之。至宿則盡所有摹諸石，以廣其傳。緣此東吳之地多其篆跡。友直既以此書名世，故家人女子亦莫不知筆法。咄咄逼真，人復寶之。說者云：『自李斯篆法之亡而得一陽冰，陽冰之後得一徐鉉，而友直在鉉之門，其猶遊夏歟。』」

〔註91〕見（宋）陸游撰、孔凡禮點校：《家世舊聞》卷下，收錄於《歷代史料筆記叢刊·唐宋史料筆記》，（北京，中華書局，1997年12月），頁214。

第三章　陸佃之學術淵源

　　陸佃爲宋代著名之學者，於政壇及學術上均有其地位，神宗讚譽其「自王、鄭以來，言禮未有如佃者」；《宋史》稱其「禮家、名數之說尤精。」故本章即從其家學淵源及師承方面探析，以彰明其學術淵源之脈絡與影響。

第一節　家學

　　陸氏於五代之際本已門祚衰落，至陸軫以進士起家，方重振家風。此後陸氏漸趨復興，「兄弟行有官者十餘人」〔註1〕，而陸軫於眞宗大中祥符五年（壬子，1012）登進士第，先後曾知越州、明州，累官工部郎中、集賢校理，諫議大夫。其爲宦後，曾建「陸太傅書院」以供鄉里族人讀書，〔註2〕並以「孝弟行于家，行義修于身」爲宗旨，鼓勵後輩勤奮向學，故陸佃即有「映月光讀書」之事。陸軫曾撰〈修心鑒〉論個人修養方式，其內容融會儒、釋、道三者，晚年又辟穀學道〔註3〕，歸隱山林以自適，此種生活模式，對後世子孫影響甚深，

〔註1〕見（宋）陸游撰、孔凡禮點校：《家世舊聞》卷上，收錄於《歷代史料筆記叢刊·唐宋史料筆記》，（北京，中華書局，1997年12月），頁176。

〔註2〕見陶晉生：《北宋士族：家族、婚姻、生活》第十章〈書香世家：山陰陸氏〉，（臺北：中央研究院歷史語言研究所，2001年6月一版二刷），頁282。

〔註3〕《家世舊聞》言：「太傅辟穀幾二十年，或食少山果。」見（宋）陸游撰、孔凡禮點校：《家世舊聞》，收錄於《歷代史料筆記叢刊·唐宋史料筆記》，（北京，中華書局，1997年12月），頁176。

陸游便曾言其家族「學道今四世」，而陸佃則曾於會稽縣東建證慈院〔註4〕，並從事《老子》、《鶡冠子》等注疏工作，應受陸軫之影響。

此外，宋代文人好藏書，蔚然成風，藏書之用，或用以自讀，或以遺子孫，如：歐陽修便曾言「吾家藏書一萬卷」、蘇頌言「吾收書已數萬卷」、沈立言「藏書三萬卷，以遺子孫」等〔註5〕。而陸家自陸軫起便開始藏書，陸佃之叔陸琮亦用其俸祿以購書遺子孫〔註6〕，傳至陸佃子陸宰時，已存一萬三千卷罕見奇書，並列爲越州三大藏書家族之一〔註7〕。而因陸佃家族中藏書盈室，且多人所不經見者的因素，此亦造就陸佃學養之淵博、著述宏富的原因之一。

第二節　師承

陸佃之學術除家學之薰陶外，後多承師長之傳授，據陸佃自言其一生曾受教於呂宏及荊國公王安石等人，其中王安石對其政壇或學術皆有顯著之影響。

一、呂宏

陸佃曾於〈長樂郡君賀氏墓誌銘〉一文中有「嘉祐中，余以童子從呂宏學，適連居士之牆」〔註8〕之語，可知陸氏少時從呂宏學，歷經十年，即入王

〔註4〕見陶晉生：《北宋士族：家族、婚姻、生活》第十章〈書香世家：山陰陸氏〉，（臺北：中央研究院歷史語言研究所，2001年6月一版二刷），頁287。

〔註5〕見陶晉生：《北宋士族：家族、婚姻、生活》第三章〈士大夫家族的維持〉，（臺北：中央研究院歷史語言研究所，2001年6月一版二刷），頁67。

〔註6〕見（宋）陸佃：《陶山集》卷十四，〈朝奉大夫陸公墓誌銘〉，頁五，收錄於（清）永瑢、紀昀纂修《景印文淵閣四庫全書》，（臺北：臺灣商務印書館，1986年3月），第一一一七冊，頁169下。

〔註7〕《嘉泰會稽志》卷十六載「紹興十三年始建祕書省，於臨安天井巷之東，詔求遺書於天下，首命紹興府錄朝請大夫直祕閣陸宰家所藏書來上，凡萬三千卷有奇……藏書有三家：曰左丞陸氏，尚書石氏、進士諸葛氏。中興，祕府始建，嘗於陸氏就傳其書。」

〔註8〕見（宋）陸佃：《陶山集》卷十五，〈長樂郡君賀氏墓誌銘〉，頁十一B，收錄於（清）永瑢、紀昀纂修《景印文淵閣四庫全書》，（臺北：臺灣商務印書館，1986年3月），第一一一七冊，頁182下。

氏之門〔註9〕。

二、王安石

　　宋英宗治平三年丙午（1066），陸佃二十五歲，是年始受學於王安石，自此，王氏對陸佃有著重大之啓發及影響。

　　王安石，字介甫，號半山老人，小字獾郎〔註10〕，撫州臨川人。生於宋眞宗天禧五年（1021）父名益〔註11〕，曾官至員外郎。介甫少時便以能屬文而備受讚揚〔註12〕。慶曆二年（1042）登進士第，年僅二十。後歷任臨川判官、鄞縣知縣、群牧判官、常州太守、舒州通判、提點江東刑獄、三司度支判官、知制誥等職，頗有官聲〔註13〕。嘉佑三年（1059）爲倡議政治革新，呈萬言書與仁宗，然不受錄用。迄神宗立，又進〈本朝百年無事箚子〉〔註14〕論述所當變革之所在，神宗得之欣然，遂爲衿契。熙寧二年（1069）二月初三，拜參知政事，進言「變風俗，立法度」以爲要務，於神宗認許下，九月制置三司條例司，

〔註9〕　按：陸佃曾於〈長樂郡君賀氏墓誌銘〉一文中自言「嘉祐中，余以童子從呂宏學」，而陸氏於〈沈君墓表〉言「治平三年，今大丞相王公守金陵，以緒餘成學者，而某也時竝群英之游。」由此推斷，陸佃於呂門長達十年之久，故於〈傅府君墓誌〉中方有「覺平日就師十年，不如從公之一日也。」之語。

〔註10〕　見（宋）邵博：《聞見後錄》卷三十：「傅獻簡云：『王荊公之生也，有獾入其室，俄失所在，故小字獾郎。』」見（宋）邵博撰：《邵氏聞見後錄》，（北京，中華書局，1997年），頁237。及（清）潘永因《宋稗類鈔》卷之五：「世傳公初生，家人見有獾入其產室，有頃公生，故小字獾郎。」，收錄於《筆記小說大觀三十六編》第九冊，（臺北：新興書局有限公司，1984年3月），頁6。

〔註11〕　王安石父名益，字損之（993～1038），後改字舜良。祥符八年進士，歷任建安主簿、臨江軍判、新繁縣等官職，天聖間知韶州，官終員外郎，寶元元年卒，年四十六。

〔註12〕　見《宋史・王安石傳》，卷三百二十七・列傳第八十六所載：「安石少好讀書，一過目終身不忘。屬文動筆如飛，初若不經意，既成，見者皆服其精妙。」收錄於（清）永瑢、紀昀纂修《景印文淵閣四庫全書》，（臺北：臺灣商務印書館，1986年3月），第二八六冊，頁331。

〔註13〕　見《宋史・王安石傳》，卷三百二十七・列傳第八十六所載：「起堤堰，決陂塘，爲水陸之利；貸穀與民，出息以償，俾新陳相易，邑人便之。」收錄於（清）永瑢、紀昀纂修《景印文淵閣四庫全書》，（臺北：臺灣商務印書館，1986年3月），第二八六冊，頁331。

〔註14〕　王安石於神宗熙寧元年（1068）呈〈本朝百年無事箚子〉。

推新法革新，「故農田水利、青苗、均輸、保甲、免役、市易、保馬、方田諸法相繼並興，號爲『新法』。」〔註15〕同時，爲使新法符合聖賢舊說，故提議重新訓釋經書，熙寧六年（1073）設經義局且自兼提舉一職。熙寧七年（1074）春，天下久旱，災民四處流離，反新法者紛紛以此爲病，提出非議、欲罷新法，介甫乃上奏罷相求去，神宗本不允，後因慈聖、宣仁二太后泣述「安石亂天下」〔註16〕，遂准其所奏，罷爲觀文殿大學士，出知江寧府，此爲首次罷相。次年，熙寧八年（1075），復任丞相，熙寧九年（1076），介甫有感讒謗交攻再起，又傷其子雱之亡，故再度稱病求去，十月獲准罷相，再次出判江寧府。元豐元年（1078），介甫爲尙書左僕射、任集禧觀使，封舒國公。元豐三年（1080）改封荊國公，並定居江寧城外鍾山，營居「半山園」，故自號半山。哲宗元祐元年（1086），四月，介甫卒於江寧。哲宗贈爲太傅。

陸佃「初從荊國猶年少」〔註17〕，曾於文章中多次提及從學於王安石之經歷，如〈依韻賀李知剛黃安見示〉云

　　蔣山鱗鬣蒼嵯峨，參伐可捫斗可摩；建康開府占形勝，千檣萬舳來
　　江艖。憶昨司空駐千騎，與人傾蓋腸無他；有時偃寒枕書臥，忽地
　　起走仍吟哦。諸生橫經飽餘論，宛若茂草生陵阿；發揮形聲解奇字，

〔註15〕《宋史・王安石傳》載：「二年二月，拜參知政事。上謂曰：『人皆不能知卿，以爲卿但知經術，不曉世務。』安石對曰：『經術正所以經世務，但後世所謂儒者，大抵皆庸人，故世俗皆以爲經術不可施於世務爾。』上問：『然則卿所施設以何先？』安石曰：『變風俗，立法度，最方今之所急也。』上以爲然。於是設制置三司條例司，命與知樞密院事陳升之同領之。安石令其黨呂惠卿任其事。而農田水利、青苗、均輸、保甲、免役、市易、保馬、方田諸役相繼並興，號爲新法，遣提舉官四十餘輩，頒行天下。」見《宋史・王安石傳》，卷三百二十七・列傳第八十六。收錄於（清）永瑢、紀昀纂修《景印文淵閣四庫全書》，（臺北：臺灣商務印書館，1986 年 3 月），第二八六冊，頁 333。

〔註16〕見《宋史・王安石傳》，卷三百二十七・列傳第八十六。收錄於（清）永瑢、紀昀纂修《景印文淵閣四庫全書》，（臺北：臺灣商務印書館，1986 年 3 月），第二八六冊，頁 335。

〔註17〕見《陶山集》卷一，〈《爾雅新義》成查許國以詩見惠依韻達之二首〉頁十七 A，收錄於（清）永瑢、紀昀纂修《景印文淵閣四庫全書》，（臺北：臺灣商務印書館，1986 年 3 月），第一一一七冊，頁 67 上。

豈但晚學池中鵝。余初聞風裏糧走，願就秦扁醫沈府；登堂一見便稱許，暴之秋陽濯江沱。夜深歸來學舍冷，鼓吹有蛙更聞鼉；曾參捉襟肘屢見，回也簞食傾瓢蠡。……平生慷慨慕荊國，自誓中立無邪頗。〔註18〕

〈沈君墓表〉提及：

治平三年，今大丞相王公守金陵，以緒餘成學者，而某也時竝群英之游。〔註19〕

又〈丞相荊公挽歌詞〉云：

慣識無心有海鷗，行藏須向古人求；皐陶一死隨神禹，孟子平生學聖丘。雕篆想陪清廟食，玉杯應從裕陵遊；遙瞻舊館知難報，降帳橫經二十秋。〔註20〕

由此觀之，陸佃自治平三年投入王氏之門後，即與王安石展開師生情誼達二十年之久。陸佃終其一生，多以投入王門為傲，曾云：

平生慷慨慕荊國，自誓中立無邪頗。〔註21〕

又〈傅府君墓誌〉言：

淮之南，學士、大夫宗安定先生之學，予獨疑焉。及得荊公《淮南雜說》與其《洪範傳》，心獨謂然，于是願掃臨川先生之門，後於見公，亦驟稱獎，語器言道，朝虛而往，暮實而歸，覺平日就師十年，

〔註18〕見《陶山集》卷一，〈依韻賀李知剛黃安見示〉頁四～頁五A，收錄於（清）永瑢、紀昀纂修《景印文淵閣四庫全書》，（臺北：臺灣商務印書館，1986年3月），第一一一七冊，頁60下～61上。

〔註19〕見《陶山集》卷十六，〈沈君墓表〉頁十一B，收錄於（清）永瑢、紀昀纂修《景印文淵閣四庫全書》，（臺北：臺灣商務印書館，1986年3月），第一一一七冊，頁193下。

〔註20〕見《陶山集》卷三，〈丞相荊公挽歌詞〉頁十三B，收錄於（清）永瑢、紀昀纂修《景印文淵閣四庫全書》，（臺北：臺灣商務印書館，1986年3月），第一一一七冊，頁83上。

〔註21〕見《陶山集》卷一，〈依韻賀李知剛黃安見示〉頁四～頁五A，收錄於（清）永瑢、紀昀纂修《景印文淵閣四庫全書》，（臺北：臺灣商務印書館，1986年3月），第一一一七冊，頁60下～61上。

不如從公之一日也。〔註22〕

〈依韻賀李元中兼寄伯時二首〉之二則云：

> 五丈河邊避俗塵，閉門情味似漳濱；拋離鵠渚今三歲，成就華嚴秖
> 兩人。貧裏有時求得玉，老來無可奈何春，平生共學王丞相，更覺
> 荀揚未盡醇。〔註23〕

然二人於政治理念多有出入〔註24〕，故王安石「專付之以經術，不復茲以政。」
〔註25〕，《續資治通鑑長編》載：

> （熙寧五年正月）戊戌，王安石以試中學官等第進呈，且言黎佒、
> 張諤文字佳，第不合經義。上曰：「經術，今人人乖異，何以一道德？
> 卿有所著可以頒行，令學者定於一。」安石曰：「《詩》，已令陸佃、
> 沈季長作義。」上曰：「恐不能發明。」安石曰：「臣每與商量。」

〔註26〕

又《西清詩話》載：

〔註22〕見《陶山集》卷十五，〈傅府君墓誌〉頁四 A，收錄於（清）永瑢、紀昀纂修《景
印文淵閣四庫全書》，（臺北：臺灣商務印書館，1986 年 3 月），第一一一七冊，頁
179 上。

〔註23〕見《陶山集》卷二，〈依韻賀李元中兼寄伯時二首〉頁十八 B，收錄於（清）永瑢、
紀昀纂修《景印文淵閣四庫全書》，（臺北：臺灣商務印書館，1986 年 3 月），第一
一一七冊，頁 76 下。

〔註24〕如《宋史·陸佃傳》曰：「過金陵，受經於王安石。熙寧三年，應舉入京。適安石
當國，首問新政，佃曰：『法非不善，但推行不能如初意，還為擾民，如青苗是也。』
安石驚曰：『何為乃爾？吾與呂惠卿議之，又訪外議。』佃曰：『公樂聞善，古所
未有，然外間頗以為拒諫。』安石笑曰：『吾豈拒諫者？但邪說營營，顧無足聽。』
佃曰：『是乃所以致人言也。』明日，安石召謂之曰：『惠卿云：「私家取債，亦須
一雞半豚。」已遣李承之使淮南質究矣。既而承之還，詭言於民無不便』，佃說不
行。」見《宋史·陸佃傳》卷三百四十三，列傳第一百二，（臺北：藝文印書館，
1996 年 8 月初版四刷，《二十五史》影印清乾隆武英殿刊本），頁 4323。

〔註25〕見（宋）歐陽修撰：《宋史·陸佃傳》卷三百四十三，列傳第一百二，（臺北：藝
文印書館，1996 年 8 月初版四刷，《二十五史》影印清乾隆武英殿刊本），頁 4323。

〔註26〕見（宋）李燾撰：《續資治通鑑長編》，卷二百二十九，收入於楊家駱主編：《中國
學術名著第三輯·國史彙編第一期書第七冊》，（臺北·世界書局，1974 年 6 月），
「熙寧五年正月戊戌」，頁 2415。

熙寧初，張侍郎掞以二府成，詩賀王文公。公和曰：「功謝蕭規慚漢第，恩從隗始詫燕臺。」示陸農師。農師曰：「蕭規曹隨，高帝論功，蕭何第一，皆摭故實。而『請從隗始』，初無『恩』字。」公笑曰：「子善問也。韓退之《鬥雞聯句》『感恩慚隗始』，若無據，豈當對『功』字耶？」乃知前人以用事一字偏枯，為倒置眉目，返易巾裳，蓋慎之如此。〔註27〕

後王安石變法不成而罷相，不久病卒，陸佃無畏時局變異，仍往哭祭，時人多讚之。又曾為王安石之故而與史官爭辯，以迴護其師，《宋史‧陸佃傳》載：

> 是時，更先朝法度，去安石之黨，士多諱變所從。安石卒，佃率諸生供佛，哭而祭之，識者嘉其無向背。遷吏部侍郎，以修撰《神宗實錄》徙禮部。數與史官范祖禹、黃庭堅爭辯，大要多是安石，為之晦隱。庭堅曰：「如公言，蓋佞史也。」佃曰：「盡用君意，豈非謗書乎！」〔註28〕

至王安石卒後多年，陸佃對師恩仍難以忘懷，元祐七年任江寧府時，曾撰〈江寧府到任祭丞相荊公墓文〉一文憶師生之情，云：

> 某始以諸生得依門牆，一見如素，許以升堂，春風濯我，暴之秋陽。今也受命來守是邦，公之所憩，蔽芾甘棠，蕙帳一空，墓柏已行，俯仰陳迹，失涕沾裳。〔註29〕

又如〈書王荊公遊鍾山圖後〉中，載有睡夢中與王安石論詩之事，云：

> 荊公退居金陵，多騎驢遊鍾山，每令一人提經，一人抱《字說》前導，一人負木虎子隨之。元祐四年六月六日伯時見訪，坐小室，乘興為余圖之，其立松下者進士楊驥、僧法秀也。後此一夕，夢侍荊公如平生，予書「法雲在天，寶月便水」二句，便初作流，荊公笑

〔註27〕見（宋）蔡絛《西清詩話》卷上。

〔註28〕見（宋）歐陽脩撰：《宋史‧陸佃傳》，卷三百四十三，列傳第一百二，（臺北：藝文印書館，1996年8月初版四刷，《二十五史》影印清乾隆武英殿刊本），頁4323。

〔註29〕見《陶山集》卷十三，〈江寧府到任祭丞相荊公墓文〉頁十九B～頁二十A，收錄於（清）永瑢、紀昀纂修《景印文淵閣四庫全書》，（臺北：臺灣商務印書館，1986年3月），第一一一七冊，頁164下～165上。

曰：「不若便字之爲愈也。」既覺，悵然自失。念昔橫經座隅，語至，言極，迨今越二紀，無以異于昨日之夢，人之生世何如也？伯時能爲我圖之乎？〔註30〕

由是可知，王安石無論於學術或品行上對陸佃之影響頗鉅。

〔註30〕見《陶山集》卷十一，〈書王荊公遊鍾山圖後〉頁八，收錄於（清）永瑢、紀昀纂修《景印文淵閣四庫全書》，（臺北：臺灣商務印書館，1986 年 3 月），第一一一七冊，頁 144～145。

第四章　陸佃著作考述

　　陸佃之學術淵博，著作則包羅豐富，舉凡文學、禮學、文字、經學等多有概括，據《宋史・藝文志》著錄其相關著作，「禮類」有「陸佃《禮記解》四十卷，又《禮象》十五卷，《述禮新說》四卷，《儀禮義》十七卷，……陸佃《大裘議》一卷」〔註1〕；「春秋類」則錄「陸佃《春秋傳》二十卷，又《補遺》一卷。」〔註2〕；「刑法類」則有「陸佃《國子監敕令格式》十九卷」〔註3〕；「小學類」則有「陸佃《爾雅新義》二十卷，《埤雅》二十卷。」〔註4〕此外，據《埤雅・序》、《郡齋讀書志》、《文獻通考》、《經義考》等文獻所著錄可知，陸氏尚有：《詩講義》、《陶山集》、《二典義》、《大裘議》、《神宗實錄》、《哲宗實錄》等著作，並曾對典籍從事校注，如：同王子韶修定《說文》、注《老子》、《陰符經》、《鶡冠子》等書、校訂《鶡子》等，故於小學、宮室衣服之制、鳥獸草木蟲魚之狀等，莫不悉心探索，以求探賾索隱之效。茲據上述文獻資料，依書籍存、佚之狀況，考述於下。

〔註 1〕見（宋）歐陽修撰：《宋史・藝文志》，（臺北：藝文印書館，1996 年 8 月初版四刷，《二十五史》影印清乾隆武英殿刊本），卷二○二，志第一百五十五藝文一，頁 2407。

〔註 2〕見（宋）歐陽修撰：《宋史・藝文志》，（臺北：藝文印書館，1996 年 8 月初版四刷，《二十五史》影印清乾隆武英殿刊本），卷二○二，志第一百五十五藝文一，頁 2410。

〔註 3〕見（宋）歐陽修撰：《宋史・藝文志》，（臺北：藝文印書館，1996 年 8 月初版四刷，《二十五史》影印清乾隆武英殿刊本），卷二○四，志第一百五十七藝文三，頁 2436。

〔註 4〕見（宋）歐陽修撰：《宋史・藝文志》，（臺北：藝文印書館，1996 年 8 月初版四刷，《二十五史》影印清乾隆武英殿刊本），卷二○二，志第一百五十五藝文一，頁 2415。

第一節　現存之著作

《宋史・陸佃傳》曰：

> 佃著書二百四十二卷，於禮家、名數之說尤精，如《埤雅》、《禮象》、
> 《春秋後傳》皆傳於世。

然至明清時期，其著作則多有散佚，今所能見其著作者，僅存《埤雅》、《爾雅新義》、《陶山集》及《鶡冠子注》等書。

一、經部

（一）《埤雅》二十卷〔註5〕

《宋史・藝文志》、南宋晁公武《郡齋讀書志》、南宋陳振孫《直齋書錄解題》、南宋尤袤《遂初堂書目》、清江標《宋元本書目行格表》、清季振宜《季滄葦藏書目》、清莫友芝《藏園訂補邵亭知見傳本書目》、清葉德輝《觀古堂藏書目》、清葉德輝《郋園讀書志》、清孫從添《上善堂宋元板精抄舊抄書目》、羅振常《善本書所見錄》、張元濟《涵芬樓燼餘書錄》並著錄。

《宋史・藝文志》云：「《埤雅》二十卷。」〔註6〕是編乃陸佃博考群書，兼訪之農、牧、百工之人，耗時四十載，企盼能爲「爾雅之輔」，故名「埤雅」。該書共有〈釋魚〉、〈釋獸〉、〈釋鳥〉、〈釋蟲〉、〈釋馬〉、〈釋草〉、〈釋木〉、〈釋天〉等八部分，爲草、木、鳥、獸等名物制度一一詳之考覈。

（二）《爾雅新義》二十卷

《宋史・藝文志》、南宋王應麟《玉海》、南宋尤袤《遂初堂書目》、南宋陳振孫《直齋書錄解題》、元馬端臨《文獻通考》、明葉盛《菉竹堂書目》、明焦竑《國史經籍志》、清瞿鏞《鐵琴銅劍樓藏書目錄》、清張金吾《愛日精廬藏書志》、清謝啓昆《小學考》、王國維《兩浙古刊本考》諸書並著錄。

《爾雅新義》一書成書於宋哲宗元符二年，然明代時已告失傳，僅存殘本，《四庫全書總目提要》曰：

〔註5〕因下章有陸佃雅學著作之專章介紹，故於此《埤雅》及《爾雅新議》二書僅略述之。

〔註6〕見（元）脫脫等修：《宋史藝文志》卷一・經・小學類，（臺北・世界書局，1963年4月）收錄於楊家駱主編：《中國學術名著第六輯・中國目錄學名著第三集第三冊・宋史藝文志廣編》上冊，頁32。

《爾雅新義》僅散見《永樂大典》中，文句詭闕，亦不能排纂成帙。
〔註7〕

至清代丁杰得影宋鈔本，嘉慶戊辰（十三年，1808 年）陸芝榮、陳培鏤板而成三間草堂本〔註8〕，方得見原貌，清館臣修《續修四庫全書》亦取「三間草堂本」而成帙。

　　陸佃以爲《爾雅》「雖其微言奧旨有不能盡，然不得爲不知者也，豈天將興是書，以予贊其始。」撰是編願「雖使璞擁篲清道，跂望塵躅，可也。」故該編次第與《爾雅》相同，並逐條注疏，以發其意。

按：《宋史・藝文志》作「《爾雅新義》」，《小學考》作「《爾雅音義》」，誤。而
　　焦竑《國史經籍志》另錄有「《爾雅貫義》□卷」〔註9〕然該書未得其詳，
　　謝啓昆以爲「即《新義》，一書誤分爲二也。」〔註10〕。

二、子部

（一）《鶡冠子注》三卷

　　南宋陳振孫《直齋書錄解題》、南宋尤袤《遂初堂書目》、明宋濂《諸子辨》、明董其昌《玄賞齋書目》、明祁承㸁《澹生堂藏書目錄》、清王聞遠《孝慈堂書目》、清周中孚《鄭堂讀書記》、清馬國翰《玉函山房藏書簿錄》、清張之洞《書目答問》、清瞿鏞《鐵琴銅劍樓藏書目錄》、清孫詒讓《札迻》、李盛鐸《木犀軒藏書題記及書錄》、王文進《文祿堂訪書記》、日本《內閣文庫漢籍分類目錄》、

〔註7〕見（清）紀昀等編：《四庫全書總目提要》，（臺北：藝文印書館，1969 年 3 月初版四刷），卷四十，經部四十，小學類一，「埤雅」條，頁 837。

〔註8〕（清）陸芝榮〈識語〉云：「家農師《爾雅新義》世尟傳本，往得之吳山書肆，謄寫譌脫，幾不可讀。今春假仁和宋助教大樽校本，是正文字，差爲完善，亟思鏤板，以廣其傳。同邑陳君茬邨培與有同志，佽以刊直之半，命工開雕，三月蕆事。」附於《爾雅新義・附錄・跋》，收錄《續修四庫全書》，經部・小學類・第一八五冊（上海：上海古籍出版社，1995 年 3 月），頁 479。

〔註9〕《國史經籍志》言「《爾雅新義》二十卷、爾雅貫義□卷，陸佃。」見（明）焦竑：《國史經籍志》卷二，頁五十四。收錄於中華書局編輯部編：《宋元明清書目題跋叢刊》叢刊五・明代第二卷，（北京：中華書局，2006 年），頁 731。

〔註10〕見（清）謝啓昆：《小學考》卷三・訓詁一「《爾雅音義》條」，（上海：漢語大詞典出版社，1997 年 3 月），頁 44。

日本《靜嘉堂文庫漢籍分類目錄》並著錄。陸氏以爲《鶡冠子》有「奇言奧旨」，然文中卻多有脫訛，故爲其詳作補注，〈鶡冠子序〉云：

> 鶡冠子，楚人也。居于深山，以鶡爲冠，號曰鶡冠子。其道踦駁，著書初本黃老，而末流通于刑名。《傳》曰：「申韓屬名實，切事情，其極慘礉少恩，而原于道德之意。」蓋學之弊有如此者也。故曰：「孔、墨之後，儒分爲八，墨離爲三。」嗚呼，可不慎哉。**此書雖雜黃老、刑名，而要其宿，時若散亂而無家者。然其奇言奧旨，亦每每而有也。**自〈博選篇〉至〈武靈王問〉凡十有九篇，而退之讀此，云十有六篇者，非全書也。今其書雖具在，然文字脫謬，不可考者多矣，語曰：「書三寫，魚成魯，帝成虎」豈虛言哉？余竊閔之，故爲釋其可知者，而其不可考者輒疑焉，以俟博洽君子。〔註11〕

陸佃注《鶡冠子》，爲此書最早之注本。

三、集部

（一）《陶山集》十六卷

南宋陳振孫《直齋書錄解題》、南宋尤袤《遂初堂書目》、南宋鄭樵《通志》、南宋馬端臨《文獻通考》〔註12〕、明楊士奇《文淵閣書目》、明錢溥《秘閣書目》、明焦竑《國史經籍志》、明葉盛《菉竹堂書目》、清沈德壽《抱經樓藏書志》、清馬國翰《玉函山房藏書簿錄》、《清史稿》、《浙江通志》並著錄。是編《通志》、《國史經籍志》作三十卷，《直齋書錄解題》、《文獻通考》作二十卷，《抱經樓藏書志》作十六卷，《四庫全書總目提要》作十四卷。

按：《陶山集》原本早已亡佚，今所見《陶山集》爲清四庫館臣輯錄自《永樂大典》之輯本，《四庫全書總目提要》云：

> 此集據《書錄解題》本二十卷。歲久散佚。今以《永樂大典》所載，

〔註11〕 見（宋）陸佃：《陶山集》，卷十一，收錄於（清）永瑢、紀昀纂修：《景印文淵閣四庫全書》，（臺北：臺灣商務印書館，1986 年 3 月），第一一一七冊，頁 143～144。

〔註12〕 《文獻通考》云：「《陶山集》二十卷，陳氏曰尚書左丞山陰陸佃農師撰。」見（宋）馬端臨：《文獻通考》卷二百三十七，頁 25，收錄於（清）永瑢、紀昀纂修：《景印文淵閣四庫全書》「史部‧政書類‧通制之屬」，（臺北：臺灣商務印書館，1986 年 3 月），第 614 冊，頁 839。

衰爲十四卷。蓋僅存十之七矣。〔註13〕

然考《四庫全書》所載之內容爲十六卷，《四庫全書總目提要》誤作十四卷矣。

　　今輯本《陶山集》中卷一至卷三錄有五、七言律詩、古詩之作；卷四至卷十則收箚子、狀、議、表等奏議類作品；卷十一至十六則錄散文，如書序、祭文、誌銘、墓表、行狀諸作。是編可見陸佃論禮之相關作品，如：〈廟制議〉、〈昭穆議〉、〈元符祧廟議〉、〈廟祭議〉等，亦錄有如：〈辭免修哲宗皇帝實錄箚子〉、〈辭免奉使大遼箚子〉、〈朝奉大夫陸公墓誌銘〉、〈李司理墓誌〉、〈助教傅君墓誌銘〉等，對研究陸佃、家世、學術、事蹟、交遊等助益良多。

第二節　亡佚之著作

一、經部

（一）書類

1、《二典義》一卷

南宋陳振孫《直齋書錄解題》、南宋馬端臨《文獻通考》〔註14〕、明朱睦㮮《授經圖義例》〔註15〕、清朱彝尊《經義考》〔註16〕、《浙江通志》〔註17〕、王

〔註13〕見（清）紀昀等編：《四庫全書總目提要》，（臺北：藝文印書館，1969 年 3 月初版四刷），卷一百五十四‧集部七「《陶山集》」條，頁 3071。

〔註14〕《文獻通考》：「《二典義》一卷，陳氏曰：『陸佃農師撰，佃爲王氏學，長於考訂。』」見（宋）馬端臨：《文獻通考》卷一百七十七，經籍考四十，頁二十七。收錄於（清）永瑢、紀昀纂修：《景印文淵閣四庫全書》「史部‧政書類‧通制之屬」，（臺北：臺灣商務印書館，1986 年 3 月），第六一四冊，頁 75。

〔註15〕《授經圖義例》云：「《二典義》一卷，陸佃。」見（明）朱睦㮮撰：《授經圖義例》卷八，頁八。收錄於（清）永瑢、紀昀纂修：《景印文淵閣四庫全書》「史部‧目錄類‧經籍之屬」，（臺北：臺灣商務印書館，1986 年 3 月），第六七五冊，頁 271。

〔註16〕《經義考》云：「陸氏佃《二典義》，《通考》一卷，未見。陳振孫曰：『陸佃農師撰。爲王氏學，長於考訂。』」見（清）朱彝尊《經義考》卷九十三，頁三。收錄於（清）永瑢、紀昀纂修：《景印文淵閣四庫全書》，（臺北：臺灣商務印書館，1986 年 3 月），第六七八冊，「史部‧目錄類‧經籍之屬」頁 234。

〔註17〕《浙江通志》：「《二典義》一卷，《書錄解題》：『陸佃農師撰』」見（清）嵇曾筠等監修，（清）沈翼機等編纂：《浙江通志》卷二百四十一，頁 31。收錄於（清）永

國維《兩浙古刊本考》並著錄。書目著錄多據《直齋書錄解題》之說，《直齋書錄解題》云：

> 《二典義》一卷，尚書左丞山陰陸佃農師撰。爲王氏學，長於考訂。
> 待制游，其孫也。〔註18〕

而王國維則以爲是編爲「陸子遹所刊」。《兩浙古刊本考》云：

> 《二典義》，《直齋書錄解題》：「《二典義》一卷，尚書左丞山陰陸佃
> 農師撰。」案：此疑亦陸子遹所刊。〔註19〕

（二）詩類

陸佃於詩學方面有其專精之處，故自嘉祐年間，即以說《詩》聞名，陸游《家世舊聞》亦曾提及「楚公尤愛《毛詩》，註字皆能暗誦」〔註20〕，陸氏有《詩物性門類》、《詩講義》等著作傳於當世，茲分述於下。

1、《詩物性門類》八卷

《詩物性門類》一書今已亡佚，而該書最早見於陸宰《埤雅‧序》，云：

> 嘉祐前，經義未作，先公以說《詩》得名，其於鳥獸草木蟲魚尤所
> 多識。熙寧後以經術革詞賦，先公《詩講義》遂盛傳於時。元豐間，
> 預修《說文》，因進書獲對神考，縱言至於物性，先公又奏：「臣嘗
> 爲之未成，未敢進也。」天意欣然，便欲見之，因進〈說魚〉、〈說
> 木〉二篇，自是益加筆削，號《物性門類》，編纂將終而永裕上賓
> 矣。

據「編纂將終而永裕上賓矣」之語推斷，《詩物性門類》成書之日應於元豐八年

瑢、紀昀纂修：《景印文淵閣四庫全書》「史部‧地理類‧都會郡縣之屬」，（臺北：臺灣商務印書館，1986 年 3 月），第五二五冊，頁 499。

〔註18〕見（宋）陳振孫：《直齋書錄解題》，（臺北‧臺灣商務印書館，1978 年），卷二‧書類「《二典義》一卷」條，頁 28。

〔註19〕見王國維：《兩浙古刊本考》，收錄於《宋元版書目題跋輯刊》第四冊，（北京：北京圖書館出版發行，2003 年，據 1940 年商務印書館《海寧王靜安先生遺書》本影印），頁 325。

〔註20〕見（宋）陸游撰，孔凡禮點校：《家世舊聞》，（北京：中華書局，1997 年 12 月），收錄於中華書局出版：《歷代史料筆記叢刊：唐宋史料筆記叢刊》，頁 194。

後〔註21〕。而陳振孫《直齋書錄解題》著錄八卷，云：

> 《詩物性門類》八卷，不著名氏，多取《說文》。今考之，蓋陸農師
> 所作《埤雅》藁也，詳見《埤雅》。〔註22〕

其後如宋馬端臨《文獻通考》〔註23〕、《四庫全書總目提要》〔註24〕、《浙江通志》〔註25〕則持陳氏之說，以爲《詩物性門類》即《埤雅》。而明焦竑《國史經籍志》則作「《毛詩物性》八卷」〔註26〕。

按：據陸宰〈序〉「進〈說魚〉、〈說木〉二篇，自是益加筆削，號《物性門類》」諸語觀之，是編與《埤雅》應爲二書，可視爲《埤雅》之初稿，《埤雅》乃據此加以增修而成。竇秀艷《中國雅學史》則提及「《物性門類》取材以《詩

〔註21〕《宋史·神宗本紀》載：「八年春正月戊戌，帝不豫。……三月甲午朔，立延安郡王傭爲皇太子，賜名煦，皇太后權同處分軍國事。乙未，赦天下，遣官告於天地、宗廟、社稷、諸陵。丁酉，皇太后命吏部尚書曾孝寬爲冊立皇太子禮儀使。戊戌，上崩于福寧殿，年三十有八。」見（元）脫脫等撰：《宋史·本紀第十六·神宗三》，（臺北：藝文印書館，1996 年 8 月初版四刷，《二十五史》影印清乾隆武英殿刊本），卷十六，頁 208～209。

〔註22〕見（宋）陳振孫：《直齋書錄解題·卷二·詩類》「《詩物性門類》八卷」條，（臺北·臺灣商務印書館，1978 年），頁 35。

〔註23〕「《詩物性門類》八卷，陳氏曰：不著名氏。多取《說文》，今考之，蓋陸農師所作《埤雅》也。」見（宋）馬端臨：《文獻通考》卷一百七十九，收錄於（清）永瑢、紀昀纂修：《景印文淵閣四庫全書》「史部·政書類·通制之屬」，（臺北：臺灣商務印書館，1986 年 3 月），第 614 冊，頁 839。

〔註24〕《四庫全書總目提要》云：「《埤雅》，……宰《序》稱佃於神宗時召對，言及物性，因進〈說魚〉、〈說木〉二篇。後乃並加筆削。初名《物性　門類》，後注《爾雅》畢，更修此書，易名《埤雅》，言爲《爾雅》之輔也。」見（清）紀昀等編：《四庫全書總目提要》，（臺北：藝文印書館，1969 年 3 月初版四刷），卷四十·經部四十。「《埤雅》」條，頁 837。

〔註25〕《浙江通志》：「《詩物性門類》八卷，《書錄解題》：農師作《埤雅》稿，農師名佃所作《埤雅》藁也，詳見《埤雅》。」見（清）嵇曾筠等監修，（清）沈翼機等編纂：《浙江通志》，收錄於（清）永瑢、紀昀纂修：《景印文淵閣四庫全書》「史部·地理類·都會郡縣之屬」，（臺北：臺灣商務印書館，1986 年 3 月），第五二五冊，頁 501。

〔註26〕（明）焦竑：《國史經籍志》，卷一，頁十八。收錄於中華書局編輯部編：《宋元明清書目題跋叢刊》叢刊五·明代卷第二冊，（北京：中華書局，2006 年），頁 713。

經》為本，多取《說文》相證，在一定意義上是對《詩經》物名的闡釋。」
〔註27〕

2、《詩講義》

是編首見於陸宰《埤雅・序》著錄，《埤雅・序》云：

> 嘉祐前，經義未作，先公以說《詩》得名，其於鳥獸草木蟲魚尤所
> 多識。熙甯後以經術革詞賦，先公《詩講義》遂盛傳於時。

熙寧年間，神宗詔定貢舉新制，以經義、論、策試進士，《宋史》及《續資治通
鑑長編》詳載此事，《宋史》云：

> 神宗篤意經學，深憫貢舉之弊，且以西北人材多不在選，遂議更法。
> 王安石謂：「古之取士俱本於學，請興建學校以復古。其明經、諸科
> 欲行廢罷，取明經人數增進士額。」………於是改法，罷詩賦、帖
> 經、墨義，士各占治《易》、《詩》、《書》、《周禮》、《禮記》一經，
> 兼《論語》、《孟子》。每試四場，初大經，次兼經，大義凡十道，後
> 改《論語》、《孟子》義各三道。次論一首，次策三道，禮部試即增
> 二道。中書撰大義式頒行。試義者須通經、有文采乃為中格，不但
> 如明經墨義粗解章句而已。取諸科解名十之三，增進士額，京東西、
> 陝西、河北、河東五路之創試進士者，及府、監、他路之舍諸科而
> 為進士者，乃得所增之額以試。〔註28〕

於神宗置五路學之際，陸佃被選為鄆州教授，召補國子監直講。陸佃因以說《詩》
得名〔註29〕，故奉師命作《詩講義》。《續資治通鑑長編》熙寧五年（壬子，1072）
戊戌條載：

> 戊戌，王安石以試中學官等第進呈，且言黎侁、張諤文字佳，第不
> 合經義。上曰：「經術，今人人乖異，何以一道德？卿有所著可以頒

〔註27〕見竇秀艷：《中國雅學史》，（濟南：齊魯書社，2004年9月），頁157。

〔註28〕見（元）脫脫等撰：《宋史・選舉志》，（臺北：藝文印書館，1996年8月初版四刷，
《二十五史》影印清乾隆武英殿刊本），卷一百五十五，選舉志第一百八，頁1753
～1755。

〔註29〕見（元）脫脫：《宋史・陸佃傳》，（臺北：藝文印書館，1996年8月初版四刷，《二
十五史》影印清乾隆武英殿刊本），卷三百四十三，列傳第一百二，頁4323。

行，令學者定於一。」安石曰：「詩，已令陸佃、沈季長作義。」上曰：「恐不能發明。」安石曰：「臣每與商量。」……司馬光熙寧五年正月日記，有旨令曾布撰詔書付直史館進從來所解經義，委太學編次，以教後生。〔註30〕

由是可知，《詩講義》成書應於熙寧五年間，且「其作《詩講義》盛傳於時。學校爭相筆受，如恐不及。」〔註31〕然熙寧八年隨神宗病逝，哲宗即位後，舊黨司馬光執政，新法盡罷，史稱「元祐更化」，《詩講義》亦受其累而漸乏人聞問，終告失傳亡佚。

（三）禮類

陸佃於熙寧年間除以說《詩》聞名外，禮學亦為其所專精者，《宋元學案》即論及陸佃之禮學源自王安石，云：

謝山〈陳用之論語解序〉曰：「荊公六藝之學，各有傳者。攷之諸家著錄中，耿南仲龔深父之《易》，陸佃之《尚書》、《爾雅》，蔡卞之《詩》，王昭禹、鄭宗顏之《周禮》，馬希、孟方殼、陸佃之《禮記》，許允成之《孟子》，其淵源具在。」〔註32〕

而《宋史·陸佃傳》中則多處提及其於朝堂中與神宗、徽宗、群臣議禮之事，如：

神宗問大裘襲袞，佃考禮以對。神宗悅，用為詳定郊廟禮文官。時同列皆侍從，佃獨以光祿丞居其間。每有所議，神宗輒曰：「自王、鄭以來，言禮未有如佃者。」加集賢校理、崇政殿說書，進講《周官》，神宗稱善，始命先一夕進稿。同修起居注。元豐定官制，擢中書舍人、給事中。哲宗立，太常請複太廟牙盤食。博士呂希純、少卿趙令鑠皆以為當複。佃言：「太廟，用先王之禮，於用俎豆為稱；

〔註30〕見（宋）李燾撰：《續資治通鑑長編》，卷二百二十九，頁五。收入於楊家駱主編：《中國學術名著第三輯·國史彙編第一期書第七冊》，（臺北·世界書局，1974年6月），頁2415。

〔註31〕見陸宰：〈埤雅序〉一文，收錄於陸佃撰：《埤雅》，明嘉靖元年（1522）贛州清獻堂刊本。

〔註32〕見（清）黃宗羲、黃百家纂輯，全祖望修定、何紹基等校刊：《宋元學案》，（臺北：廣文書局，1971年），卷九十八〈荊公新學略〉，頁1541。

景靈宮、原廟，用時王之禮，於用牙盤爲稱，不可易也。」卒從佃議。……拜尚書右丞。將祀南郊，有司欲飾大裘匣，度用黃金多，佃請易以銀。徽宗曰：「匣必用飾邪？」對曰：「大裘尚質，後世加飾焉，非禮也。」徽宗曰：「然則罷之可乎？數日來，豐稷屢言之矣。」佃因贊曰：「陛下及此，盛德之舉也。」徽宗欲親祀北郊，大臣以爲盛暑不可，徽宗意甚確。朝退，皆曰：「上不以爲勞，當遂行之。」李清臣不以爲然。佃曰：「元豐非合祭而是北郊，公之議也。今反以爲不可，何耶？」清臣乃止。……佃著書二百四十二卷，於禮家、名數之說尤精。〔註33〕

綜觀陸佃著作中，與禮學相關者，有《禮記解》四十卷、《禮象》十五卷、《述禮新說》四卷、《儀禮義》十七卷、《大裘議》一卷〔註34〕等，然今皆已未見傳於後世，僅見錄於諸多書目之中，故全祖望《鮚埼亭集・外編》云：

荊公《三經》，當時以之取士，而祖述其說以成書者，耿南仲、龔深甫之《易》，方性夫、陸農師之《禮》，於今皆無完書。其散見諸書中，皆其醇者也。〔註35〕

茲據書目所載，分述如下：

1、《禮記解》四十卷

《宋史・藝文志》〔註36〕、明朱睦㮮《授經圖義例》〔註37〕、王圻《續文獻

〔註33〕見（元）脫脫：《宋史・陸佃傳》，（臺北：藝文印書館，1996 年 8 月初版四刷，《二十五史》影印清乾隆武英殿刊本），卷三百四十三，列傳第一百二，頁 4323。

〔註34〕見（元）脫脫等修：《宋史藝文志》卷一・經・禮類，（臺北・世界書局，1963 年 4 月）收錄於楊家駱主編：《中國學術名著第六輯・中國目錄學名著第三集第三冊》《宋史藝文志廣編》上冊，頁 14。

〔註35〕見（清）全祖望：《鮚埼亭集・外編》，收錄於《四部叢刊初編》集部，第 95 冊，（臺北：臺灣商務印書館，1975 年），卷二十七「王昭禹《周禮詳解》跋」條，頁 797。

〔註36〕《宋史・藝文志》云：「陸佃《禮記解》四十卷，又《禮象》十五卷，《述禮新說》四卷，《儀禮義》十七卷，……陸佃《大裘議》一卷。」見（元）脫脫：《宋史・藝文志》，（臺北：藝文印書館，1996 年 8 月初版四刷，《二十五史》影印清乾隆武英殿刊本），卷二〇二，志第一百五十五，頁 2407。

〔註37〕《授經圖義例》云「《禮記解》四十卷，陸佃。」見（明）朱睦㮮撰：《授經圖義例》

通考》〔註38〕、清朱彝尊《經義考》、《浙江通志》〔註39〕、秦蕙田《五禮通考》〔註40〕、徐乾學《讀禮通考》等並著錄。其中朱彝尊《經義考》引宋陸湜之語曰：

> 陸氏佃《禮記解》，《宋志》四十卷，佚。衛湜曰：「陸氏説多可取，間有穿鑿，亦字學之誤也。」〔註41〕

2、《禮象》十五卷

《宋史·藝文志》錄有「《禮象》十五卷」，宋代至清代著作，如：章如愚《群書考索》、陳振孫《直齋書錄解題》、馬端臨《文獻通考》、王應麟《玉海》、《元西湖書院重整書目》、錢溥《秘閣書目》、焦竑《國史經籍志》〔註42〕、朱睦㮮《授經圖義例》、劉績《三禮圖》、朱彝尊《經義考》及秦蕙田《五禮通考》〔註43〕等均有著錄。其中《群書考索》中錄有陸佃撰《禮象·序》，云：

卷二十，頁三。收錄於（清）永瑢、紀昀纂修：《景印文淵閣四庫全書》「史部·目錄類·經籍之屬」，（臺北：臺灣商務印書館，1986年3月），第六七五冊，頁322。

〔註38〕《續文獻通考》「儀禮議」條云：「《儀禮議》、《夏正士禮禮儀畧舉要》各十卷，陸佃著。佃，山陰人，所著又有《禮記解》、《述禮新義》、《大裘議》。」見（明）王圻：《續文獻通考》卷一七四，〈經籍考〉「禮」，收錄於中華書局編輯部編：《宋元明清書目題跋叢刊》叢刊五·明代卷·二，（北京：中華書局，2006年），頁600。

〔註39〕《浙江通志》：「《禮記解》四十卷、《禮象》十五卷、《述禮新說》四卷：《宋史·藝文志》『陸佃撰』。」見（清）嵇曾筠等監修，（清）沈翼機等編纂：《浙江通志》卷二百四十二，頁九。收錄於（清）永瑢、紀昀纂修：《景印文淵閣四庫全書》「史部·地理類·都會郡縣之屬」，（臺北：臺灣商務印書館，1986年3月），第五二五冊，頁515。

〔註40〕《五禮通考》云：「陸佃《禮記解》十四卷，《述禮新説》四卷，《宋中興藝文志》：牽于《字說》，宣和末其子宰上之。」見（清）秦蕙田：《五禮通考》，卷首第二，頁二十七收錄於（清）永瑢、紀昀纂修：《景印文淵閣四庫全書》「經部·禮類·通禮之屬」，（臺北：臺灣商務印書館，1986年3月），第135冊，頁90。

〔註41〕見（清）朱彝尊《經義考》卷一百四十一，頁十一。收錄於（清）永瑢、紀昀纂修：《景印文淵閣四庫全書》「史部·目錄類·經籍之屬」，（臺北：臺灣商務印書館，1986年3月），第六七九冊，頁37。

〔註42〕《國史經籍志》錄「《禮象》十五卷，陸佃。」見（明）焦竑：《國史經籍志》卷二，頁三十四。收錄於中華書局編輯部編：《宋元明清書目題跋叢刊》叢刊五·明代第二卷，（北京：中華書局，2006年），頁721。

〔註43〕秦蕙田《五禮通考》本陳氏之説而論云：「陸佃《禮象》十五卷，《文獻通考》陳氏曰：陸佃改舊圖之失，其尊、爵、彝、鼎、皆取公卿家及秘府所藏古遺器，與

哲宗陸農師《禮象》，元祐六年山陰陸佃序曰：「《禮記》、《詩》、《書》、
《春秋》元爲殘缺，縉紳先生罕能言之，而學者抱殘缺不全之經，
以求先王制作之方，可謂難也。余嘗本之性情，稽之度數，求讀經
之大旨。自《孟子》始，以余之所能言，與上之所可盡者，爲十五
卷，名曰《禮象》以救舊圖之失，其庶幾乎非耶？」〔註44〕

由是可知，《禮象》之成書年代約爲元祐六年，著書「以救舊圖之失」爲目的，
陳振孫《直齋書錄解題》、馬端臨《文獻通考》則言〔註45〕其所繪之圖「皆取公
卿家及秘府所藏古遺器」而著成是書，《直齋書錄解題》言：

《禮象》十五卷，陸佃撰。以改舊圖之失，其尊、爵，彝、舟，皆
取公卿家及秘府所藏古遺器，與聶圖大異。岷隱戴先生分教吾鄉，
作閣齋館池上，畫此圖於壁，而以「禮象」名閣，與論堂《禮圖》
相媲云。〔註46〕

王應麟《玉海》亦云：

《禮象》十五卷，陸佃撰，圖其物象而爲之釋，以救舊圖之失。元
祐七年三月序。〔註47〕

聶圖大異。」見（清）秦蕙田：《五禮通考》，卷首第二，頁三十六。收錄於（清）
永瑢、紀昀纂修：《景印文淵閣四庫全書》「經部・禮類・通禮之屬」，（臺北：臺
灣商務印書館，1986 年 3 月），第一三五冊，頁 95。

〔註44〕見（宋）章如愚撰：《群書考索》卷二十三，頁十四。收錄於（清）永瑢、紀昀纂
修：《景印文淵閣四庫全書》「子部・類書類」，（臺北：臺灣商務印書館，1986 年
3 月），第九三六冊，頁 302。

〔註45〕馬端臨《文獻通考》持陳氏之說，轉錄《直齋書錄解題》之語，言：「《禮象》十五
卷，陳氏曰：『陸佃撰。以改舊圖之失，其尊、爵，彝、舟，皆取公卿家及秘府所藏
古遺器，與聶圖大異。岷隱戴先生分教吾鄉，作閣齋館池上，畫此圖於壁，而以「禮
象」名閣，與論堂《禮圖》相媲云。』」見（宋）馬端臨：《文獻通考》卷一百八十
一，頁 26。收錄於（清）永瑢、紀昀纂修：《景印文淵閣四庫全書》「史部・政書類・
通制之屬」，（臺北：臺灣商務印書館，1986 年 3 月），第六一四冊，頁 134。

〔註46〕見（宋）陳振孫：《直齋書錄解題》（臺北・臺灣商務印書館，1978 年），卷二・禮
類・「《禮象》十五卷」條，頁 47。

〔註47〕見（宋）王應麟撰：《玉海》卷五十六，頁十七。收錄於（清）永瑢、紀昀纂修：
《景印文淵閣四庫全書》「子部・類書類」，（臺北：臺灣商務印書館，1986 年 3 月），

而《元西湖書院重整書目》載：「陸氏《禮象》。」〔註48〕按：《元西湖書院重整書目》一書，乃元泰定元年（1324）由胡師安等人，將所見存於西湖書院之南宋國子監藏書，依目分類而撰成之書目。故由此推斷，《禮象》該書於元代時世人仍得見其貌。至明，錢溥《秘閣書目》〔註49〕、朱睦㮮《授經圖義例》亦著錄，以至劉績本陸佃《禮象》之說而撰成《三禮圖》〔註50〕等，可知明代《禮象》一書尚存，然由朱睦㮮《授經圖義例》作「十卷」〔註51〕、清初朱彝尊《經義考》曰：

> 《禮象》，《宋志》十五卷，存，未見全本。陳振孫曰：「陸佃撰。以改舊圖之失，其尊、爵，彝、舟，皆取公卿家及秘府所藏古遺器，與聶圖大異。戴岷隱分教吾鄉，作閣齋館池，上畫此圖於壁，而以「禮象」名閣，與論堂《禮圖》相媲云。」按：陸氏《禮象》丹徒張先生鵬巡撫山東，獲之章丘李中麓家，惜已殘闕矣。〔註52〕

由是而知《禮象》於明末清初已非完帙，自《四庫全書》以來皆不見〔註53〕。

第九四四冊，頁494。

〔註48〕見（元）胡師安等撰：《元西湖書院重整書目》，經‧頁二。收錄於中華書局編輯部編：《宋元明清書目題跋叢刊》叢刊三‧代卷，（北京：中華書局，2006年），頁1。

〔註49〕錢溥《秘閣書目》「禮書」類錄有「宋‧陸氏《禮象》五（冊）。」見（明）錢溥錄：《秘閣書目》，禮書，收錄於中華書局編輯部編：《宋元明清書目題跋叢刊》叢刊四‧明代卷第一冊，（北京：中華書局，2006年），頁223。

〔註50〕《四庫全書總目提要》云：「《三禮圖》四卷，…是書所圖一本陸佃《禮象》。陳祥道《禮書》。林希逸《考工記解》諸書。而取諸《博古圖》者為尤多。與舊圖大異。考漢時去古未遠，車服禮器，猶有存者。」見（清）紀昀等編：《四庫全書總目提要》，（臺北：藝文印書館，1969年3月初版四刷），卷二十二‧經部二十二‧禮類四「《三禮圖》」條，頁461。

〔註51〕朱睦㮮《授經圖義例》云：「《禮象》十卷，陸佃。」見（明）朱睦㮮撰：《授經圖義例》卷二十，頁八。收錄於（清）永瑢、紀昀纂修：《景印文淵閣四庫全書》「史部‧目錄類‧經籍之屬」，（臺北：臺灣商務印書館，1986年3月），第六七五冊，頁325。

〔註52〕見（清）朱彝尊《經義考》卷一百四十一，頁十一。收錄於（清）永瑢、紀昀纂修：《景印文淵閣四庫全書》「史部‧目錄類‧經籍之屬」，（臺北：臺灣商務印書館，1986年3月），第六七九冊，頁37。

〔註53〕《四庫全書總目提要》云：「安石說經，既創造新義，務異先儒，故祥道與陸佃亦皆排斥舊說。佃《禮象》今不傳，惟神宗時詳定郊廟禮文諸議，今尚載《陶山集》

3、《儀禮義》十七卷

《宋史・藝文志》、明朱睦㮮《授經圖義例》〔註 54〕、《浙江通志》〔註 55〕皆言十七卷,然明王圻《續文獻通考》作「《儀禮議》十卷」。〔註 56〕「議」應爲「義」之誤。

4、《夏正士禮儀畧舉要》十卷

明王圻《續文獻通考》所著錄,云:

> 《儀禮議》、《夏正士禮儀畧舉要》各十卷,陸佃著。佃,山陰人,所著又有《禮記解》、《述禮新說》、《大裘議》。〔註 57〕

5、《述禮新說》四卷

《宋史・藝文志》、明朱睦㮮《授經圖義例》言:「《述禮新說》四卷,陸佃。」〔註 58〕清朱彝尊《經義考》則據《宋史藝文志》言:「《述禮新說》,《宋志》四

中。」見(清)紀昀等編:《四庫全書總目提要》,(臺北:藝文印書館,1969 年 3 月初版四刷),卷二十二・經部二十二・禮類四・「《禮書》」條。

〔註54〕《授經圖義例》言:「《儀禮義》十七卷,陸佃。」見(明)朱睦㮮撰:《授經圖義例》卷二十,頁四。。收錄於(清)永瑢、紀昀纂修:《景印文淵閣四庫全書》「史部・目錄類・經籍之屬」,(臺北:臺灣商務印書館,1986 年 3 月),第六七五冊,頁 323。

〔註55〕《浙江通志》:「《儀禮義》十七卷,《宋史・藝文志》:『陸佃撰』。」見(清)嵇曾筠等監修,(清)沈翼機等編纂:《浙江通志》卷二百四十二,頁 5。收錄於(清)永瑢、紀昀纂修:《景印文淵閣四庫全書》「史部・地理類・都會郡縣之屬」,(臺北:臺灣商務印書館,1986 年 3 月),第五二五冊,頁 513。

〔註56〕明王圻《續文獻通考》云:「《儀禮議》、《夏正士禮儀畧舉要》各十卷,陸佃著。佃,山陰人,所著又有《禮記解》、《述禮新說》、《大裘議》。」見(明)王圻:《續文獻通考》卷之一百七十四「經籍考・禮」,頁一。收錄於中華書局編輯部編:《宋元明清書目題跋叢刊》叢刊五・明代卷第二冊,(北京:中華書局,2006 年),頁 600。

〔註57〕見(明)王圻:《續文獻通考》卷之一百七十四「經籍考・禮」,頁一。收錄於中華書局編輯部編:《宋元明清書目題跋叢刊》叢刊五・明代卷第二冊,(北京:中華書局,2006 年),頁 600。

〔註58〕見(明)朱睦㮮撰:《授經圖義例》卷二十,頁七。收錄於(清)永瑢、紀昀纂修:《景印文淵閣四庫全書》「史部・目錄類・經籍之屬」,(臺北:臺灣商務印書館,1986 年 3 月),第六七五冊,頁 324。

卷。佚。」〔註59〕

6、《禮記新說》四卷

是編僅明朱睦㮮《授經圖義例》著錄，言：「《禮記新說》四卷，陸佃。」〔註60〕，其名似《禮記新義》，或亦爲陸佃爲說禮而著之書。其後書目中遂不見稱，或亡佚於明時，抑或二書實爲一書，朱睦㮮誤書所致。

7、《禮記新義》

南宋王應麟《玉海》〔註61〕及南宋馬端臨《文獻通考》著錄，無卷數，而《文獻通考》引《宋中興藝文志》云：

> 《禮記新義》，《宋中興藝文志》：『陸佃撰。』亦牽於《字說》。宣和末，其子宰上之。〔註62〕

8、《大裘議》一卷

《宋史·藝文志》〔註63〕、《浙江通志》〔註64〕著錄，云：「《大裘議》一卷，

〔註59〕見（清）朱彝尊：《經義考》卷一百四十一，頁十一。收錄於（清）永瑢、紀昀纂修：《景印文淵閣四庫全書》，（臺北：臺灣商務印書館，1986年3月），第六七九冊，「史部·目錄類·經籍之屬」，頁37。

〔註60〕見（明）朱睦㮮撰：《授經圖義例》卷二十，頁八。收錄於（清）永瑢、紀昀纂修：《景印文淵閣四庫全書》，（臺北：臺灣商務印書館，1986年3月），第六七五冊，「史部·目錄類·經籍之屬」，頁325。

〔註61〕《玉海》云：「陸佃撰《禮記新義》。」見（宋）王應麟撰：《玉海》卷三十九，頁三十三。「《政和禮記解義》條」，收錄於（清）永瑢、紀昀纂修：《景印文淵閣四庫全書》「子部·類書類」，（臺北：臺灣商務印書館，1986年3月），第九四四冊，頁102。

〔註62〕見（宋）馬端臨：《文獻通考》卷一百八十一，「經禮」，頁十六。收錄於（清）永瑢、紀昀纂修：《景印文淵閣四庫全書》「史部·政書類·通制之屬」，（臺北：臺灣商務印書館，1986年3月），第614冊，頁129。

〔註63〕見（元）脫脫等修：《宋史藝文志》卷一·經·禮類，（臺北·世界書局，1963年4月）收錄於楊家駱主編：《中國學術名著第六輯·中國目錄學名著第三集第三冊》《宋史藝文志廣編》上冊，頁14。

〔註64〕見（清）嵇曾筠等監修，（清）沈翼機等編纂：《浙江通志》卷二百四十二，頁二十三。。收錄於（清）永瑢、紀昀纂修：《景印文淵閣四庫全書》「史部·地理類·都會郡縣之屬」，（臺北：臺灣商務印書館，1986年3月），第五二五冊，頁522。

《宋史‧藝文志》陸佃撰」，《玉海》則卷八二引《中興館閣書目》作「何洵直、陸佃等撰。」〔註65〕《中興館閣書目》則錄：

> 《大裘議》一卷，何洵直、陸佃等撰，元豐中，洵直等已定大裘制
> 度，元祐元年再上《議》，佃更加看詳太常少卿朱光庭、丞周秩博士
> 丁隱等十一人皆入議狀。〔註66〕

按：《大裘議》雖亡佚，然今本《陶山集》中則錄有〈元豐大裘議〉、〈元祐大裘議〉二文。

9、《元豐郊廟奉祀禮文》三十卷

《宋史‧陸佃傳》載「神宗問大裘襲衰，佃考《禮》以對。神宗悅，用為祥定郊廟禮文官。」故陸佃得以參與編修《郊廟禮文》之工作，而宋代書目，如南宋趙希弁《郡齋讀書志‧後志》、南宋陳振孫《直齋書錄解題》〔註67〕、南宋王應麟《玉海》、南宋馬端臨《文獻通考》〔註68〕等並著錄。其中《郡齋讀書志‧後志》曾提及參與經過，云：

> 《郊廟禮文》三十一卷。右皇朝楊完撰。元豐初以《郊廟禮文》訛
> 舛，詔陳襄、李清臣、王存、黃履、何洵直、孫諤、楊完就太常寺

〔註65〕見（宋）王應麟撰：《玉海》卷八二。

〔註66〕見（宋）陳騤等撰，趙士煒輯考：《中興館閣書目輯考》，（北京：現代出版社，1987年11月），收錄於許逸民、常振國編：《中國歷代書目叢刊》第一輯，頁370。

〔註67〕《直齋書錄解題》云：「《元豐郊廟奉祀禮文》三十卷。崇文院校書楊完撰。初，元豐元年，詔以郊廟奉祀禮文訛舛，就太常寺置局，命陳襄、李清臣、王存、黃履等詳定，完及何洵直、孫諤檢討。其後，本局乞令原檢討官楊完編類上進，至五年四月書成奏御。」見（宋）陳振孫：《直齋書錄解題‧卷六‧禮注類》「《元豐郊廟奉祀禮文》三十卷」條，（臺北‧臺灣商務印書館，1978年），頁178。

〔註68〕《文獻通考》云：「晁氏曰：皇朝楊完撰。元豐初，以郊廟禮文訛舛，詔陳襄、李清臣、王存、黃履、何洵直、孫諤、楊完就太常寺檢討歷代沿革，以詔考其得失。又命陸佃、張璪詳定，後以前後嘗進《禮文》，獨令完編類，五年，成書奏御。其書雖援據廣博，而雜出眾手，前後屢見，繁猥為甚云。」見（宋）馬端臨：《文獻通考》卷一百八十七，〈經籍考〉十四，頁二十。收錄於（清）永瑢、紀昀纂修：《景印文淵閣四庫全書》「史部‧政書類‧通制之屬」，（臺北：臺灣商務印書館，1986年3月），第六一四冊，頁217。

檢討歷代沿革，以詔考其得失，又命陸佃、張璪詳定後，以前後嘗
進禮文，獨令完編類，五年成書，奏御其書，雖援據廣博，而雜出
眾手，前後屢見繁猥爲甚云。〔註69〕

又《玉海》曰：

元豐元年正月十二日戊午，詔判太常寺樞密學士陳襄同修注，黃履
集賢校理，李清臣、王存詳定郊廟奉祀禮文。太常簿楊全、著作佐
郎何洵直、直講孫諤爲檢討官。先是手詔講求郊廟禮文，令奉常置
局討論歷代沿革，以考得失，故命襄等，二年正月六日丙子命陸佃
兼詳定。……五年四月壬戌十一日成書三十卷，目錄一卷，崇文院
校書楊全類編以進。〔註70〕

章如愚《群書考索》亦云：

紹興九年秋九月初，著作佐郎劉章輪對言：「禮莫重於祭，而郊廟爲
尤重。」神宗元豐間，嘗詔陸佃等於太常寺置局類編，成書三十卷，
曰《郊廟奉祀禮文》。〔註71〕

按：是編雖佚，然《陶山集》中錄有相關著作〔註72〕，《四庫全書總目提要》
　　曰：「神宗詳定郊廟禮文，佃實主其議。今（陶山）集中所載諸篇是也。」
　　〔註73〕

〔註69〕見（宋）趙希弁續輯：《郡齋讀書後志》卷一，頁六。收錄於（清）永瑢、紀昀纂
　　　修：《景印文淵閣四庫全書》「史部・目錄類・經籍之屬」，（臺北：臺灣商務印書
　　　館，1986年3月），第六七四冊，頁372。

〔註70〕見（宋）王應麟撰：《玉海》。

〔註71〕見（宋）章如愚撰：《群書考索》卷二十六，頁十。收錄於（清）永瑢、紀昀纂修：
　　　《景印文淵閣四庫全書》「子部・類書類」，（臺北：臺灣商務印書館，1986年3月），
　　　第九三六冊，頁341。

〔註72〕《四庫全書總目提要》云：「安石說經，既創造新義，務異先儒，故祥道與陸佃亦
　　　皆排斥舊說。佃《禮象》今不傳，惟神宗時詳定郊廟禮文諸議，今尚載《陶山集》
　　　中。」見（清）紀昀等編《四庫全書總目提要》，（臺北：藝文印書館，1969年3
　　　月初版四刷），卷二十二・經部二十二・禮類四・《禮書》條，頁465。

〔註73〕見（清）紀昀等編：《四庫全書總目提要》，（臺北：藝文印書館，1969年3月初版
　　　四刷），卷一百五十四・集部・別集類七・「《陶山集》」條，頁3071。

（四）春秋類

1、《春秋後傳》二十卷

《宋史・藝文志》〔註74〕、《宋史・陸佃傳》、南宋陳振孫《直齋書錄解題》〔註75〕、南宋王應麟《玉海》〔註76〕、南宋馬端臨《文獻通考》〔註77〕、（明）朱睦㮮《授經圖義例》〔註78〕《大清一統志》〔註79〕、清朱彝尊《經義考》〔註80〕

〔註74〕《宋史・藝文志》云：「陸佃《春秋傳》二十卷，又《補遺》一卷。」。見（元）脫脫：《宋史・藝文志》，（臺北：藝文印書館，1996 年 8 月初版四刷，《二十五史》影印清乾隆武英殿刊本），卷二〇二，志第一百五十五，頁 2410。

〔註75〕《直齋書錄解題》言：「《春秋後傳》二十卷，又《補遺》一卷，陸佃撰。《補遺》者，其子宰所作也。」見（宋）陳振孫：《直齋書錄解題・卷三・春秋類》「《春秋後傳》二十卷，陸佃。《補遺》一卷」條，（臺北・臺灣商務印書館，1978 年），頁 59。

〔註76〕《玉海》云：「陸佃《後傳》二十卷。」見（宋）王應麟撰：《玉海》卷四十，頁四十四。收錄於（清）永瑢、紀昀纂修：《景印文淵閣四庫全書》「子部・類書類」，（臺北：臺灣商務印書館，1986 年 3 月），第九四四冊，頁 127。

〔註77〕《文獻通考》云：「《春秋後傳》、《補遺》共二十一卷，陳氏曰：『陸佃撰。《補遺》者，其子宰所作也。宰字元鈞，游之父也』。」見（宋）馬端臨：《文獻通考》卷一百八十三・經籍考十，頁十三，收錄於（清）永瑢、紀昀纂修：《景印文淵閣四庫全書》「史部・政書類・通制之屬」，（臺北：臺灣商務印書館，1986 年 3 月），第六一四冊，頁 160。

〔註78〕《授經圖義例》言：「《春秋傳》十二卷，陸佃。《春秋傳補遺》一卷，陸佃。」見（明）朱睦㮮撰：《授經圖義例》卷十六，頁三。收錄於（清）永瑢、紀昀纂修：《景印文淵閣四庫全書》「史部・目錄類・經籍之屬」，（臺北：臺灣商務印書館，1986 年 3 月），第六七五冊，頁 302。

按：《春秋傳》脫「後」字，又誤將陸宰《春秋後傳補遺》誤作陸佃。蓋朱睦㮮本《宋史・藝文志》說解之故，故有「《春秋傳》」及「《春秋傳補遺》一卷，陸佃」作之說。

〔註79〕《大清一統志》言：「陸佃，字農師，山陰人。……著有《埤雅》、《禮象》、《春秋後傳》諸書二百餘卷」，見（清）和珅等奉敕撰．《大清一統志》卷二百二十七，頁二十六收錄於（清）永瑢、紀昀纂修《景印文淵閣四庫全書》史部・地理類・總志之屬，（臺北：臺灣商務印書館，1986 年 3 月），第四七九冊，頁 234。

〔註80〕《經義考》云：「《春秋後傳補遺》，陳振孫曰：『陸佃撰《春秋後傳》，《補遺》者其子宰所作也。」見（清）朱彝尊《經義考》卷一百八十四，頁十。收錄於（清）永瑢、紀昀纂修：《景印文淵閣四庫全書》「史部・目錄類・經籍之屬」，（臺北：臺灣商務印書館，1986 年 3 月），第六七九冊，頁 468。

《浙江通志》〔註81〕、王國維《兩浙古刊本考》〔註82〕並著錄。

按：《宋史・藝文志》及《授經圖義例》脫「後」字而作「《春秋傳》」；《授經圖義例》言「十二卷」，應「二十卷」之誤；《宋史・藝文志》言陸佃除「《春秋傳》二十卷」外，又有「《補遺》一卷。」然《宋史・藝文志》於後文又重出「陸宰《春秋後傳補遺》一卷」〔註83〕之說，故陳振孫《直齋書錄解題》提出「《補遺》者，其子宰所作也」之見，此後學者則多主陳振孫之說，以爲《補遺》陸宰作而誤爲陸佃作。〔註84〕

（五）小學類

1、修定《說文解字》

《宋史・陸佃傳》云：「同王子韶修定《說文》。」《續資治通鑑長編》元豐元年（戊午，1078），五月條詳載此事，云：

> 庚寅，光祿寺丞陸佃修定《說文》。三月六日，差王子韶；五年六月
> 九日，書成。〔註85〕

〔註81〕《浙江通志》：「《春秋後傳》二十卷，《補遺》一卷，《書錄解題》：『陸佃撰，《補遺》子宰所作。宰，字元鈞。』」見（清）嵇曾筠等監修，（清）沈翼機等編纂：《浙江通志》卷二百四十一，頁四十二。收錄於（清）永瑢、紀昀纂修：《景印文淵閣四庫全書》「史部・地理類・都會郡縣之屬」，（臺北：臺灣商務印書館，1986年3月），第五二五冊，頁505。

〔註82〕《兩浙古刊本考》：「《春秋後傳》、《春秋後傳補遺》，《直齋書錄解題》：『《春秋後傳》二十卷，《補遺》一卷，』陸佃撰。《補遺》者，其子宰所作也。宰字元鈞，游之父也。』案：此二書蓋放翁父子守嚴時所刊。」見王國維：《兩浙古刊本考》，收錄於《宋元版書目題跋輯刊》第四冊，（北京：北京圖書館出版發行，2003年，據1940年商務印書館<<海寧王靜安先生遺書>>本影印），頁312。

〔註83〕見（元）脫脫：《宋史・藝文志》，（臺北：藝文印書館，1996年8月初版四刷，《二十五史》影印清乾隆武英殿刊本），卷二〇二，志第一百五十五，藝文一「春秋類」，頁2412。

〔註84〕按：（明）朱睦㮮撰：《授經圖義例》中誤將陸宰《春秋後傳補遺》誤作陸佃。蓋朱睦楔本《宋史・藝文志》說解之故，故有「《春秋傳》」及「《春秋傳補遺》一卷，陸佃」作之說。

〔註85〕見（宋）李燾撰：《續資治通鑑長編》卷二百八十九「元豐元年（戊午，1078）」，收入於楊家駱主編：《中國學術名著第三輯・國史彙編第一期書第十冊》，（臺北・

又元豐五年（壬戌，1082）六月己未載：

> 給事中陸佃、禮部員外郎王子韶上重修《說文》，各賜銀、絹百。

〔註86〕

由此可知，陸佃曾修定《說文》，然今不傳矣。

二、史部

（一）編年類

《宋史·陸佃傳》中錄有陸佃參與《神宗實錄》及《哲宗實錄》編修之事，云：

> 遷吏部侍郎，以修撰《神宗實錄》徙禮部。……《實錄》成，加直
> 學士，……徽宗即位，召爲禮部侍郎。……徽宗遂命修《哲宗實錄》。

1、《神宗實錄》

陸佃修《神宗實錄》事，南宋王應麟《玉海》、南宋晁公武《郡齋讀書志》、南宋陳振孫《直齋書錄解題》、《浙江通志》、元馬端臨《文獻通考》〔註87〕並錄，然《玉海》作「《元祐神宗實錄》」，《直齋書錄解題》、《浙江通志》則作「《神宗實錄朱墨史》」。

按：《神宗實錄》因新舊黨人之故，於元祐、紹聖、建中靖國及紹興年間皆曾編

世界書局，1974年6月），頁3065上。

〔註86〕見（宋）李燾撰：《續資治通鑑長編》卷三百二十七「元豐五年（壬戌，1082）」，收入於楊家駱主編《中國學術名著第三輯·國史彙編第一期書第十冊》（臺北·世界書局，1974年6月），頁3382。

〔註87〕《文獻通考》卷一百九十四·經籍考二十一「起居注」類錄有「《神宗實錄》」、《神宗朱墨史》二書，云：「《神宗實錄》二百卷，晁氏曰：『皇朝曾布等撰。起藩邸，止元豐八年三月，凡十九年。』」又云：「《神宗朱墨史》二百卷，晁氏曰：『元祐元年，詔修《神宗實錄》，鄧溫伯、陸佃修撰，林希、曾肇檢討，蔡確提舉。確罷，司馬光代。光薨，呂公著代。公著薨，大防代。六年奏御。趙彥若、范祖禹、黃庭堅後亦與編修，書成賞勞，皆遷官一等。紹聖中，諫官翟思言：『元祐間，呂大防提舉實錄，祖禹、庭堅等編修，刊落事跡，變亂美惡，外應奸人詆誣之說。』命曾布重行修定。其後奏書，以舊錄爲本，用墨書，添入者用朱書，其刪去者用黃抹，已而將舊錄焚毀。宣和中，或得其本於禁中，遂傳於民間，號《朱墨史》云。』」

修。元祐元年二月六日乙丑，哲宗詔蔡確、鄧溫伯、陸佃等人修撰，於元
祐六年三月四日書成，〔註88〕此爲首修。《續資治通鑑長編》卷三六五載：

> 元祐元年（丙寅，1086）……乙丑，命宰臣蔡確提舉修《神宗皇帝
> 實錄》，以翰林學士兼侍講鄧溫伯、吏部侍郎陸佃並爲修撰官，左司
> 郎中兼著作郎林希、右司郎中兼著作郎曾肇並爲檢討官，入內都都
> 知張茂則都大提舉管勾。〔註89〕

《玉海》云：

> 元祐元年二月六日乙丑詔修，閏二月，命司馬光提舉，鄧溫伯、陸
> 佃並修撰。十月又以呂公著提舉，黃庭堅、范祖禹檢討，四年左僕
> 射呂大防提舉。六年三月四日癸亥書成，進呈，上東鄉再拜，然後
> 開編。大防於簾前進讀，詔止讀，令進。〔註90〕

哲宗紹聖元（1049）年，四月戊辰，蔡卞任事，以「司馬光記事及雜錄，多得
於賓客或道路傳聞，悉以爲實，鮮不收載」〔註91〕爲由，奏請取王安石所錄之
《日錄》以覈實，重修《神宗實錄》，歷時三年終成書，於紹聖三年十一月二十
一日，由章惇奏進，是爲二修，《宋史·蔡卞傳》則詳載其事，云：

> 紹聖元年，復爲中書舍人，上疏言：「先帝盛德大業，卓然出千古之
> 上，發揚休光，正在史策。而實錄所紀，類多疑似不根，乞驗索審
> 訂，重行刊定，使後世考觀，無所迷惑。」詔從之。以卞兼國史修

〔註88〕　《續資治通鑑長編》云：「元祐六年（辛未，1091）癸亥，進《神宗皇帝實錄》。
　　　　　上東嚮再拜，然後開編。宰臣呂大防於簾前披讀，未久，簾中慟哭，止讀，令進。」
　　　　　見（宋）李燾撰：《續資治通鑑長編》卷四百五六，收入於楊家駱主編：《中國學
　　　　　術名著第三輯·國史彙編第一期書第十三冊》，（臺北·世界書局，1974 年 6 月），
　　　　　頁 4613。

〔註89〕　見（宋）李燾撰：《續資治通鑑長編》卷三六五收入於楊家駱主編《中國學術名著
　　　　　第三輯·國史彙編第一期書第十一冊》，（臺北·世界書局，1974 年 6 月），頁 3714。

〔註90〕　見（宋）王應麟撰：《玉海》卷四十八，頁十七，「元祐神宗實錄」條。收錄於（清）
　　　　　永瑢、紀昀纂修：《景印文淵閣四庫全書》「子部·類書類」，（臺北：臺灣商務印
　　　　　書館，1986 年 3 月），第九四四冊，頁 308。

〔註91〕　見（宋）周輝撰：《清波別志》卷下，收錄於清·鮑廷博輯，《知不足齋叢書·八》
　　　　　（臺北：興中書局，1964 年 12 月），頁 4795。

撰。〔註92〕

《玉海》曰：

> 紹聖元年四月戊辰，從蔡卞之請重修，至三年十一月戊辰書成，進
> 之。〔註93〕

因宋人修史，「舊錄本用墨書，添入者用朱書，刪去者用黃抹。」〔註94〕故書目
中多稱元祐所修稱墨本，紹聖間所重修者爲朱本、朱墨本以辨別。〔註95〕如《宋
史・綦崇禮傳》云：

> 時有旨重修神宗、哲宗《正史》。兵火之後，典籍散亡，崇禮奏：「《神
> 宗實錄》墨本，元祐所修已是成書，朱本出蔡卞手，多所附會。」
>
> 〔註96〕

《郡齋讀書志》云：

〔註92〕 見（元）脫脫：《宋史》，（臺北：藝文印書館，1996 年 8 月初版四刷，《二十五史》
影印清乾隆武英殿刊本），卷四百七十二・列傳第二百三十一・奸臣二「蔡京」，
頁 5669。

〔註93〕 見（宋）王應麟撰：《玉海》卷四十八，頁十七。「元祐神宗實錄」條。收錄於（清）
永瑢、紀昀纂修：《景印文淵閣四庫全書》「子部・類書類」，（臺北：臺灣商務印
書館，1986 年 3 月），第九四四冊，頁 308。

〔註94〕 《宋史・藝文志》云：「《神宗實錄朱墨本》三百卷。」注：「舊錄本用墨書，添入
者用朱書，刪去者用黃抹。」見（元）脫脫：《宋史》，（臺北：藝文印書館，1996
年 8 月初版四刷，《二十五史》影印清乾隆武英殿刊本），卷二〇三，志第一百五
十六・藝文二「編年類」，頁 2419。

〔註95〕 如《郡齋讀書志》卷六「實錄類」著錄《神宗朱墨史》，云：「《神宗朱墨史》二百
卷，右皇朝元祐元年，詔修《神宗實錄》，鄧溫伯、陸佃修撰，林希、曾肇檢討，
蔡確提舉。確罷，司馬光代。光薨、呂公著代。公著薨，大防代。六年奏御。趙
彥若、范祖禹、黃庭堅後亦與編修，書成賞勞，皆遷官一等。紹聖中，諫官翟思
言：『元祐間，呂大防提舉《實錄》，祖禹、庭堅等編修，刊落事跡，變亂美實，
外應奸人詆誣之辭。』……宣和中，或得其本於禁中，遂傳于民間，號《朱墨史》
云。」又如《遂初堂書目》「實錄類」、《說郛》卷十下錄曰：「神宗實錄、朱墨本
神宗實錄、紹興重修神宗實錄。」

〔註96〕 見（元）脫脫：《宋史・綦崇禮傳》，（臺北：藝文印書館，1996 年 8 月初版四刷，
《二十五史》影印清乾隆武英殿刊本），卷三百七十八・列傳第一百三十七，頁
4691。

《神宗朱墨史》二百卷，右皇朝元祐元年，詔修《神宗實錄》，鄧溫伯、陸佃修撰，林希、曾肇檢討，蔡確提舉。確罷，司馬光代。光薨、呂公著代。公著薨，大防代。六年奏御。趙彥若、范祖禹、黃庭堅後亦與編修，書成賞勞，皆遷官一等。紹聖中，諫官翟思言：「元祐間，呂大防提舉《實錄》，祖禹、庭堅等編修，刊落事跡，變亂美實，外應奸人詆誣之辭。」……宣和中，或得其本於禁中，遂傳于民間，號《朱墨史》云。〔註97〕

陳振孫《直齋書錄解題》云：

《神宗實錄》朱墨本二百卷。元祐中，兵部侍郎青社趙彥若元考、著作郎成都范祖禹淳甫、豫章黃庭堅魯直撰。紹聖中，中書舍人莆田蔡卞元度、長樂林希子中等重修。其朱書繫新修，黃字繫刪去，墨字繫舊文，其增改刪易處則又有籤貼，前史官由是得罪。下，王安石之壻，大抵以安石《日錄》為主。陳瓘所謂尊私史而壓宗廟者也。〔註98〕

又如陸游《老學庵筆記》云：

元祐、紹聖皆修《神宗實錄》，紹聖所修暨成，焚元祐舊本，有敢私藏者，皆立重法。久之，內侍梁師成家有朱墨本，以墨書元祐所修，朱書紹聖所修，稍稍傳於士大夫家。紹聖初，趙相鼎提舉再撰，又或以雌黃書之，目為黃本，然世罕傳。〔註99〕

然因參與元祐本、紹聖本之編撰者各有所偏，故元符年間徐勣、陳瓘等人上疏，奏請重修，《宋史·徐勣傳》云：

徽宗立，擢寶文閣待制兼侍講，遷中書舍人，修《神宗史》。……國

〔註97〕見（宋）晁公武撰、孫猛校證：《郡齋讀書志校證》卷六「實錄類」「《神宗朱墨史》」條，（上海：上海古籍出版社，2011 年 6 月），頁 232～233。

〔註98〕見（宋）陳振孫：《直齋書錄解題·卷四·起居注類》「《神宗實錄》朱墨本二百卷」條，（臺北·臺灣商務印書館，1978 年），頁 124。

〔註99〕見（宋）陸游：《老學庵筆記》，收錄於（清）永瑢、紀昀纂修：《景印文淵閣四庫全書》「子部·雜家類」，（臺北·臺灣商務印書館，1986 年 3 月），第八六五冊，卷十，頁 85。

史久不成，勵言：「《神宗正史》，今更五閏矣，未能成書。蓋由元祐、紹聖史臣好惡不同，范祖禹等專主司馬光家藏記事，蔡京兄弟純用王安石《日錄》，各為之說，故論議紛然。當時輔相之家，家藏記錄，何得無之？臣謂宜盡取用，參討是非，勒成大典。」〔註100〕

王應麟《玉海》曰：

元符三年五月，左正言陳瓘言：「伏聞王安石《日錄》七十餘卷，具載熙寧中奏對、議論之語，此乃人臣私錄，非朝廷典冊，自紹聖再修，凡日曆、時政記及御集所不載者，往往專據此書追議刑賞，宗廟之美，皆為私史所攘，願詔史官別行刪修。」詔三省同參對聞奏。靖國元年六月壬戌，詔熙寧、元豐事實具備，元祐、紹聖編錄具存，訂正討論，宜公乃心，務不失實，十月，詔前降參取《元祐實錄》及刪除王安石《日錄》，指揮更不行。〔註101〕

此為三修。紹興年間高宗有感《實錄》多有失真，遂詔命朱聖非等人重修，此為四修。《玉海》云：

紹興五年九月十五日乙酉，左僕射監修趙鼎、史館修撰范冲、直史館任申先、著作佐郎張九成等上重修《實錄》五十卷，（原注：後三日制鼎進二官，冲等一官。）至六年正月癸未成書，通已進凡二百卷，繕寫三部：一為御覽，一藏天章閣，一付秘省。先是建炎初，上謂朱勝非曰：「神宗史錄事多失實」遂降詔重修，勝非薦范冲兼史事，冲言《神宗實錄》自紹聖中已命官重修，既經刪改，慮他日無所質證，今為《考異》，追記紹聖重修本末，朱字係新修，黃字係刪去，墨字係舊文。每條即著臣所見於後，以示去取。（原注：世號朱墨史。）〔註102〕

〔註100〕見（元）脫脫：《宋史・徐勳傳》列傳第一百七，（臺北：藝文印書館，1996 年 8 月初版四刷，《二十五史》影印清乾隆武英殿刊本），卷三百四十八，頁 4373。

〔註101〕見（宋）王應麟撰：《玉海》卷四十八，頁十七。收錄於（清）永瑢、紀昀纂修：《景印文淵閣四庫全書》「子部・類書類」，（臺北：臺灣商務印書館，1986 年 3 月），第九四四冊，頁 308。

〔註102〕見（宋）王應麟撰：《玉海》卷四十八，頁十八「紹興重修神宗實錄」條。收錄於（清）永瑢、紀昀纂修：《景印文淵閣四庫全書》「子部・類書類」，（臺北：臺灣商務印書館，1986 年 3 月），第九四四冊，頁 308。

《神宗實錄》歷經四修，然陸佃所參與之元祐本，於第二次重修時已遭禁毀而不傳，〔註103〕後世又誤將元祐本與紹聖朱墨本視爲一體，故陸佃修撰《神宗朱墨史》〔註104〕之說，似有不當。

2、《哲宗實錄》

陸佃修《哲宗實錄》事，見於《宋史》與《陶山集》二處，未載卷數。據《陶山集》所錄，可知陸佃參與之時間爲建中靖國元年六月，〈辭免修《哲宗皇帝實錄》箚子〉曰：

> 建中靖國元年六月，准閤門告報，伏蒙聖恩，受臣《哲宗皇帝實錄》修撰者，聖知益厚，非臣九殞所能報。〔註105〕

《宋史·陸佃傳》則曰：

> 徽宗即位，召爲禮部侍郎。上疏曰：「人君踐祚，要在正始，正始之道，本於朝廷。近時學士大夫相傾競進，以善求事爲精神，以能訐人爲風采，以忠厚爲重遲，以靜退爲卑弱。相師成風，莫之或止，正而救之，實在今日。神宗延登眞儒，立法制治，而元祐之際，悉肆紛更。紹聖以來，又皆稱頌。夫善續前人者，不必因所爲，否者廢之，善者揚焉。元祐紛更，是知廢之而不知揚之之罪也；紹聖稱頌，是知揚之而不知廢之之過也。願咨謀人賢，詢考政事，惟其當

〔註103〕《直齋書錄解題》曰：「初，蔡卞既改舊錄，每一卷成，納之禁中，蓋將盡泯其跡，而使新錄獨行。謂朱墨本者，世不可得而見也。及梁師成用事，自謂蘇氏遺體，頗招延元祐諸家子孫，若范溫、秦湛之流。師成在禁中見其書，爲諸人道之。諸人幸其書之出，因曰：『此不可不錄也』，師成如其言。及敗，沒入。有得其書者，攜以渡江，遂傳於世。嗚呼，此可謂非天乎！」。見（宋）陳振孫：《直齋書錄解題·卷四·起居注類》「《神宗實錄》朱墨本二百卷」，（臺北·臺灣商務印書館，1978 年），頁 124。

〔註104〕如：《浙江通志》云：「《神宗實錄朱墨史》二百卷，《玉海》：「鄧溫伯、陸佃修。」見（清）嵇曾筠等監修，（清）沈翼機等編纂：《浙江通志》卷二百四十三，頁九。收錄於（清）永瑢、紀昀纂修：《景印文淵閣四庫全書》「史部·地理類·都會郡縣之屬」，（臺北：臺灣商務印書館，1986 年 3 月），第五二五冊，頁 542。

〔註105〕見（宋）陸佃：《陶山集》，卷四，收錄於（清）永瑢、紀昀纂修：《景印文淵閣四庫全書》，（臺北：臺灣商務印書館，1986 年 3 月），第一一七冊，頁89。

之爲貴，大中之期，亦在今日也。」徽宗遂命修《哲宗實錄》。〔註106〕

（二）刑法類

1、《國子監敕令格式》十九卷

《宋史·藝文志》〔註107〕、南宋陳騤《中興館閣書目》、南宋王應麟《玉海》〔註108〕、《浙江通志》〔註109〕並錄，皆言「陸佃《國子監敕令格式》十九卷」，《中興館閣書目》言：

> 元祐中，禮部侍郎陸佃、祭酒鄭穆等以新舊條并續降參詳修定。〔註110〕

三、子部

1、校《鬻子》一卷

南宋陳振孫《直齋書錄解題》、南宋馬端臨《文獻通考》著錄，《直齋書錄解題》云：

> 《鬻子》一卷，鬻熊爲周文王師，封於楚，爲始祖。《漢志》云爾。
> 書凡二十二篇，今書十五篇。陸佃農師所校。」〔註111〕

〔註106〕見（元）脫脫：《宋史·陸佃傳》卷三百四十三，列傳第一百二，（臺北：藝文印書館，1996年8月初版四刷，《二十五史》影印清乾隆武英殿刊本），頁4323。

〔註107〕見（元）脫脫等修：《宋史藝文志》卷三·史·刑法類，（臺北·世界書局，1963年4月，）收錄於楊家駱主編：《中國學術名著第六輯·中國目錄學名著第三集第三冊》，《宋史藝文志廣編》上冊，頁73。

〔註108〕《玉海》卷一一二引《中興館閣書目》云：「《元祐國子間敕令格式》，十九卷，元祐中禮部侍郎陸佃，祭酒鄭穆等以新舊條并續降參詳修定。」見（宋）王應麟撰：《玉海》卷一一二，收錄於（清）永瑢、紀昀纂修：《景印文淵閣四庫全書》「子部·類書類」，（臺北：臺灣商務印書館，1986年3月），第九四四冊。

〔註109〕《浙江通志》：「《國子監敕令格式》十九卷，《宋史·藝文志》陸佃撰。」見（清）嵇曾筠等監修，（清）沈翼機等編纂：《浙江通志》卷二百四十四，頁十八。收錄於（清）永瑢、紀昀纂修：《景印文淵閣四庫全書》「史部·地理類·都會郡縣之屬」，（臺北：臺灣商務印書館，1986年3月），第五二五冊，頁560。

〔註110〕見（宋）陳騤等撰，趙士煒輯考：《中興館閣書目輯考》，（北京：現代出版社，1987年11月），收錄於許逸民、常振國編：《中國歷代書目叢刊》第一輯，頁406。

〔註111〕見（宋）陳振孫：《直齋書錄解題·卷九·道家類》「《鬻子》一卷」條，（臺北·臺灣商務印書館，1978年），頁279。

而《文獻通考》則引《解題》之語，曰：

> 《鶡子》一卷。晁氏曰：「楚鶡熊撰，……」陳氏曰：「《漢志》云二十二篇，今書十五篇，陸佃農師所校。唐鄭縣尉逢行注，止十四篇，蓋中以二章合而爲一，故視陸本又少一篇。此書甲乙篇次，皆不可曉，二本前後亦不同，姑兩存之。〔註112〕

陸佃於〈鶡子序〉言不忍該書多有亡佚，故爲之校注《鶡子》一書，以存其「嘉言」。〈鶡子序〉言：

> 鶡子，名熊，楚人也。九十適周文王，曰：「先生老矣。」對曰：「使臣捕獸逐麋，則熊老矣；若使坐籌國事，臣尚少焉。」文王師之，著書二十二篇，實諸子濫觴之始。今十有五篇者，蓋闕。而《列子・天瑞篇》稱：「熊曰：『運轉無已，天地密移，疇覺之哉？』其〈力命篇〉又稱：「熊語文王曰：『自長非所增，自短非所損者，即南華藏舟鳧鶴之義也。』」而今其書無之，則**熊之嘉言要旨，亡者多矣，可不惜哉**。文字脫謬，爲之校正四字，增者七，減者八，注百有五十二字云。〔註113〕

2、《陰符經注》一卷

南宋高似孫《子略》、南宋鄭樵《通志》、焦竑《國史經籍志》並著錄，然卷數之說有所不同，高似孫《子略》云：

> 《陰符經注》陸佃注，一卷。〔註114〕

鄭樵《通志》〔註115〕與焦竑《國史經籍志》〔註116〕則作「三卷」。

〔註112〕見（宋）馬端臨：《文獻通考》卷二百十一・〈經籍考三十八〉・子・道家，頁四。收錄於（清）永瑢、紀昀纂修：《景印文淵閣四庫全書》「史部・政書類・通制之屬」，（臺北：臺灣商務印書館，1986 年 3 月），第六一四冊，頁 497。

〔註113〕見（宋）陸佃：《陶山集》，卷十一，收錄於（清）永瑢、紀昀纂修：《景印文淵閣四庫全書》，（臺北：臺灣商務印書館，1986 年 3 月），第一一一七冊，頁 144。

〔註114〕見（宋）高似孫：《子略》卷一，頁二。收錄於（清）永瑢、紀昀纂修：《景印文淵閣四庫全書》「史部・目錄類・經籍之屬」，（臺北：臺灣商務印書館，1986 年 3 月），第六七四冊，頁 493。

〔註115〕見（宋）鄭樵：《通志》卷六十七，頁五。收錄於（清）永瑢、紀昀纂修：《景印文淵閣四庫全書》「史部・別史類」，（臺北：臺灣商務印書館，1986 年 3 月），第

3、《老子注》二卷

陸佃注《老子》之說，首見於南宋晁公武《郡齋讀書志》所著錄，云：

> 王安石注《老子》二卷，王雱注二卷，呂惠卿注二卷，陸佃注二卷，
>
> 劉仲平注二卷。〔註117〕

後南宋馬端臨《文獻通考》著錄亦以晁氏之說爲本〔註118〕。明焦竑《國史經籍志》亦錄「陸佃注《老子》二卷」〔註119〕，又焦竑於《老子翼》卷首「采摭書目」著錄有「陸農師注，宋中大夫知亳州時造」之語，據此推測《老子注》應爲陸佃晚年之作。而陸氏注疏之動機，晁公武以爲乃受其師王安石影響，云：

> 右皇朝王安石介甫注。介甫平生最喜《老子》，故解釋最所致意。首
>
> 章皆斷「無」、「有」作一讀，與溫公同。後其子雱及其徒呂惠卿、
>
> 陸佃、劉仲平皆有《老子注》。〔註120〕

然除此因素外，從宋·彭耜輯《道德眞經集註雜說》所錄陸佃之語，得以詳知另一動機，乃有感於不講性命之學久矣，故爲救時弊而作傳以明其義，其言曰：

> 陸陶山農師曰：自秦以來，性命之學不講於世，而道德之裂久矣。
>
> 世之學者不幸蔽於不該不偏一曲之書，而日汩於傳注之卑，以自失

三四七冊，頁 379。

〔註116〕《國史經籍志》錄：「陸佃注《陰符》三卷。」見（明）焦竑：《國史經籍志》，卷
　　　　四上，頁十二。收錄於中華書局編輯部編：《宋元明清書目題跋叢刊》叢刊五·明
　　　　代卷第二冊，（北京：中華書局，2006 年），頁 791。

〔註117〕見（宋）晁公武撰、孫猛校證：《郡齋讀書志校證》「道家類」，（上海：上海古籍
　　　　出版社，2011 年 6 月），頁 471。

〔註118〕《文獻通考》云：「王介甫注《老子》二卷，王雱注二卷，呂惠卿注二卷，陸佃注
　　　　二卷，劉仲平注二卷。晁氏曰：『王介甫平生最喜《老子》，故解釋最所致意。首章
　　　　皆斷『有』、『無』作一讀，與溫公同。後其子雱及其徒呂惠卿、陸佃、劉仲平皆有
　　　　《老子注》。』」見（宋）馬端臨：《文獻通考》卷二百十一，經籍考三十八·子·
　　　　道家，頁十二。收錄於（清）永瑢、紀昀纂修：《景印文淵閣四庫全書》「史部·
　　　　政書類·通制之屬」，（臺北：臺灣商務印書館，1986 年 3 月），第六一四冊，頁 501。

〔註119〕見（明）焦竑：《國史經籍志》，卷四上，頁八。收錄於中華書局編輯部編：《宋元
　　　　明清書目題跋叢刊》叢刊五·明代卷第二冊，（北京：中華書局，2006 年），頁 788。

〔註120〕見（宋）晁公武撰、孫猛校證：《郡齋讀書志校證》「道家類」，（上海：上海古籍
　　　　出版社，2011 年 6 月），頁 471。

其性命之情，不復知天地之大醇，古人之大體也。予深悲之，以爲道德者關尹之所以誠心而問，老子之所以誠意而言，精微之義，要妙之理多有之，而可以啓學之蔽，使之復性命之情。不幸亂於傳注之卑，千有餘年尚昧，故爲作傳以發其既昧之意。雖然，聖人之在下多矣，其著書以道德之意非獨老子也，蓋約而爲《老子》，詳而爲《列子》，又其詳爲《莊子》，故予之解述《列》、《莊》之詳，合而論之，庶幾不失道德之意。見經注。〔註121〕

該書於今已佚，然自宋以降多部《老子》集注類作品，多有引用或收錄陸佃談論《老子》之語，如宋・彭耜輯《道德眞經集註雜說》及元劉惟永編集《道德眞經集義》二書，分別引證陸佃論《老子》之語36條及9條，其內容疑即錄自《老子注》之語，茲條列此二書中徵引之內容如下：

〈道可道章第一〉〔註122〕

道，可道，非常道；名，可名，非常名。無，名天地之始。有，名萬物之母。常無，欲以觀其妙；常有，欲以觀其徼。此兩者，同出而異名，同謂之玄，玄之又玄，眾妙之門。

> 陸農師曰：「道可道」至「非常名」：常名，以無方爲體；常道，以無體爲用。無方者，無乎不在；無體者，無乎不爲。有所可道，則非所謂無方，有所可名，則非所謂無體。「無名」至「萬物之母」：太初有無，無有、無名。無名者，太始也；太始者，天地之父。故曰「無名，天地之始」。天地者，萬物之母。故曰「有名，萬物之母」。言母則知始之爲父，言始則知母之爲主。故上言天地之始，下言萬物之母。「常無欲」至「觀其徼」：妙，道本也。徼，道末也。聖人之於妙也，觀之以常無；聖人之於徼也，觀之以常有。妙在中，麤在徼，言妙則知徼之爲麤，言徼則知妙之爲中，故上言欲以觀其

〔註121〕見（宋）彭耜纂集：《道德眞經集註雜說》卷上，收錄於張繼禹主編：《中華道藏》，（北京：華夏出版社，2004年1月），第一一冊，頁484。該序亦見錄於（明）焦竑《老子翼》附錄卷五第 32，轂五。收錄於嚴一萍編：《正統道藏》，（臺北：藝文印書館1962年），第三九八冊，頁26。

〔註122〕此處所引《老子》之正文，以收錄於熊鐵基、陳紅星主編《老子集成》，（北京：宗教文化出版社，2011年）之司馬光《道德眞經論》本爲主，以下皆同。

妙，下言欲以觀其徼。「此兩者」至「之玄」：無者，對有之無；而常無者，非無之無，而不爲有對也。有者，對無之有，而常有者，非有之有，而不爲無對也。不爲無對者，非有也；不爲有對者，非無也。故常無者，眞無是也，而非無。常有者，妙有是已，而非有，故兩者同出，而同謂之玄也。「玄之」至「之門」：玄者，妙之體；妙者，玄之用。其道至玄，人爲眾妙之門戶，而出入於其間。莊子曰：「開天之天，不開人之天」。開天之天，自然也；開人之天，使然也。「玄之又玄」，莊子所謂精乎精。「眾妙之門」，莊子所謂神乎神。〔註123〕

按：陸佃之說解，與其師王安石之說多有相似，應陸氏采師說以注疏，如：（1）「無名」至「萬物之母」之說解，則採王氏之說，然「無名」之句讀，於王安石《老子注》中有以「無，名」及「無名」二種不同之說有。「無，名」一說，見於《全義》，曰：「無，所以名天地之始；有，所以名其終，故曰萬物之母。《全義》：無者，形之上者也。自太初至於太始，自太始至於太極，太始生天地，此名天地之始，有形之下者也。有天地然後生萬物，此名萬物母，母者生之謂也」。〔註124〕「無名」之說則見《雜說》，曰：「無名者，太始也，故爲天地之父。有名者，太極也，故爲萬物之母。天地萬物之合，萬物天地之離，於父言天地，則萬物可知矣；於母言萬物，則天地亦可知矣。」〔註125〕於此可推，陸佃乃據《雜說》之說以注，故以「無名」爲讀。（2）「常無欲」至「觀其徼」中陸佃注「妙，道本也。徼，道末也。聖人之於妙也，觀之以常無；聖人之於徼也，觀之以常有」，亦本於王安石，以「常無」、「常有」之說爲讀，王安石曰：「道之本出於無，故常無所以自觀其妙。到之用常歸於有，故常有得以自觀其徼。……《全義》：無則道之本，而所謂妙者；有則道之末，所謂徼者也。……聖人常以其無思、

〔註123〕見（元）劉惟永編集：《道德眞經集義》卷一，收錄於張繼禹主編：《中華道藏》，（北京：華夏出版社，2004年1月），第十二冊，頁280。

〔註124〕見蒙文通：《道書輯校十種·王介甫《老子註》佚文》，（成都：巴蜀書社，2001年，），收錄於《蒙文通文集》第六卷，頁675。

〔註125〕見蒙文通：《道書輯校十種·王介甫《老子註》佚文》，（成都：巴蜀書社，2001年，），收錄於《蒙文通文集》第六卷，頁675。

無爲以觀其妙，常以感而遂通天下故以觀其徼。」〔註126〕。（3）此外「開天之天，不開人之天」之語，見於《莊子・外篇・達生》，然該文上下句顛倒錯置，原文作「不開人之天，而開天之天，開天者德生，開人者賊生。」

〈天下皆知章第二〉

天下皆知美之爲美，斯惡已。皆知善之爲善，斯不善已。故有無之相生，難易之相成，長短之相形，高下之相傾，音聲之相和，前後之相隨。是以聖人處無爲之事，行不言之教，萬物作焉而不辭，生而不有，爲而不恃，功成不居。夫唯不居，是以不去。

> 陸農師曰：「天下皆知」至「不善已」：美至於無美者，天下之眞美也。善至於無善者，天下之眞善也。眞美斯離，天下皆知美之爲美。眞善斯散，天下皆知善之爲善。「故有無相生」至「相隨」：有無者以言乎其道，難易者以言乎其德，長短者以言乎其體，高下者以言乎其位，聲音者以言乎其交感，前後者以言乎其始終，此勢之然也。「是以聖人」至「之教」。夫聖人處無爲之事，行不言之教者，將以使人冥於眞善，混於眞美，復歸于樸，而與天地，與造化爲友者矣。「萬物作焉而不辭」至「不去」：萬物之息，與之入而不逆；萬物之作，與之出而不辭。〔註127〕

按：（1）《道德眞經集註》卷一亦收錄，然僅錄「天下皆知美之爲美，斯惡已。皆知善之爲善，斯不善已。」〔註128〕、「故有無之相生，難易之相成，長短之相形，高下之相傾，音聲之相和，前後之相隨。」〔註129〕、「是以聖

〔註126〕見蒙文通：《道書輯校十種・王介甫《老子註》佚文》，（成都：巴蜀書社，2001年），收錄於《蒙文通文集》第六卷，頁676。

〔註127〕見（元）劉惟永編集：《道德眞經集義》卷五，收錄於張繼禹主編：《中華道藏》，（北京：華夏出版社，2004年1月），第十二冊，頁324。

〔註128〕注曰：「陸佃曰：美至於無美，天下之眞美也。善至於無善，天下之眞善也。眞美斯離，天下皆知美之爲美。眞善斯散，天下皆知善之爲善。」見（宋）彭耜纂集：《道德眞經集註》卷一，收錄於張繼禹主編：《中華道藏》，（北京：華夏出版社，2004年1月），第一一冊，頁327。

〔註129〕注曰：「陸佃曰：有無者以言乎其道，難易者以言乎其德，長短者以言乎其體，高下者以言乎其位，聲音者以言乎其交感，前後者以言乎其終始，此勢之然也。」

人處無爲之事，行不言之教」〔註130〕三條之注。而《集註》本中，除「是以聖人處無爲之事，行不言之教」下之注「教」下脫「者」字外，其餘之注與《道德眞經集義》皆同。（2）此章正文「有無之相生」，馬王堆帛書本《老子》及宋司馬光本皆有「之」，然於《道德眞經集義》中所輯錄之注文則誤刪「之」字。

〈不尚賢第三〉

不尙賢，使民不爭。不貴難得之貨，使民不爲盜。不見可欲，使心不亂。是以聖人之治，虛其心，實其腹，弱其志，強其骨，常使民無知無欲，使夫知者不敢爲也。爲無爲，則無不治矣。

> 陸農師曰：「不尚賢，使民不爭」：絕聖棄智，民利百倍。絕仁棄義，
> 民復孝慈，此所謂「不尚賢，使民不爭」。「不貴難得之貨，使民不
> 爲盜」：絕巧棄利，盜賊無有，此所謂「不貴難得之貨」。「不見可欲，
> 使心不亂」：民不見善之可欲，則無爭之亂矣。不見利之可欲，則無
> 盜之亂矣。「是以聖人之治」至「則無不治矣」：心者有知而擇，腹
> 者無知而容，志者有欲而動，骨者無欲而立。是故「聖人之治」，虛
> 其心，實其腹，弱其志，強其骨。虛其有知，實其無知，故能常使
> 民無知。弱其有欲，強其無欲，故能常使無欲。〔註131〕

按：陸佃於此爲「以《老》解《老》」之注經方式，且採宋時通行本之論述，故文中有所誤解之處，如：「絕聖棄智，民利百倍。絕仁棄義，民復孝慈，……絕巧棄利，盜賊無有」此出於《老子》第十九章，然據《老子》郭店楚簡本，「絕聖棄智」作「絕智棄攴（辨）」〔註132〕，此陸佃訛作「絕聖棄智」；

見（宋）彭耜纂集：《道德眞經集註》卷一，收錄於張繼禹主編：《中華道藏》，（北京：華夏出版社，2004 年 1 月），第一一冊，頁 328。

〔註130〕注曰：「陸佃曰：夫聖人處無爲之事，行不言之教，將以使人冥於眞善，混於眞美，復歸于樸，而與天地造物爲友者矣。」見（宋）彭耜纂集：《道德眞經集註》卷一，收錄於張繼禹主編：《中華道藏》，（北京：華夏出版社，2004 年 1 月），第一一冊，頁 328。

〔註131〕見（元）劉惟永編集：《道德眞經集義》卷七，收錄於張繼禹主編：《中華道藏》，（北京：華夏出版社，2004 年 1 月），第十二冊，頁 350。

〔註132〕陳師錫勇：《《老子》校正》云：「老子多稱『聖人』，絕非聖之言，今作『絕聖』

「使心不亂」一語，馬王堆帛書甲、乙本則皆作「使民不亂」，通行本則衍「心」字，作「使民心不亂」，然陸佃則訛作「使心不亂」〔註133〕。

〈道沖章第四〉

道沖而用之或不盈，淵兮似萬物之宗。挫其銳，解其紛，和其光，同其塵。湛兮似或存。吾不知誰子，象帝之先。

> 陸農師曰：「道沖而用之或不盈」：道者，用之以沖，則雖遍法界，而不見其盈。「淵兮似萬物之宗」：深不可識，而爲萬物之宗師。言或似者，言之不敢正也。列子所謂疑獨、莊子所謂疑始是也。「挫其銳」至「同其塵」。不與物競，故曰「挫其銳」。不與法縛，故曰「解其紛」。不皦其昧，故曰「和其光」。不遁不離，故曰「同其塵」。「湛兮似或存」：有似乎有而非有，有似乎無而非無，無所從生，而又象乎帝之先也，故曰「湛兮似或存。」「吾不知誰之子，象帝之先」：湛者淵之容，形乃謂之體，見乃謂之容，故始言淵兮，而終之以湛兮也。「吾不知誰之子，象帝之先」：終不可得而名之，故曰「吾不知誰之子，象帝之先」。帝者，生物之主也。〔註134〕

按：（1）《道德眞經集註・卷二》僅錄「道沖而用之，或不盈，淵兮似萬物之宗」之注語〔註135〕，內容與《集義》同。而嚴靈峯所輯校之《陸佃老子注》中

必戰國末所改。」（臺北：里仁書局，2003 年 9 月 15 日第二次增訂），頁 218。按：此處《老子》相關見解皆本陳師錫勇於《《老子》校正》，（臺北：里仁書局，2003 年 9 月 15 日第二次增訂）、《老子論集》，（臺北：國家出版社，2015 年元月初版）之相關論述，下同。

〔註133〕陳師錫勇：《老子論集》云：「『使民不亂』王弼注：『故可欲不見，則心無所亂也。』據此，王本當作『使心不亂』，唯疑王注『心』字乃後人譌改，『使民不爭』、『使民不爲盜』、『使民不亂』，並用『使民』，體例一律，王本不應有異，故疑注文有後人譌改……當如帛書本作『民』，不作『心』。通行本作『民心』者，謬矣。」，（臺北：國家出版社，2015 年元月初版），頁 270。

〔註134〕見（元）劉惟永編集：《道德眞經集義》卷九，收錄於張繼禹主編：《中華道藏》，（北京：華夏出版社，2004 年 1 月），第十二冊，頁 374。

〔註135〕注云：「陸佃曰：道者用之以沖，則雖遍法界，而不見其盈。深不可識，而爲萬物之宗師。言或似者，言之不敢正也。列子所謂疑獨、莊子所謂疑始是也。」見（宋）彭耜纂集：《道德眞經集註》卷二，收錄於張繼禹主編：《中華道藏》，（北京：華

「道沖」作「道沖」〔註 136〕。（2）「挫其銳，解其紛；和其光，同其塵」四句，陸佃於此不識錯簡而誤。「挫其銳，解其紛；和其光，同其塵」並見於第五十六章，然因第四章所言者爲「道」；而「挫其銳，解其紛」、「和其光，同其塵」分論「禮」、「義」，所言者爲「德」，二者前後不相關，故此四句當刪〔註 137〕，然陸佃不識，仍沿用而釋義，此一誤也；另五十六章此四句之郭店楚簡甲編本及馬王堆帛書本其序皆作「和其光，同其塵；挫其銳，解其紛。」，而通行本則誤作「「挫其銳，解其紛；和其光，同其塵」，陸佃不知顛倒爲序，仍依通行本之序而注，此二誤也。

〈天地不仁章第五〉

天地不仁，以萬物爲芻狗。聖人不仁，以百姓爲芻狗。天地之間，其猶橐籥乎？虛而不屈，動而愈出。多言數窮，不如守中。

> 陸農師曰：「天地不仁，以萬物爲芻狗」：天地之於萬物，聖人之於百姓，泊然無係，而不滯於仁，適則用之，過則棄之而已。故云芻狗之爲物，其未陳也，盛之以篋衍，覆之以文繡；其既陳也，行者踐其首，樵者爨其軀。所謂適則用之，過則棄之也。「天地之間」至「動而愈出」：「天地不仁，以萬物爲芻狗。聖人不仁，以百姓爲芻狗」：與世推移，與時運徙，而不拘於已陳之迹，不膠於既踐之緒矣。故能入則鳴，不入則止，而知橐籥焉。故曰「天地之間，其猶橐籥乎」。「虛而不屈，動而愈出。多言數窮，不如守中」：虛而無屈，無所屈也。動而愈出，有所示也。無所屈而有所示者，神也。虛而無所屈，動而有所示，故能赴物之感，言出如此，而未始有窮也。若夫述古人之土梗，語先王之芻狗，屈於已陳之迹，膠於既殘之緒，欲以有爲於日徂之世，此其所以多言數窮，不如守中之愈也。此一篇與莊子芻狗之意大略同焉。〔註 138〕

夏出版社，2004 年 1 月），第一一冊，頁 331。

〔註 136〕見嚴靈峰輯校：《老子崇寧五注》，（臺北：成文出版社，1979 年），頁 263。

〔註 137〕見陳師錫勇：《老子論集・《老子》第五十六章析解》，（臺北：國家出版社，2015 年元月初版），頁 153～164。

〔註 138〕見（元）劉惟永編集：《道德眞經集義》卷十，收錄於張繼禹主編：《中華道藏》，（北京：華夏出版社，2004 年 1 月），第十二冊，頁 390～391。

按：（1）「天地不仁，以萬物爲芻狗」之注語乃據其師王安石之說而注，王安石云：「天地之於萬物，聖人之於百姓，有愛也，有所不愛也。愛者仁也，不愛者亦非不仁也。爲其愛則不留於愛，有如芻狗當祭祀之用也。盛之以篋衍，巾之以文繡；尸祝齋戒，然後用之，及其既祭之後，行者踐其首脊，樵者焚其支體。」〔註139〕（2）道生萬物，而天地生養萬物，皆順乎自然而無私，猶如聖人無私，不因百官善或不善而棄絕，皆如芻狗般珍惜，故「天地不仁，以萬物爲芻狗」一語，當作「萬物不仁，以天地爲芻狗」〔註140〕，然陸佃不識，仍據「天地不仁，以萬物爲芻狗」之文義而釋。（3）《莊子·天運》載有「夫芻狗之未陳也，盛以篋衍，巾以文繡，尸祝齊戒以將之，及其已陳也，行者踐其首脊，蘇者取而爨之而已。」故陸氏此注云「此一篇與莊子芻狗之意大略同焉」。

〈載營魄章第十〉

載營魄抱一，能無離乎？專氣致柔，能如嬰兒乎？滌除玄覽，能無疵乎？愛民治國，能無爲乎？天門開闔，能爲雌乎？明白四達，能無知乎？生之畜之，生而不有，爲而不恃，長而不宰，是謂玄德。

> 陸農師曰：「載營魄」：魂爲陽，陽爲動。魄爲陰，陰爲止。魄者神之佐，其動有變而無化。魄者，精之輔，其止有化而無變。故魂言遊，魄言營。遊魂以言其變，營魄以言其止。能無離乎。載營魄，所以外運；抱一，所以內守也。故曰「載營魄抱一，能無離乎」。載魄所以致運，抱一所以致守，而內外常合，而無離矣，然後可以「專氣致柔，能如嬰兒」。「專氣致柔，能如嬰兒乎？」蓋內守者氣之所以致專，外運者氣之所以致柔。其守致專，其運致柔，而其德比於赤子，則然後其心可以疏淪其神，可以澡雪而照之於天。萬法俱空，而無一法之累也。故言「專氣致柔，能如嬰兒乎」，而繼之以「滌除玄覽，能無疵乎」。「滌除玄覽，能無疵乎？」滌者，言其洗心。除者，言其刳心。

〔註139〕見蒙文通：《道書輯校十種·王介甫《老子註》佚文》，（成都：巴蜀書社，2001年），收錄於《蒙文通文集》第六卷，頁681。

〔註140〕陳師錫勇以爲「芻狗乃祭祀品，謂愼重珍惜之物，《莊子》以來或多誤用，是以本句多有誤引者。」詳見陳師錫勇：《老子論集·讀漢簡《老子》雜記》，（臺北：國家出版社，2015年元月初版），頁251。

洗之而無不淨，刳之而無不虛。超然坐視，萬法俱空，然後可以因空而立法。而與民同吉凶之患，故言「滌除玄覽，能無疵乎。」「愛民治國，能無為乎？」其於民也以不愛愛之，其治國也以不治治之。道無不為矣，然後可以寂然不動，感而遂通天下之故，故常不得已而後起，求而後應也。故言「愛民治國，能無為乎」，而繼之以「天門開闔，能無雌乎。」「天門開闔，能無雌乎？」天門者，無有也。精神往來，一闔一闢，萬物皆出於此，皆入於此，而其變無窮也。天門開闔與眾雌而無雄矣，然後可以圓覺普照，大通四闢，其徹至於無障黜縱，其冥至於無知覺，故言「天門開闔，能無雌乎」，而繼之以「明白四達，能無知乎」。「明白四達，能無知乎？」「載營魄抱一，能無離乎？」「愛民治國，能無為乎？」此聖人也。「天門開闔，能無雌乎？」「明白洞達，能無知乎？」此神人也。〔註141〕

按：（1）《道德真經集註·卷三》僅錄「載營魄抱一，能無離乎？」〔註142〕及「專氣致柔，能如嬰兒乎？」〔註143〕二句，內容與《集義》同。「魂為陽，陽為動。魄為陰，陰為止」陸佃之注語與王安石同，王安石曰：「魂，陽也，故常動。魄，陰也，故常靜。」〔註144〕（2）「滌除玄覽」，馬王堆帛書甲、

〔註141〕見（元）劉惟永編集：《道德真經集義》卷十五，收錄於張繼禹主編：《中華道藏》，（北京：華夏出版社，2004年1月），第十二冊，頁474。

〔註142〕注云：「陸佃曰：魂為陽，陽為動。魄為陰，陰為止。魄者神之佐，其動有變而無化。魄者精之輔，其止有化而無變。故魂言遊，魄言營。遊魂以言其變，營魄以言其止。能無離乎。載營魄，所以外運；抱一，所以內守也。故曰載營魄抱一，能無離乎。載魄所以致運，抱一所以致守，而內外常合而無離矣。」見（宋）彭耜纂集：《道德真經集註》卷三，收錄於張繼禹主編：《中華道藏》，（北京：華夏出版社，2004年1月），第一一冊，頁341。

〔註143〕注云：「陸佃曰：蓋內守者氣之所以致專，外運者氣之所以致柔。其守致專，其運致柔，而其德比於赤子，則然後其心可以疏瀹其神，可以澡雪而照之於天。萬法俱空，而無一法之累也。故言「專氣致柔，能如嬰兒乎？」見（宋）彭耜纂集：《道德真經集註》卷三，收錄於張繼禹主編：《中華道藏》，（北京：華夏出版社，2004年1月），第一一冊，頁342。

〔註144〕見蒙文通：《道書輯校十種·王介甫《老子註》佚文》，（成都：巴蜀書社，2001年，）收錄於《蒙文通文集》第六卷，頁686。

乙本皆作「滌除玄鑑」然王弼本則訛作爲「滌除玄覽」〔註145〕，陸佃則沿用王弼本於注文中亦訛作「滌除玄覽」而釋義。（3）「愛民治國，能無爲乎」，馬王堆帛書乙本作「愛民治國，能無以智乎」，然因唐玄宗注《老》而改作「愛民治國，能無爲乎」，後人則據御注本改王弼注本作「愛民治國，能無爲乎」，後世亦多作「愛民治國，能無爲乎」〔註146〕，陸佃此處亦據「愛民治國，能無爲乎」之語而注，故注文中脫「以」字，並訛作「能無爲乎」（4）「天門開闔，能爲雌乎」，宋司馬光注本作「爲」，王安石注文則亦作「爲」，陸佃於注中則作「無」。

〈三十輻章第十一〉

1、三十輻共一轂，當其無，有車之用。埏埴以爲器，當其無，有器之用。鑿戶牖以爲室，當其無，有室之用。故有之以爲利，無之以爲用。

> 陸農師曰：「三十輻共一轂」至「無之以爲用」：有無相用，不可以一偏。故無無則不足以用有，無有則不足以見無，以有爲利，則或至於止；以無爲用，則用常至於無窮。〔註147〕

〈寵辱章第十三〉

1、寵辱若驚，貴大患若身。

> 陸佃曰：寵所以爲辱，貴所以爲患，何也？曰寵之與貴，皆外物者也。外物非吾所有，而有之，此所以爲大患、大辱。〔註148〕

2、何謂寵辱？寵爲下。

> 陸佃曰：可得而寵者，下也。〔註149〕

〔註145〕詳見陳師錫勇：《老子論集·《老子》第十章析解》，（臺北：國家出版社，2015年元月初版），頁81。

〔註146〕詳見陳師錫勇：《老子論集·《老子》第十章析解》，（臺北：國家出版社，2015年元月初版），頁81。

〔註147〕見（元）劉惟永編集：《道德眞經集義》卷十七，收錄於張繼禹主編：《中華道藏》，（北京：華夏出版社，2004年1月），第十二冊，頁502。

〔註148〕見（宋）彭耜纂集：《道德眞經集註》卷四，收錄於張繼禹主編：《中華道藏》，（北京：華夏出版社，2004年1月），第一一冊，頁348。

〔註149〕見（宋）彭耜纂集：《道德眞經集註》卷四，收錄於張繼禹主編：《中華道藏》，（北京：華夏出版社，2004年1月），第一一冊，頁349。

〈視之不見章第十四〉

執古之道，以御今之有。能知古始，是謂道紀。

> 陸佃曰：能知古始，古者，今之所出；始者，終之初。《莊子》所謂
> 「無端之紀」是也。〔註150〕

按：（1）「執古之道」，馬王堆帛書甲、乙本皆作「執今之道」，而後世王弼注本
訛作「執古之道」〔註151〕，然宋彭耜輯《道德眞經集註》時不曉其誤，亦
取注本之說，故於正文亦訛作「執古之道」。（2）「無端之紀」見於《莊子·
外篇·達生》。

〈古之善為士章第十五〉

1、豫兮若冬涉川，猶兮若畏四鄰，儼兮其若客，渙兮若冰之將釋，敦兮其
若樸，曠兮其若谷，渾兮其若濁。

> 陸佃曰：以其先事而慮，常迫而後動，故曰「豫若冬涉川」。以後事
> 而慮，常以防而後居也，故曰「猶若畏四鄰」。以其雖以迫而後動，
> 防而後居，而其心常儼之若容。「渙若冰將釋」者，散而不凝於物也。
> 「敦兮其若樸」者，其體無乎不圓也。「曠兮其若谷」者，其體無乎
> 不虛也。敦兮其若樸，曠兮其若谷，然後冥之以無知，混之以無覺，
> 故曰「渾兮其若濁」。〔註152〕

按：（1）「豫兮若冬涉川」、「猶兮若畏四鄰」，陸佃注中皆脫「兮」字。（2）「儼
兮其若客」，「客」陸佃注作爲「容」。而嚴靈峯所輯校之《陸佃老子注》
中正文則作「儼若容」〔註153〕。（3）「渙兮若冰之將釋」，郭店楚簡甲編作
「渙兮其若釋」，馬王堆帛書甲、乙本則皆作「渙呵其若凌釋」。通行本則

〔註150〕見（宋）彭耜纂集：《道德眞經集註》卷四，收錄於張繼禹主編：《中華道藏》，（北
京：華夏出版社，2004年1月），第一一冊，頁352。

〔註151〕陳師錫勇《《老子》校正》云：「高明曰：『〈太史公自序〉言及道家則云：『有法無
法因時爲業，有度無度，因物與合，故曰「聖人不朽，時變是守」從而足證經文』
當從帛書甲、乙本作『執今之道，以御今之有』爲是』……王本作『執古之道』
非也。」（臺北：里仁書局，2003年9月15日第二次增訂），頁205。

〔註152〕見（宋）彭耜纂集：《道德眞經集註》卷四，收錄於張繼禹主編：《中華道藏》，（北
京：華夏出版社，2004年1月），第一一冊，頁354。

〔註153〕見嚴靈峰輯校：《老子崇寧五注》，（臺北：成文出版社，1979年），頁272。

作「渙兮若冰之將釋」，然當以郭店楚簡甲編所作「渙兮其若釋」爲是〔註154〕，然陸佃注文中「渙」字下脫「兮」，「若」字上脫「其」字，「釋」字上衍「冰將」二字，作「渙若冰將釋」。

〈孔德之容章第二十一〉

1、惚兮恍，其中有象。恍兮惚，其中有物。

陸佃曰：太始者，形之始，故曰「其中有象」。太素者，質之始，故曰「其中有物」。〔註155〕

按：「惚兮恍，其中有象。恍兮惚，其中有物」此段，嚴靈峯所輯校之《陸佃老子注》將其置於〈致虛極章第十六〉處，誤。「惚兮恍」，嚴靈峯所輯校之《陸佃老子注》中正文則作「惚兮恍兮」、「其中有象」則作「中有象兮。」

〔註156〕

2、自古及今，其名不去。以閱眾甫，吾何以知眾甫之然哉？以此。

陸佃曰：生者，有生生者，自太易至於太素，所謂生生者也。然生生者未嘗生，未嘗無，故能「自古及今，其名不去，以閱眾甫」也。所謂「其名不去」，常名是也。夫眾美者有生，而吾體不生，眾美者有化，而吾體不化，故能名以閱之也。《莊子》曰：「神奇復化臭腐，臭腐復化神奇。」神奇者，眾甫也。〔註157〕

按：(1)「自古及今」，馬王堆帛書甲、乙本則皆作「自今及古」，通行本正文及王弼注則爲後人改作「自古及今」〔註158〕，陸佃於注疏時不察，仍采「自

〔註154〕陳師錫勇《《老子》校正·第十五章》：「『乎、呵、兮通』……『渙』，《說文》：『渙，流散也。』《玉篇》：『渙，水盛貌』釋而爲水者『凌』，『冰也』，故不需重此『凌』字，或『冰』字，甲編作『渙乎其若釋』者，是也。」，（臺北：里仁書局，2003年9月15日第二次增訂），頁208。

〔註155〕見（宋）彭耜纂集：《道德眞經集註》卷五，收錄於張繼禹主編：《中華道藏》，（北京：華夏出版社，2004年1月），第一一冊，頁367。

〔註156〕見嚴靈峰輯校：《老子崇寧五注》，（臺北：成文出版社，1979年），頁273。

〔註157〕見（宋）彭耜纂集：《道德眞經集註》卷五，收錄於張繼禹主編：《中華道藏》，（北京：華夏出版社，2004年1月），第一一冊，頁368。

〔註158〕陳師錫勇《《老子》校正·第二十一章》云：「范應元曰：『自今及古，嚴遵、王弼同古本』，是今通行本正文及王弼注並爲後人所改「自苦及今」」，（臺北：里仁書

古及今」之說以注，故有誤矣。（2）「神奇復化臭腐，臭腐復化神奇。」該文出自《莊子・知北遊》，此處上下句顛倒爲敘，原文爲：「<u>臭腐復化爲神奇，神奇復化爲臭腐。</u>」

〈曲則全章第二十二〉

曲則全，枉則直，窪則盈，弊則新，少則得，多則惑。是以聖人抱一，爲天下式。

陸佃曰：蓋其周旋動止，於無無忤，與之俱往，故謂之曲。物之變也，而天理之在我，終於完而無缺，故謂之全。〔註159〕

按：「是以聖人抱一，爲天下式。」，馬王堆帛書甲、乙本皆作「是以聖人執一，以爲天下牧。」，而宋彭耜所輯《道德眞經集註》之正文，「執」訛作爲「抱」，「牧」訛作爲「式」，且「爲」上脫「以」字。

〈知其雄章第二十八〉

樸散則爲器，聖人用之，則爲官長。故大制不割。

陸佃曰：樸者，言其合也。器者，言其離也。渾則合，合則爲樸。割則離，離則爲器。器者樸之反也，故聖人割而用之，則爲官長，故大制不割。〔註160〕

〈道常無名章第三十二〉

1、道常無名，樸，雖小，天下不敢臣。侯王若能守，萬物將自賓。天地相合，以降甘露，民莫之令而自均。

陸佃曰：樸者，藏於無名之域，而與神明居，與造化游，所以爲天下貴者也，豈復有加之者哉，故曰「樸，雖小，天下莫能臣」。侯王者，萬物之主，而萬物之所視而效者也。苟爲寄於萬物之上，而守之以無名之樸，則萬物將自賓，而人與天地之和應也。天地相合，

局，2003 年 9 月 15 日第二次增訂），頁 208。

〔註159〕見（宋）彭耜纂集：《道德眞經集註》卷六，收錄於張繼禹主編：《中華道藏》，（北京：華夏出版社，2004 年 1 月），第一一冊，頁 369。

〔註160〕見（宋）彭耜纂集：《道德眞經集註》卷七，收錄於張繼禹主編：《中華道藏》，（北京：華夏出版社，2004 年 1 月），第一一冊，頁 382。

以降甘露，所謂天地之和，而人莫之令而自均，所謂人和也。夫惟
以道致平，而人與天地之和應矣。〔註161〕

按：（1）「雖小」，郭店楚簡甲編作「雖微」，馬王堆帛書甲、乙本、王弼注本皆
作「雖小」，然據第十四章「視之而弗見，名之曰微」所言，當作「雖微」
為是，〔註162〕陸佃注文中亦訛作「雖小」。（2）「天下不敢臣」，郭店楚簡
甲編作「天地弗敢臣」，馬王堆帛書甲本、乙本則作「天下弗敢臣」、王弼
注本則作「天下莫能臣」、宋司馬光注本作「天下不敢臣」，陸佃注本則作
「天下莫能臣」。

2、始制有名，名亦既有。夫亦將知止，知止所以不殆。

　　陸佃曰：天下之名，吾皆得而有之，故曰「始制有名，名亦既有」。
　　然而功成名遂身退，天之道也，故曰「夫亦將知止，知止所以不殆」。

〔註163〕

〈知人者智章第三十三〉

死而不亡者壽。

　　陸佃曰：言死生之未始有異也，夫唯死生同狀，而萬物一府，故夫
　　身如蜩甲、蛇蛻，寓之而已矣。蓋蜩之甲已死，而其蜩未嘗亡。蛇
　　之蛻已腐，而其蛇未嘗喪。何則？有眞者雖死不滅也。又曰：「佛氏
　　之不滅」，與此同意。〔註164〕

〈上德不德章第三十八〉

上德不德，是以有德。下德不失德，是以無德。上德無為而無以為。下德
為之而有以為。

〔註161〕見（宋）彭耜纂集：《道德眞經集註》卷八，收錄於張繼禹主編：《中華道藏》，（北
　　　　京：華夏出版社，2004年1月），第一一冊，頁387～388。

〔註162〕見陳師錫勇《《老子》校正‧第二十三章》，（臺北：里仁書局，2003年9月15日
　　　　第二次增訂），頁265。

〔註163〕見（宋）彭耜纂集：《道德眞經集註》卷八，收錄於張繼禹主編：《中華道藏》，（北
　　　　京：華夏出版社，2004年1月），第一一冊，頁389。

〔註164〕見（宋）彭耜纂集：《道德眞經集註》卷八，收錄於張繼禹主編：《中華道藏》，（北
　　　　京：華夏出版社，2004年1月），第一一冊，頁391。

陸佃曰：知之者，不如忘之者；得之者，不如冥之者。上德者，忘
之者也。故曰「上德不德」。又曰：上德無爲，而無事於爲也；下德
有爲，而有事於爲也。〔註165〕

〈昔之得一章第三十九〉

昔之得一者，天得一以清，地得一以寧，神得一以靈，谷得一以盈，萬物
得一以生，侯王得一以爲天下正。其致之一也。

陸佃曰：入於一，道將得；出於一，道將失。一者，有無之界也。

列子曰：「一者，形變之始」，《莊子》曰：「一之所起，有一而未形。」
天尊地卑，故言天而地次之。天地之間，虛而不屈，動而愈出者，
不可知之神也，故神次之。萬物盈於天地之間，所以生且死者，聽
乎神而已，故言谷而萬物次之。侯王者，所以法夫四者，而以宰萬
物者也，故侯王次之。〔註166〕

按：(1)「一者，形變之始」，出自《列子‧天瑞》。「一之所起，有一而未形。」
則見於《莊子‧外篇‧天地》。(2)「萬物得一以生」，馬王堆帛書甲、乙本
無此句，爲後人於通行本所衍，陸佃不識，故仍據以釋云「萬物盈於天地
之間，所以生且死者，聽乎神而已，故言谷而萬物次之。」。

〈道生一章第四十二〉

1、道生一，一生二，二生三，三生萬物。

陸佃曰：道生一，一者蓋太極也。一生二，二者陰陽也，二生三，
三者沖氣也。有陰有陽，而陰陽之中，又有沖氣，則萬物於是乎生
矣。〔註167〕

2、萬物負陰而抱陽，沖氣以爲和。

陸佃曰：道家謂之沖氣，醫家謂之胃氣，故五臟之脈，無胃氣則

〔註165〕見（宋）彭耜纂集：《道德眞經集註》卷十，收錄於張繼禹主編：《中華道藏》，(北
京：華夏出版社，2004年1月)，第一一冊，頁398。

〔註166〕見（宋）彭耜纂集：《道德眞經集註》卷十，收錄於張繼禹主編：《中華道藏》，(北
京：華夏出版社，2004年1月)，第一一冊，頁402。

〔註167〕見（宋）彭耜纂集：《道德眞經集註》卷十一，收錄於張繼禹主編：《中華道藏》，
(北京：華夏出版社，2004年1月)，第一一冊，頁408。

死。〔註168〕

〈大成若缺章第四十五〉

大成若缺，其用不弊。大盈若沖，其用不窮。大直若屈，大巧若拙，大辯若訥。

> 陸佃曰：大成不見其足，故若缺。大盈不見其溢，故若沖。大直不見其伸，故若屈。大巧不見其力，故若拙。大辯不見其給，故若訥。
>
> 〔註169〕

〈不出戶章第四十七〉

1、不出戶，知天下。不窺牖，見天道。

> 陸佃曰：萬物皆備於我，有天道焉，有地道焉，有人道焉。〔註170〕

〈為學日益章第四十八〉

為學日益，為道日損，損之又損之，以至於無為，無為而無不為矣。

> 陸佃曰：「為學日益」，此智者也。「為道日損」，此仁者也。「損之又損之」至於「無為而無不為」，聖人也。智者所以窮理，而將以增其所無。仁者所以盡性，而將以減其所有，故有日損。若夫聖人，則所謂至命者也，無所不有，故無日益，無所不益，故無日損。〔註171〕

按：「智者所以窮理，而將以增其所無。仁者所以盡性，而將以減其所有，」此說本自王安石，王安石曰：「為學者，窮理也；為道者，盡性也。」〔註172〕

〔註168〕見（宋）彭耜纂集：《道德真經集註》卷十一，收錄於張繼禹主編：《中華道藏》，（北京：華夏出版社，2004 年 1 月），第一一冊，頁 409。

〔註169〕見（宋）彭耜纂集：《道德真經集註》卷十二，收錄於張繼禹主編：《中華道藏》，（北京：華夏出版社，2004 年 1 月），第一一冊，頁 413。

〔註170〕見（宋）彭耜纂集：《道德真經集註》卷十二，收錄於張繼禹主編：《中華道藏》，（北京：華夏出版社，2004 年 1 月），第一一冊，頁 416。

〔註171〕見（宋）彭耜纂集：《道德真經集註》卷十二，收錄於張繼禹主編：《中華道藏》，（北京：華夏出版社，2004 年 1 月），第一一冊，頁 417。

〔註172〕見蒙文通：《道書輯校十種・王介甫《老子註》佚文》，（成都：巴蜀書社，2001 年，），收錄於《蒙文通文集》第六卷，頁 699。

〈善建者不拔章第五十四〉

善建者不拔，善抱者不脫，子孫祭祀不輟。

> 陸佃曰：善閉無關鍵而不可開，故曰「善建者不拔」。善結無繩約而
> 不可解，故曰「善抱者不脫」。〔註173〕

按：「善抱者不脫」，郭店楚簡乙編本作「善保不兌」，「兌」，或作「挩」，如范
應元本即作「挩」，然因「挩」、「脫」為古今字之異，故後人刻書時將「兌」
改作為「脫」，〔註174〕陸佃注文中則采通行之說而作「善抱者不脫」。

〈含德之厚章第五十五〉

1、含德之厚者，比於赤子。

> 陸佃曰：知其雄，守其雌，為天下谿，為天下谿，常德不離，復歸
> 于嬰兒，此即所謂「含德之厚，比於赤子也」。〔註175〕

按：陸佃注本「含德之厚」下脫「者」字。

2、益生曰祥。

> 陸佃曰：達生之情，常任於自然，而不益生，故能出乎吉凶之表。
>
> 〔註176〕

〈知者不言章第五十六〉

不可得而親，亦不可得而疏，不可得而利，亦不可得而害，不可得而貴，
亦不可得而賤，故為天下貴。

> 陸佃曰：神人者，不即不離，無縛無脫，故不可得而親疏。不生不滅，
> 無取無舍，故不可得而利害。不損不益，無得無失，故不可得而貴賤。
> 夫惟如此，故能無對於物，旁日月，挾宇宙，天地為一官，萬物為一

〔註173〕見（宋）彭耜纂集：《道德眞經集註》卷十三，收錄於張繼禹主編：《中華道藏》，
（北京：華夏出版社，2004年1月），第一一冊，頁425。

〔註174〕陳師錫勇《《老子》校正・第五十四章》，（臺北：里仁書局，2003年9月15日第
二次增訂），頁78。

〔註175〕見（宋）彭耜纂集：《道德眞經集註》卷十三，收錄於張繼禹主編：《中華道藏》，
（北京：華夏出版社，2004年1月），第一一冊，頁427。

〔註176〕見（宋）彭耜纂集：《道德眞經集註》卷十三，收錄於張繼禹主編：《中華道藏》，
（北京：華夏出版社，2004年1月），第一一冊，頁429。

府，其緒餘足以爲天下國家，其土苴足以治天下，其糠粃塵垢，足以

陶鑄堯舜，而天下之物豈復有加哉，故曰爲天下貴。〔註177〕

按：嚴靈峰輯校之《陸佃老子注》中正文無「亦」字。〔註178〕

〈其政悶悶章第五十八〉

1、禍兮福所倚，福兮禍所伏，孰知其極？

> 陸佃曰：天之肇降生民，而其福至於淳淳，其禍至於缺缺，豈有他
> 哉，繫一人之政而已，故「禍兮福所倚，福兮禍所伏」。〔註179〕

2、是以聖人方而不割，廉而不劌，直而不肆，光而不耀。

> 陸佃曰：不割彼以爲方，不劌彼以爲廉，不肆彼以爲直，不耀彼以
> 爲光。〔註180〕

〈治人事天章第五十九〉

1、治人事天，莫若嗇。夫唯嗇，是謂早復。早復，謂之重積德。重積德，
則無不克。無不克，則莫知其極。莫知其極，可以有國。有國之母，可以長久。

> 陸佃曰：嗇者，愛養之辭，韓非所謂愛其精神，嗇其知識是也。蓋
> 嗇精養神，然後可以俯治人而仰事天，故曰「治人事天，莫如嗇。」
>
> 〔註181〕

按：陸佃言「韓非所謂愛其精神，嗇其知識是也」指《韓非子·解老篇》中所
　　言：「眾人之用神也躁，躁則多費，多費之謂侈。聖人之用神也靜，靜則少
　　費，少費之謂嗇。嗇之謂術也生於道理。夫能嗇也，是從於道而服於理者
　　也。眾人離於患，陷於禍，猶未知退，而不服從道理。聖人雖未見禍患之

〔註177〕見（宋）彭耜纂集：《道德眞經集註》卷十三，收錄於張繼禹主編：《中華道藏》，
　　　　（北京：華夏出版社，2004 年 1 月），第一一冊，頁 431。

〔註178〕見嚴靈峰輯校：《老子崇寧五注》，（臺北：成文出版社，1979 年），頁 287。

〔註179〕見（宋）彭耜纂集：《道德眞經集註》卷十四，收錄於張繼禹主編：《中華道藏》，
　　　　（北京：華夏出版社，2004 年 1 月），第一一冊，頁 433。

〔註180〕見（宋）彭耜纂集：《道德眞經集註》卷十四，收錄於張繼禹主編：《中華道藏》，
　　　　（北京：華夏出版社，2004 年 1 月），第一一冊，頁 434。

〔註181〕見（宋）彭耜纂集：《道德眞經集註》卷十四，收錄於張繼禹主編：《中華道藏》，
　　　　（北京：華夏出版社，2004 年 1 月），第一一冊，頁 434。

形，虛無服從於道理，以稱蚤服。故曰：『夫謂嗇，是以蚤服。』」

2、是謂深根固蒂，長生久視之道。

> 陸佃曰：根在幽，蒂在顯，根則以言其命，蒂則以言其性。萬物莫
> 足以測之之謂深，惟命爲能與於此，故曰深根。萬物莫足以傾之之
> 謂固，惟性爲能與於此，故曰固蒂。〔註182〕

〈治大國章第六十〉

以道莅天下，其鬼不神，非其鬼不神，其神不傷人。非其神不傷人，聖人
亦不傷人。夫兩不相傷，故德交歸焉。

> 陸佃曰：神無乎不在，其在人則聖而不可知者也，其在鬼則靈而不
> 可知者也。故鬼之所以不神者，非無神也，其神不傷而已，故曰「非
> 其鬼不神，其神不傷人。」〔註183〕

〈爲無爲章第六十三〉

圖難於其易，爲大於其細。天下難事必作於易。天下大事必作於細。是以
聖人終不爲大，故能成其大。夫輕諾必寡信，多易必多難。是以聖人猶難之，
故終無難矣。

> 陸佃曰：「天下難事必作於易，天下大事必作於細」：既謹矣，又當
> 守之以謙，故曰「聖人終不爲大，故能成其大。」〔註184〕

〈其安易持章第六十四〉

其安易持，其未兆易謀，其脆易破，其微易散。爲之於未有，治之於未亂。

> 陸佃曰：「其安易持，其未兆易謀」：此言造理而悟也。「其脆易破，
> 其微易散」：此言造形而悟也。〔註185〕

〔註182〕見（宋）彭耜纂集：《道德眞經集註》卷十四，收錄於張繼禹主編：《中華道藏》，
　　　　（北京：華夏出版社，2004 年 1 月），第一一冊，頁 436。

〔註183〕見（宋）彭耜纂集：《道德眞經集註》卷十四，收錄於張繼禹主編：《中華道藏》，
　　　　（北京：華夏出版社，2004 年 1 月），第一一冊，頁 437。

〔註184〕見（宋）彭耜纂集：《道德眞經集註》卷十五，收錄於張繼禹主編：《中華道藏》，
　　　　（北京：華夏出版社，2004 年 1 月），第一一冊，頁 442。

〔註185〕見（宋）彭耜纂集：《道德眞經集註》卷十五，收錄於張繼禹主編：《中華道藏》，
　　　　（北京：華夏出版社，2004 年 1 月），第一一冊，頁 442。

〈勇於敢則殺章第七十三〉

知此兩者，或利或害。天之所惡，孰知其故？是以聖人猶難之。

　　陸佃曰：觀之以麤理，則剛強勝柔弱，觀之以眞理，則柔弱勝剛強，

　　故剛強天之所惡也。〔註186〕

按：就上《道德眞經集註》及《道德眞經集義》所引，可歸納陸佃《老子注》

　　一書幾項可探討之處：

　　1、《老子注》於宋時以亡佚：宋・彭耜與元・劉惟永二人之時代去陸佃不

遠判斷，二人應曾目睹《老子注》之原貌，故能摘引之，然從此二書所徵引內

容觀之，皆僅收錄部分章節，卻未見所有章節全貌，故由此推斷，《老子注》於

此時應已非足本矣。

　　2、陸佃注《老子》乃採「六經注我」之方法，或以《莊》注老，如：第十

四、二十一、三十九等章；或以他經注老，如第三十三章引佛經、第五十九章

引《韓非子》甚至以《老》治《老》，如第三章等。亦或自闡己見，如第四、十

三、十五、四十五，等章；或採其師說，如第一、五、十、四十八章。由此可

推知陸佃欲藉以宏觀、多元之探討，企盼能對《老子》一書能析理出更具體之

輪廓及更加完整之義理架構。

〔註186〕見（宋）彭耜纂集：《道德眞經集註》卷十七，收錄於張繼禹主編：《中華道藏》，

　　　　　（北京：華夏出版社，2004年1月），第一一冊，頁455。

第五章　陸佃爾雅學著作考

　　據《宋史·陸佃傳》及〈藝文志〉所載，陸佃之著作中，與《爾雅》相關者有二：一爲《埤雅》，一爲《爾雅新義》。《埤雅》爲稽覈群書，遍訪群賢，耗時四十載之作；《爾雅新義》則爲陸佃應新學之所需，並效法王安石《字說》解名物之體例而自成新說之作〔註1〕，二書於宋代《爾雅學》之傳承、沿革皆有其地位，本章就此二書之內容、體例、說解方式、版本等方面，論述之。

第一節　《埤雅》之內容體例

　　《埤雅》該書之寫作動機及過程，陸宰之序言之甚詳，〈埤雅·陸宰序〉云：

> 嘉祐前，經義未作，先公以說《詩》得名，其於鳥獸草木蟲魚尤所
> 多識。熙寧後以經術革詞賦，先公《詩講義》遂盛傳於時。元豐間，
> 預修《說文》，因進書獲對神考，縱言至於物性，先公又奏：「臣嘗
> 爲之未成，未敢進也。」天意欣然，便欲見之，因進〈說魚〉、〈說
> 木〉二篇，自是益加筆削，號《物性門類》，編纂將終而永裕上賓矣。
> 先公旋補外，所至平易臨民，故其事簡政清，因得專意論譔，既注
> 《爾雅》，乃廣此書。號《埤雅》，言爲《爾雅》之輔也。《埤雅》比

〔註 1〕見黃復山：《王安石《字說》之研究》，收錄於《古典文獻研究輯刊·七編》，（臺北：花木蘭文化版社，2008 年），頁 93。

之《物性門類》，蓋愈精詳，文亦簡要，先公作此書，自初迄終，僅四十年。不獨博涉羣書，而農父牧夫、百工技藝，下至輿臺皁隸，莫不諏詢，苟有所聞，必加試驗，然後紀錄。則其深微淵懿，宜窮天下之理矣，後有君子覽之，當自知其美焉。宣和七年六月旦謹序。

〔註2〕

其內容及體例析論如下：

一、《埤雅》之篇目及內容

《四庫全書總目》曰：

> 《埤雅》二十卷……凡〈釋魚〉二卷，〈釋獸〉三卷，〈釋鳥〉四卷，〈釋蟲〉二卷，〈釋馬〉一卷，〈釋木〉二卷，〈釋草〉四卷，〈釋天〉二卷。〔註3〕

就內容觀之：自卷一〈釋魚〉至卷十二〈釋馬〉等十二卷五類，屬自然界動物、昆蟲等方面詞語之詮釋；自卷十三〈釋木〉至卷十八〈釋草〉等六卷二類，屬對植物之解釋；卷十九、二十〈釋天〉二卷則爲天文知識之訓釋，共有二十卷八類，凡二百九十七條詞語，綜觀此八類內容多爲名物之屬。細分之，則可臚舉條目、內容如下：

卷一、二〈釋魚〉：釋介、鱗類之水生動物，收：龍、鯉、魴、鱨、鱧、鰋、鱒、鮪、鱣、鯊、鰷、鮒、鯛、鮫、鰍、鯑、蛟、（以上屬卷一）龜、蠏、烏鰂、鼉、鱉、黿、蟾蜍、蚌、蝸、蜃、貝、鰻、鱟、嘉魚（以上屬卷二）等，計卷一收十六條、卷二收十四條，凡收錄三十條〔註4〕。

卷三、四、五〈釋獸〉：釋寓屬、鼯屬、家畜中之羊屬、牛屬、豕屬、狗屬

〔註2〕見（宋）陸宰〈埤雅‧序〉，收錄於（宋）陸佃撰、（明）胡文煥校：《埤雅》格致叢書本第五冊。

〔註3〕見（清）紀昀等編：《四庫全書總目提要‧經部‧卷四〇‧小學類一》「埤雅」條，（臺北：藝文印書館，1968年3月），頁341。

〔註4〕按：楊端志先生於《訓詁學》一書論及《埤雅》之內容時指出：「卷一、二是〈釋魚〉，共釋龍、鯉、魴……，凡二十一條。」見楊端志：《訓詁學》，（山東，山東文藝出版社，1992年3月2版），頁583。然據筆者統計後，可知此「二十一」之數當爲「三十」之誤。

等，收：麐、兔、鹿、麛、犀、麈、虎、麢、兕、豺、獺、熊、豹、羊、牛（以上屬卷三）象、貉、狸、狼、蝟、狐、貙、貓、駝、麋、狨、猴、貘、羆、貂、猨（以上屬卷四）羜、羝、羔、羚羊、羱羊、狗、羓、豕、貒、豚、騶虞、犬、豻（以上屬卷五）等，計卷三收十五條、卷四收十六條、卷五收十三條，凡錄四十四條。

卷六、七、八、九〈釋鳥〉：釋長、短尾之禽類，收：鵲、雞、鸛、鵝、雉、鷸雉、鳶、烏、鸇、鵰、鴈、鷹、鵁鶄、鶴、鵁（以上屬卷六）鷺、鳧、睢鳩、鳲鳩、鶻鳩、雝、孔雀、鵜、鵙鴂、鷓鴣、鵙鴞、鴟、鴛鴦、鶡、鷺（以上屬卷七）燕、翬雉、鷮雉、黃鳥、鶖、斲木、鸒、鴳、鶺、隼、鷙、桃蟲、鶉、燕鳥、鸞、鳳（以上屬卷八）溪鷘、鵙、梟、脊令、桑扈、鷩雉、鵠、杜鵑、雀、鸚鵡、鵁、戴勝、鷸（以上屬卷九）等，計卷六收十五條、卷七收十五條、卷八收十六條、卷九收十四條，凡收錄六十條。

卷十、十一〈釋蟲〉：釋爬蟲類、昆蟲類、穴蟲之屬，收有：螘、蠅、蠨蛸、蠋、蜂、螽、螣蛇、蛇、虺、蚺蛇、蝍蛆、螢、蟋蟀、蛣蜣、阜螽、蟦螬、蛾、蠁、蝶、莎雞（以上屬卷十），蠶、蜘蛛、蚇蠖、螳蜋、蜉蝣、蝤蠐、蠓、螟、螗、寒蜩、螗蛄、蜮、蚯蚓、果蠃、螻蛄、蜻蜓、蚊、鼠、易（以上屬卷十一）等；計卷十收二十條、卷十一收二十條，凡錄四十條。

卷十二〈釋馬〉：釋家畜中之馬屬，收有：馬、犒、騏、畀、駱、白顛、驖、騵、黃、駒、駰、駁、騋、駒、駥等，凡收錄十五條。

卷十三、十四〈釋木〉：釋山林、州澤、丘陵等所植之木本植物，收有：桃、甘棠、梅、李、楓、槐、棗、棘、木瓜、穀、楊、柚、橘、唐棣、常棣（以上屬卷十三）栗、柳、楸、櫻桃、柏、梧、桐、柘、椒、梓、榛、榣、檖、桂、枌、椇（以上屬卷十四）等，計卷十三收十五條、卷十四收十六條，共收錄三十一條。

卷十五、十六、十七、十八〈釋草〉：釋水生及陸生之草本植物，收有：竹、蓬、蒿、蘩、荇、蘋、藻、海藻、蕭、菱、虞蓼、卷耳、萑、芥、芡（以上屬卷十五）韭、蠡、菘、壺、瓠、匏、蒲盧、瓜、蘢、長楚、蔏蔞、蘼蕪、苹、苤苢、蓍、葦、蒸（以上屬卷十六）荷、菡萏、藕、荼、葵、藍、莪、芹、鞠、蒺藜、木槿、莧、茹藘、臺、艾、藒（以上屬卷十七）薇、蕨、菟絲、蕙、茅、苓、莫、蘭、鬱、鬯、蒲、葛、諼草、芻、白華、芍藥（以上屬卷十八）等，

計卷十五收十五條、卷十六收十七條、卷十七收十六條、卷十八收十六條，共錄六十四條。

卷十九、二十〈釋天〉，爲天文知識之訓釋，收有天、雨、雲、雪、雹、風。（以上屬卷十九）雷、電、月、星、斗、漢、虹（以上屬卷二十）等，計卷十九收六條、卷二十收七條，共收錄十三條。〔註5〕

二、《埤雅》之體例

陸佃編排《埤雅》該書之體例，乃以卷爲綱，每卷皆據類系聯之方式，把性質相同或相近之名物收於同卷，每卷下則於卷首首列該卷所釋之條目目次，其次則針對所列條目分釋之。所釋之名物，則先列其名，再釋其義，《四庫全書總目》針對其釋義有所詮釋，曰：

> 其說諸物，大抵略於形狀而詳於名義。尋究偏旁，比附形聲，務求其得名之所以然。又推而通貫諸經，曲證旁稽，假物理以明其義。……然其詮釋諸經，頗據古義，其所援引，多今所未見之書，其推闡名理，亦往往精鑿，謂之駁雜則可，要不能不謂之博奧也。〔註6〕

竇秀艷《中國雅學史》則曰：

> 《埤雅》的體例仿《爾雅》，但又不同於此前的仿雅之作，它不釋一般詞語，只釋物名，……不但對各種名物的形狀、特徵詳加介紹，還廣引各類古籍、先賢時哲之語進行論說，因而所釋詞條，少則幾十字，多則上千言，形似小品文。〔註7〕

〔註5〕按：《埤雅》所收名物之條，歷來學者之說皆有出入之處，有「287」、「296」不同之說，如：1、何九盈先生云：「《埤雅》釋詞296條。」見何九盈：《中國古代語言學史》，（廣州：廣東教育出版社，2000年6月），頁192。2、鄭文彬先生云：「《埤雅》總共釋詞296條。」見鄭文彬：《中國古代語言學史》，（成都：巴蜀書社，2002年9月），頁160。3、另竇秀艷先生則提及：「《埤雅》的體例仿《爾雅》，但又不同於此前的仿雅之作，它不釋一般詞語，只釋物名，共釋名物詞287個。」見竇秀艷：《中國雅學史》，（濟南：齊魯書社，2004年9月），頁158。然今筆者據統計之數可知「287」、「296」皆當爲「297」之誤。

〔註6〕見（清）紀昀等編：《四庫全書總目提要・經部・卷四○・小學類一》「埤雅」條，（臺北：藝文印書館，1968年3月），頁341。

〔註7〕竇秀艷：《中國雅學史》，（濟南：齊魯書社，2004年9月），頁158。

今詳究每條詞條下，則多包含有詞目、釋義及徵引文獻等三部分，其中釋義部分則又以今古異名、雅俗異稱、命名緣由、外觀、特徵、功用、詮釋字形、俚俗語、案語等組合而成來解釋詞條，然每條之組合不盡相同，大致有以下幾種情形：

1、詞目＋雅俗異稱＋古今異稱＋徵引文獻＋特徵＋釋義＋俚俗語，如：卷一〈釋魚・魴〉曰：

> 魴，一名魾，此今之青鯿也。〈郊居賦〉曰：「赤鯉青魴。」細鱗，縮項，闊腹，魚之美者，蓋弱魚也。其廣方，其厚褊，故一曰魴魚，一曰鯿魚。魴，方也；鯿，褊也。《詩》曰：「川澤吁吁，魴鱮甫甫。」甫甫，美也。魴之為美，舊矣，今更與鱮魚連道，已著韓國水土之善者。蓋魴魚雖等美，而緣水之異則有優劣，故俚語曰：「洛鯉伊魴，貴於牛羊」言洛之渾深宜鯉，伊以清淺宜魴也。又曰：「居就粮，梁水魴。」蓋今遼東梁水之魴特肥而厚。《詩》曰：「豈其食魚，必河之魴？」言無民而不可治；「豈其取妻，必齊之姜？」言無臣而不可使，所以誘掖其君。且河性宜魚，故《詩》曰：「豈其食魚，必河之魴」、「必河之鯉」也。《列女傳》曰：「傅弓以燕之角，纏弓以荊麋之筋，糊弓以河魚之膠。」說者以為燕角善，楚筋細，河膠黏。《詩》曰：「魴魚赬尾。」以譬君子勞於王事。《養魚經》曰：「魚勞則尾赤，人勞則髮白。」

2、詞目＋今古異名＋命名緣由＋徵引文獻＋外觀＋特徵，如：卷七〈釋鳥・鷺〉曰：

> 鷺，一名舂鋤，步於淺水，好自低昂，故曰舂鋤也。《方言》鵙鳴謂之獨舂，與此同意。鵙鳴亦其鳴聲如舂。鷺色雪白，頂上有絲，毿毿然長尺餘，欲取魚，則弭之。《禽經》：「鷺啄則絲偃，鷹捕則角弭」藏殺機也。

3、詞目＋外觀＋特徵＋雅俗異稱＋徵引文獻，如：卷一〈釋魚・蛟〉曰：

> 蛟，龍屬也。其狀似蛇而四足，細頸，頸有白嬰，大者數圍，卵生，眉交，故謂之蛟。亦蛟能交首尾束物燕，故謂之蛟。俗呼馬絆，以其如此。《述異記》曰：「蟒蛇目圓，蛟眉連生」，連生則交矣。

4、徵引文獻＋詮釋字形，如：卷十〈釋蟲・蠁〉曰：

《爾雅》曰：「國貉蟲，蠁。」郭璞曰：「今呼蛹蟲爲蠁」。《廣雅》曰：「土蛹，蠁蟲也。」蠁，蓋蟲之知聲者也，字從響省。或曰蠁善令人不迷，故从嚮也。《類從》云：「帶蠁醒迷，遶祠解惑」是也。《說文》亦云司馬說蠁从向。舊說蠅於蠶身乳子，既繭，化而成蛆，俗呼蠁子，入土爲蠅。《韓詩外傳》曰：「齒如編蠁」非此所謂蠁蟲也。

5、詞目＋釋義＋徵引文獻＋雅俗異稱，如：卷十七〈釋草・荼〉曰：

荼，苦菜也，苦菜生於寒秋，經冬歷春，至夏乃秀。《月令・孟夏》：「苦菜秀」即此是也。此草凌冬不凋，故一名游冬。凡此則以四時制名也。《顏氏家訓》曰：「荼葉似苦苣而細，斷之有白汁，花黃似菊」。

6、詞目＋古今異名＋特徵＋徵引文獻＋異稱＋詮釋字形＋案語，如：卷一〈釋魚・鰌〉曰：

鰌，今泥鰌也。似鱓而短，無鱗，以涎自染，難握，與魚而爲牝牡，《莊子》所謂「麋與鹿交，鰌與魚游」。一名鰼，孫炎《爾雅正義》曰：「鰼，尋也。尋習其泥，厭其清水。」舊說守魚以鼈，養魚以鰌。蓋鰌性酋健善擾，令魚利轉，制字以酋，豈爲是乎？《恩平郡譜》云：「鰌謂之蚌，蝦謂之篙，鱟謂之衫，蛇謂之訛。」案：古方有言須用流水煑藥，今鰌魱入江輒死，則流水與止水果不同。韓文公曰：「江魚不池活。」今魚生流水中則背鱗白而味美，生止水中則背鱗黑而味惡，此亦一驗。《詩》云：「豈其食魚，必河之魴？」蓋流水之魚，品流自異。

7、功用＋徵引文獻＋外觀特徵＋釋義，如：卷四〈釋獸・蝟〉曰：

蝟可以治胃疾，《炙轂子》曰：「刺端分兩岐者曰蝟，如棘針者曰蟟。」蝟狀似鼠，性極獰鈍，物少犯近則毛刺攢起如矢，《爾雅》所謂「彙毛刺者」即此也。見鵲便仰腹受啄，中其矢輒爛，故《淮南子》云：「鵲矢中蝟……此理之不可推」。

8、直接徵引文獻，以說明該物之特性或特徵，如卷十七〈釋草・葵〉曰：

《齊民要術》曰：「今世葵有紫莖、白莖二種，春必畦種、水澆，而冬種者有雪，勿令從風飛去。每雪，輒一勞之，勞雪令地保澤，葉

又不蟲。掐，必待露解，收必待霜降。傷晚則黃爛，傷早則黑澀。」
《詩》曰：「七月烹葵及菽」即此是也。《左傳》曰：「鮑莊子之知不
及葵」葵猶能衛其足，今葵心隨日光所轉，輒低覆其根似知。孔子
曰：「禾生垂穗向根，不忘本也」蓋禾之向根，仁也；葵之衛足，知
也。仁所以守之，知所以揆之，故葵，揆也。《字說》曰：「草也，
能揆日嚮焉，故又訓揆」。《本草》曰：「葵爲百菜之主」豈亦以此乎？

《爾雅》曰：「蔜葵，繁露」蔜葵一名藩露，此又葵之一種也，蔓生，
葉圓而厚，故《周官》曰：「大圭長三尺，杼上終葵首」義取諸此也。

三、《埤雅》之版本

《埤雅》之板本甚多，是書宋時已刊行，然宋槧今久佚失傳，而金、元刊
本雖有書志著錄，然亦未見傳本，今存世者，則爲明代以降之本。今據歷代之
史志目錄、政書目錄、藏書志、書目題跋等所著錄者，考論於下：

（一）宋本

《埤雅》的傳本，於宋代有二，一爲北宋宣和初刻本；一爲南宋咸淳贛州
重刻本。茲分述如下：

據今所傳之《埤雅》中，書前錄有陸佃之子陸宰爲《埤雅》所撰之序，序
末題「宣和七年六月旦謹序」，由是可知，是書刻於北宋宣和七年（乙巳，1125），
是爲「北宋宣和本」，此當爲《埤雅》最早之刻本。

《埤雅》自北宋宣和七年刊行後，據明張存所撰之〈重刊《埤雅》序〉及
胡榮所撰〈重刊《埤雅》全集序〉知陸佃之五世孫陸釴〔註 8〕時知贛州時，曾
再度重刊此書，張存〈重刊《埤雅》序〉言：

> 宋元豐間，有尚書左丞陸佃撰《埤雅》若干卷。……書成，授其子
> 宰，始敍以傳之，時宣和七年矣。其後五世孫釴由秘閣修撰來知贛
> 州，再用刻於郡庠。〔註 9〕

〔註 8〕陸釴，字景思。號雲西，會稽人，佃五世孫，紹定五年（1232）進士，淳祐元年（1241）
　　　　任嚴州府，景定五年（1264）七月官禮部員外崇政說書，八月除起居舍人，咸淳中
　　　　知贛州。事蹟具《宋詩紀事》《宋詩紀事小傳補正》《南宋館閣續錄》等。

〔註 9〕見《埤雅》，收錄於《叢書集成初編》，（北京：中華書局，1985 年），第 1171 冊，
　　　　頁 1。

胡榮〈重刊《埤雅》全集序〉則云：

> 宋儒陸佃，因著《埤雅》一集，爲《爾雅》之輔，……厥子宰已序
> 其著書始末，刻於宣和七年，盛於當時。厥後五世孫辥又刻諸贛州
> 郡庠。〔註10〕

查《贛州府志・府秩官表》所載，僅以「咸淳間」載陸辥知贛州之時間，然若以陸佃之前後任官員易替之時間推斷，則陸辥應於咸淳六年（1270 年）至咸淳十年（1274 年）間知贛州，〔註11〕是爲「咸淳贛州重刊本」。

宋代之書志、書目，如宋晁公武《郡齋讀書志》〔註12〕、陳振孫《直齋書錄解題》〔註13〕、《宋史・藝文志》〔註14〕、尤袤《遂初堂書目》〔註15〕及江標

〔註10〕 見《埤雅》，收錄於《北京圖書館古籍珍本叢刊・經部》，（北京：書目文獻出版社，1988 年），第五冊，頁 263。

〔註11〕 據《贛州府志・府秩官表》所載，陸佃之前任官員爲「李雷應」，知贛州之時間爲咸淳六年（庚午，1270），而陸佃之後的官員則爲「文天祥」，於咸淳十年（庚午，1274）知贛州，故由此推知。見《中國方志叢書・華中地方・第 100 號・贛州府志（二）》，（臺北：成文出版社，1970 年，影印同治十二年刊本影印），卷三十四，頁 632。乾隆四十七年刊本《贛州府志》亦有相同之記錄，見《中國方志叢書・華中地方・第 961 號・贛州府志（五）》，（臺北：成文出版社，1970 年，影印乾隆四十七年刊本），卷十九，頁 1908。

　　按：李之亮於《宋兩江郡守易替考》則曾指出陸辥於咸淳八年知贛州，然李之亮所據《江西通志》所載僅言「陸辥，咸淳中任」，並無明確指出時間，故此僅存而未採信之。見李之亮：《宋兩江郡守易替考》，（成都：巴蜀書社，2001 年 5 月），399。

〔註12〕 （宋）晁公武《郡齋讀書志》云：「陸氏《埤雅》二十卷，右皇朝陸佃農師撰。書載蟲魚鳥獸草木名物，喜采俗說。」見（宋）晁公武撰、孫猛校證：《郡齋讀書志校證》卷四，（上海：上海古籍出版社，2006 年 6 月），頁 167。

〔註13〕 （宋）陳振孫《直齋書錄解題》云：「《埤雅》二十卷，陸佃撰。曰〈釋魚〉、〈釋獸〉，以及鳥、蟲、馬、草、木，而終之以〈釋天〉，所以爲《爾雅》之輔也。」見（宋）陳振孫著、徐小蠻、顧美華點校：《直齋書錄解題》卷三，（上海：上海古籍出版社，2005 年 8 月），頁 88。

〔註14〕 《宋史・藝文志》載：「陸佃《爾雅新義》二十卷、《埤雅》二十卷。」見（元）脫脫等修：《宋史・藝文志・經・小學類》卷一：收錄於楊家駱主編《中國目錄學名著第三集第三冊・宋史藝文志廣編》上冊，（臺北・世界書局，1963 年 4 月），頁 32。

〔註15〕 尤袤《遂初堂書目》小學類錄有「埤雅」，見（宋）尤袤撰：《遂初堂書目》・小學類・頁六。收錄於中華書局編輯部編：《宋元明清書目題跋叢刊》叢刊一・宋代卷，

《宋元本書目行格表》〔註16〕並著錄有宋本，然所指爲北宋宣和本抑或南宋咸淳贛州重刻本則無從得知。

按：陸齯知贛州所刻本的時間，歷來有二說：吳平稱「南宋咸淳中（約 1270 年左右），其五世孫陸齯以秘閣修撰知贛州，又再刻于贛州」〔註17〕；而竇秀艷以「陸齯於開慶元年（1259）知贛州，重刻宣和本《埤雅》。」稱之爲「南宋開慶元年贛州府刻本」〔註18〕。然以《贛州府志》所錄陸齯知贛州之時間爲「咸淳間」推之可得竇秀艷所言應有誤，應以吳平所言爲正確。

再則郭立暄《中國古籍原刻翻刻與初印後印研究》一書提及北京中國國家圖書館藏有《埤雅》建文二年（1400）林瑜、陳大本刊本，卷末刊有一跋文，郭立暄云：

> 卷末前人補寫一跋，略云：『公（陸佃）平生著書多至二百四十二卷，世不盡傳。《埤雅》有會稽本，□五世孫齯以兩制出守贛□，正其訛誤而刻之郡齋。予得之，因題其後。』末屬『開慶元年十月一日迪功郎監□□南嶽廟歐陽□道書。』復經前人以宋刻殘葉三葉合釘，爲卷十七末葉、卷十八第三葉（"茅"門）第五葉（"莫"門）。取甲、乙二本相應葉覈之，行款皆合。卷十七末葉尾題後，宋刻殘葉有『五世孫朝散大夫秘閣修撰知贛州事齯刊於郡齋』一行，爲甲、乙二本所無。知此殘葉爲宋開慶贛州刻本之鱗爪，而開慶本即明建文本之墨版底本。〔註19〕

然若再據陸齯知贛州時間推斷，陸齯於宋度宗咸淳六年（1270 年）至咸淳十年（1274 年）到任贛州後方才重刻；而此跋文之署名時間卻爲「開慶元年（1259

（北京：中華書局，2006 年），頁 479。

〔註16〕江標《宋元本書目行格表》云：「宋本《埤雅》行十九字，二十卷。簡明目錄、批注本。」見（清）江標：《宋元本書目行格表》：收錄於賈貴榮、王冠輯《宋元版書目題跋輯刊》第二冊，（北京‧北京圖書館出版社，2003 年 6 月），頁 551。

〔註17〕見吳平：〈《埤雅》版本源流考〉，《中文自學指導》，2002 年第 4 期，頁 30。

〔註18〕見竇秀艷：〈明代贛州府刻《埤雅》版本述略〉，《東方論壇》，2012 年第 3 期，頁 98。

〔註19〕郭立暄：《中國古籍原刻翻刻與初印後印研究》，（上海：復旦大學中國古代文學研究中心博士論文，2008 年），頁 114～116。

年）」，屬宋理宗年號，早於重刻之時間，若此，此跋或爲後人僞作，則郭立暄之說有待商榷之處。

（二）金本

1、金刻本

清季振宜《季滄葦藏書目》曾著錄，此本今僅見存目。季氏云：

> 金板《埤雅》三十卷三本。〔註20〕

清莫友芝撰、傅增湘訂補《藏園訂補邵亭知見傳本書目》（卷三）亦著錄〔註21〕

2、北宋金刻本

清葉德輝於《觀古堂藏書目》及《郋園讀書志》皆曾著錄。葉氏於《觀古堂藏書目》中提及所藏之《埤雅》有三：一爲北宋金刻本，一爲明天啓丙寅郎金奎刻五雅本，一爲清康熙庚辰顧梅刊本。〔註22〕此三者，前者今已佚，後二者迄今仍可見。於《郋園讀書志》則言「余家有金朝刻本，實爲希世之珍。」〔註23〕

按：今未見此本傳世，且是書中所提之「明天啓丙寅郎金奎刻五雅本」應是「明天啓丙寅郎奎金刻五雅本」之誤。

（三）元本

1、元本

據清孫從添《上善堂宋元板精抄舊抄書目》中曾提及，云：

〔註20〕（清）季振宜《季滄葦藏書目》，收錄於《海王邨古籍書目題跋叢刊》第一冊，（北京・中國書店，2008 年 1 月，影印清嘉慶十年（1805）吳縣黃丕烈刻《士禮居黃氏叢書》本），頁 238。

〔註21〕（清）莫友芝撰，傅增湘訂補《藏園訂補邵亭知見傳本書目》卷三・經部十・小學類：「〇季目有金本三十卷。（眉）」（北京：中華書局，1993 年 6 月），頁 167。

〔註22〕（清）葉德輝《觀古堂藏書目》：「《埤雅》，二十卷宋陸佃撰，一北宋金刻本無年月，一明天啓丙寅郎金奎刻五雅本，一康熙庚辰顧梅刻本」收錄於《海王邨古籍書目題跋叢刊》第五冊，（北京・中國書店，2008 年 1 月，影印一九二七年長沙葉德輝觀古堂鉛印本），頁 34。

〔註23〕（清）葉德輝《郋園讀書志》卷二，收錄於《海王邨古籍書目題跋叢刊》第五冊，（北京・中國書店，2008 年 1 月，影印一九二八年長沙葉啓發等上海澹園鉛印本），頁 221。

元板《埤雅》十卷，汲古閣藏本，有跋。〔註24〕

此僅見其提及版本、卷數，卻未見行款之記錄，難窺其原貌。

2、元末重刊埤雅刊本

據羅振常《善本書所見錄》所錄，云：

> 《埤雅》二十卷，宋陸佃撰，元刊本。前宣和七年男陸宰序（題銜
> 男朝請郎云云，陸宰撰，共二十九字）。關係朝廷字空格，半頁十行，
> 十九字，黑口，雙框，雙魚尾。序八行，十六字。每卷題重刊《埤
> 雅》，次題撰人全銜，有嚴可均之印（朱方）鐵橋（白方）。目錄中
> 卷十三下注云，共十一簡，缺十一；卷十四下注云，共九卷，內缺
> 七。〔註25〕

清張元濟《涵芬樓燼餘書錄》〔註26〕、清傅增湘《藏園訂補郘亭知見傳本書目》
等著錄。〔註27〕據其書中記載之行款、缺簡之特徵，判斷所指應為同本。

3、元本明初補本

羅振常《善本書所見錄》（卷一）提及此本，言：

〔註24〕（清）孫從添《上善堂宋元板精抄舊抄書目》：收錄於貫貴榮、王冠輯《宋元版書
　　　目題跋輯刊》第二冊，（北京・北京圖書館出版社，2003 年 6 月），頁 417。

〔註25〕羅振常《善本書所見錄》卷一・經部，收錄於嚴靈峰編輯：《書目類編》第七十九
　　　冊（台北・成文出版社，1978 年，據 1958 年排印本影印），頁 20。

〔註26〕（清）張元濟《涵芬樓燼餘書錄》經部：「《重刊埤雅》二十卷，十二冊，嚴鐵橋
　　　舊藏。題『中大夫守尚書左丞上柱國吳郡開國公賜紫金魚袋陸佃撰』。前有宣和七
　　　年六月良旦男宰序。《四庫提要》稱〈釋天〉之末注『後闕』字，疑此書已非完本。
　　　是刊《總目》卷九下，注共玖簡，內缺一缺五；卷十注拾簡，內缺原有脫字；卷
　　　十三著共十一簡，內缺十一；卷十四注共玖簡，內缺七。是書脫佚固甚多。吾里
　　　瞿氏《書目》引汪師韓語「謂嘗見宋刻。《總目》外每卷各有目次」，是本正同，
　　　又序文提行空格，一仍原式，是或從宋本出也。藏印「嚴可均之印　鐵橋」收錄
　　　於韋力編：《古書題跋叢刊》第二十六冊，（北京・學苑出版社，2009 年 6 月），頁
　　　41。

〔註27〕（清）莫友芝撰，傅增湘訂補《藏園訂補郘亭知見傳本書目》卷三・經部十・小
　　　學類：「《重刊埤雅》二十卷。宋陸佃撰。元末刊本十行，十九字，黑口，四周雙
　　　欄。有宣和七年陸宰序。卷九、十、十三、十四註缺簡數」。（北京：中華書局，
　　　1993 年 6 月），頁 167。

《埤雅》元本，明初補。十一行，行二十字。〔註28〕

（四）明本

明本今存世者，據《中國古籍善本書目》、《中國叢書綜錄》等著錄，分別有明仿宋寫刻本、明建文二年（1400）林瑜陳大本刻本、明成化九年（1473）刻本、明成化十五（1479）年劉廷吉刻本、明嘉靖元年（1522）贛州清獻堂刊本、明嘉靖二年（1523）王倅括蒼刊本、明萬曆三十一年（1603）錢塘胡氏（胡文煥）（格致叢書）刊本、明天啓丙寅（1626）郎金奎刻五雅本、明天啓六年丙寅（1626）武林郎氏堂策檻刊五雅本、明嘉靖至隆慶間新安畢氏校刊本（明畢效欽刊本）（四雅本）明經廠本、明仿巾箱本等，茲分述如下：

1、明初刻本（十行二十字本）

據《國家圖書館善本書志初稿・經部・小學類》所載〔註29〕：此本二十卷。版匡高二十一・四公分，寬十四・七公分。四周雙欄。每半葉十行，每行二十字，版心為大黑口，雙黑魚尾（對魚尾），中間刻書名「埤雅」及卷第葉次。卷首前有宣和七年陸宰〈序〉，序後有目錄。首卷首行頂格題「埤雅卷第一」，次行低四格題「中大夫守尚書左丞上柱國吳郡開國公賜紫金魚袋陸佃撰」。卷末有尾題，另附該卷之音釋。

臺北國家圖書館藏有此本五部：一部十冊，一部三冊，又一部十冊，一部六冊，又一部六冊。十冊者，鈐有「馬印起書」白文方印、「自藏」朱文方印、「國立中央圖書館收藏」朱文長方印、「迋圃收藏」朱文長方印、「唐栖朱氏結一廬圖書記」朱文方印等印記。三冊者，紙張較厚、白，印刷也較佳，書中鈐有「國立中央圖書館收藏」朱文長方印、「王印九錫」白文方印、「右賓」朱文方印。又一部十冊者，卷末無音釋。書中鈐有「國立中央圖書館收藏」朱文長方印、「廷檮之印」朱文方印、「袁氏又愷」朱文方印、「松陵□峰王氏家藏」朱文長方印、「五硯樓袁氏收藏金石／圖書印」朱文方印等印記。六冊者，此本目錄葉一、葉二，卷四第十三葉，卷十五第十三、十四葉係鈔補。書中鈐有「國

〔註28〕 羅振常《善本書所見錄》卷一・經部，收錄於嚴靈峰編輯《書目類編》第七十九冊（台北・成文出版社，1978年，據1958年排印本影印）），頁20。

〔註29〕 國家圖書館特藏組編：《國家圖書館善本書志初稿・經部・小學類》（臺北・國家圖書館，1996年4月），頁239。

立中央圖書館收藏」朱文長方印、「王氏二十八宿研齋祕笈之印」朱文長方印、「恭綽」朱文方印、「遐庵經眼」白文方印、「玉父」白文長方印。又一部六冊者，書根有書名「埤雅」及類目，書中鈐有「國立中央圖書館收藏」朱文長方印、「澤存書庫」朱文方印等印記〔註30〕。

　　清張鈞衡《適園藏書志》（卷二）〔註31〕、清葉德輝《郎園讀書志》〔註32〕、清繆荃孫《藝風堂藏書記》〔註33〕、羅振常《善本書所見錄》（卷一）〔註34〕等著錄。

〔註30〕　參見國家圖書館特藏組編：《國家圖書館善本書志初稿・經部・小學類》（臺北・國家圖書館，1996 年 4 月），頁 235。

〔註31〕　（清）張鈞衡《適園藏書志》卷二：「《埤雅》二十卷，明刊本。……此明刻本，每半葉十行，行二十字，大黑口，雙邊，原出於宋。前有「男宰序、署銜朝請郎、直秘閣、權發遣淮南路計度轉運副使公事、借紫金魚袋」，……末行宣和七年六月旦謹序，記年日也。瞿氏書目以爲佃子旦序，誤。」收錄於《海王邨古籍書目題跋叢刊》第六冊，（北京・中國書店，2008 年 1 月，影印一九一六年南林張鈞衡家塾刻本），頁 279〜280。

〔註32〕　（清）葉德輝《郎園讀書志》云：「《埤雅》明本甚多，而以此本爲最善……每葉二十行，行二十字，每卷後皆有音釋，別本〈釋天〉後有「後缺」二字，此本無之者，即此本也。」並提及鈐有「黃國瑾印」白文篆書方印、「再同」朱文篆書方印、「黃氏國瑾」白文篆書小方印、「祖艾」朱文篆書小方印、「惟黃氏子孫世世永保之」朱文篆書長條印等印記。見（清）葉德輝《郎園讀書志》卷二，收錄於《海王邨古籍書目題跋叢刊》，（北京・中國書店，2008 年 1 月，影印一九二八年長沙葉啓發等上海澹園鉛印本），第五冊，頁 220〜221。

〔註33〕　（清）繆荃孫《藝風堂藏書記》，云：「《埤雅》二十卷，明翻宋本。前有男宰序，署銜：「朝請郎、直秘閣、權發遣淮南路計度轉運副使公事、借紫金魚袋」，……。末行「宣和七年六月旦謹序」，記年日也。瞿氏《書目》以爲佃子旦序，誤矣。瞿氏《書目》又云：「汪氏師韓嘗見宋刻《總目》外，每卷各有目次。」此本與宋刻同，每半葉十行，行二十。大黑口。收藏有「鼟錯齋藏書記」朱文長方印、「曾在鄂渚張芷隈家」朱文長方印。」見（清）繆荃孫《藝風堂藏書記》卷一，收錄於《中國歷代書目題跋叢書》第二輯，（上海：上海古籍出版社，2007 年 6 月），頁 18。

〔註34〕　羅振常《善本書所見錄》卷一・經部：「《埤雅》，明初刊本。黑口，十行，行二十字。」，收錄於嚴靈峰編輯《書目類編》第七十九冊（台北・成文出版社，1978 年），頁 21。

2、明刊本（十行二十一字本）

清莫伯驥《五十萬卷樓藏書目錄初編》（卷三）提及此本，云：

> 《埤雅》二十卷，明刊本。……半葉十行，行二十一字。〔註35〕

而清沈德壽《抱經樓藏書志》（卷九）亦曾著錄，沈氏云：

> 《埤雅》二十卷，明刻本。宋中大夫守尚書左丞上柱國吳郡開國公
> 賜紫金魚袋陸佃撰。……按：每葉二十行，每行二十一字及字數。
> 卷中有「傳是樓印」白文方印、「惟書是寶」朱文方印、「雋山之章」
> 朱文方印、「百幅庵珍藏書畫印」朱文長方印。〔註36〕

3、明刊黑口十一行本

據《國立故宮博物院善本舊籍總目》所載：

> 《埤雅》二十卷，宋陸佃撰，明刊黑口十一行本。八冊。〔註37〕

此本今藏國立故宮博物院藏，八冊一函。線裝，淺朱色表紙。墨格，書葉裡有襯紙。版匡高二十·六公分，寬十四·五公分，雙欄，黑口，雙魚尾（對魚尾），上魚尾下題篇目類別，次題頁次。序文處為半葉十行，行十九字，其餘則為每半葉十一行，行二十字。卷首有陸宰〈序〉，頂格題「埤雅序」，次行低三格題「男朝請郎直祕閣權發遣淮南路計度轉運副使公事借紫金魚袋宰撰」，此本無目次，每卷末亦無「音釋」。

首卷首行頂格題「埤雅第一」，次行題「中大夫守尚書左丞上柱國吳郡開國公賜紫金魚袋陸佃撰」，卷末有尾題，如「埤雅卷第一」。末卷卷末後有「儒先評語」，摘錄晁公武《郡齋讀書志》及陳振孫《直齋書錄解題》中之書誌二則。〔註38〕

〔註35〕（清）莫伯驥《五十萬卷樓藏書目錄初編》卷三：收錄於《海王邨古籍書目題跋叢刊》第七冊，（北京·中國書店，2008 年 1 月，影印一九三六年東莞莫培元等鉛印本），頁 98。

〔註36〕（清）沈德壽《抱經樓藏書志》卷九·小學類一，收錄於《清人書目題跋叢刊》第五冊，（北京·中華書局，1990 年 4 月），頁 113。

〔註37〕國立故宮博物院編：《國立故宮博物院善本舊籍總目·經部·小學類》上冊，（臺北·國立故宮博物院，1983 年），頁 151。

〔註38〕〈儒先評語〉：「昭德晁氏公武《讀書記》曰：『陸農師《埤雅》。書載蟲魚鳥獸草木名物，喜采俗說。然農師，王安石客也，而其學不專主王氏，亦似特立者。』直齋陳氏振孫《書錄解題》曰：『《埤雅》釋魚釋獸以及鳥蟲馬木草，而終之以釋

目前所見版本之庋藏處所：國立故宮博物院、北京大學圖書館。

4、明刊白口十一行本

據《國立故宮博物院善本舊籍總目》所載：

> 《新刊埤雅》二十卷，宋陸佃撰，明刊白口十一行本。四冊，楊守
> 敬手書題誌。〔註39〕

此本今國立故宮博物院藏，四冊。表紙朱色。線裝。墨格。版匡高十九‧二公分，寬十四‧四公分，半葉十一行，行二十二字。雙欄，白口，單魚尾，魚尾下題有符號「○」，次題書名、卷次，如：「埤雅卷之幾」，然卷五頁三、頁四僅書「埤雅」二字。次題頁次。書衣上分別題「埤雅　一之五」、「埤雅　六之九」、「埤雅　十之十四」、「埤雅　十五之二十終」，書跟亦題相同字。

卷首載宣和七年六月旦陸宰〈埤雅序〉，首行頂格題「埤雅序」，次行題「男朝請郎直祕閣權發遣淮南路計度轉運副使公事借紫金魚袋宰撰」，序末題「宣和七年六月旦謹序」。次為〈總目〉，題「新刊埤雅目錄」。

首卷首行頂格題「新刊埤雅卷之一」，次行空四格題「中大夫守尚書左丞上柱國吳郡開國公賜紫金魚袋陸佃撰」，第三行空二格題「釋魚」。除卷首有「總目」外，每卷前亦有目次。每卷末有尾題「新刊埤雅卷之幾終」，如：「新刊埤雅卷之一終」，尾題後附上該卷「音釋」，然卷二「音釋」誤作「奇釋」、卷三作「音釋釋」衍「釋」字。

故宮藏本鈐有「飛青閣藏書印」白文方印，並於護葉處有楊守敬手書題誌〔註40〕。由是可知此本為楊守敬觀海堂之舊藏。

天，所以為《爾雅》之輔也。其於物性精詳，所援引甚博，而亦多用《字說》』。」按：「鳥獸」當為「鳥獸」之誤。

〔註39〕國立故宮博物院編：《國立故宮博物院善本舊籍總目‧經部‧小學類》，（臺北‧國立故宮博物院，1983年）上冊，頁151。

〔註40〕楊守敬題誌內容摘錄如下：「此本亦原於張存性本，故缺簡皆同，然間有誤字，又失張存性一序，不如顧域校刊本之精。唯每卷後有〈釋音〉，而顧本無之。按宋人刻書多附〈釋音〉，此所載雖不敢謂原出陸氏，然其為宋時舊有必矣。原書今俗謂「虹」為「虹」，字下有云：晉「蝀」，此當是顓氏原音，然全書只此一條，蓋以俗音詮義，故特出之。又卷首標題『新刊《埤雅》』，顧刊無「新刊」二字。當亦宋本之舊，據張存性序，此書自宣和刊本後，再刊於贛州，故有「新刊」之目。宋本重刊書多題如此。非畢氏增加也，胡文煥《格致叢書》亦沿此本，而刊落陸宰一序，又刪「農師」官銜，則妄矣。戊子

5、明仿宋黑口本

潘景鄭《著硯樓書跋》著錄，提及：

> 明刻《埤雅》，陸農師先生《埤雅》二十卷……余所藏明初黑口一本，
> 題『中大夫尚書左丞上柱國吳郡開國公賜紫金魚袋陸佃撰』，前有宣
> 和七年六月子旦序，每半葉十一行，行二十字。……此本後有毛子晉
> 氏藏印二，審是僞作，當亦賈人伎倆而已，不值識者一哂。」〔註41〕

按：潘氏「前有宣和七年六月子旦序」此語，將「旦」識爲陸佃之子，誤，「旦」
當爲記月日之辭。

此本丁丙《善本書室藏書志》〔註42〕、朱學勤《結一廬書目》、瞿鏞《鐵琴
銅劍樓藏書目錄》、莫伯驥《五十萬卷樓藏書目錄初編》（卷三）〔註43〕、潘景
鄭《著硯樓書跋》等皆著錄。然除潘景鄭《著硯樓書跋》外，均未詳記行字。

6、明覆宋刊本

日人田中慶太郎《文求堂善本書影》提及：

正月守敬記」。按：此序於《日本訪書志補》亦收錄，可參見曾夢陽、丁曉山整理，
謝承仁主編《楊守敬全集》第八集，（武漢・湖北人民出版社，1988 年 4 月第 1 版
第 1 刷），頁 396。

〔註41〕潘景鄭《著硯樓書跋》，收錄於《中國歷代書目題跋叢書》第二輯（上海：上海古
籍出版社，2006 年 7 月），頁 18。

〔註42〕（清）丁丙《善本書室藏書志》卷五・經部：「《重刊埤雅》二十卷，明刊黑口本。
中大夫尚書左丞上柱國吳郡開國公賜紫金魚袋陸佃撰。佃，字農師，山陰人。熙
寧三年擢進士甲科，授蔡州推官召補國子監直講，後以中大夫知亳州卒於官，《宋
史》有傳。是書凡〈釋魚〉、〈釋獸〉、〈釋鳥〉、〈釋蟲〉、〈釋馬〉、〈釋木〉、〈釋草〉、
〈釋天〉八門，皆因名物以求訓詁。因而旁通於經義，罟里瞿氏《書目》云：『錢
塘汪氏師韓嘗見宋刻，有其子陸宰序文，又《總目》外每卷各有目次。』此本宰
序雖失，而《總目》卷目俱存，猶具宋本之遺。」收錄於《清人書目題跋叢刊》
第二冊，（北京・中華書局，1990 年 4 月），頁 453。

〔註43〕（清）莫伯驥《五十萬卷樓藏書目錄初編》卷三云：「《埤雅》二十卷，明仿宋黑
口本，顧河之舊藏。宋陸佃撰，葉氏郎園亦藏此種黑口本。……此本末有「河之
顧氏」白文章，當爲吳縣顧家遺物。」收錄於《海王邨古籍書目題跋叢刊》第七
冊，（北京・中國書店，2008 年 1 月，影印一九三六年東莞莫培元等鉛印本），頁
93。

《埤雅》二十卷，明覆宋刊本。十行，十九字。有「曾在王鹿鳴處」
印。〔註44〕

7、明初刊黑口巾箱本

清秦更年《嬰闇題跋》著錄，其云：

> 《埤雅》序二十卷，明刊本。《埤雅》二十卷，非完書也，而此不完
> 之中仍多脫誤，今世所傳刊本大抵皆然，此明初刊黑口巾箱本，自
> 九卷至末卷曾經舊人校訂補亡，刪衍用力甚勤，不知出之誰氏，惟
> 卷十四有「龍川藏書私印」一印，或即其人歟。其一至八卷乃以別
> 刊本配入，脫誤如故，因借長沙葉氏拾經樓所藏明刻黑口大本契勘
> 一過，正誤字數十，補缺葉六所，最可喜者繕完卷六一卷，蓋此本
> 卷六乃離卷七前數頁以充數者，又每卷末各附音釋一頁，爲此本所
> 無，爰并錄之，別爲一冊附於後，他日重裝，依次列入，粗可觀覽
> 矣。此本間有一二佳處，猶存原書面目，如序言「先公」皆低一格，
> 葉本則接寫矣，目錄後有「後缺」二字以明此非完書，葉本則刪落
> 矣，又葉本誤字亦有據此校正者，蓋此本雖有脫誤，究刊於明初，
> 淵源固有自也，惟二十卷後無從鈔補，殊爲恨事，案《季滄葦書目》
> 有金刻三十卷本，意必首尾完具，安得復出入世，俾我快讀耶，庚
> 申長至闇記壬戌五月重裝於上海寓舍。〔註45〕

清于敏中、彭元瑞等著《天祿琳瑯書目》（卷七）著錄〔註46〕，並載明書中鈐有
「龍泉劉杏」白文方印、「劉杏字文杏父」朱文方印，俱序、「古吳龍泉子劉文
杏珍藏書籍子孫永寶」朱文長方印鈐於卷一、卷六、卷十一、卷十六。

〔註44〕日人田中慶太郎《文求堂善本書影》史部，收錄於嚴靈峰編輯《書目類編》第八
　　　十六冊（台北・成文出版社，1978 年），頁4。

〔註45〕清秦更年《嬰闇題跋》卷二：收錄於韋力編《古書題跋叢刊》第三十冊，（北京・
　　　學苑出版社，2009 年 6 月，影印一九五九年上海油印本），頁 470。

〔註46〕（清）于敏中、彭元瑞等著《天祿琳瑯書目》卷七：「《埤雅》一函，十冊。……
　　　此仿宋巾箱本式，而不能做蠅頭細書，且字法端楷有餘，流麗不足，去宋刊遠矣。
　　　「劉杏」收藏印記，無考。」，收錄於《中國歷代書目題跋叢書》第二輯，（上海：
　　　上海古籍出版社，2007 年 8 月），頁 233。

8、明建文二年（1400）林瑜、陳大本重刻宋本（十二行二十三字本）

清莫友芝《宋元舊本書經眼錄》曾著錄，其載《埤雅》成書及重刻之經過甚詳。莫氏云：

> 《埤雅》二十卷，明重刻宋本。宋陸佃撰，……半葉十二行，行二十三字，天運庚□八月，京口張存性中序重刻緣起云：「《埤雅》書成，授其子宰，始序以傳之，時宣和七年矣。其後五世孫罃，由秘閣修撰來知贛州，再用刻於郡庠。歷世既久，悉燬於兵燹，人罕得聞。曾奉議大夫江西按察司僉事古閩林公瑜，字子潤，巡按贛上，訪於耆民黃維，得是書，欲與四方學者共。太守陳大本克承公意，乃命鳩工刻之。其中缺簡甚多，顧求別本無得者，復有待於後之博雅君子，不敢以私智補之。」歸世昌印。〔註47〕

《中國版刻圖錄》則錄：

> 《埤雅》，宋陸佃撰。明建文二年林瑜、陳大本刻本，贛州。匡高二〇厘米，廣一三‧八厘米。十二行，行二十三字。黑口，左右雙邊。建文二年江西按察使司僉事林瑜、贛州知府陳大本刻於贛州，源出宋開慶間贛州郡齋本。建文朝刻書，傳世頗罕，此為僅見之本。
>
> 〔註48〕

《明代版刻圖釋》亦著錄，云：

> 《埤雅》，宋陸佃撰。明建文二年（公元一四〇〇年）江西按察使司僉事林瑜、贛州知府陳大本刊本。左右雙欄，黑口，雙魚尾，半葉十二行，行二十三字。〔註49〕

有上述三處之記錄，可推知此本之行款輪廓。今北京國家圖書館、北京大學圖書館及大陸文化部文學藝術研究院等地皆藏有此本。

〔註47〕（清）莫友芝《宋元舊本書經眼錄》卷二，收錄於《海王邨古籍書目題跋叢刊》第三冊，（北京‧中國書店，2008 年 1 月，影印清同治十二年（1873）獨山莫繩孫刻《影山草堂六種》本），頁 276。

〔註48〕北京圖書館編：《中國版刻圖錄》，（北京‧北京圖書文物出版社，1961 年 3 月），第一冊，頁 64。

〔註49〕周心慧主編：《明代版刻圖釋》，（北京‧學苑出版社，1998 年），第一冊，頁 22。

9、明建文二年（1400）林瑜、陳大本刊本（十二行二十二字本）

清莫友芝撰，傅增湘訂補《藏園訂補邵亭知見傳本書目》（卷三）著錄，云：

> 明建文二年林瑜、陳大本刊本，十二行二十二字，黑口，左右雙闌。
> 存十二卷，余藏。李木齋先生亦有殘本。〔註50〕

10、明成弘間（成化至弘治年間，1465～1505）刊本

據《藏園訂補邵亭知見傳本書目》所著錄：

> 十一行二十字，大黑口，四周雙闌。李木齋先生收得。〔註51〕

11、明成化刊本

據清鄧邦述《寒瘦山房鬻存善本書目》記載：

> 明刻本。題「中大夫守尚書左丞上柱國吳郡開國公賜紫金魚袋陸佃撰」。前有〈埤雅序〉，題「男朝請郎直祕閣權發遣淮南路計度轉運副使公事借紫金魚袋宰撰」《埤雅》二十卷。中闕六及十二兩卷，又九、十、十二、十四等卷皆有缺簡，皆於目中著明。版心有「卍」字，自卷一至末，凡一百九十九葉，不分卷亦不留缺簡蟬系。而下上下皆大黑口，而少重刊一序，明仿宋刻之最守矩矱者。明人繙刻古籍篇次行款往往紊亂，此當是成化刊本，卷首數葉古色古香，直奪宋人之席。邇來去宋日遠，得一成化本已四百年物，比之牧齋、滄葦得南宋版正復相同。況其祖本實宋刻耶，明人刻《埤雅》甚夥，架上惜乏他本使一校之，必有是正處。宣統庚戌得於京師，明年辛亥重裝，又越七年戊午記其序目。〔註52〕

清王修《訒莊樓書目》卷二云：

> 《重刊埤雅》二十卷，明成化刊本。中大夫守尚書左丞上柱國吳郡

〔註50〕（清）莫友芝撰，傅增湘訂補：《藏園訂補邵亭知見傳本書目》，（北京：中華書局，1993年6月），卷三・經部十・小學類，頁167。

〔註51〕（清）莫友芝撰，傅增湘訂補：《藏園訂補邵亭知見傳本書目》，（北京：中華書局，1993年6月），卷三・經部十・小學類，頁167。

〔註52〕（清）鄧邦述《寒瘦山房鬻存善本書目》卷二：收錄於《海王邨古籍書目題跋叢刊》第六冊，（北京・中國書店，2008年1月，影印一九三〇年江寧鄧邦述刻本），頁112。

開國公賜紫金魚袋陸佃撰。有「蕉林居士」一印。〔註53〕

12、明成化九年（1473）刊本

森立之《經籍訪古志》著錄，其提及：

> 《埤雅》二十卷，明成化九年刊本，容安書院藏。首有重刊埤雅序，
> 序末記是歲天運庚申八月中秋。京口後學張存性中敘，次有宣和七年
> 六月男陸宰序及目錄，卷首題「重刊埤雅卷之一」、「中大夫守尚書左
> 丞上柱國吳郡開國公賜紫金魚袋陸佃撰」、陸宰序後有「成化九年歲
> 次癸巳」、「業氏廣勤樓書堂新刊木記」。此本爲市野光彥舊藏，卷首
> 有「吉氏家藏」及「稱意館藏書」記印，又有「自演」方印。〔註54〕

按：據書中所題「業氏廣勤樓書堂新刊木記」可知，「明成化九年刊本」亦可稱
之「廣勤樓書堂新刊本」。

13、明成化己亥（十五年，1479）年劉廷吉刻本

孫祖同《虛靜齋宋元明本書目》〔註55〕、莫友芝撰《藏園訂補邵亭知見傳
本書目》（卷三）〔註56〕皆著錄，載「《埤雅》二十卷，明成化己亥刻本」。王重
民《中國善本書提要》〔註57〕亦著錄。

〔註53〕清王修《詒莊樓書目》卷二：「重刊埤雅」二十卷，明成化刊本。中大夫守尚書左
丞上柱國吳郡開國公賜紫金魚袋陸佃撰。有「蕉林居士」一印」，收錄於林夕主編
《中國著名藏書家書目匯刊》（近代卷）第三十七冊，（北京·商務印書館，2005
年10月，影印民國十九年（1930）長興王氏鉛印本），頁405～406。
　　按：蕉林居士爲梁清標，（1620～1691），河北正定人，字棠村，又字玉立，號蒼
巖子、蕉林居士。明崇禎十六年進士。以收藏文物聞名於世。至清，授編修，累
擢戶部尚書。官至保和殿大學士。著有《棠村隨筆》、《蕉林詩鈔》等。

〔註54〕日本森立之《經籍訪古志》卷二：收錄於《海王邨古籍書目題跋叢刊》第八冊，（北
京·中國書店，2008年1月，影印清光緒十一年（1885）徐承祖鉛印本），頁36。

〔註55〕孫祖同藏並編《虛靜齋宋元明本書目》：收錄於林夕主編《中國著名藏書家書目匯
刊》（近代卷）第三十七冊，（北京·商務印書館，2005年10月，影印1960年油
印本，國家圖書館藏），頁249。

〔註56〕（清）莫友芝撰，傅增湘訂補《藏園訂補邵亭知見傳本書目》卷三·經部十·小
學類，（北京：中華書局，1993年6月），頁167。

〔註57〕王重民撰：《中國善本書目提要·經部·小學類》：「《埤雅》二十卷，八冊，國會。
明刻本」，其版框高十六·五公分，寬十二·四公分，每半葉十行，每行十九字。

14、明嘉靖元年（1522）贛州清獻堂刊本

此本版匡高十六・五公分，寬十二・七公分。每半葉十行，每行十九字，四周單欄，白口，雙黑魚尾（順魚尾），上魚尾下記書名「埤雅」、卷第、葉次。前有宣和七年（1125）陸宰〈序〉，首行頂格題「埤雅序」，末行題「宣和七年六月旦謹序」。次爲目錄。首卷首行頂格題「埤雅卷第一」，次行低二格題「中大夫守尙書左丞上柱國吳郡開國公賜紫金魚袋陸佃撰」。卷末有尾題「埤雅第一」，尾題後附該卷之音釋。卷二十〈音釋〉後，刻「嘉靖元年孟冬刊行于贛州府之清獻堂」。

今臺北國家圖書館藏有此本兩部：一部二十卷六冊，又一部二十卷三冊。六冊者，據《國家圖書館善本書志初稿・經部・小學類》所載：書中鈐有「國立中／央圖書／館保管」朱文方印、「以修學／著書／爲事」朱文方印、「周印／詩雅」白文方印、「建□／父」朱文方印、「冰心」朱文橢圓印、「葉」「葆」朱白文連珠方印、「山東／鄙人」朱文方印等印記。〔註58〕

又一部三冊者，鈐有「馬印／穀」、「永／言氏」、「學部／圖書／之印」、「樂氏／豐」等印記。

清莫友芝撰，傅增湘訂補《藏園訂補邵亭知見傳本書目》（卷三）〔註59〕及《中國善本書提要・經部・小學類》〔註60〕著錄此本。其中《中國善本書提要・經部・小學類》言書中鈐有「馬印穀」、「永言氏」、「學部圖書之印」等印記〔註61〕與三

並提及原題「中大夫守尙書左丞上柱國吳郡開國公賜紫金魚袋陸佃撰」，每卷後有〈音釋〉，此本惜無翻刻序跋，而諸家所著錄，又不旣行款，莫由確定爲何時所刻，然余頗疑即《善本書室藏書志》卷五所載之「明嘉靖修成化刊本」也，陸宰序宣和七年（1125）」（台北・明文書局，1984 年 12 月），頁 51。

〔註58〕國家圖書館特藏組編：《國家圖書館善本書志初稿・經部・小學類》（臺北・國家圖書館，1996 年 4 月），頁 236。

〔註59〕（清）莫友芝撰，傅增湘訂補《藏園訂補邵亭知見傳本書目》卷三・經部十・小學類：「埤雅二十卷宋陸佃撰。○格致叢書本。○五雅本。○明初顧梽刊本。○成化己亥刊本。○嘉靖元年贛州府清獻堂本。（北京：中華書局，1993 年 6 月），頁 167。

〔註60〕王重民撰：《中國善本書目提要・經部・小學類》（台北・明文書局，1984 年 12 月），頁 50。

〔註61〕王重民撰：《中國善本書目提要・經部・小學類》（台北・明文書局，1984 年 12 月），頁 50。

冊者合，故三冊者即其所著錄之本。

15、明嘉靖二年（1523）王俸括蒼刊本

《埤雅》既初刊於宣和七年，歷經兵燹之患，成化十五年（1479）由劉廷吉據徐貞襄家藏本刊行，於嘉靖二年（1523）由王俸復爲之重行校刊。清丁丙《善本書室藏書志》（卷五），述其校勘過程甚詳，著錄云：

> 《埤雅》二十卷，明嘉靖修成化刊本。前有「宣和七年六月旦男朝請郎直祕閣權發遣淮南路計度轉運副使公事借紫金魚袋宰撰序」，……前有成化十五年浙江按察司副使新喻胡榮重刊序，云：「初刻於宣和七年，厥後五世孫轂又刻。諸贛州郡庠屢經兵燹，百有餘年未覩宣和舊書，同寅劉君廷吉訪得於前兵部尚書杭城徐貞襄公之家，命工重刻，屬余序諸卷首」。嘉靖二年長洲王俸跋，云：「右埤雅處州版刻久而湮裂，學者病之，余竊錄於此，懼典籍之弗傳也，因屬麗水程學論霆完其殘剝，正其譌舛而梓之」。每卷前仍各有目次，有「南陽葉氏圖書玉環小圓公」諸印。〔註62〕

此本臺北國家圖書館及臺灣國立故宮博物院皆有藏本。

據《國家圖書館善本書志初稿‧經部‧小學類》所載：此本版匡十九‧八公分，寬十四‧三公分。每頁十一行，每行二十字，四周雙欄。版心大黑口，雙魚尾（對魚尾），中間刻書名「埤雅」及卷第葉次。首卷首行頂格題「埤雅卷第一」，次行低三格題「中大夫守尚書左丞上柱國吳郡開國公賜紫金魚袋陸佃撰」。卷末有尾題。扉頁貼有原書書簽，題「埤雅」。書前依次有成化十五年胡榮〈重刊埤雅全集序〉、陸宰〈序〉，卷末有嘉靖二年王俸〈跋〉。

臺北國家圖書館有此本四部：一部二十卷四冊，一部二十卷六冊，一部二十卷二十冊，一部二十卷八冊。

二十卷四冊者，書中鈐有「潘氏桐窗／書屋之印」朱文長方印、「椒坡／藏書」朱文方印、「介／繁」朱文方印、「潘／椒坡」白文方印、「國立中／央圖書／館考藏」朱文方印、「潘椒坡／圖書印」朱文長方印 等印記。〔註63〕

〔註62〕（清）丁丙《善本書室藏書志》卷五‧經部：收錄於《清人書目題跋叢刊》第二冊，（北京‧中華書局，1990年4月），頁453。

〔註63〕國家圖書館特藏組編：《國家圖書館善本書志初稿‧經部‧小學類》（臺北‧國家

二十卷六部者，首卷首葉係鈔補。而書中僅存陸宰〈序〉缺胡榮〈序〉及王俅〈跋〉。書中鈐有「國立中／央圖書／館考藏」朱文方印、「時／用」朱文方印 等印記。〔註64〕

二十卷二十冊者，卷七第三、四葉係鈔補。亦缺胡榮〈序〉及王俅〈跋〉。書中鈐有「痂癖／生收藏」朱文方印、「吳興劉氏／嘉業堂／藏書印」朱文方印、「恭邸／藏書」白文方印、「張／乃熊」朱白文方印、「芷／伯」朱文方印、「四松軒」朱文長方印、「忠孝／傳家」白文方印、「江藩／私印」白文方印、「璜川吳／氏收藏／圖書」朱文方印、「國立中／央圖書／館考藏」朱文方印、「汲古／閣」朱文方印、「毛氏／家藏」白文方印、「錫晉／齋印」白文方印、「滄／葦」朱文方印、「季印／振宜」朱文方印 等印記。〔註65〕

二十卷八冊者，王俅〈跋〉前錄有陳振孫、晁公武意見各一條。書中鈐有「季州／沈氏」朱文方印、「曜貞／瑠館／所收」朱文方印、「張小／亭藏／書印」朱文方印、「國立中央圖／書館收藏」朱文長方印、「密嚴散侍」朱文橢圓印、「文登于氏小謨觴館藏本」白文長方印、「澤存／書庫」朱文方印、「苻／婁庭」朱白文方印、「小高／經眼」朱文方印、「沈」朱文方印、「解脫／月籋」朱文方印、「季印／振宜」朱文方印、「滄／葦」朱文方印、「子培／父」朱文方印、「石青屠／氏弄翰」朱文長方印 等印記。〔註66〕

國立故宮博物院亦藏有一部四冊〔註67〕。線裝。墨格。舊藏觀海堂。版匡高二十‧二公分，寬十四‧五公分，雙欄，黑口。卷首載宣和七年六月旦陸宰〈埤雅序〉，次成化十五年胡榮〈重刊序〉。陸宰〈序〉爲雙魚尾（對魚尾），上魚尾下題「埤雅序」、次題頁次，半葉十行，行十九字；首行題「埤雅序」，次

圖書館，1996年4月），頁236。

〔註64〕參見國家圖書館特藏組編：《國家圖書館善本書志初稿‧經部‧小學類》（臺北‧國家圖書館，1996年4月），頁236。

〔註65〕參見國家圖書館特藏組編：《國家圖書館善本書志初稿‧經部‧小學類》（臺北‧國家圖書館，1996年4月），頁236。

〔註66〕參見國家圖書館特藏組編：《國家圖書館善本書志初稿‧經部‧小學類》（臺北‧國家圖書館，1996年4月），頁236。

〔註67〕國立故宮博物院編：《國立故宮博物院善本舊籍總目‧經部‧小學類》上冊：「《埤雅》二十卷，宋陸佃撰，明嘉靖二年王俅括蒼刊本。四冊。」，（臺北‧國立故宮博物院，1983年），頁151。

行低三格題「男朝請郎直祕閣權發遣淮南路計度轉運副使公事借紫金魚袋宰撰」。次為成化十五年胡榮〈重刊埤雅全集序〉，三魚尾，上魚下題「埤雅序」，下魚尾上則題頁次。首行題「重刊埤雅全集序」，末行題「歲在己亥五月既望，賜進士浙江按察司副使新喻胡榮序」，半葉九行，行十九字。

首卷後則為每半葉十一行，行二十字。首卷頂行題「埤雅卷第一」，次行低三格題「中大夫守尚書左丞上柱國吳郡開國公賜紫金魚袋陸佃撰」。卷末有尾題，每卷末無附「音釋」。故宮藏本分四冊，各冊於書衣左上分別以墨字手書冊數，分別為「埤雅全冊一之五」、「埤雅六之九」、「埤雅十一之五」、「埤雅十六之廿」；書衣右上則分別題各卷之內容，依次為「釋魚、釋獸」、「釋鳥、釋蟲」、「釋蟲、釋馬、釋木、釋草」、「釋草、釋天」。每冊書根除第一冊有多版本標示作「一　埤雅　成化刊本」外，其於三冊則題冊別、書名，如「二　埤雅」。第四冊卷末有嘉靖二年王俸栝蒼跋。跋後有跨二行木記，云：「永谿」、、「大夫之章」。鈐有「森氏」朱文方印、「星吾海外訪得秘笈」朱文方章、「飛青閣藏書印」白文方印、「知止堂」白文方印等印記。由是可知舊藏於楊氏觀海堂。

故宮藏本有缺損處，如：第一冊卷三缺損、第二冊卷七缺葉三、葉四。第四冊於「埤雅第十六」之卷首前，錄有「儒先評語」，即晁公武及陳振孫之語，評語言：「昭德晁氏公武《讀書記》曰：『陸農師《埤雅》。書載蟲魚鳥獸草木名物，喜采俗說。……其於物性精詳，所援引甚博，而亦多用《字說》』。」

按：據王俸跋中所述「摘〈儒先評語〉二條，著於首簡」之語，可知〈儒先評語〉應為錯簡，應置於首卷，非置於卷十六卷前，且所言「蟲魚『烏』獸草木名物」當為「鳥獸」。

《經籍訪古志》卷二〔註68〕、《明代版刻圖釋》亦錄：

《埤雅》，二十卷，宋陸佃撰。明成化十五年（公元一四七九年）劉廷吉刊本，明嘉靖二年（公元一五二三年）王俸重修本。四周雙欄，

〔註68〕日本森立之《經籍訪古志》卷二云：「《埤雅》二十卷，明嘉靖二年刊本，求古樓藏。首有成化十五年新喻胡榮序，末有嘉靖二年長洲王俸跋，云：『右《埤雅》一編，處州板刻久而湮裂，學者病之，予竊錄於此，懼典籍之弗傳也，因屬麗水程學諭霆完其殘剝，正其譌舛而梓之』卷首有『瑯玕亭』印，係知日向陶庵藏書。」收錄於《海王邨古籍書目題跋叢刊》第八冊，（北京·中國書店，2008年1月，影印清光緒十一年（1885）徐承祖鉛印本），頁37。

黑口，雙魚尾，半葉十行，行十九字。〔註69〕

16、明萬曆三十一年（1603）錢塘胡氏刊本（格致叢書本）

今臺灣故宮博物院及臺北國家圖書館藏有此本。據《國立故宮博物院善本舊籍總目》所載：

> 《新刻埤雅》，宋陸佃撰，萬曆三十一年（1603）錢塘胡氏刊格致叢
>
> 書本，六冊。〔註70〕

臺灣國立故宮博物院亦藏有一部二十卷六冊。六冊書衣顏色不一，第一、三、六冊爲深藍，二、四、五冊則爲土黃色。第二、四、五冊書衣上分別題上書名及卷次，分別爲「埤雅　四至六」、「埤雅　十一至十三」、「埤雅　十四至十六」。線裝。墨格。版匡高十九‧三公分，寬十三‧九公分，雙欄，半葉十行，行二十字，花口。對白魚尾，版心上方題書名、卷次（如：埤雅卷一），中間則有「○」，下方有葉次。卷首爲目錄，首行頂格題「新刻埤雅目錄」，末行題「目錄畢」。首卷第一行題「新刻埤雅之一」，第二行題「宋吳郡開國公陸佃撰」，第三行題「明錢塘後學胡文煥校」。卷末有尾題，如「新刊埤雅之一」，每卷尾題後附「音釋」。鈐有「堀氏文庫」、「黑川氏圖書記」等印記。

此本內有朱筆點校、眉批。如：卷六頁十「鸒……又曰鵯，鵯之如寫」當行天頭處批校，云「寫當作舃謂鵲也」；卷五頁三「羔，大曰羊，小曰羔……其德宜施」天頭處批校云：「陳公無它字五父則它当五數可知」；卷八頁八天頭處云「鴞當作鵁」。卷十七頁六「藍，……婦人致餝」天頭有批校，云：「古餙飾通」。卷十九「雪，……取汁以漬原蠶之沙，和穀種之，柰旱」天頭批校云「柰耐通」。

按：點校、眉批疑爲鈐印者「黑川氏」之手筆。而此本有不少誤字、脫文、倒文之舛訛，點校者亦一一糾譌，今臚列如下：

誤字處，如：卷一頁二「龜，……化書曰牝牝之道」，「牝牝」改作「牝牡」。卷一頁五「鱤，今鱤額白魚也。……體魚圓，魴魚方。」「體魚」改作「鱧魚」。卷二頁三「蠏，蠏入跪……今蠏皆八跪二教，教盖其兵也」，「入跪」改作「八

〔註69〕周心慧主編：《明代版刻圖釋》第一冊，（北京‧學苑出版社，1998年），頁102。

〔註70〕國立故宮博物院編：《國立故宮博物院善本舊籍總目‧經部‧小學類》上冊，（臺北‧國立故宮博物院，1983年），頁151。

跪」，「二教，教盖其兵也」改作「二敖，敖盖其兵」。卷二頁八「蝸，……其肉中可」，「可」改作「醢」。卷四頁五「狼，……狼性貪暴，爭食以養其民」，「養其民」改爲「養其身」。卷四頁十一「猴，……猴善猴」，「善猴」改作「善候」。卷五頁四「羚羊，……如此亦可以達害」，「達」改作「遠」。卷五頁五「犯，……《說文》六：『二犯曰犯』……羊犬而美成」，此「六」改作「云」、「二八」改作「二歲」、「羊犬」改作「羊大」；卷五頁五「狗，……獫者，是所謂不以善吠爲良吠」，「良吠」改作「良犬」；卷五頁六「豕，……六五畜九以小制大也，有才之象」，「有才之象」改作「有牙之象」。卷六頁五「鳶，……以成舟楫之利如此，《庚桑子》曰」，「庀桑子」改作「庚桑子」。卷六頁六「烏，……故以爲鳥霍烏霍」「鳥」改作「烏」。卷七頁三「雎鳩，……雎鳩常狂河洲之上」，「常狂」改作「長在」；卷七頁十二「鵬，……以放於死緣」，「緣」改作「奚」。卷十頁十一「阜斯，……今謂之蟒蜙示跳示飛」，「示」改作「亦」。卷十二頁七「驤，……禹湯馳▲」，「▲」改作「驟」〔註71〕；卷十三頁四「梅，……言墓門之隧既非梅之所宜生，而鴞之爲初，食甚而甘之以爲自美。」，「之爲初」改作「之爲物」；卷十三頁六「楓，……槐楓彼宸」，「彼」改作「被」；卷十三頁十二「柚，……《書》曰：『執錫分銀』……橘柚凋於北徒」，「錫」改作「鍚」；「徒」改作「徙」。卷十四頁一「栗，……《東觀書》曰：『栗駭蓬轉，盖今粟房秋執罅發………山有栲，隰有相』。」，「粟」改作「栗」、「相」改作「杻」；卷十四頁三「櫻桃，……其果先熟，一各荆桃。」，「各」改作「名」；卷十四頁四「柏，……《雜記》所謂暢曰以椈者是也。」，「曰」改作「臼」；卷十四頁六「桐，……正閏生十二葉，一邊有六葉，從下敷一葉爲一月。」，「敷」改作「數」〔註72〕。卷十五頁七「蘋，……沉者曰蘋，浮者曰藻」，「藻」改作「薸」；卷十

〔註71〕按：此批校有誤，「驟」應作「轅」。

〔註72〕按：他本皆作「敷」，然據《太平御覽》、《本草綱目》等書所載，「敷」皆作「數」。
如：《本草綱目》木部・第三十五卷：「時珍曰：梧桐名義未詳。《爾雅》謂之櫬，因其可爲棺，《左傳》所謂『桐棺三寸』是矣。舊附桐下，今別出條。【集解】。……《遁甲書》云：梧桐可知日月正閏。生十二葉，一邊有六葉，從下數一葉爲一月，至上十二葉。有閏十三葉，小余者。」《太平御覽》卷九百五十六・木部五：「《遁甲經》曰：梧桐不生，則九州異。注：梧桐以知日月正閏，生十二葉，一邊有六葉。從下數，一葉爲一月，至上十二葉。有閏，十三葉小餘者，視之，則知閏何月也。不生，則九州各異君，天下不同也」。故今據改之爲「數」爲是。

五頁十「蕭，……凡祭，灌鬯求諸陰，焫蕭求陰陽」「陰陽」改作「諸陽」。卷十六頁五「匏，……有柄者曰懸瓠，可用爲牲」「牲」改作「笙」；卷十六頁五「蒲盧，……細要土蜂謂之蒲盧」「上蜂」改作「土蜂」；卷十六頁六「瓜，……《詩》曰：『中田有廬，疆場有瓜』……大界曰疆，其小曰場」，「疆塲」改作「疆場」、「場」改作「塲」；卷十六頁七「長楚，……令其詩如此而不嫌也甚」，「令」改作「今」、「也」改作「已」；卷十六頁十三「葦，……葭一名華」「華」改作「葦」。卷十六頁十三「炎，……如虋，故謂之穮」。卷十七頁六「藍，……婦人致餪」，「餪」改作「餳」。卷十八頁五「苓，……藥有一君二臣二三四使」，「二三」改作「二佐」；卷十八頁十「蒲，……生於水厓，桑滑而溫」「桑」改作「柔」；卷十八頁十一、十二「葛，……故屬之，綿遠者改譬瓜葛……蔓於野，各緊所遇」，「改」改作「取」、「緊」改作「繫」；卷十八頁十三「白華，……一曰白華，詩不曰：『白華孝子之潔白也』」，「不」改作「序」；卷十八頁四「芍藥，……姚黃牛黃在華」「在」改作「左」。卷二十頁五「星，……惟月庶民惟星言卯士」，「卯」改作「卿」。

倒文處，如：卷十二頁三「馬，……坐視膝足立視」，「足立視」當爲「立視足」之誤倒。

脫字處，如：卷一頁九「鱺，……上足以制魴鱮之魚，非制魴鱮而已。」，「非制魴鱮而已」脫「特」字，當作「非特制魴鱮而已」。卷十三頁四「梅，……梅盛極而落存者十七已，而十三，則以失婚姻之時」，「落存者」下脫「實」字，當作「落存者實十七已」，「而」字下脫「實」，當作「而實十三」。卷十四頁五「桐，……生於高岡，今亦謂之岡」「謂之岡」下脫「桐」，當作「今亦謂之岡桐」。

臺北國家圖書館今藏是本一部，二十卷二冊。卷書衣書籤題「格致叢書」、「第五冊　埤雅」、「第六冊　埤雅」。卷首有〈埤雅序〉，首行頂格題「埤雅序」，次行低一格題「男朝請郎直祕閣權發遣淮南路計度轉運副使公事借紫金魚袋宰撰」，末行題「宣和七年六月旦謹序。次爲〈新刻埤雅目錄〉，末行題「目錄畢」。首卷頂格題「新刻埤雅卷之一」，第二行則題「宋吳郡開國公陸佃撰」，第三行題「明錢唐後學胡文煥校」。卷末有尾題，如「新刊埤雅卷之一」，尾題後附有該卷之〈音釋〉。鈐有「國立中央圖書館收藏」朱文長方印。

清丁立中《八千卷樓書目》（卷三）〔註73〕、《藏園訂補邵亭知見傳本書目》（卷三）〔註74〕等著錄。

17、明嘉靖至隆慶間新安畢氏校刊本（重刊埤雅——四雅本）

此本版匡高十七‧一公分，寬十‧九公分。左右雙欄，每半葉十行，每行十九字。白口，單白魚尾，魚尾下題書名「埤雅」和卷第、葉次。前有宣和七年陸宰〈序〉，首行頂格題「埤雅序」，次行低三格題「男朝請郎直祕閣權發遣淮南路計度轉運副使公事借紫金魚袋宰撰」。首卷首行頂格題「重刊埤雅卷之一」，次行低三格題「中大夫守尚書左丞上柱國吳郡開國公賜紫金魚袋陸佃撰」，第三行低三格題「新安畢效欽重校」，各卷有目次，目次有墨圍，正文內被釋字除有墨圍外，上方亦有「○」符號以識別。各卷末有尾題，如「重刊埤雅卷之一」。

臺北國家圖書館藏有此本一部五冊〔註75〕，鈐有「墨林山人」白文方印、「國立中央圖書館收藏」朱文長方印、「項子京家珍藏」朱文長方印、「澤存書庫」朱文方印、「宮保世家」白文方印、「子京父印」朱文方印、「項墨林父秘笈之印」朱文長方印、「項叔子」白文方印、「項元汴印」朱文方印、「子孫世昌」白文方印等印記。

清陸心源《皕宋樓藏書志》（卷二）〔註76〕、《中國善本書提要》著錄〔註77〕。

〔註73〕 （清）丁立中《八千卷樓書目》：「埤雅二十卷，宋陸佃撰，明刊本，明刊本，刊本，粵雅新義本，明胡文煥刊本」，收錄於《海王邨古籍書目題跋叢刊》第四冊，（北京‧中國書店，2008年1月，影印一九二三年錢塘丁仁聚珍仿宋版印本），頁40。

〔註74〕 （清）莫友芝撰，傅增湘訂補《藏園訂補邵亭知見傳本書目》卷三‧經部十‧小學類：「《埤雅》二十卷，宋陸佃撰。格致叢書本」，（北京：中華書局，1993年6月），頁167。

〔註75〕 國家圖書館特藏組編：《國家圖書館善本書志初稿‧經部‧小學類》（臺北‧國家圖書館，1996年4月），頁239。

〔註76〕 （清）陸心源《皕宋樓藏書志》卷二‧小學類一：「《埤雅》二十卷，明畢效欽刊本。」收錄於收錄於《清人書目題跋叢刊》第一冊，（北京‧中華書局，1990年4月），頁144。

〔註77〕 王重民撰：《中國善本書目提要‧經部‧小學類》：「《重刊埤雅》二十卷，五冊，（北圖）。明畢效欽刻本，其版框高十七‧三公分，寬十‧四公分，每半葉十行，每行十九字。卷內有『棟亭曹氏藏書』、『長白敷槎氏董齋昌齡圖書印』、『董齋收藏印』等印記」，（台北‧明文書局，1984年12月），頁51。

18、明嘉隆至隆慶間新安畢效欽刊五雅本

清莫友芝撰，傅增湘訂補《藏園訂補郘亭知見傳本書目》著錄：

> 明嘉隆間畢效欽刊五雅本，十行十九字，白口，四周雙闌。〔註78〕

今臺北國立故宮博物院所藏是本一部六冊〔註79〕。藍色書衣，線裝。墨格。書葉內有白色襯紙（金鑲玉）。版匡高二十‧三公分，寬十四公分，四周雙欄，半葉十一行，行二十二字，白口。單魚尾，魚尾內題書名、卷次（如：埤雅卷之一）頁次。卷首載宣和七年六月旦陸宰〈埤雅序〉，首行題「埤雅序」，末行題「序畢」。次爲「新刊埤雅目錄」。首卷第一行頂格題「新刊埤雅卷之一」，第二行低四格題「中大夫守尙書左丞上柱國吳郡開國公賜紫金魚袋陸佃撰」，每卷前有該卷目次，卷末有尾題，如「新刊埤雅卷之一終」，尾題後附音釋。

19、明天啟六年丙寅（1626）武林郎氏堂策檻刊五雅本

《國家圖書館善本書志初稿》及《國立故宮博物院善本舊籍總目》著錄，知臺灣故宮博物院及臺北國家圖書館皆各有藏本。

今臺灣故宮博物院所藏是本亦二十卷二冊〔註80〕。舊藏於觀海堂。線裝。墨格。版匡高二十一‧一公分，寬十三‧三公分，單欄，半葉九行，行二十字，花口。無魚尾，版心依序題書名、卷次、頁次、「堂策檻」。如：「埤雅，一，一卷，十三，堂策檻」。第一冊書衣題「五雅」、「埤雅上」、「共五」。第二冊書衣題「五雅」、「埤雅下」、「共五」。卷首有宣和七年六月旦陸宰〈埤雅序〉，第一行頂格題「埤雅序」，末行題「宣和七年六月旦謹序」、「朝請郎直祕閣權發遣淮南路計度轉運副使公事借紫金魚袋男　宰撰」。每卷前有該卷目次，首卷首行題「埤雅卷之一　目次」。目次後爲正文，首行題「埤雅卷之一」，第二、三行跨兩行題雙行字，中間題「宋陸佃撰」，下方題「明葉自本茂叔參閱」、「郎奎金公

〔註78〕（清）莫友芝撰，傅增湘訂補《藏園訂補郘亭知見傳本書目》卷三‧經部十‧小學類，（北京：中華書局，1993 年 6 月），頁 168。

〔註79〕國立故宮博物院編：《國立故宮博物院善本舊籍總目‧經部‧小學類》上冊：「《新刊埤雅》二十卷，宋陸佃撰，明嘉隆至隆慶間新安畢效欽刊五雅本之一，六冊」，（臺北‧國立故宮博物院，1983 年），頁 151。

〔註80〕國立故宮博物院編：《國立故宮博物院善本舊籍總目‧經部‧小學類》上冊：「《埤雅》二十卷，宋陸佃撰，明葉自本重訂，郎奎金糾譌，明天啟六年）武林郎氏堂策檻刊五雅本，二冊，（臺北‧國立故宮博物院，1983 年），頁 151。

在糾謬」。每卷末有尾題，如「埤雅卷之一終」，卷末無音釋。鈐有「高取／植村／文庫」。

臺北故宮藏本卷十一葉十七有缺損，書中有硃墨圈點，並有批注及糾謬補脫，然不知何人之手蹟，今將其陳列如下：

批注處，如：卷一頁二「龍，……《莊子》曰：『朱泙漫學屠龍於肢離益，』」天頭處批誌「朱，俗本作木」。卷十三目次「李」、「楓」字、卷十三頁六被釋字「槐」、頁七被釋字「楓」、卷十四頁一被釋字「栗」、頁三被釋字「柳」、頁四被釋字「楸」、「櫻桃」、頁五被釋字「柏」、頁六被釋字「梧」、頁七被釋字「椒」、頁九被釋字「梓」、頁十被釋字「榛」等處之下皆題「廣要無」。

補脫者，如：卷四頁十三「猴，……狼起臥游戲多，籍其草皆穢亂，」「草」字旁題「而草」。卷五頁七「豕，……以杙繫豕謂之」，「謂之」旁注「牙」。卷十六頁十二「蓍，……馬遷、揚雄、伏羲作《易》八卦，文王六十四，蓋各以其盛者言之也。」「揚雄」旁題「但言」。

糾謬處，如：卷四頁三「狄，……古者於旌旗干首注氂尾之毛焉而謂之旄」，「干」改作「之」；卷八頁一「燕，……蓋燕能識寶」「實」字旁標「寶」。

批註者除糾謬補脫外，於書中亦以符號作除標示區分，如：各卷卷首處以朱筆塗板心處標明各卷為開端，內文中遇書名、人名分別以長方塊、標線以識別，而各卷各被釋字上方用硃筆作紅色實心圓標誌；於次行天頭處則以朱色△以示釋文開端，並在首字上作方塊記號□，如：卷一「●魟，△魟，一名魠」。

據《國家圖書館善本書志初稿・經部・小學類》所載，臺灣國家圖書館所藏本二十卷二冊。書中鈐有「國立中央圖書館考藏」朱文方印、「莫松收藏」朱文方印、「獨山莫氏銅井文房藏書印」朱文長方印等印記，並有近人莫棠批校。〔註81〕

此本《書目答問・經部》（卷一）〔註82〕、《五十萬卷樓藏書目錄初編》（卷三）〔註83〕、《藏園訂補邵亭知見傳本書目》（卷三）〔註84〕等皆著錄。

〔註81〕國家圖書館特藏組編：《國家圖書館善本書志初稿・經部・小學類》，（臺北・國家圖書館，1996年4月），頁236。

〔註82〕（清）張之洞撰，范希曾補正：《書目答問補正》卷一・經部，（台北・漢京文化事業有限公司，2004年3月），頁87。

〔註83〕（清）莫伯驥《五十萬卷樓藏書目錄初編》卷三云：「五雅：《小爾雅》一卷、《爾

20、明經廠刊本

清朱學勤《結一廬藏宋元本書目》曾著錄：

> 《埤雅》二十卷，宋陸佃撰，明經廠刊，十冊。〔註85〕

此即《國立故宮博物院善本舊籍總目》所著錄之「明內府刊本」〔註86〕，舊藏於清宮景陽宮，今臺北國立故宮博物院藏此本一部，二十三冊，包背裝。藍色表紙。墨格。版匡高二十一・六公分，寬十四・九公分，雙欄，黑口，雙魚尾（對魚尾），上魚尾下有符號「○」，次題「埤雅序」、「埤雅目錄」、「埤雅卷幾」，次題頁次。序文處爲半葉七行，行十一字，其餘則爲每半葉十行，行二十字。

卷首載宣和七年六月旦陸宰〈埤雅序〉，頂格書「埤雅序」，次行低二格書「男朝請郎直祕閣權發遣淮南路計度轉運副使公事借紫金魚袋宰撰」。序末題「宣和七年六月旦謹序」，次爲「埤雅目錄」（總目）。

首卷首行頂格題「埤雅卷第一」，次行空四格題「中大夫守尙書左丞上柱國吳郡開國公賜紫金魚袋陸佃撰」，第三行空三格題「釋魚」。除卷首有「目錄」外，每卷前亦有目次。每卷末有尾題，如「埤雅卷第一」，卷末附上該卷「音釋」。《來薰閣書目》著錄。〔註87〕

雅》二卷、《逸雅》八卷、《廣雅》十卷、《埤雅》二十卷。明寫本，單氏鈺舊藏。卷首有天啓丙寅郎氏自序，版心下有「堂策檻」三字，可證此書係從明郎氏校刊本傳錄。」：收錄於《海王邨古籍書目題跋叢刊》第七冊，（北京・中國書店，2008年1月，影印一九三六年東莞莫培元等鉛印本），頁93。

〔註84〕（清）莫友芝撰，傅增湘訂補《藏園訂補邵亭知見傳本書目》卷三・經部十・小學類：「明天啓六年郎氏堂策檻刊五雅本，九行二十字，白口，四周單闌。余據舊寫本校過」，（北京：中華書局，1993年6月），頁168。

〔註85〕（清）朱學勤《結一廬藏宋元本書目》：收錄於賈貴榮、王冠輯《宋元版書目題跋輯刊》第一冊，（北京・北京圖書館出版社，2003年6月），頁605。

〔註86〕國立故宮博物院編：《國立故宮博物院善本舊籍總目・經部・小學類》上冊：「《埤雅》二十卷，宋陸佃撰，明內府刊本。三冊」，（臺北・國立故宮博物院，1983年），頁151。

〔註87〕《來薰閣書目》：「稗雅二十卷，宋陸佃，明經廠本，棉紙，十冊。（有五硯樓袁氏攷藏金石等印）」。按：此《稗雅》爲《埤雅》之誤，「攷藏」爲「收藏」之誤。此本應爲袁廷檮所藏。收錄於實水勇編：《北京琉璃廠舊書店古書價格目錄》壹，（北京・線裝書店，2004年4月），頁276。

21、明刊本（新刊埤雅）

此本今藏臺灣國家圖書館〔註88〕。據《國家圖書館善本書志初稿‧經部‧小學類》所載，藏本爲包背裝，版匡二十‧五公分，寬十四‧二公分。每半頁十一行，每行二十二字。雙欄，白口，單魚尾，中間刻書名「埤雅」及卷第葉次。前有宣和七年陸宰〈序〉。首卷首行頂格題「新刊埤雅序」，第二行低四格題「中大夫守尙書左丞上柱國吳郡開國公賜紫金魚袋陸佃撰」。卷末有尾題及音釋。鈐有「國立中央圖書館收藏」朱文長方印、「澤存書庫」朱文方印等印記。

22、明正統九年（1444）贛州通判鄭暹刊本

此本今藏香港中文大學圖書館藏，其稱「朝鮮活字本」〔註89〕，即此本。版匡高二十五‧八公分，寬十八公分。十行十七字。白口，雙花魚尾，雙欄。前有正統五年張存〈序〉，次正統九年鄭暹識語，次成化十五年胡榮〈序〉，次宣和七年陸宰〈序〉。此本乃據明成化十五劉廷吉刻本活字排印。卷首署「中大夫守尙書左丞上柱國吳郡開國公賜紫金魚袋陸佃撰」。鈐有「崇蘭館藏」、「宣賜之記」、「輔臣弼仲」、「西河後人」、「竜眠」等印記。《藏園訂補邵亭知見傳本書目》著錄。〔註90〕

23、明初顧械刊本

《藏園訂補邵亭知見傳本書目》著錄。〔註91〕

（五）清本

1、天運庚辰（明崇禎十三年，1640年）刊清康熙間印本〔註92〕

據《國家圖書館善本書志初稿‧經部‧小學類》所載：此本二十卷，版匡

〔註88〕國家圖書館特藏組編：《國家圖書館善本書志初稿‧經部‧小學類》（臺北‧國家圖書館，1996年4月），頁236。

〔註89〕王世偉、陳秉仁、周秋芳等編：《香港中文大學圖書館古籍善本書錄》經部‧小學類，（香港：香港中文大學出版社，2001），頁38。

〔註90〕（清）莫友芝撰，傅增湘訂補《藏園訂補邵亭知見傳本書目》卷三‧經部十‧小學類，（北京：中華書局，1993年6月），頁167。

〔註91〕（清）莫友芝撰，傅增湘訂補《藏園訂補邵亭知見傳本書目》卷三‧經部十‧小學類：「明初顧械刊本」，（北京：中華書局，1993年6月），頁167。

〔註92〕避清諱「玄」字，故斷爲康熙刊本。

高十八‧二公分，寬十三‧四公分。四周雙欄，每半葉十行，每行二十一字。版心白口，雙黑魚尾（順魚尾），中間刻書名「埤雅」及卷次，下方刻葉次、字數。

臺北國家圖書館藏有此本二部：一部六冊，一部八冊。六冊者，卷首有陸宰〈序〉。首卷首行頂格題「埤雅卷第一」，次行低三格題「中大夫守尙書左丞上柱國吳郡開國公賜紫金魚袋陸佃撰」。卷末隔一行有尾題。書中鈐有「晉府／書畫／之印」朱文大方印、「宋本」朱文橢圓印、「毛／晉印」白文方印、「國立中央圖／書館收藏」朱文長方印、「珊瑚閣／珍藏印」朱文長方印、「訓忠／之家」白文方印、「虛朗／齋」朱文方印等印記。〔註93〕

八冊者，封面扉頁墨字題「埤雅」。卷首前有宣和七年陸宰〈序〉、天運庚辰（明崇禎十三年，1640 年）八月張存〈重刊埤雅序〉，序後有總目，二十卷末尾題後次一行題「後學顧械校本」。書中鈐有「曾經／觀復／齋藏」朱文方印、「國立中央圖／書館收藏」朱文長方印、「公簡」白文長方印、「王／撫洲」白文方印、「公／簡」朱文方印、「思狂狷而／道中庸」白文長方印等印記。〔註94〕

2、清康熙庚辰（39 年，1700）常熟顧械刻如月樓刊本（四冊本）

臺北故宮博物院載有此本兩部：一部爲二冊，另一部爲四冊，據《國立故宮博物院善本舊籍總目》：

> 《埤雅》二十卷，陸佃撰。清康熙庚辰（三十九年）常照顧械刻如
>
> 月樓刊本。四冊。〔註95〕

按：《總目》中所提「常照顧械」，「常照」當爲「常熟」之誤。

是本今藏臺北國立故宮博物院。扉頁題「埤雅」，書根題書名及側別，分別爲「顧刊埤雅　一」、「顧刊埤雅　二」、「顧刊埤雅　三」、「顧刊埤雅　四」。版

〔註93〕國家圖書館特藏組編：《國家圖書館善本書志初稿‧經部‧小學類》（臺北‧國家圖書館，1996 年 4 月），頁 236。

〔註94〕國家圖書館特藏組編：《國家圖書館善本書志初稿‧經部‧小學類》（臺北‧國家圖書館，1996 年 4 月），頁 236。

〔註95〕國立故宮博物院編：《國立故宮博物院善本舊籍總目‧經部‧小學類》上冊，（臺北‧國立故宮博物院，1983 年），頁 151。此處「常照顧械刻」，「常照」爲「常熟」之誤。

框高十八・七公分，寬十三・五公分。雙欄，白口，雙魚尾（順魚尾），上魚尾下題書名及卷次，如「埤雅卷一」，下魚尾下記頁次、該頁總數字。半葉十行，行二十一字。鈐有「飛青／閣藏／書印」白文方印、「星吾海／外訪得／秘笈」朱文方印及「靜脩齋」朱文長方印等印記。

前有宣和七年六月旦陸宰〈埤雅序〉，首行題「序」，次行空二格題「男朝請郎直祕閣權發遣淮南路計度轉運副使公事借紫金魚袋宰撰」，序中提及「先公」皆有挪抬，於序頁一「嚴父牧夫百工技藝」之天頭處有眉批「嚴字誤，當作農」。

次為張存性中〈重刊埤雅序〉，文中有墨釘〔註96〕，於末行「是歲天運庚■八月中秋日」墨等旁批注「申」字，意指序成於「天運庚申」。次總目，首行題「總目」、次行低一格題「卷次」，如：「卷第一」，總目「釋天」後題「後缺」二字，末行題「總目」。每卷末無「音釋」。首卷頂格題「埤雅卷第一」，第二行低三格題「中大夫守尚書左丞上柱國吳郡開國公賜紫金魚袋陸佃撰」。正文前有該卷目次，卷末有尾題。此本卷二十頁八「漢，……『跂彼織女，不成報章』，言有知名與象而已，無成■事衣被之實」，「無成」字後有墨等。而卷二十頁八之後，書況不佳，漫漶缺損嚴重。卷二十卷末題「埤雅卷第二十」、「後學顧棫校本」。

臺北故宮藏本有硃墨句讀及批校，於冊一末卷（卷五）末行有硃筆題誌「甲申杪冬伯起句讀」，冊四卷二十末行則題「甲申閏曷□□蕡葡居」。茲將其批校、糾謬處，臚列如下：

糾謬處，有訛字及倒置。改訛字處，如：卷四頁一「象，……端有小瓜」，「瓜」當行天頭處題「爪」。卷六頁八「鳶，……《說文》曰：『鳶，從屰。』屰上為芈，」，於當行天頭題「于當作干」；卷六頁十五「鶴，……目睛不轉而孕，于六百年飲而不食，」，於當行天頭處題「千」。卷七頁四「鳲鳩，……牝牡飛鳴，以翼相排，……夫人起家如居而之」〔註97〕、「夫人起家而居之」二句天頭處分別題「拂■書」、「如■書」；卷八頁七「鴳，……《白虎通》曰：『一穀

〔註96〕張存〈重刊埤雅序〉：「昔周公著《爾雅》，其事祥矣，而有未備也。……當■■■■會奉議大夫江西■■■按察■司僉事古閩林公瑜字子潤巡按贛上。………是歲天運庚■八月中秋日，京口後學張存性中序」。

〔註97〕按：拂，郎奎金《五雅全書・埤雅》本亦作「排」。

不升，撤鷯鵐，』」當行天頭處浮貼小紙一張，上題「撒，《圖書集成》作撒」；卷八頁十一「燕鳥，《釋鳥》曰：『燕，白脰鳥』，天頭處題「鳥」。卷十一頁六「蜎，……《鹽鐵論》曰『以所不覩而不信，若蟬不如雪也。』」當行天頭題「如當作知」。卷十六頁六「瓜，瓜性惡香，尤忌開麝」當行天頭處題「開当作聞」。

倒置者，如：卷七頁四「鶌鳩，……《左傳》曰『鶻鳩氏，司事。』先儒云：春去秋來」，天頭處題「春來秋去■書」；

批注處，如：卷六頁九「烏，……故以為烏霍。烏霍，嘆所異也。」於當行天頭處誌「霍，《字彙》作呼」。卷七頁十一「鶚，……鷙鳥之暴疏」、「所謂疇類被侵」、「《列子》曰：黃帝戰于阪泉之野」、「狼、豹、貙、虎為前驅，……此以力使禽獸者也」、「鳳凰來儀，此以聲致禽獸者也」、「雞可以畜焉，以放於死，奐物而無知者也」等句之地腳處依次題「戾■書」、「儔」、「昔」、「豹■則■」、「則■」、「絲■」等字。卷十二頁五「羈，……羈足言制之而動也。今羈字從馬，一絆其足；羈從馬，二絆其足；羈，從馬口其足。」天頭題「字羈之羈當作羈，古文作馬，音還；又羈俗作羈，音注；羈一作羈為是，音執。」。卷十八頁三「菟絲，……《爾雅》曰：『唐、蒙、女蘿。女蘿，菟絲。』又曰『唐王女是也』」當行天頭題「《釋草》云：『蒙，玉女』。」〔註98〕。

《北京師範大學圖書館古籍善本書目》亦著錄：

> 《埤雅》二十卷，（宋）陸佃撰，清康熙間顧棫刻本。十冊，十行二
> 十一字，白口。四周雙邊。鈐「傳是樓印」、「雋山之章」、「抱經樓
> 珍藏祕笈之章」、「沈德壽印」諸印。〔註99〕

即清沈德壽《抱經樓藏書志》所著錄之本〔註100〕。然《抱經樓藏書志》卻言為

〔註98〕《爾雅·釋草》：「蒙，王女」。明嘉靖二年（1523）王俫括蒼刊本、郎奎金《五雅全書·埤雅》本均作「王女」。

〔註99〕北京師範大學圖書館古籍部編：《北京師範大學圖書館古籍善本書目》（北京·北京學圖書館出版社，2002年7月》）。

〔註100〕（清）沈德壽：《抱經樓藏書志》卷九·小學類一：「《埤雅》二十卷，明刻本。宋中大夫守尚書左丞上柱國吳郡開國公賜紫金魚袋陸佃撰。……按：每葉二十行，每行二十一字及字數。卷中有「傳是樓印」白文方印、「惟書是寶」朱文方印、「雋山之章」朱文方印、「百幅庵珍藏書畫印」朱文長方印。」，收錄於《清人書目題跋叢刊》第五冊，（北京·中華書局，1990年4月），頁113。

明刊本。（清）于敏中、彭元瑞等著《天祿琳瑯書目後編》亦有相似說法，卷十三云：

> 《埤雅》一函，二冊。陸佃撰。……書二十卷。……前有宣和七年其子宰序。右張存序，稱僉事林俞、太守陳大本鳩工刻之。末刻「後學顧械枝本」，有「虞山如月樓刊」、「顧氏校本」二墨印。……二人皆入江西名宦，則是書乃明初刻也〔註101〕

葉德輝《郋園讀書志》亦著錄，且文中反駁此本爲明代所刻之說。云：

> 宋陸佃《埤雅》二十卷，常熟顧械刻本，前張序重刻年月「天運庚」下缺一字，余斷爲「庚辰」。蓋顧氏刻有歸有光《震川尺牘》、錢謙益《牧齋尺牘》，序稱「康熙己卯」，則此必爲庚辰所刻無疑。《天祿琳琅續編》十三·明版類載有此本，誤以爲洪武時刻，此絕可笑事。以字體槧法論，皆迥然與明刻不同，不知當時何以誤識甚矣，續編諸臣之疏漏也。此本源出北宋，余家有金朝刻本，實爲希世之珍。全書字仿歐陽，望之頗嚴飭，惜此刻猶失其眞，不能盡美也，甲寅夏五郋園。〔註102〕

張之洞《書目答問》〔註103〕、近人袁榮法《剛伐邑齋藏書志》〔註104〕亦曾著錄。

3、清康熙庚辰（39年）常熟顧械刻如月樓刊本（二冊本）

據《國立故宮博物院善本舊籍總目》所載：

〔註101〕（清）于敏中、彭元瑞等著《天祿琳瑯書目·天祿琳瑯書目後編》卷十三，收錄於《中國歷代書目題跋叢書》第二輯，（上海：上海古籍出版社，2007年8月），頁666。

〔註102〕（清）葉德輝：《郋園讀書志》卷二，收錄於《海王邨古籍書目題跋叢刊》第五冊，（北京·中國書店，2008年1月，影印一九二八年長沙葉啓發等上海澹園鉛印本），頁221。

〔註103〕清）張之洞撰，范希曾補正：《書目答問補正》卷一·經部，（台北·漢京文化事業有限公司，2004年3月），頁87。

〔註104〕袁榮法《剛伐邑齋藏書志》云：「《埤雅》二十卷，二冊，宋陸佃撰，明初虞山顧氏械如月樓刊本，有『臥雪廬』白文方印，四庫總目卷四十。……《鄭堂讀書志》補逸卷七載之，注曰五雅本，明武林郎奎金輯刊者。」，（臺北·中央圖書館，1988年5月），頁8。

《埤雅》二十卷，陸佃撰。清康熙庚辰（三十九年）常熟顧棫刻如

月樓刊本。二冊。〔註105〕

此本今臺北國立故宮博物院藏。藍色書衣。版框高十八‧七公分，寬十三‧五公分。左右雙欄，白口，雙魚尾（順魚尾），上魚尾下題「埤雅卷幾」，下魚尾下記頁次、該頁總字數。半葉十行，行二十一字。書衣後有扉頁，扉頁右方題「常熟顧漢章重校」，中間題書名「埤雅」，左下方題「如月樓藏板」，左上方記刻版時間，題「康熙庚辰年刻」。此本避清諱，遇「玄」字皆缺筆作「　玄　」，如：卷二「龜，……龜與蛇合，謂之　玄　武」。

　　卷首有張存性中〈重刊埤雅序〉，首行頂格題「重刊埤雅序」，序文中有墨釘〔註106〕，次為宣和七年六月旦陸宰〈序〉，首行題「序」，次行空二格題「男朝請郎直祕閣權發遣淮南路計度轉運副使公事借紫金魚袋宰撰」，序中提及「先公」挪抬。次總目，首行題「總目」、次行第二格題「卷次」，如：「卷第一」。總目「釋天」後題「後缺」二字，末行題「總目」。每卷末無「音釋」。卷二十末題「埤雅卷第二十」，末行題「後學顧棫校本」，並有跨三行雙行牌記，云「虞山如／月樓刊」及「顧氏／校本」。鈐有「乾隆五璽」：「乾隆御覽之寶」朱文圓印、「五福五代堂寶」朱文方印、「八徵耄念之寶」朱文方印、「太上皇帝之寶」朱文方印、「天祿琳琅」朱文方印及「天祿繼鑑」白文方印等印記。此本原清宮昭仁殿舊藏，即《天祿琳瑯書目後編》（卷十三）所著錄者〔註107〕，然此書書況不佳，漫漶缺損嚴重。

〔註105〕國立故宮博物院編：《國立故宮博物院善本舊籍總目‧經部‧小學類》上冊，（臺北‧國立故宮博物院，1983年），頁151。

〔註106〕張存〈重刊埤雅序〉：「昔周公著《爾雅》，其事祥矣，而有未備也。……當■■■■會奉議大夫江西■■■按察■司僉事古閩林公瑜字子潤巡按贛上。………是歲天運庚■八月中秋日，京口後學張存性中序」。

〔註107〕（清）于敏中、彭元瑞等著《天祿琳瑯書目‧天祿琳瑯書目後編》卷十三：「《埤雅》一函，二冊。陸佃撰。……書二十卷。……前有宣和七年其子宰序。右張存序，稱僉事林俞、太守陳大本鳩工刻之。末刻「後學顧棫校本」，有「虞山如月樓刊」、「顧氏校本」二墨印。……二人皆入江西名宦，則是書乃明初刻也。」，收錄於《中國歷代書目題跋叢書》第二輯，（上海：上海古籍出版社，2007年8月），頁666。

4、清乾隆間寫文淵閣四庫全書本

據《國立故宮博物院善本舊籍總目》所載：

《埤雅》二十卷，陸佃撰。清乾隆間寫文淵閣四庫全書本，六冊。

是本藏台北故宮博物院。版框高二十二‧三公分，寬十五‧三公分，雙欄，朱絲欄，花口，單魚尾。版心上題「欽定四庫全書」，魚尾下標書名、卷次及頁次，半葉八行，行二十一字。據《四庫全書總目》所錄曰「採浙江巡撫採進本」〔註108〕可知，乃鈔錄清乾隆年間浙江巡撫所進呈之舊鈔本。

六冊扉葉依序題詳校官、覆勘、總校官、校對官及謄錄監生之名，即：第一冊（卷一至三）：「詳校官國子監祭酒臣覺羅吉善」、「洗馬臣王坦修覆勘」、「總校官庶吉士臣何思鈞」、「校對官中書臣陸湘」、「謄錄監生臣沈希曾」；第二冊（四至六）：「詳校官國子監祭酒臣覺羅吉善」、「洗馬臣王坦修覆勘」、「總校官庶吉士臣何思鈞」、「校對官中書臣陸湘」、「謄錄監生臣孟照」；第三冊（七至十）：「詳校官國子監祭酒臣覺羅吉善」、「洗馬臣王坦修覆勘」、「總校官庶吉士臣何思鈞」、「校對官中書臣于鼎」謄錄監生臣范光謙」；第四冊（十一至十三）：「詳校官國子監祭酒臣覺羅吉善」、「洗馬臣王坦修覆勘」、「總校官庶吉士臣何思鈞」、「校對官中書臣陸湘」、「謄錄監生臣沈希曾」；第五冊（十四至十七）：「詳校官國子監祭酒臣覺羅吉善」、「洗馬臣王坦修覆勘」、「總校官庶吉士臣何思鈞」、「校對官中書臣陸湘」、「謄錄監生臣徐瑤」；第六冊（十八至二十）：「詳校官國子監祭酒臣覺羅吉善」、「洗馬臣王坦修覆勘」、「總校官庶吉士臣何思鈞」、「校對官中書臣陸湘」、「謄錄監生臣徐瑤」。

第一冊卷首有乾隆四十四年四月四庫館臣所作之〈埤雅提要〉，卷末則題「總纂官臣紀昀臣陸錫熊臣孫士毅」、「總校官臣陸費墀」。各卷首行頂格題「欽定四庫全書」，次行空一格題「埤雅卷幾」、「宋陸佃撰」，各卷前皆有目次，卷末題「埤雅第幾」并附該卷「音釋」。鈐有「文淵／閣寶」、「乾隆／御覽／之寶」印記。

5、清乾隆間寫文津閣四庫全書本

此本藏於北京中國國家圖書館，六冊。無總目，各卷卷首有該卷目次、卷

〔註108〕（清）永瑢、紀昀等撰：《欽定四庫全書總目》卷四十‧經部‧小學類一，收錄於《景印四庫全書》（臺北‧商務印書館，1983 年）第一冊，頁 825。

末有尾題。內容上除第一冊卷首之〈提要〉時間爲清乾隆四十九年（1784）及各冊卷末所載之四庫館臣〔註109〕不同外，內容、行款悉與《文淵閣四庫全書》本同。鈐有「文津／閣寶」「避暑／山莊」、「太上皇帝之寶」等印記。卷五〈釋獸〉目次中「羱」脫「羊」字，應作「羱羊」。

6、乾隆間活字本

《藏園訂補邵亭知見傳本書目》（卷三）・經部十・小學類所載。〔註110〕

7、乾隆間寫摛藻堂四庫全書薈要本（兩淮馬裕〔註111〕家藏江西刊本）

是本藏於臺北故宮博物院，包背裝，綠色書衣。據《國立故宮博物院善本舊籍總目》載有六冊〔註112〕。雙欄，朱絲欄，花口，單魚尾。版心上題「欽定四庫全書」，魚尾下標書名、卷次及頁次，半葉八行，行二十一字。據《四庫全書薈要・總目》載：此本乃據兩淮商人馬裕家藏江西刊本繕錄，並以明代葉茂叔本校對〔註113〕。

第一冊卷首有總目〈埤雅目錄〉，包含有總目及陸宰埤雅原序部分，首行頂格題「欽定四庫全書薈要」，次行低一格題「埤雅目錄」。總目末字「虹」後，下一行接續四庫館臣所呈之乾隆三十九年十一月序。卷末則題「總纂官臣紀昀臣陸錫熊臣孫士毅」、「總校官臣陸費墀」。次爲陸宰所撰之〈埤雅原序〉。各冊

〔註109〕各冊扉葉分別題「詳校官主事臣陳木」、「總校官進士臣程嘉謨」、「校對官編修高栻生」、「謄錄監生臣張政」。

〔註110〕（清）莫友芝撰，傅增湘訂補《藏園訂補邵亭知見傳本書目》卷三・經部十・小學類：「埤雅二十卷，……乾隆間有活字本」（北京：中華書局，1993 年 6 月），頁 167。

〔註111〕按：馬裕，（清）兩淮鹽商馬曰琯之子。（清）李斗《揚州畫舫錄》卷四云：「：馬曰琯子「名裕，字元益，號話山，工詩文，尤精於長短句。」其父好古博學又庋藏典籍，有「小玲瓏山館」，藏書十萬餘卷。

〔註112〕國立故宮博物院編：《國立故宮博物院善本舊籍總目・經部・小學類》上冊：「《埤雅》二十卷，宋陸佃撰，清乾隆間寫摛藻堂四庫全書薈要本。六冊」，（臺北・國立故宮博物院，1983 年），頁 151。

〔註113〕《欽定四庫全書薈要・總目二》云：「《埤雅》二十卷，宋知亳州山陰陸佃撰。今依前兩淮鹽政臣李質穎所呈馬裕家藏江西刊本繕錄，據明代葉茂叔本校對。」收錄於《景印摛藻堂四庫全書薈要》，（臺北・世界書局，1986 年）第一冊，頁 132。

扉頁及卷末題編校官員之名﹝註114﹞。各卷首行頂格題「欽定四庫全書會要三千三百三十一經部」，次行空一格題「埤雅卷幾」、「宋陸佃撰」，各卷前皆有目次，卷末題「埤雅卷幾」并附該卷「音釋」。首頁鈐有「攤藻堂」朱文橢圓印記，卷十三卷末鈐有「乾隆御覽之寶」朱文圓印書末則鈐有「摛藻堂全書薈要寶」朱文方印。

卷十二目次「釋馬」中，「鐵」應爲「驖」；卷十四目次釋木「梓」應爲「梓」。

四、《埤雅》與《爾雅》之比較

（一）篇目之異同

今本《爾雅》篇目依序分別爲：〈釋詁〉、〈釋言〉、〈釋訓〉、〈釋親〉、〈釋宮〉、〈釋器〉、〈釋樂〉、〈釋天〉、〈釋地〉、〈釋丘〉、〈釋山〉、〈釋水〉、〈釋草〉、〈釋木〉、〈釋蟲〉、〈釋魚〉、〈釋鳥〉、〈釋獸〉、〈釋畜〉等，共三卷十九篇。就今存《埤雅》各卷篇目而言，依序爲：卷一、二〈釋魚〉；卷三、四、五〈釋獸〉；卷六、七、八、九〈釋鳥〉；卷十、十一〈釋蟲〉；卷十二〈釋馬〉；卷十三、十四〈釋木〉；卷十五、十六、十七、十八〈釋草〉；卷十九、二十〈釋天〉，共有二十卷八類。較其二書，考其分類篇目之異同者如下：

1、與《爾雅》之相同者：〈釋魚〉、〈釋獸〉、〈釋鳥〉、〈釋蟲〉、〈釋木〉、〈釋草〉、〈釋天〉等篇。

2、《爾雅》有，《埤雅》無者：〈釋詁〉、〈釋言〉、〈釋訓〉、〈釋親〉、〈釋宮〉、〈釋器〉、〈釋樂〉、〈釋地〉、〈釋丘〉、〈釋山〉、〈釋水〉等篇。

3、《爾雅》無，《埤雅》有者：〈釋馬〉一篇，然細究內容可知，此篇係自《爾雅·釋畜》錄出而改名，其爲同實異名之作。

﹝註114﹞ 每冊扉頁題「詳校官主事銜臣徐以坤」，卷末則分別題上：第一冊「覆校官編修臣項家達」、「校對官庶吉士朱攸」、「謄錄舉人臣王松齡」；第二冊「覆校官編修臣項家達」、「校對官庶吉士朱攸」、「謄錄監生臣竺昌基」；第三冊「覆校官編修臣項家達」、「校對官庶吉士朱攸」、「謄錄監生臣趙興吾」；第四冊「覆校官編修臣項家達」、「校對官庶吉士朱攸」、「謄錄監生臣沈元錡」；第五冊「覆校官編修臣項家達」、「校對官庶吉士朱攸」、「謄錄監生臣竺昌基」；第六冊「覆校官編修臣項家達」、「校對官庶吉士朱攸」、「謄錄監生臣程澍」。

（二）內容、篇數之異

　　細究二書之內容，《爾雅》收包含常用詞語及名物之詞，共計收錄二千二百零四事〔註115〕。然就《埤雅》內容觀之，多釋名物之屬，全書收二百九十七條詞語。〔註116〕較之《爾雅》所收二千二百零四事，相去甚遠。《埤雅》所釋雖寡，然持二書，相互對照，可見《埤雅》中有一百零四條為《爾雅》所闕，其中〈釋魚〉有十七條、〈釋獸〉有十七條、〈釋鳥〉有十八條、〈釋蟲〉有十六條、〈釋馬〉有四條、〈釋木〉有六條、〈釋草〉有十八條、〈釋天〉有八條，可補《爾雅》所不備之處，係廣《爾雅》而作該書。今將《埤雅》增益《爾雅》之處，摘錄臚列如下：

　　　卷一〈釋魚〉：龍、鱓、鰷、鮒、鯼、鮫、鰍、蛟。
　　　卷二〈釋魚〉：蠏、烏鰂、鼊、黿、蝸、蜃、鰻、鱟、嘉魚。
　　　卷三〈釋獸〉：麈、獺、豹、牛
　　　卷四〈釋獸〉：象、蝟、貓、駝、狨、猴、貂。
　　　卷五〈釋獸〉：羝、羔、猱、豚、騶虞、豻。
　　　卷六〈釋鳥〉：鵲、鸛、烏、鷗、鷦鷯、鶴。
　　　卷七〈釋鳥〉：鷺、雛、孔雀、鷓鴣、鵁、鴛鴦、鶡。

〔註115〕　按：《爾雅》所收錄之數，各家有不同見解，如：(1)、高小方先生於《中國語言文字學史料學》言收 1443 條（江蘇：南京大學出版社，1998 年 12 月），頁 160。(2)、胡樸安先生於《中國訓詁學史》言收 2091 條（臺北：台灣商務印書館，1988 年 11 月臺十一版），頁 35。(3)、林尹先生《訓詁學概要》及許老居先生《小爾雅考釋》則提 2204 事，見林尹：《訓詁學概要》（臺北：正中書局，1997 年 6 月第十七印行），頁 221、許老居：《小爾雅考釋（臺北：國立臺灣師範大學國文研究所碩士論文，1973 年 12 月），頁 69。(4)、管錫華：《爾雅研究》則認為有訓例 2219 個（安徽：安徽大學出版社，1996 年 12 月），頁 32。此乃本林尹先生所言之數為說。

〔註116〕　按：《埤雅》所收名物之條，歷來學者之說皆有出入之處，有「287」、「296」不同之說，如：何九盈先生：《中國古代語言學史》云：「《埤雅》釋詞 296 條」（廣州：廣東教育出版社，2000 年 6 月），頁 192。鄭文彬先生：《中國古代語言學史》：「《埤雅》總共釋詞 296 條」，（成都：巴蜀書社，2002 年 9 月），頁 160。另竇秀艷先生於《中國雅學史》則提及：「《埤雅》的體例仿《爾雅》，但又不同於此前的仿雅之作，它不釋一般詞語，只釋物名，共釋名物詞 287 個。」（濟南：齊魯書社，2004 年 9 月），頁 158。然今筆者據統計之數可知「287」、「296」皆當為「297」之誤。

卷八〈釋鳥〉：鷟、鶻、隼、鶉、鸞。

卷九〈釋鳥〉：溪鶖、鴉、鵠、雀、鸚鵡、鴞。

卷十〈釋蟲〉：蠋、螣蛇、蛇、虺、蚺蛇、蛾、蝶。

卷十一〈釋蟲〉：蠶、蜘蛛、蟋蟀、蟻、蚯蚓、蜻蜓、蚊、鼠、易。

卷十二〈釋馬〉：馬、騏、驪、黃。

卷十三〈釋木〉：穀、橘。

卷十四〈釋木〉：栗、柘、榛、棋。

卷十五〈釋草〉：藻、芥、芃。

卷十六〈釋草〉：韭、壺、匏、蒲盧、瓜、蕎麥、蓍。

卷十七〈釋草〉：荷、荼。

卷十八〈釋草〉：蕙、茅、蘭、莫、鬱、芑、葛、諼草、蒭。

卷十九〈釋天〉：雨、雲、雹。

卷二十〈釋天〉：雷、電、月、斗、漢。

第二節　《爾雅新義》之內容體例

一、《爾雅新義》之篇目及內容

　　陸佃著該書之目的，乃針對《爾雅》加以注釋，闡述該書以為推廣之作，陸氏於《爾雅新義·自序》即言：

> 萬物汝故有之，是書能為爾正，非能與爾以其所無也，名之曰《爾雅》，以此。《莊子》曰：「中無主而不止，外無正而不行。」舊說此書始於周公，以教成王，子夏因而廣之。雖不可考，然非若周公、子夏不能為也。故予每盡心焉，雖其微言奧旨有不能盡，然不得為不知者也。豈天之將興是書，以予贊其始。譬如繪畫，我為發其精神，後之涉此者致曲焉。雖使璞擁篲清道，跂望塵躅可也。〔註117〕

而《爾雅新義》注釋之條目及其排序皆與《爾雅》同，然於卷數之歸併則有所差異，《爾雅新義》將〈釋詁〉分注於卷一、卷二及卷三前半篇；將〈釋言〉分

〔註117〕見（宋）陸佃：《爾雅新義·序》，收錄於《續修四庫全書》，經部·小學類·第一八五冊（上海：上海古籍出版社，1995 年 3 月），頁 337。

注於卷三後半篇、卷四及卷五前半篇三部分；〈釋訓〉分注於卷五後半及卷六前半篇；〈釋親〉注於卷六中篇；〈釋宮〉分注於卷六後半篇及卷七前半篇；〈釋器〉分注於卷七後半篇及卷八前半篇；〈釋樂〉注於卷八中篇；〈釋天〉分注於卷八後半篇及卷九前半篇；〈釋地〉分注於卷九後半篇及卷十前半篇；〈釋丘〉注於卷十中篇；〈釋山〉分注於卷十後半篇及卷十一前半篇；〈釋水〉注於卷十一後半篇；〈釋草〉分注於卷十二及卷十三；〈釋木〉分注於卷十四及卷十五前半篇；〈釋蟲〉注於卷十五後半篇；〈釋魚〉注於卷十六前半篇；〈釋鳥〉分注於卷十六後半篇及卷十八前半篇；〈釋獸〉分注於卷十八及卷十九前半；〈釋畜〉分注於卷十九後半篇及卷二十。故今本之卷次依序分別爲：卷一〈釋詁〉；卷二〈釋詁〉；卷三〈釋詁〉、〈釋言〉；卷四〈釋言〉；卷五〈釋言〉、〈釋訓〉；卷六〈釋訓〉、〈釋親〉、〈釋宮〉；卷七〈釋宮〉、〈釋器〉；卷八〈釋器〉、〈釋樂〉、〈釋天〉；卷九〈釋天〉、〈釋地〉；卷十〈釋地〉、〈釋丘〉、〈釋山〉；卷十一〈釋山〉、〈釋水〉；卷十二〈釋草〉；卷十三〈釋草〉；卷十四〈釋木〉；卷十五〈釋木〉、〈釋蟲〉；卷十六〈釋魚〉、〈釋鳥〉；卷十七〈釋鳥〉；卷十八〈釋鳥〉、〈釋獸〉；卷十九〈釋獸〉〈釋畜〉；卷二十〈釋畜〉等，共二十卷〔註118〕。此二十卷之歸併，清宋大樽以爲「當是後來分析欲湊成數故也……遷上搭下，散碎無一完篇。」〔註119〕，霞紹暉則以爲「分卷標準是按內容的多少大致厘定，並沒有嚴格的分卷原則。」〔註120〕

〔註118〕按：此書之卷書有十八卷及二十卷二說。（宋）陳振孫於《直齋書錄解題》曾提及「項在南城傳寫凡十八卷，其曾孫子遹刻於嚴州爲二十卷。」見（宋）陳振孫著、徐小蠻、顧美華點校：《直齋書錄解題》卷三（上海：上海古籍出版社，2005 年 8 月），頁 88。

〔註119〕宋大樽言：「此書當依陳氏寫本爲十八卷，蓋係農師手定，其曾孫所刻二十卷，當是後來分析欲湊成數故也。何以見之？《漢志》《爾雅》本三卷，邢疏雖分十卷，而不改幷其上中下原次，乃《新義》卷第六以〈釋宮〉卷中前半篇幷合〈釋親〉卷上之後，〈釋宮〉後半篇又分爲卷七，此分析之跡未泯者也，餘亦遷上搭下，散碎無一完篇。」見（清）宋大樽〈爾雅新義敘錄〉中「陳振孫《直齋書錄解題》」處之按語，收錄於《爾雅新義・爾雅新義敘錄》，收錄於《續修四庫全書》，經部・小學類・第一八五冊（上海：上海古籍出版社，1995 年 3 月），頁 340。

〔註120〕見霞紹暉：〈陸佃《爾雅新義》與邢昺《爾雅疏》比較研究〉，《宋代文化研究》第十九輯，（2011 年 00 期），頁 81。

二、《爾雅新義》之體例

《爾雅新義》一書因爲闡釋《爾雅》之「微言奧旨」，故於每卷中首列《爾雅》之條目，於次行低一格則加以闡述己之見解。然陸佃於《爾雅》之條目呈現，與郭璞注《爾雅》之分句有別，多依自己之見解加以歸併或拆分條目，其拆併大至有以下幾種情形：

（一）歸併之例

1、將兩條合併爲一條者，如：《爾雅·釋詁》曰：「矢，弛也」、「弛，易也」；《爾雅新義》則作歸併作「矢，弛也；弛，易也」〔註121〕。又如：《爾雅·釋水》：「淮爲滸，江爲沱。」；《爾雅新義》作「淮爲滸」、「江爲沱」。〔註122〕，此分法共有五十九例。

2、將三條合併爲一條者，如：《爾雅·釋天》曰：「春爲發生，夏爲長嬴，秋爲收成，冬爲安寧」、「四時和爲通正」、「謂之景風」；《爾雅新義》歸並作「春爲發生，夏爲長嬴，秋爲收成，冬爲安寧。四時和爲通正，謂之景風。」〔註123〕。此分法全書共見六例。

3、將四條歸併爲一條者，全書出現三例，即：《爾雅·釋天第八》：「春爲蒼天」、「夏爲昊天」、「秋爲旻天」、「冬爲上天」；《爾雅新義》歸并作「春爲蒼天，夏爲昊天，秋爲旻天，冬爲上天」〔註124〕。又如《爾雅·釋天》：「載，歲也。夏曰歲」、「殷曰祀」、「周曰年」、「唐虞曰載」；《爾雅新義》歸并作：「載，歲也。夏曰歲；殷曰祀，周曰年，唐虞曰載」。〔註125〕又如：《爾雅·釋天第八》作「繹，又祭也」、「周曰繹」、「商曰肜，」「夏曰復胙」；《爾雅新義》歸併作「繹，

〔註121〕見《爾雅新義·卷第一·釋詁》，收錄於《續修四庫全書》，經部·小學類·第一八五冊（上海：上海古籍出版社，1995年3月），頁351。

〔註122〕見《爾雅新義·卷第十一·釋水》，收錄於《續修四庫全書》，經部·小學類·第一八五冊（上海：上海古籍出版社，1995年3月），頁415。

〔註123〕見《爾雅新義·卷第八·釋天》，收錄於《續修四庫全書》，經部·小學類·第一八五冊（上海：上海古籍出版社，1995年3月），頁397。

〔註124〕見《爾雅新義·卷第八·釋天》，收錄於《續修四庫全書》，經部·小學類·第一八五冊（上海：上海古籍出版社，1995年3月），頁396。

〔註125〕見《爾雅新義·卷第八·釋天》，收錄於《續修四庫全書》，經部·小學類·第一八五冊（上海：上海古籍出版社，1995年3月），頁399。

又祭也；周曰繹；商曰肜；夏曰復胙」〔註126〕。

4、將五條歸併爲一條者，全書僅出現一例，即《爾雅・釋天》：「春爲青陽，夏爲朱明，秋爲白藏，冬爲玄英，四氣和，謂之玉燭，」；《爾雅新義・卷第八・釋天》：「春爲青陽；夏爲朱明；秋爲白藏；冬爲玄英；四氣和，謂之玉燭。」〔註127〕

5、將十條歸併爲一條者，全書亦僅出現一例，即《爾雅・釋魚》：「一曰神龜」、「二曰靈龜」、「三曰攝龜」、「四曰寶龜」、「五曰文龜」、「六曰筮龜」、「七曰山龜」、「八曰澤龜」「九曰水龜」、「十曰火龜。」；《爾雅新義・卷第十六・釋魚第十六》作：「一曰神龜，二曰靈龜，三曰攝龜，四曰寶龜，五曰文龜，六曰筮龜，七曰山龜，八曰澤龜，九曰水龜，十曰火龜。」〔註128〕

（二）拆分之例

1、將一條拆分爲二條，如：《爾雅・釋宮》：「植謂之傳，傳謂之突」，《爾雅新義・卷第七・釋宮》作「植謂之傳」、「傳謂之突」〔註129〕；又如：《爾雅・釋蟲第十五》：「有足謂之蟲，無足謂之豸」，《爾雅新義》分作「有足謂之蟲」、「無足謂之豸」。〔註130〕此爲《爾雅新義》中常見之分法，共出現六十四例。

2、將一條拆分爲三條，如：《爾雅・釋木第十四》：「下句曰朻，上句曰喬。如木楸曰喬」，《爾雅新義・卷第十五・釋木》作「下句曰朻」、「上句曰喬」、「如木楸曰喬」〔註131〕。此種分法，出現於該書共十五例。

〔註126〕見《爾雅新義・卷第九・釋天》，收錄於《續修四庫全書》，經部・小學類・第一八五冊（上海：上海古籍出版社，1995年3月），頁403。

〔註127〕見《爾雅新義・卷第八・釋天》，收錄於《續修四庫全書》，經部・小學類・第一八五冊（上海：上海古籍出版社，1995年3月），頁397。

〔註128〕見《爾雅新義・卷第十六・釋魚》，收錄於《續修四庫全書》，經部・小學類・第一八五冊（上海：上海古籍出版社，1995年3月），頁454。

〔註129〕見《爾雅新義・卷第七・釋宮》，收錄於《續修四庫全書》，經部・小學類・第一八五冊（上海：上海古籍出版社，1995年3月），頁383。

〔註130〕見《爾雅新義・卷第十五・釋蟲》，收錄於《續修四庫全書》，經部・小學類・第一八五冊（上海：上海古籍出版社，1995年3月），頁449。

〔註131〕見《爾雅新義・卷第十五・釋木》，收錄於《續修四庫全書》，經部・小學類・第一八五冊（上海：上海古籍出版社，1995年3月），頁442。

3、將一條拆分為四條，如《爾雅・釋草卷十三》：「藿，山韭。茖，山葱。葝，山䪥謝。蒚，山蒜。」，《爾雅新義・卷十二・釋草》作「「藿，山韭」、「茖，山葱」、「葝，山䪥」、「蒚，山蒜。」〔註132〕此種分法，出現於該書共九例。

4、將一條拆分為五條，如：《爾雅・釋獸第十八》：「鹿：牡麚；牝，麀；其子，麛；其跡，速；絕有力，麉」，《爾雅新義・卷十八・釋獸》作：「鹿：牡麚」、「牝，麀」、「其子，麛」、「其跡速」、「絕有力，麉」〔註133〕。此種分法，出現於該書共六例。

5、將一條拆分為六條，如：《爾雅・釋天第八》：「二月為如，三月為病，四月為余，五月為皋，六月為且，七月為相，八月為壯，九月為玄，」；《爾雅新義》則分作「二月為如，三月為病」、「四月為余」、「五月為皋」、「六月為且」、「七月為相」、「八月為壯」、「九月為玄。」〔註134〕此種分法，出現於該書共三例。

6、將一條拆分為七條，僅出現一例，即《爾雅・釋天第八》：「月在甲曰畢，在乙曰橘，在丙曰修，在丁曰圉，在戊曰厲，在己曰則，在庚曰窒，在辛曰塞，在壬曰終，在癸曰極」；《爾雅新義・卷第九・釋天》作：「月在甲曰畢，在乙曰橘，在丙曰修」、「在丁曰圉」、「在戊曰厲」、「在己曰則」、「在庚曰窒」、「在辛曰塞」、「在壬曰終，在癸曰極」〔註135〕。

7、將一條拆分為八條，僅出現一例，即《爾雅・釋地第九》：「下濕曰隰，大野曰平，廣平曰原，高平曰陸，大陸曰阜，大阜曰陵，大陵曰阿。可食者曰原」；《爾雅新義・卷第十・釋地》：「下濕曰隰」、「大野曰平」、「廣平曰原」「高平曰陸」、「大陸曰阜」、「大阜曰陵」、「大陵曰阿」、「可食者曰原」〔註136〕。

〔註132〕見《爾雅新義・卷第十二・釋草》，收錄於《續修四庫全書》，經部・小學類・第一八五冊（上海：上海古籍出版社，1995年3月），頁419。

〔註133〕見《爾雅新義・卷第十八・釋獸》，收錄於《續修四庫全書》，經部・小學類・第一八五冊（上海：上海古籍出版社，1995年3月），頁464。

〔註134〕見《爾雅新義・卷第九・釋天》，收錄於《續修四庫全書》，經部・小學類・第一八五冊（上海：上海古籍出版社，1995年3月），頁399。

〔註135〕見《爾雅新義・卷第九・釋天》，收錄於《續修四庫全書》，經部・小學類・第一八五冊（上海：上海古籍出版社，1995年3月），頁399。

〔註136〕見《爾雅新義・卷第十・釋地》，收錄於《續修四庫全書》，經部・小學類・第一八五冊（上海：上海古籍出版社，1995年3月），頁407。

8、將一條拆分為九條，僅出現一例，即《爾雅・釋親第四》：「子之妻為婦，長婦為嫡婦，眾婦為庶婦。女子子之夫為婿，婿之父為姻，婦之父為婚。父之黨為宗族，母與妻之黨為兄弟。婦之父母、婿之父母，相謂為婚姻。兩婿相謂為亞。」；《爾雅新義》則分為「子之妻為婦」、「長婦為嫡婦」、「眾婦為庶婦」、「女子子之夫為婿」、「婿之父為姻，婦之父為婚」、「父之黨為宗族」、「母與妻之黨為兄弟」、「婦之父母、婿之父母，相謂為婚姻」、「兩婿相謂為亞。」〔註137〕

9、將一條拆分為十條，僅出現一例，即《爾雅・釋天第八》：「太歲在甲曰閼逢，在乙曰旃蒙，在丙曰柔兆，在丁曰彊圉，在戊曰著雍，在己曰屠維，在庚曰上章，在辛曰重光，在壬曰玄黓，在癸曰昭陽」；《爾雅新義・卷第九・釋天》則分為「太歲在甲曰閼逢」、「在乙曰旃蒙」、「在丙曰柔兆」、「在丁曰彊圉」、「在戊曰著雍」、「在己曰屠維」、「在庚曰上章」、「在辛曰重光」、「在壬曰玄黓」、「在癸曰昭陽」

10、將一條拆分為十二條，僅出現一例，即《爾雅・釋天第八》：「太歲在寅曰攝提格，在卯曰單閼，在辰曰執徐，在巳曰大荒落，在午曰敦牂，在未曰協洽，在申曰涒灘，在酉曰作噩，在戌曰閹茂，在亥曰大淵獻，在子曰困敦，在丑曰赤奮若。」；《爾雅新義・卷第九・釋天》則分為「太歲在寅曰攝提格」、「在卯曰單閼」、「在辰曰執徐」、「在巳曰大荒落」、「在午曰敦牂」、「在未曰協洽」、「在申曰涒灘」、「在酉曰作噩」、「在戌曰閹茂」、「在亥曰大淵獻」、「在子曰困敦」、「在丑曰赤奮若。」〔註138〕

11、將一條拆分為十四條，僅出現一例，即《爾雅・釋親》：「王父之姊妹為王姑，曾祖王父之姊妹為曾祖王姑。高祖王父之姊妹為高祖王姑。父之從父姊妹為從祖姑。父之從祖姊妹為族祖姑。父之從父晜弟之母為從祖王母。父之從祖晜弟之母為族祖王母。父之兄妻為世母，父之弟妻為叔母。父之從父晜弟之妻為從祖母，父之從祖晜弟之妻為族祖母。父之從祖祖父，為族曾王父，父之從祖祖母為族曾王母。父之妾為庶母。祖，王父也。晜，兄也。」《爾雅新義・

〔註137〕見《爾雅新義・卷第六・釋親》，收錄於《續修四庫全書》，經部・小學類・第一八五冊（上海：上海古籍出版社，1995年3月），頁381。

〔註138〕見《爾雅新義・卷第九・釋天》，收錄於《續修四庫全書》，經部・小學類・第一八五冊（上海：上海古籍出版社，1995年3月），頁398。

卷第六‧釋親》則作分：「王父之姊妹爲王姑，」、「曾祖王父之姊妹爲曾祖王姑」、「高祖王父之姊妹爲高祖王姑。」、「父之從父姊妹爲從祖姑。」、「父之從祖姊妹爲族祖姑。」、「父之從父晜弟之母爲從祖王母。」、「父之從祖晜弟之母爲族祖王母。」、「父之兄妻爲世母」、「父之弟妻爲叔母。」、「父之從父晜弟之妻爲從祖母」、「父之從祖晜弟之妻爲族祖母。」、「父之從祖祖父，爲族曾王父，父之從祖祖母爲族曾王母。」、「父之妾爲庶母」、「祖，王父也」、「晜，兄也。」〔註139〕

（三）先分後併者

共有三處，如：《爾雅‧釋言》：「攸，所也。展，適也。」、「鬱，氣也。」；《爾雅新義‧卷第四‧釋言》作「攸，所也」、「展，適也。鬱，氣也。」〔註140〕

又如：《爾雅‧釋山》：「泰山爲東嶽，華山爲西嶽，霍山爲南嶽」、「恒山爲北嶽」；《爾雅新義‧卷第十一‧釋山》作：「泰山爲東嶽」、「華山爲西嶽」、「霍山爲南嶽，恒山爲北嶽」〔註141〕。又如：《爾雅‧釋畜》：「膝上皆白，惟馵。四骹皆白，驓。」、「四蹢皆白，首。」《爾雅新義‧卷第十九‧釋畜》作：「膝上皆白，惟馵」、「四骹皆白，驓。四蹢皆白，首。」〔註142〕

（四）先併後分者

共有二例，如《爾雅‧釋親》作「男子謂姊妹之子爲出。」、「女子謂晜弟之子爲姪」、「謂出之子爲離孫，謂姪之子爲歸孫。女子子之子爲外孫。女子同出，謂先生爲姒，後生爲娣」；《爾雅新義‧卷第六‧釋親》作「男子謂姊妹之子爲出。女子謂晜弟之子爲姪，謂出之子爲離孫，謂姪之子爲歸孫。」、「女子子之子爲外孫」、「女子同出，謂先生爲姒，後生爲娣」〔註143〕。

〔註139〕見《爾雅新義‧卷第六‧釋親》，收錄於《續修四庫全書》，經部‧小學類‧第一八五冊（上海：上海古籍出版社，1995年3月），頁379。

〔註140〕見《爾雅新義‧卷第四‧釋言》，收錄於《續修四庫全書》，經部‧小學類‧第一八五冊（上海：上海古籍出版社，1995年3月），頁366。

〔註141〕見《爾雅新義‧卷第十一‧釋山》，收錄於《續修四庫全書》，經部‧小學類‧第一八五冊（上海：上海古籍出版社，1995年3月），頁414。

〔註142〕見《爾雅新義‧卷第十九‧釋畜》，收錄於《續修四庫全書》，經部‧小學類‧第一八五冊（上海：上海古籍出版社，1995年3月），頁472。

〔註143〕見《爾雅新義‧卷第六‧釋親》，收錄於《續修四庫全書》，經部‧小學類‧第一八五冊（上海：上海古籍出版社，1995年3月），頁380。

又如《爾雅・釋獸》作「麋：牡，麔」、「牝，麋；其子，麛；其跡，解；絕有力，豜。」；《爾雅新義・卷第十八・釋獸》：「麋：牡，麔；牝，麋；」、「其子，麛」、「其跡，解」、「絕有力，豜。」〔註144〕

上述皆為完整詞條之分併之作法，另有三例為將詞條中之完整字義拆併為上下條，即：

（1）《爾雅・釋木》：「狄，臧槔。貢綦」；《爾雅新義・第十四・釋木》分作：「狄臧」、「槔，貢綦」〔註145〕。

按：狄，即楸，《廣韻》注曰「臧槔」〔註146〕，而《經典釋文》以「狄臧槔」為句，而歷來之著作則未見「狄臧」之分法，故此條之分法似有所誤，而清宋大樽便曰：「陸氏讀法未詳所自」〔註147〕。

（2）《爾雅・釋木》：「樸，枹者。謂樕，采薪。采薪，即薪。」；《爾雅新義・卷十四・釋木》作：「樸，枹者。謂」、「樕，采薪。采薪，即薪。」〔註148〕

按：孫炎本作「樸，枹者，彙」，讀與陸氏同，而王引之《經義述聞》曰：「錢曰『謂，當從舍人本作彙，連上句讀，謂樸之枹者名彙也。《說文》彙作鼐，亦即蝟字，本从胃得聲，故又通作謂也。樕、采聲相近，樕，一名采薪，又名即薪，與樕梧之樕名同而實異。』引之謹案錢說是也，但謂言樸樕二者為何木也。今案樸，《說文》作樸，云：『棗也。』然則樸為棗屬，其枹者則謂之彙，彙與枹皆叢生之名〔註149〕，故曰樸枹者彙」，且《爾雅》「樕，

〔註144〕見《爾雅新義・卷第十八・釋獸》，收錄於《續修四庫全書》，經部・小學類・第一八五冊（上海：上海古籍出版社，1995年3月），頁465。

〔註145〕見《爾雅新義・卷第十四・釋木》，收錄於《續修四庫全書》，經部・小學類・第一八五冊（上海：上海古籍出版社，1995年3月），頁436。

〔註146〕見（宋）陳彭年等撰，余迺永校著：《新校互校宋本廣韻》，（上海：上海辭書出版社，2000年7月），頁522。

〔註147〕見《爾雅新義・卷第十四・釋木》「槔。貢，綦」條下（清）宋大樽注曰：「郭注連上五字為句，《釋文》以狄臧槔為句，陸氏讀法未詳所自」，收錄於《續修四庫全書》，經部・小學類・第一八五冊（上海：上海古籍出版社，1995年3月），頁436。

〔註148〕見《爾雅新義・卷第十・釋木》，收錄於《續修四庫全書》，經部・小學類・第一八五冊（上海：上海古籍出版社，1995年3月），頁438。

〔註149〕如《詩・大雅・棫樸》：「芃芃棫樸，薪之槱之。」毛傳：「樸，枹木也」孔穎達疏引孫炎曰：「樸屬叢生謂之枹。」見（漢）毛亨傳，鄭玄箋，（唐）孔穎達等正義：

采薪」條下，郭璞注：「指解今樵薪」，邢昺疏曰：「今樵薪，一名櫬，一名采薪，一名即薪。」〔註 150〕可知宋時即有相似之說，故陸氏以「樸，枹者。謂」、「櫬，采薪。采薪，即薪。」爲己之「新義」也。

（3）《爾雅·釋蟲》：「蟓，蚓，蟛蚕」、「莫貈，螳蜋，蜱」、「虰蛵，負勞」；《爾雅新義·卷第十五·釋蟲》則作「蟓，蚓，蟛」、「蚕。莫貈」、「螳蜋，蜱，虰」、「蛵，負勞。」〔註 151〕

按：歷來之各本皆以「蟓蚓，蟛蚕」、「莫貈，螳蜋，蜱」、「虰蛵，負勞」爲句，然揚雄《方言·第十一》曰：「螳蜋謂之髦，或謂之虰，或謂之蜱蜱。」陸氏於此將「虰」合於「蜱」之下，合爲「螳蜋，蜱，虰」，似有所本；另「蛵」，《說文》曰：「蛵，丁蛵，負勞也」〔註 152〕，於《廣韻》處則注曰「虰蛵」〔註 153〕，故以「蛵，負勞」爲句，可視爲之爲「新義」。〔註 154〕

然蟓字多與蚕字合用，如《說文》曰：「螾也」，段注：「〈釋蟲〉曰：『蟓，蚓，蟛蚕。』許謂蟓也，蚓也，蟛蚕也。一物三名也」〔註 155〕，又如《玉篇》則云：「蟛蚕」，另「蚕」爲蠶之異體字，《說文》曰：「任絲蟲」〔註 156〕，而「莫貈」爲螳蜋，兩屬性不同，放至同一詞條，似屬不當，故「蟓，蚓，蟛」、「蚕，

《毛詩正義》，卷十六，（臺北：藝文印書館，1997 年），頁 556。

〔註 150〕見（晉）郭璞注，（宋）邢昺疏：《爾雅注疏》，卷九「釋木」，（臺北：藝文印書館，1997 年），頁 159。

〔註 151〕見《爾雅新義·卷第十五·釋蟲》，收錄於《續修四庫全書》，經部·小學類·第一八五冊（上海：上海古籍出版社，1995 年 3 月），頁 445～446。

〔註 152〕見（漢）許慎撰、（清）段玉裁注：《說文解字注》，（臺北，黎明文化事業股份有限公司，1996 年 12 月），頁 671。

〔註 153〕見（宋）陳彭年等撰，余迺永校著：《新校互校宋本廣韻》，（上海：上海辭書出版社，2000 年 7 月），頁 195。

〔註 154〕翟灝《爾雅補郭》亦有相似之説法，曰：「『虰蛵，負勞」郭氏以此四字爲一科，本自《説文》，揚雄《方言》乃云：「『螳蜋謂之虰』，則虰宜合上螳蜋蜱，而此以蛵，負勞三字爲科矣」。

〔註 155〕見（漢）許慎撰、（清）段玉裁注：《説文解字注》，（臺北，黎明文化事業股份有限公司，1996 年 12 月），頁 670。

〔註 156〕見（漢）許慎撰、（清）段玉裁注：《説文解字注》，（臺北，黎明文化事業股份有限公司，1996 年 12 月），頁 681。

莫貗」之分法則未能成說，似有所誤。

三、《爾雅新義》之版本

　　陸佃於宋哲宗元符二年（己卯，1099 年）五月撰成《爾雅新義》後〔註157〕，未及刊行，僅以寫本傳世，至宋理宗寶慶二年（丙戌，1226 年）其曾孫子遹知嚴州之際〔註158〕，方付諸梨棗。此後，由宋迄元，雖《玉海》、《宋史・藝文志》皆有著錄，然因多本《字說》之言，〔註159〕故流傳不廣，人罕得聞，以至亡佚。〔註160〕明葉盛《菉竹堂書目》則提及是書五冊〔註161〕，焦竑《國史經籍志・經類・小學》提及是書二十卷，卻傳本罕見。有清一代，四庫館臣校讎編纂群書之際，亦僅自明成祖永樂年間所編輯之《永樂大典》中見其若干條例，然文句多有訛闕，故未能著錄〔註162〕。至於全祖望則有見而未鈔，復求之求不得之憾

〔註157〕陸佃於自序中所提及：「萬物汝故有之，是書能爲爾正，非能與爾以其所無也，名之曰《爾雅》，以此。《莊子》曰：『中無主而不止，外無正而不行。』舊說此書始於周公，以教成王，子夏因而廣之。雖不可考，然非若周公、子夏不能爲也。故予每盡心焉，雖其微言奧旨有不能盡，然不得爲不知者也。豈天之將興是書，以予贊其始。譬如繪畫，我爲發其精神，後之涉此者致曲焉。雖使璞擁篲清道，跋望塵躅可也。元符二年五月。」由是可知，此書完稿於元符二年五月（己卯，1099年）。見（宋）陸佃：《爾雅新義・序》，收錄於《續修四庫全書》，經部・小學類・第一八五冊（上海：上海古籍出版社，1995年3月），頁337。

〔註158〕陸子遹，山陰人，陸游子。嘉定間曾任溧揚令，寶慶二年知嚴州。見昌彼得、王得毅等編：《宋人傳記資料索引》第三冊（臺北・鼎文書局，2001年6月），頁2665。

〔註159〕如陳振孫《直齋書錄解題》云：「《爾雅新義》二十卷。陸佃撰。……以愚觀之，大率不出王氏之學」。見（宋）陳振孫著、徐小蠻、顧美華點校：《直齋書錄解題》卷三，（上海：上海古籍出版社，2005年8月），頁88。

〔註160〕見（清）紀昀等：《四庫全書總目提要》，（臺北：藝文印書館，1968年3月），卷四十，經部四十，小學類一，頁837。

〔註161〕葉盛（1420～1474），字與中，崑山人。正統十年進士，授兵科給事中。後擢山西右參政，歷任監督宣府糧餉，兼管屯田、獨石馬營等處軍務，有功於邊。明英宗天順年間，擢爲右僉都巡撫兩廣。明憲宗成化四年，擢禮部右侍郎、吏部左侍郎等職。成化十年，年五十五卒。謚文莊。有《葉文莊奏議》、《水東日記》、《菉竹堂書目》等傳於世。見（清）張廷玉等：《明史》卷177，（臺北：藝文印書館，1996年8月初版四刷，《二十五史》影印清乾隆武英殿刊本），頁1889～1890。

〔註162〕《四庫全書總目提要》云：「《爾雅新義》僅散見《永樂大典》中，文句訛闕，亦

〔註 163〕。今日能見《爾雅新義》，當歸功於清儒丁杰〔註 164〕。孫志祖於〈爾雅新義跋〉中云：「吾友丁君小山，乃於京師書肆購得影宋鈔本，誠稀世之秘冊」〔註 165〕。後孫詒穀攜歸武林，落吳山書肆。陸芝榮於吳山書肆得之〔註 166〕，嘉慶戊辰（十三年，1808 年）春蕭山陸芝榮、陳培因得仁和宋大樽手校此書，審定鏤板，以爲流傳，歷經三月藏事，即世所謂三間草堂本〔註 167〕。清咸豐三年（1853）南海伍崇曜編《粵雅堂叢書》時收錄此書，《續修四庫全書》即據「三間草堂本」印行。

（一）宋本

宋本今已不傳，僅能據宋人所著之書志、書目之記錄，如陳振孫《直齋書錄解題》、王應麟《玉海・藝文・小學》、尤袤《遂初堂書目》等記錄方知其梗概，陳振孫《直齋書錄解題》云：

> 《爾雅新義》二十卷。陸佃撰。其於是書，用力勤矣。自序以爲雖
> 使璞擁篲清道，跂望塵躅可也。以愚觀之，大率不出王氏之學，與

不能編纂成帙。」見《四庫全書總目提要》，（臺北：藝文印書館，1968 年 3 月），卷四十，經部四十，小學類一，「《埤雅》條」，頁 837。

〔註 163〕全祖望曾有「《爾雅新義》僕曾見之，惜未鈔，今旁求不得矣。」之語。見全祖望：《經史答問》卷第七。

〔註 164〕丁杰，（1738 年～1807 年），原名錦鴻，字升衢，號小疋，浙江歸安縣人。乾隆四十六年（1781 年）進士，官寧波府學教授。爲學長於校讎，曾指摘前人之誤。亦旁及說文、音韻、算數等。嘉慶十二年（1807 年）卒，年七十。著有《小酉山房文集》。見《清史稿》，（香港：香港文學研究社），卷四百八十一・列傳二百六十八・儒林二，頁 1482。

〔註 165〕見（宋）陸佃：《爾雅新義・附錄・跋》，收錄於《續修四庫全書》，（上海：上海古籍出版社，1995 年 3 月），經部・小學類・第一八五冊，頁，479。

〔註 166〕陸芝榮生平可見《清稗類鈔》鑑賞類・陸香圃藏書於寓賞樓條：「蕭山陸香圃，名芝榮。居寓賞樓，多藏書，鈔影善本之富，嘉慶朝爲第一。蓋不惜工貲，四方書賈，雲集輻輳，故插架初印之元、明板本，所藏乃遂多。」

〔註 167〕（清）陸芝榮〈識語〉云：「家農師《爾雅新義》世尟傳本，往得之吳山書肆，謄寫譌脫，幾不可讀。今春假仁和宋助教大樽校本，是正文字，差爲完善，亟思鏤板，以廣其傳。同邑陳君茝邨培與有同志，伙以刊直之半，命工開雕，三月藏事。」附於《爾雅新義・附錄・跋》，收錄《續修四庫全書》，經部・小學類・第一八五冊（上海：上海古籍出版社，1995 年 3 月），頁 479。

劉貢父所謂不徹薑食、三牛三鹿戲笑之語，迨無以相過也。《書》云
玩物喪志，斯其爲喪志也宏矣。頃在南城傳寫凡十八卷，其曾孫子
遹刻於嚴州爲二十卷。〔註168〕

王應麟《玉海・藝文・小學》則載《中興書目》云：

　　陸佃《爾雅新義》二十卷。

尤袤《遂初堂書目》小學類錄有「爾雅新義」〔註169〕一書。

（二）清本

　　清代流傳者多爲鈔本，至嘉慶年間方見刻本之跡。據現存書志、目錄等載
錄之資料，可知鈔本部分有影宋鈔本、海鹽錢氏衍石齋鈔本、舊鈔本等；刊本
則有阮元影鈔宋刊本、南海伍氏刊本、陸氏三間草堂刻本等，茲分別敘述如下：

1、鈔本

（1）影宋鈔本

　　據瞿鏞《鐵琴銅劍樓藏書目錄》著錄「《爾雅新義》二十卷，影宋鈔本，宋
陸佃撰。」

（2）鈔本

　　張金吾《愛日金盧藏書志》著錄「《爾雅新義》二十卷，鈔本」。

（3）清嘉慶間海鹽錢氏衍石齋鈔本

　　此本爲國立北平圖書館舊藏，今藏臺灣國立故宮博物院。二十卷，六冊。
板匡二十三・一公分，寬十五・三公分。烏絲欄。線裝，淡藍色包角，書葉內
有襯紙。每半葉十二行，行二十一字，版心白口，無魚尾。卷首爲陸佃元符二
年（己卯，1099）五月〈爾雅新義序〉，首行頂格題「爾雅新義序」，次爲嘉慶
丙寅（十一年）十二月六日嘉興錢儀吉識語、次爲乾隆三十四年二月中浣太原
余鹵跋。首卷首行頂格題「爾雅新義卷第一」，第二行低十格題「陸氏」，第三
行頂格題「爾雅卷上」第四行頂格題「釋詁第一」，卷末有尾題「爾雅新義卷第

〔註168〕（宋）陳振孫著、徐小蠻、顧美華點校：《直齋書錄解題》卷三（上海：上海古籍
　　　　出版社，2005年8月），頁88。

〔註169〕（宋）尤袤撰：《遂初堂書目》・小學類・頁六。收錄於中華書局編輯部編：《宋元
　　　　明清書目題跋叢刊》叢刊一・宋代卷，（北京：中華書局，2006年），頁479。

一」。第六冊卷末則錄有嘉定陳詩庭跋。每冊首葉鈐「學部圖書之印」滿漢文大朱文方印、「京師圖書館收藏之印」長方朱文印、「蔡廷相藏」長方白文印，每冊最尾葉則鈐有「京師圖書館收藏之印」長方朱文印、「蔡印廷楨」白文方印、「帛（卓）如」朱文方印、「梁溪蔡氏」朱文方印等印記。卷二十倒數三頁處則鈐有楷體「信記」、「祝大成號」朱文長方印，疑為書賈所鈐之印。

此本於天頭、地腳處有校者校語，以陳詩庭之校語甚多，如：卷四「楮，柱也」，當行書眉迻錄云「陳氏詩庭曰：楮，柱。俗本從手，唐石經、宋本、郭注皆從木」、卷五「𪎭，糜也」當行天頭迻錄云「陳氏詩庭曰：糜，郭注、宋本作𪎭，按《釋文》引《字林》：淖，糜也，從麻為是」等。

（4）舊鈔本

此本今藏臺北國家圖書館。全幅高二十七·七公分，寬十七·六公分。無邊欄、界格。每半葉十行，行二十字，版心白口，上方記書名卷次，如「爾雅新義卷一」，下方記葉次。扉頁有江右朗亭氏手書題記，云：「此陸氏農師《爾雅》也，予旅居佸昌，甲子歲暮，偶遇貨字紙者，就面觀得此抄本，字跡頗為乾淨，并得郭璞《爾雅》、《山海經》同屬快事，所費無貲而又適出又■是■■■江右朗亭氏■同治三年」。卷首為元符二年五月陸佃〈爾雅新義序〉，鈐有「味滄公讀」白文方印、「國立中央圖書館收藏」朱文長方印、「貴陽趙氏壽南軒藏」朱文長方印等印記。此書於第一卷有硃筆點校。

2、刊本

（1）清嘉慶十三年（1808）陸氏三間草堂刻本

嘉慶戊辰（十三年，1808年）陸芝榮於吳山書肆得之《爾雅新義》鈔本，因內容訛脫不可讀，故便商借仁和宋大樽之書手校此書，審定鏤板，以為流傳，歷經三月竣事，世稱「三間草堂本」。此本二十卷六冊。半葉十行，行二十字。黑口。小字雙行，左右雙欄，無魚尾，版心中題書名、卷次及葉次（如：爾雅新義卷一），下方則題有「三間草堂雕」。卷首為宋大樽撰輯〈爾雅新義敘錄〉，首行頂格題「爾雅新義敘錄一卷」，次行低六格題「國子監助教仁和宋大樽撰輯」。首卷首行頂格題「爾雅新義卷第一」，第二行低十二格題「宋陸佃撰」，卷末有尾題「爾雅新義卷第一終」。第二十卷末有「附錄」，有〈爾雅新義成查許

國以詩見惠依韻答之二首）〔註170〕、孫志祖〈爾雅新義跋〉，云：

> 陸農詩《爾雅新義》二十卷，全謝山先生嘗見之，而惜其未鈔，後
> 旁求不可得，著其說《經史答問》中。吾友丁小山，乃於京師購得
> 影宋鈔本，誠稀世之秘冊也。……且其所述經文，猶是北宋舊本，
> 可以正今監之謬誤。〔註171〕

又有陸芝榮〈識語〉，云。

> 家農師《爾雅新義》世尟傳本，往得之吳山書肆，謄寫譌脫，幾不
> 可讀。今春假仁和宋助教大樽校本，是正文字，差爲完善，亟思鏤
> 板，以廣其傳。同邑陳君荏邨培與有同志，佽以刊直之半，命工開
> 雕，三月蕆事。〔註172〕

按：《續修四庫全書》本即據此本影印。

（2）清嘉慶間阮元進呈影鈔宋刊本

清阮元任浙江學政巡撫蒐訪《四庫全書》未收者，共一六十種，七百八十
冊，〔註173〕並仿《四庫全書總目》例，爲每書撰提要，隨書奏呈內府。清仁宗
睿皇帝將其所呈之書，庋藏於養心殿，並賜名《宛委別藏》。《宛委別藏》經部
第十六即《爾雅新義》。今藏於臺灣國立故宮博物院。據《國立故宮博物院善本
舊籍總目》所載：

> 《爾雅新義》二十卷，宋陸佃撰。清嘉慶間阮元進呈影鈔宋刊本，

〔註170〕文中提及「《爾雅新義》既成，王毅滕進士出示《陶山集》載前二詩，因附於後方，
　　　　芝榮又識」。

〔註171〕（清）孫志祖〈爾雅新義跋〉附於《爾雅新義‧附錄‧跋》，收錄《續修四庫全書》，
　　　　經部‧小學類‧第一八五冊。清嘉慶十三年（1808）陸氏三間草堂刻本。（上海：
　　　　上海古籍出版社，1995 年 3 月），頁 479。

〔註172〕（清）陸芝榮〈識語〉：附於《爾雅新義‧附錄‧跋》，收錄《續修四庫全書》，（上
　　　　海：上海古籍出版社，1995 年 3 月，清嘉慶十三年（1808）陸氏三間草堂刻本），
　　　　經部‧小學類‧第一八五冊頁 479。

〔註173〕阮元所進呈之原書數有一百、一百七十、一百七十三、一百七十四、一百七十五
　　　　種等不同說法，此本吳哲夫先生於〈《宛委別藏》簡介〉一文中所提之現藏故宮之
　　　　數。〈《宛委別藏》簡介〉：收入於王國良、王秋桂合編：《中國圖書文獻學論集》，
　　　　（臺北‧明文書局，1986 年），頁 681～684。

四冊。〔註174〕

二十卷四冊。線裝。朱絲欄，封面左上角貼，黃底絹籤，黑色雙欄，中題書名「爾雅新義」。版匡高十九・七公分，寬十三・五公分，單欄，半葉十行，行十九字，花口。無魚尾，版心中題書名、卷次（如：新義一），下方有葉次。卷首爲陸佃元符二年（己卯，1099）五月〈爾雅新義序〉，首行頂格題「爾雅新義序」。首卷首行頂格題「爾雅新義卷第一」，第二行低九格題「陸氏」，第三行頂格題「爾雅卷上」，第四行題「釋詁第一」。卷末有尾題「爾雅新義卷第一」，首葉鈐「嘉慶御覽之寶」朱文方印。

此本傳增湘《藏園群書經眼錄》著錄。〔註175〕

（3）清咸豐三年（1853）南海伍氏刊本

臺北國家圖書館藏有此本兩部。一部四冊，一部三冊。版匡高十三・四公分，寬九・八公分，左右雙欄，半葉九行，行二十一字，封面題「爾雅新義」。黑口。無魚尾，版心中題書名、卷次及葉次（如：爾雅新義卷一），下方則題有「粵雅堂叢書」。卷首爲宋大樽譔輯〈爾雅新義敘錄〉，首行頂格題「爾雅新義敘錄一卷」，次行低七格題「國子監助教仁和宋大樽譔輯」，文中除輯錄陸宰《埤雅・序》、王應麟《玉海》、《欽定四庫全書總目》、全祖望《經史答問》、陳振孫《直齋書錄解題》等論及《爾雅新義》之語外，宋大樽亦一一爲其加上按語評析。首卷首行頂格題「爾雅新義卷第一」，第二行低十二格題「宋陸佃撰」，卷末有尾題「爾雅新義卷第一，譚瑩玉生覆校」。第二十卷末有「附錄」。四冊者，鈐有「國立中央圖書館收藏」朱文長方印、卷末附錄中有陸芝榮節錄自《陶山集》之〈爾雅新義成查許國以詩見惠依韻答之二首〉〔註176〕、咸豐乙卯端陽後四日夏至南海伍崇曜〈跋〉、乾隆乙卯年仁和孫志祖〈爾雅新義跋〉、嘉慶戊辰八月既望蕭山陸芝榮〈識語〉等。三冊者，鈐有「國立中央圖書館收藏」朱文長方印。除卷末附錄無伍崇曜〈跋〉外，其餘皆與四冊者同。

〔註174〕國立故宮博物院編：《國立故宮博物院善本舊籍總目・經部・小學類》上冊，（臺北・國立故宮博物院，1983年），頁151。

〔註175〕見傳增湘《藏園群書經眼錄》：「首行題『爾雅新義卷第一』，次行低九格題『陸氏』，三行頂格題『爾雅卷上』，四行題『釋詁第一』」。

〔註176〕文中提及「《爾雅新義》既成，王穀塍進士出示《陶山集》載前二詩，因附於後方，芝榮又識」。

第六章　陸佃爾雅學著作釋例

　　《埤雅》、《爾雅新義》二書雖皆爲陸佃之雅學作品，然其訓釋之方法卻有不相同之處，故本章即將此二書之訓釋方式，分述如下：

第一節　《埤雅》釋例

　　明·陳第《毛詩古音攷·自序》云：

> 蓋時有古今，地有南北；字有更革，音有轉移，亦勢所必至。[註1]

馬衡於《金文編·序》曰：

> 文字爲有形之語言，語言爲有聲之文字；時有古今之遞嬗，地有山
> 川之間隔，文字語言之有紛歧，勢之所必然者也，顧形之紛歧者，
> 同一之也易，聲之紛歧者，同一之也難[註2]

然也因時有古今之分，地有區域之別，異時異地，而有「言語異聲，文字異形」之情形，進而造成今人不知古義，南人不明北人之語的隔閡，袁宗道便有「今人讀古書不即通曉，輒謂古今奇奧，……。夫時有古今，語言亦有古今；今人

〔註1〕見（明）陳第著，康瑞琮點校：《毛詩古音考》，（北京市：中華書局，2008），頁10。

〔註2〕見馬衡〈金文編·序〉，收錄於容庚編：《金文編》，（北京：中華書局，2007 年 9 月），頁10。

所詫謂奇字奧句,安知非古之街談巷語耶?」〔註3〕之感嘆,而爲解決此問題,因而有「訓詁」之興起,陳澧《東塾讀書記》曰:

> 時有古今,猶地有東西、有南北相隔,遠則言語不通矣。地遠則有
> 翻譯,時遠則有訓詁。有翻譯則能使別國如鄉鄰,有訓詁則能使古
> 今如旦暮。〔註4〕

而劉師培於《中國文學教科書·第三十二課·周代訓詁學釋例》則曰:

> 同一事物而歷代之稱謂各殊,則生於後世,必有不能識古義者,若
> 欲通古言,必須以今語釋古語。有隨方俗而殊者,如《公羊》之用
> 「得來」,《左傳》之用「燂」字是也。同一名義而四方之稱各殊,
> 則生於此地必有不能識彼地之言者,若欲通方言,必須以雅言證方
> 言。〔註5〕

故訓詁即爲通古今之制、明古今之語的方法,在訓詁方法中,有義訓、形訓和音訓等方式,而《埤雅》一書中之釋例方式約略可分爲:1、說明異名之例;2、引書以釋字義之例;3、引俗說以釋字義;4、說解形狀之例;5、釋字音之例;6、音訓之例;7、訂正《爾雅》訛誤之例。其中說明異名、引俗說以釋字義、說解形狀、釋字音等爲義訓之運用,故以下將分義訓、音訓、形訓及引證典籍以證義等分述之。

一、義訓

所謂義訓,又稱直陳詞義,〔註6〕即直接陳述被釋詞之意義,此法最常爲人所使用,朱宗萊《文字學形義篇·義篇·訓詁舉要》曰:

> 義訓者,訓詁之常法,通異言,辨名物,前人所以詔後,後人所以

〔註3〕見(明)袁宗道〈論文·上〉一文,收錄於袁宗道:《白蘇齋類集》(下),(臺北市:偉文書局,1976年),卷二十〈雜說類〉,頁619。

〔註4〕見(清)陳澧:《東塾讀書記》,收錄於徐德明、吳平主編:《清代學術筆記叢刊》,(北京:學苑出版社,2005年,影印廣州鎔經鑄史齋刊本.),第五十三冊,卷十一,頁88。

〔註5〕見劉師培:《中國文學教科書·周代訓詁學釋例》,收錄於《劉申叔先生遺書》(四),(臺北:華世出版社,1975年4月),頁2450。

〔註6〕見白兆麟:《簡明訓詁學》,(杭州:浙江教育出版社,1984年)頁88。

識古，胥賴乎此。其法或直言其義，或陳說其事，或以狹義釋廣義，
或以虛義釋實義，或以遞相爲訓，或以增字以釋，類例雖眾，要其
爲析疑解紛一也。〔註7〕

在《埤雅》中可見其義訓方式有以直訓、義界及說解形狀等方式的運用，茲說
明如下：

（一）直訓

所謂「直訓」，乃是以用義同或義近之詞直接解釋被釋詞之方法，〔註8〕即
同義相訓。《爾雅》一書於名物之訓釋中，多有使用古今雅俗之語相互訓釋之例，
故王國維於〈爾雅草木蟲魚鳥獸名釋例・上〉曰：

物名有雅俗，有古今。《爾雅》一書爲通雅俗、古今之名而作也。其
通之也謂之釋，釋雅以俗，釋古以今，聞雅名而不知者，知其俗名，
斯知雅矣。聞古而不知者，知其今名，斯知古矣。若雅俗、古今同
名，或此有而彼無者，名不足以相釋，則以其形釋之。草木蟲魚鳥
多異名，故釋以名；獸與畜罕異名，故釋以形。〔註9〕

而《埤雅》爲成「《爾雅》之輔」，故於書中將名物皆作一詳細說明，面對物名
古今不同，雅俗之分，亦利用當時（宋）所熟悉的語言、通言、別稱或俚俗語
進行注釋之工作，故於《埤雅》中常見其運用了1、古今異語，2、雅俗異稱，
3、以通語、方言釋義等方式進行訓釋。

1、古今異語例

所謂古今，乃以相對之時間觀念而言，對陸氏而言，其所處之宋代爲今，
宋之前即爲古。而所謂古今異語，指同一名物，於古今不同時代，有不同名
稱者。《埤雅》書中又可分以今語釋古語及以古語釋今語二類，茲將其摘錄臚
列如下：

〔註7〕見錢玄同、朱宗萊：《文字學音篇、文字學形義篇》，（臺北：臺灣學生書局，民國
58年），頁145。

〔註8〕見陳新雄：《訓詁學》（上冊），（臺北：臺灣學生書局，1996年5月），頁289。

〔註9〕見王國維：《觀堂集林》卷第五〈爾雅草木蟲魚鳥獸名釋例・上〉，（石家莊：河北
教育出版社，2001年6月），頁106。

（1）以今語釋古語

所謂今語釋古語者，即以宋之語釋古代之名稱，如：〈卷十二‧釋馬〉：「《爾雅》曰：『黃白雜毛，駓；陰白雜毛，駰。』駓，今之桃花馬；駰，今之泥驄馬。」「桃花馬」、「泥驄馬」即爲宋代通行之名稱，以其釋《爾雅》中駓、駰二物，解釋彼此之間同實異名之狀，以曉學者。《埤雅》諸例表列如下：

用語	條目		文例
今之	卷一〈釋魚〉	鯉	此今之赬鯉也。一名「鱣鯉」。
今之		魴	一名「魾」，此今之青鯿也。
今		鱨	今黃鱨魚是也。
今		鱧	今玄鱧是也。
今		鰋	今偃額白魚也。
今		鯊	今吹沙。
今之		鮒	小魚也，即今之鯽魚。
今		鰌	今泥鰌也。
今	卷二〈釋魚〉	鼉	今江淮之間謂鼉鳴爲「鼉鼓」，……今鼉象龍形，一名𩽾，夜鳴應更，吳越謂之「𩽾更」。
今		蟾蜍	今里俗聞其春鳴，謂之「聒子」。
今		鱟	今鱟青黑色，十二足，似蟹腹中有子。
今之		嘉魚	今之「撩罟」是也
今	卷四〈釋獸〉	象	今荊象色黑，兩牙，江豬也。
今		羆	今人畜熊，以榹撻之，更致壯長。
今		猨	今人取鼠以繫猨頸，猨不復動。
今…謂之	卷五〈釋獸〉	豕	今東齊海岱之間以杙繫豕，謂之牙。……腥，《說文》音「姓」，以爲星見食豕，令肉生息肉也，今俗謂之腥肉。
今	卷六〈釋鳥〉	鵲	今二鵲共銜一木，置巢中，謂之上梁。
今人謂之		鸛	鸛，……又泥其巢，一旁爲池，以石宿水，今人謂之「鸛石」。飛則將之，取魚置池中，稍稍以飼其雛。
今		鵝	今鵝，江東呼「䭾」。
今通謂之		鷹	鶬，次赤也……今通謂之「角鷹」。
今	卷七〈釋鳥〉	鷖	今鷗一名水鴞，形色似白鴿而羣飛。
今之		鳲鳩	今之「布穀」。
今…呼		鶌鳩	今江東亦呼「鶻鵃」
今		鵻	今鵓鳩也。

今謂之	卷九〈釋鳥〉	鶬	今謂之畫鳥，蓋聲之誤。
今謂之		杜鵑	《說文》所謂「蜀王望帝，化爲子雋」，今謂之子規是也。
今謂之	卷十〈釋蟲〉	蜂	採取百芳釀蜜，其房如脾，今謂之蜜脾。
今謂之		阜螽	今謂之「蚱蜢」。
今…謂之		蛾	今一種善拂燈火夜飛，謂之「飛蛾」。
今呼	卷十一〈釋蟲〉	果蠃	即今細腰土蠭。……今呼「大蠭」唶子，地中作房者，亦曰「土蠭」，非此細腰土蜂。
今之	卷十二〈釋馬〉	骔	今之烏驄也。
今呼		駱	今呼黃馬尾鬣一道通黑如界者爲「駱」。
今之		白顚	今之戴星馬也。
今之		騏	青驪曰「騏」，今之「驥驄」也。
今之		駰	駓，今之桃花馬；駰，今之泥驄也。
今謂之		騢	二目白曰魚，魚今謂之「環眼馬」。
今之	卷十三〈釋木〉	甘棠	今之杜梨也。
今之		楓	楓似白楊，有脂而香，今之香楓是也。
今謂之	卷十四〈釋木〉	楸	今柳謂之絲，楸謂之線。
今…號		梧	今人以其皮青，號曰「青桐」。……梧橐鄂皆五，其子似乳，綴其橐鄂生，多或五六，少或二三，故飛鳥喜巢其中，……今亦謂之「梧子」。
今亦謂之		桐	桐木華而不實，……今亦謂之「華桐」。
今謂		椒	椒似茱萸而小，赤色，內含黑子如點，今謂「椒目」。
今呼		梓	今呼牡丹謂之「華王」，梓爲「木王」。
今人呼	卷十五〈釋草〉	蒿	今人呼青蒿香中炙唶者爲蔚。
今	卷十六〈釋草〉	長楚	今羊桃也。
今之		葦	即今之蘆，一名「葭」。……萑，即今之荻，一名「蒹」。
今	卷十七〈釋草〉	藍	《爾雅》：「葴馬蘭，染草也。」即今大葉多藍爲澱者是。
今之		蘜	《爾雅》：「蘜，治蘠」今之秋華鞠也。
今		莧	《爾雅》：「蕢，赤莧」即今「紅莧」是也。
今	卷十八〈釋草〉	蕙	香草之類大率多異名，所謂「蘭蓀、蓀」，今「菖蒲」是也；「蕙」，今「零陵香」是也；「茞」，今「白芷」是也；「芸」，今「七里香」是也。
今名	卷十九〈釋天〉	雪	《說文》曰：「霰，稷雪也」……今名「霤雪」，亦曰「濕雪」。

（2）以古語釋今語

所謂古語釋今語者，即以古代之名稱、說法釋宋代名物之詞。《埤雅》可見陸氏以「舊說」、「舊云」、「舊傳」等，引前人之說，說解該物特徵，或命名之緣由等，如：〈卷四・釋獸・貓〉：「舊傳貓旦暮睛皆圓，及午即從斂如線。其鼻端常冷，唯夏至日暖」此說見於唐段成式《酉陽雜俎》，云：「貓目睛旦暮圓，及午，豎斂如綖，其鼻端常冷，唯夏至日暖。」故陸氏以唐代舊說詮釋貓之眼睛、鼻子特徵。茲就《埤雅》中引舊說之例，表列如下：

用語	條目		文例	案語
舊云	卷一〈釋魚〉	鱧	舊云鱧是公礪蛇所化，至難死猶有蛇性，故謂之鱧。	按：此見於《本草綱目・鱗之四・鱧魚》引陶弘景之語，曰：「弘景曰：『處處有之。言是公蠣蛇所化，然亦有相生者。性至難死，猶有蛇性也』」
舊說		鰭	舊說守魚以鱉，養魚以鰭。	
舊云		蛟	舊云鳳骨黑，蛟骨青。	
舊說	卷二〈釋魚〉	蝸	舊說蝸涎規蝎，每為蝸牛所食，先以涎畫地規之，蝸不復去。	
舊云		鷖	舊云視鷗創柂，觀鷖制帆是也。	
舊說	卷三〈釋獸〉	兔	舊說兔者明月之精，視月而孕。	
舊說		鹿	舊說鹿者仙獸，常自能樂，性從其雲泉，至六十年必懷瓊於角下，角有斑痕，紫色如點。	
舊說		犀	舊說犀之通天者惡影，常飲濁水，重霧厚露之夜，不濡其裏，白星徹端，世云犀望星而入角。	
舊說		獺	舊說蟾肪合玉，獺膽分巵。又曰：熊食鹽而死，獺飲酒而斃。	
舊說		牛	舊說正月一日為雞，二日為狗，三日為豬，四日為羊，五日為牛，六日為馬，七日為人日。	按：此說見於東方朔《占書》及《北史・魏收傳》引晉議郎董勛《答問禮俗說》之說

舊說		蜩	舊說豹食貀，貀食蜩。又曰：蜩皮能整紕纇，染師用以刷紙物。	
舊傳		貓	舊傳貓且暮睛皆圓，及午即歛如線，其鼻端常冷，唯夏至日暖。	按：此說見於唐段成式《酉陽雜俎》
舊云		猴	舊云此獸無脾，以行消食。	
舊云	卷四〈釋獸〉	貘	舊云貘糞為兵，可以切玉，其溺又能消鐵為水。	
舊說		羆	舊說師子、虎見之而伏，豹見之而暝，羆見之而躍。	
舊說		猨	舊說猨鳴而獑候之。	
舊云		羱羊	舊云：羱、羳並以時墮角，其羱角尤大。	
舊說	卷五〈釋獸〉	猰	舊說猰皮五色，中為茵毯，人取，以藥矢射之，其偶為拔其矢，因以自刺，與之俱斃。	
舊說		雞	舊說日中有雞，月中有兔。	
舊說		烏	舊說烏性極壽，三鹿死後能倒一松，三松死後能倒一烏。	
舊說		鴈	舊說鴻鴈南翔，不過衡山。	
舊云	卷六〈釋鳥〉	鶬鶊	舊云此鳥長目，其睛交，故有「鶬鶊」之號。	按：此說見於師曠《禽經》：「鶬鶊，睛交而孕」。又見於司馬相如〈上林賦〉；「交睛旋目。」
舊云		鶴	舊云「此鳥性警，自八月白露降，流於草上，點滴有聲，因即高鳴相警，移徙所宿處，慮有變害也」。	按：此說見於《藝文類聚·卷三·歲時上·秋》引周處《風土記》曰：「鳴鶴戒露，白鶴也，此鳥性儆，至八月，白露降，即高鳴相儆。」
舊云	卷八〈釋鳥〉	斲木	舊云：「斲鳥取蠹於深，以舌鈎之，舌長於味，杪有針刺。」	

舊說	卷九〈釋鳥〉	鸚鵡	舊說眾鳥足趾前三後一，其目下瞼上眨上，唯鸚鵡四趾齊分，兩瞼俱動，如人目。	按：此說見於（唐）段成式《酉陽雜俎・卷十六・廣動植之一・羽篇》曰：「鸚鵡，能飛。眾鳥趾前三後一，唯鸚鵡四趾齊分。凡鳥下瞼眨上，獨此鳥兩瞼俱動，如人目。」
舊說		蜂	《西方之書》曰：「味如嚼蠟」。舊說蜂之化蜜，必取匽豬之水，注之蠟房，而後成蜜，故謂之蠟者，蜜之蹠也。	
舊說		蛇	舊說：「牛以鼻聽，蛇以眼聽。」	
舊說／舊云	卷十〈釋蟲〉	虺	舊說蝮蛇怒時毒在頭尾，螫手則斷手，螫足則斷足，蛇之尤毒烈者也。……舊云：「鴆食此類，鳥似鷹而紫黑，喙長七八吋，作銅色，食蛇，……羽翮有毒，以櫟酒，飲之殺人，惟犀角可以解，故有鴆處必有犀也。	按：鴆食虺之說見於（1）《左傳・莊公三十二年》：「使鍼季酖之。」疏：「正義曰：……《廣志》曰『鴆鳥形似鷹，大如鴞，毛黑，喙七八吋，黃赤如金，食蛇蝮及橡實，常居高山巔』；《晉語・諸公贊》云：『鴆鳥食蝮，以羽翮櫟酒水中，飲之則殺人。』」；（2）《漢書・高五王傳》應劭曰：「鴆鳥黑身赤目，食蝮蛇，野葛。以其羽畫酒中，飲之立死。」；（3）《中山經》郭注：「鴆大如雕，紫綠色，長頸，赤喙，食蝮蛇頭。雄名運日，雌名陰諧。」；（4）《廣韻・五十二・鴆》引《廣志》曰：「鴆鳥大如鴞，紫綠色，有毒，頸長七八寸，食蛇蝮，雄名運日，雌名陰諧。以其毛歷飲食則殺人。」
舊說		蟥蟪	舊說蟥蟪生於木中，內外潔白，《符子》所謂「石生金，木生蝎」是也。……舊云蟥蟪化為復育，復育轉而為蟬。	此說見於東漢王充《論衡・無形》云：「蟥蟪化為復育，復育轉而為蟬。」

舊說		蠁	舊說蠅於蠶身乳子，既縈繭，化而成蛆，俗呼「蠁子」。	
舊云		蠶	舊云蠶之所吐為忽，十忽為絲，五絲為縑，十絲為升，二十絲為緎，四十絲為紀，八十絲為總。	按：此說可見於《孫子算經》曰：「度之所起，起於忽。欲知其忽，蠶吐絲為忽，十忽為一絲。」
舊說		蚇蠖	舊說蚇蠖之繭化而為蝶。	
舊說	卷十一〈釋蟲〉	蟰	舊說「朽木化為蟬，壞裙化為蝶，腐菌化為蜂。」又曰：「蠶二十日而化，蟬三十日而化。」	（1）按：此說見於《西陽雜俎·卷十七·廣動植之二·蟲篇》云：「蟬，未脫時名復育，相傳言吉蜣所化。秀才韋莊在杜曲，嘗冬中掘樹根，見復育附於朽處，怪之。村人言蟬固朽木所化也，因剖一視之，腹中猶實爛木。蝶，白蚨蝶，尺蠖所化也。秀才顧非熊少年時，嘗見郁棲中壞綠裙幅，旋化為蝶。工部員外郎張周封言，百合花合之，泥其隙，經宿化為大胡蝶。……毒蜂，嶺南有毒菌，夜明，經雨而腐化為巨蜂。」（2）按：此說見於《淮南子·說林訓》：「蠶食而不飲，二十二日而化；蟬飲而不食，三十日而脫」
舊說		蚯蚓	舊說蚯蚓土精，無心之蟲，與蠱蚤交。	按：此說見於《爾雅注疏·卷九·釋蟲第十五·螼蚓》郭璞注：「蚯蚓，土精，無心之蟲，與蠱蚤交者也。」
舊說		易	舊說晰易嘔電。	
舊說	卷十二〈釋馬〉	駒	舊說繫馬曰維，繫牛曰縷。	按：此說見於《公羊傳·昭二十四年》：「且夫牛馬維婁。」注曰：「繫馬曰維，繫牛曰婁。」

舊說		梅	舊說大庾嶺上，梅南枝落，北枝始華。	按：此說見於《白氏六帖‧卷三十‧草木雜果‧梅》：「大庾嶺上梅，南枝落，北枝開。」
舊云		李	舊云桃、李種法大率欲方兩步一根，密則陰，輒相扇，不惟子細，味亦不佳。	按：此說見於《齊民要術‧卷四‧種李第三十五》：「桃、李，大率方兩步一根。大概連陰，則子細而味 亦不佳。」
舊說		楓	舊說楓之有癭者，風神居之，夜遇暴雷驟雨，則暗長數尺，謂之「楓人」。	按：（1）此說見於唐劉恂《嶺表錄異》卷中云：「嶺中諸山多楓樹。樹老多有瘤癭。忽一夜遇暴雷驟雨，其樹贅則暗長三數尺。南人謂之楓人。越巫云：『取之雕刻神鬼，異致靈驗。』」；（2）李昉《太平廣記‧卷第四百七‧草木二‧異木‧楓人》亦見引《嶺表錄異》之說。
舊云	卷十三〈釋木〉	槐	舊云弱槐初生，不能自立，即於槐下種麻，脅槐令長，既植，移而蒔之，亭亭若一，所謂「蓬生麻中，不扶自直」者也。	按：此說見於（北魏）賈思勰《齊民要術‧卷第五‧種槐柳楸梓梧柞第五十》：「槐子熟時，多收，擘取數曝，勿令蟲生。五月夏至前十餘日，以水浸之，六七日，當芽生。好雨種麻時，和麻子撒之。當年之中，即與麻齊。麻熟刈去，獨留槐。槐既細長，不能自立，根別豎木，以繩攔之。明年斸地令熟，還於槐下種麻。三年正月，移而植之，亭亭條直，千百若一。所謂「蓬生麻中，不扶自直。」若隨宜取栽，非直長遲，樹亦曲惡。」
舊云		棘	舊云鵲巢中必有棘，蓋棘性煖。	
舊說		橘	舊說橘宜見屍則多子。	

舊說	卷十四〈釋木〉	梓	舊說椅即是梓，梓即是楸。	
舊說		荇	舊說藻華白，荇華黃。	
舊說		薐	舊說鏡謂之薐華，以其面平，光影所成如此。	
舊說	卷十五〈釋草〉	卷耳	舊說千歲之龜巢於蓮葉，游於卷耳之上。	按：此說分見於：（1）《抱朴子·內篇·對俗》引《玉策記》曰：「千歲之龜，五色具焉。其額上兩骨起，似角。浮於蓮葉之上，或在叢蓍之下，其上時有白雲蟠施。」（2）《史記·龜策列傳》：「江南父老云：『龜千歲乃遊蓮葉之上。』」（3）《博物志》云：「龜三千歲，遊於蓮葉。巢於卷耳之上。」
舊說		苹	舊說萍善滋生，一夜七子。一日萍浮於流水則不生，於止水則一夕生九子，故謂之「九子萍」。	
舊云	卷十六〈釋草〉	葦	舊云「雞羽焚而清飈起，蘆灰缺而月暈移。」	按：此說分見於（1）《淮南子·萬畢術》云：「雞羽焚之，可以致風。」；（2）《藝文類聚·卷一·天部上·月》：「畫隨灰而月暈闕，以蘆灰隨暈環，闕其一面，則月暈亦闕於上也。」；（3）《樂府詩集·卷二十六·相和曲上·梁簡文帝·江南思》：「江南有妙妓，時則應璿樞。月暈蘆灰缺，秋還懸炭枯。含丹和九轉，芳樹蔭三株。何辭天后誚，終是到仙都。」
舊說	卷十七〈釋草〉	藕	舊說赤箭根有十二子為衛，如芋，有風不動，無風自搖。	按：此說可見於《本草經·赤箭》陶弘景注云：「如芋，有十二子為衛，有風不動，無風自搖。如此亦非俗所見。」

| 舊說 | 卷十八〈釋草〉 | 菟絲 | 舊說上有菟絲，下必有伏菟之根。 | 按：此說見於《淮南子說山訓》：「千年之松，下有茯苓，上有兔絲；上有叢蓍，下有伏龜；聖人從外知內，以見知隱也。」 |

2、雅俗異稱

所謂「雅」者，正也。阮元〈與郝懿行論《爾雅》書〉：曰「正者，虞夏商周都之地之正言……正言者，猶今官話也。」，故「雅言」即屬通用語。相較於雅言，所謂俗言者，即指民間所流傳之說法。雅俗之間，或有所差異，陸佃於《埤雅》中或引俗語，或引俚語，或引諺語以釋名物之稱，以達雅俗名號之探索，使人明其所以然，茲將《埤雅》一書中所見，分（1）以俗說釋雅語、（2）以俚語釋雅語、（3）以諺語釋義等三部分，列表如下：

（1）以俗說釋雅語

用語	條目		文例
俗云	卷一〈釋魚〉	龍	俗云「龍精於目。」
俗謂		鱣	俗謂之「玉板」。
俗云		魦	俗云「魦性沙抱。」
俗呼		蛟	俗呼「馬絆」。
俗謂	卷二〈釋魚〉	蜃	蜃形如蛇而大，……噓氣成樓臺……今俗謂之「蜃樓」
俗呼		鱟	鱟狀如便面，骨眼，眼在背上，口在腹下，其血碧。雌常負雄而行，雄者多肉，失雌則雄不能獨活。漁者拾之，必得其雙。在海中群行，輒相積於背，高尺餘，如帆，乘風而遊……。殼上有物如角，常偃，高七八寸，每遇風至即舉，扇風而形，俗呼鱟帆。
俗云	卷三〈釋獸〉	兔	俗云「兔營窟，必背丘相通，所謂狡兔三窟。」
俗云		虎	俗云：「鳩食桑葚則醉，貓食薄荷則醉，虎食狗則醉。」
俗云		豺	俗云「豺羣噬虎」。……又曰：「瘦如豺」
俗所謂		羊	羊每成羣，則要以一雄為主，舉羣聽之，今俗所謂「壓羣者」是也。

俗云		貉	俗云「貛、貉同穴而異處，貛之出穴，以貉爲導。」
俗謂之		貓	貓亦如虎畫地卜食，今俗謂之「卜鼠」。
俗謂之	卷四〈釋獸〉	狘	狘，…今俗謂之「金線狘」者是也。
俗云		羆	俗云「熊羆眼直，惡人橫目。」……俗說「熊羆富脂，至春臑癢，即登高木自墜，謂之撲臑」。
俗謂之		猨	獨，猨類也，似猨而大，食猨，今俗謂之「獨猨」。
俗謂之	卷五〈釋獸〉	豕	腥，《說文》音「姓」，以爲星見食豕，令肉生息肉也，今俗謂之腥肉。
俗說		鵲	俗說「鵲巢中必有梁，見鵲上梁者，必貴。」
俗說	卷六〈釋鳥〉	鸛	俗說「鸛梁蔽形，鸛石歸酒」又曰：「礜石溫，鸛石涼，故能使卵不嘏，水不臭腐。」，
俗云		鵝	俗云鵝毛柔煖而性冷，宜覆嬰兒。
俗呼		雕	俗呼「皂雕」。
俗云		雎鳩	俗云「雎鳩交則雙翔，別則立而異處，是謂鷙而有別。」
俗云	卷七〈釋鳥〉	鴛鴦	俗云：「雄鳴曰鴛，雌鳴曰鴦。」
俗說		鷺	俗說雄雌眄則產。
俗呼		鶖	今俗呼「禿鶖」。
俗呼		桃蟲	鷦俗呼「巧婦。」
俗言	卷八〈釋鳥〉	鶉	俗言此鳥淳愨，不越橫草，所遇小草橫其前，則旋行避礙，名之曰淳，以此。
俗呼		鳳	俗呼「鳥王」。
俗云		鵶	俗云：「鵶，禍鳥也」。
俗說	卷九〈釋鳥〉	鷸	俗說翡翠各據溪曲以居，以自藏匿，猶雉之分畿，雖飛，不越分域也。
俗謂之		蠅	蒼蠅，又其大者，肌色正蒼，今俗謂之麻蠅。
俗謂之		蚰蜒	今俗謂之「百足」。
俗謂之	卷十〈釋蟲〉	螢	一說螢非熠燿，熠燿，行蟲爾，今卑濕處有蟲如蠶，蠋尾，後載火行而有光，俗謂之「熠燿」。
俗謂之		蟦蠐	今俗謂之「蟦蠐」。
俗云		莎雞	俗云：「絡緯雄鳴於上風、雌鳴於下風而風化。」

俗謂之	卷十一〈釋蟲〉	螣	里俗謂之「夏螣」，亦曰「熱螣」，亦曰「晚螣」。
俗云		螟	俗云「春魚遺子如粟，埋於泥中，明年水及故岸，則皆化而爲魚；如遇旱乾水縮，不及故岸，則其子久閣爲日所暴，乃生飛蝗。」
俗呼		蝪	蝪蜩者……，俗呼「胡蟬」。
俗呼		蛓	俗呼「水弩」。
俗謂之		蚚蝛	鼠粘……今俗謂之「淫生」。
俗云		蚊	俗云「蚊有昏市」，蓋蠅成市於朝，蚊成市於暮。
俗謂之		鼠	鼬鼠健於捕鼠，似貂，赤黃色，大尾，今俗謂之「鼠狼」。……鼠類最壽，俗謂之「老鼠」是也。
俗謂之		易	守宮乃蝘蜓也，今俗謂之「蠍虎」。
俗云	卷十二〈釋馬〉	駱	俗云駱馬善奈勞苦。
俗云	卷十三〈釋木〉	梅	俗云「梅華優於香，桃華優於色」。
俗呼之		木瓜	鼻即瓜之脫華處，里俗呼之爲味，其著華處乃臍也。
俗云		楊	俗云「歲長一寸，閏年倒長一寸。」世重黃楊，以其無火，或曰：「以水試之，沈則無火。」
俗謂之	卷十四〈釋木〉	楸	楸有行列，莖榦喬聳凌雲，華高可愛，至秋垂條如線，俗謂之楸線。
俗謂之		椇	木高大……子依房生，著枝端，大如指，常數寸，狀如珊瑚，噉之甘美如飴，今俗謂之枅椇。
俗呼	卷十五〈釋草〉	竹	今俗呼竹爲姤母草
俗謂之		蘋	藻，萍類也，………今俗謂之馬藻。
俗謂之		蕭	今俗謂之牛尾蒿。
俗云		芡	俗云：「荷華日舒夜斂，芡華晝合宵炕，此陰陽之異也。」
俗謂之		菘	蕪菁似菘而小，有臺，一名葑，一名須。《爾雅》曰：「須，蕧蕠也」今俗謂之臺菜。
俗云	卷十七〈釋草〉	藕	俗云「藕生應月，月生一節，閏輒益一。」
俗云	卷十八〈釋草〉	蕨	俗云：「初生亦類鱉腳，故曰鱉。」
俗謂之	卷十九〈釋天〉	雨	今俗五月謂之「分龍雨」
俗曰	卷二十〈釋天〉	雷	今俗曰回雷。
俗謂		虹	今俗謂「虹」爲「虹」音降。虹，絳也，一名蝃蝀。

（2）以俚語釋雅語

用語	條目		文例
里語曰	卷一〈釋魚〉	魴	里語曰：「洛鯉伊魴，貴於牛羊。」
里語曰		鱮	里語曰：「網魚得鱮，不如啖茹」。
里語謂	卷二〈釋魚〉	鱴	今里語謂之「旁鱴」。
里俗謂	卷三〈釋獸〉	兔	里俗又謂「視顧兔而感氣，故卜秋月之明暗，以知兔之多寡也。」
語曰		豹	語曰：「豹死留皮，人死留名。」
里語曰	卷四〈釋獸〉	狼	里語曰：「狼卜食。」
語曰		狐	里語曰：「狐欲渡河無？如尾何？」是也。
語曰	卷五〈釋獸〉	羚羊	語曰：「麢羊掛角。」
語曰	卷六〈釋鳥〉	烏	語曰：「鵲傳枝，鴉茹沫。」
語曰	卷七〈釋鳥〉	鷗鳩	語曰：「天將雨。鳩逐婦。」
里俗謂之	卷八〈釋鳥〉	鶯	今眾鳥秋分多羣集，非特烏也，然至春分，輒兩兩而翔，不復羣矣，里俗謂之分羣。
語曰	卷十〈釋蟲〉	蛇	舊說：「牛以鼻聽，蛇以眼聽。」語曰：「蛇聾虎魖」其以此乎？……語曰：「蛇珠千枚，不如玫瑰。」
語曰		蟋蟀	語曰：「促織鳴，懶婦驚。」
語曰	卷十五〈釋草〉	竹	語曰：「西家種竹，東家治地」，言其滋引而生來也。

（3）以諺語釋義

用語	條目		文例
諺曰	卷五〈釋獸〉	羝	諺曰：「智若禹湯，不如更嘗。」
諺曰	卷七〈釋鳥〉	鵙	鷺亦雄雌相隨受卵，是亦風化，諺曰：「鷺鷺相逐成胎」
諺曰	卷八〈釋鳥〉	鴰	閩諺曰：「鴰無舌，兔無脾。」
諺曰	卷十三〈釋木〉	桃	諺曰：「白頭種桃」，又曰：「桃三李四，梅十二」。
諺曰		木瓜	諺曰：「梨百損一益，楙百益一損。」
諺曰	卷十六〈釋草〉	韭	諺曰「觸露不掐葵，日中不翦韭」。
諺曰		薤	諺曰：「葱三薤四。」

3、以通語、方言釋義

（1）以通語釋義

所謂通語，指大家所習知之詞語。陸佃常舉世人所熟悉之語言，對名物之

特徵加以說明，《埤雅》中運用此法者，表列如下：

用語	條目		文例
世云	卷三〈釋獸〉	犀	世云：「犀望星而入角。」
世謂之		獺	獺取鯉于水裔，四面陳之，進而弗食，世謂之「祭魚。」
世云		貓	世云「薄荷醉貓，死貓引竹。」
世謂之		蘪	蘪茸利補陽，…凡茸，吾樂太嫩，世謂之「茄子茸。」
世云	卷六〈釋鳥〉	烏	世云：「鴛交頸而感，烏傳涎而孕」
世云	卷十一〈釋蟲〉	蜘蛛	世云：「蜘蛛布網如罾，其絲右繞，令摩旋蔓生，皆循右而轉，亦自然之理也。」
世所謂		鼠	今栗鼠似之，蒼黑而小，取其毫於尾，可以製筆，世所謂「鼠鬚栗尾」者也。
世云	卷十三〈釋木〉	棗	世云噉棗令人齒黃。
世云	卷十四〈釋木〉	柏	是云柏之指西，猶磁之指南。

（2）以方言釋名

所謂方言，指侷限某一地區之語言，如晉葛洪《抱朴子‧鈞世》云：「古書之多隱，未必昔人故欲難曉，或世異語變，或方言不同。」名物之稱常因人、時、地不同而有所差異，故經籍中亦常引地方異稱加以解釋，以達溝通之效，此法謝雲飛先生稱之為「限地為訓」。〔註10〕今將《埤雅》中所引之例，茲列表如下：

用語	條目		文例
江東呼為	卷一〈釋魚〉	鱣	大者長二三丈，江東呼為「黃魚」。
江淮謂之		鰷	今江淮之間謂之「鰲」。
北土呼／吳越呼／徐州人謂之		鱮	北土皆呼「白鱮」。……今吳越呼「鱅」。……徐州人謂之「鰱」，或謂之「鱅」。
江淮謂／吳越謂之	卷二〈釋魚〉	鼉	今江淮之間謂鼉鳴為「鼉鼓」，……今鼉象龍形，一名鱓，夜鳴應更，吳越謂之「鱓更」。

〔註10〕謝雲飛先生云：「所謂限地為訓者，其訓解之詞限於某一地之為用也，異地則其名或異。」見謝雲飛：《《爾雅》義訓釋例》，（臺北：華岡出版部，1969年12月），頁20。

齊人謂	卷三〈釋獸〉	麖	齊人謂麖為麞。
北人謂之		羊	羊每成羣，則要以一雄為主，舉羣聽之，今俗所謂「壓羣者」是也。北人謂之羊頭。
東齊海岱謂之	卷五〈釋獸〉	豕	今東齊海岱之間以杙繫豕，謂之牙。
江東呼		鵝	今鵝，江東呼「舸」。
江東呼	卷七〈釋鳥〉	雎鳩	江東呼之為「鶚」。
江東呼		鳲鳩	江東呼為「郭公」。
江東呼		鷗鳩	今江東亦呼「鷦鷯」
齊人呼	卷八〈釋鳥〉	燕	齊人呼「鳦」，蓋取其鳴自呼，故曰「鳦」也。
齊人謂之		黃鳥	齊人謂之「摶黍」，亦或謂之「黃袍」。
南人云	卷十〈釋蟲〉	蚺蛇	南人云：「俗取其膽以充藥材，即以線合其瘡縱之，後遇捕者，輒字見金瘡已明無膽，亦其知也。」
兗人謂之		螳蜋	兗人謂之「拒斧」。
梁宋曰		蜉蝣	梁宋之間曰「渠略」。
江南謂之	卷十一〈釋蟲〉	蜩	蟪蛄者，……似蟬而小，鳴聲清亮者江南謂之「螗蛦」。
江東謂之		蚯蚓	江東謂之「歌女」，亦曰「鳴砌」。
南洋呼		鼠	南陽呼鼠為「䶂」。
江左謂之	卷十三〈釋木〉	木瓜	江左故老視其實如小瓜而有鼻，食之津潤不木者，謂之木瓜；圓而小於木瓜，食之酢澀而木者，謂之木桃。
土人謂之	卷十五〈釋草〉	蒿	陝西綏銀之間有青蒿，在蒿叢之間，時有一兩株迥然青色，土人謂之香蒿。
幽州人謂之		卷耳	幽州人謂之「爵耳」。
楚／晉／齊謂之	卷十六〈釋草〉	虈蕪	楚謂之「蘺」，晉謂之「䖂」，齊謂之「茝」
江東謂之		苹	江東謂之「藻」。
齊人謂之	卷十七〈釋草〉	茹藘	齊人謂之茜。
周秦曰／齊魯曰		蕨	周秦曰「蕨」，齊魯曰「虌」。
河汾之間謂之／冀人謂之／吳越之俗呼	卷十八〈釋草〉	莫	河汾之間謂之「莫」。……其子如楮實而紅，冀人謂之「乾絳」，今吳越之俗呼為「茂子」。
閩俗謂之	卷十九〈釋天〉	雪	《說文》曰：「霰，稷雪也」閩俗謂之「米雪」，言其霰粒如米，所謂「稷雪」，義蓋如此。

（二）義界

許慎《說文解字・敘》曰：「倉頡見鳥獸蹏迒之跡，知分理之可相別異也，初造書契。」由是可知，每一事物皆有其特徵，而事物間則可借由不同的特徵而加以區別其差異，而「義界」即是運用此法加以詮釋詞語，王忠林、應裕康先生在《訓詁學》中便解釋曰：

> 所謂「義界」，相當於今之下定義。不過訓詁究竟只是解釋詞語，因此「義界」只是把詞語所包含的特徵，宛轉地敘述解釋，而不是下個周延的定義。因此「義界」又稱為「宛述」。〔註11〕

陳新雄先生《訓詁學》則指出：

> 凡就一事一物之外形、內容、性質、功用各方面，用語句說明其意義者，謂之義界，亦稱界說，又名宛述。〔註12〕

陸宗達、王寧《訓詁方法論》則定義曰：

> 古代訓釋書的一種訓釋方式，即用一句話或幾句話對辭的概括意義所作的解說。義界一方面表明詞的概括意義，一方面區分詞與其鄰近詞的意義差別。〔註13〕

《埤雅》一書著重於得名之由，並常用一句或數句話闡釋字義、詞義的差異，《四庫全書總目提要》云：

> 其說諸物，大抵略於形狀而詳於名義。尋究偏旁，比附形聲，務求其得名之所以然。〔註14〕

而其使用義界的方式又可分為就其形象、顏色、動作、位置、特性、屬性等方面特徵加以宛述，茲分別舉例說明如下：

1、就其形象為釋

所謂「就其形象為釋」，即言明名物之形貌特色以為訓釋者，如《埤雅・

〔註11〕見王忠林、應裕康、方俊吉：《訓詁學》，（高雄：高雄文化出版社，1993 年 5 月），頁 179。

〔註12〕見陳新雄：《訓詁學》（上冊），（臺北：臺灣學生書局，1996 年 5 月），頁 196。

〔註13〕見陸宗達、王寧：《訓詁方法論》，（北京：中國社會科學出版社，1983 年）。

〔註14〕見（清）紀昀等：《四庫全書總目提要》卷四十・經部四十・小學類一「埤雅」條，（臺北：藝文印書館，1968 年 3 月），頁 341。

卷一・釋魚・龍》：「有鱗曰蛟龍，有翼曰應龍，有角曰虯龍。」此爲以外觀之差異，來解釋蛟龍、應龍、虯龍三者之別。至於《埤雅》書中諸例列表如下：

類別	條目		文例
就其形象爲釋	卷一〈釋魚〉	龍	有鱗曰蛟龍，有翼曰應龍，有角曰虯龍。
		鱧	鱨鯋，小魚；魴鱧，中魚；鱮鯉，大魚。
		鱷	鱧魚圓，魴魚方。
		鱒	鱒魚圓，魴魚方。
		蝸	蛞蝓與蝸牛異矣。先儒以爲蛞蝓無殼，蝸似蛞蝓而有殼。
	卷三〈釋獸〉	犀	三角者，水犀也。二角者，山犀也。
		麠	先儒以爲圓曰囷，方曰鹿。
	卷五〈釋獸〉	狗	長喙善獵，短喙善吠以守。
	卷六〈釋鳥〉	鷹	一歲曰黃鷹，二歲曰鴘鷹，三歲曰鶬鷹。
	卷七〈釋鳥〉	鷺	山禽尾修味短，若鵲之類是也；水禽尾促味長，若鷺之類是也。
	卷十二〈釋馬〉	馬	國馬之衡高八尺有七寸，田馬之衡高七尺有七寸，駑馬之衡高六尺有七寸。以中言之，衡高七尺七寸，人長七尺，則高與人目略平。
		騋	凡馬，六尺以上爲馬，七尺以上爲騋，八尺以上爲龍。
	卷十三〈釋木〉	棗	棘大者，棗；小者，棘。
		木瓜	江左故老視其實如小瓜而有鼻，食之津潤不木者，謂之「木瓜」；圓而小於木瓜，食之酢澀而木者，謂之「木桃」。木李大於木桃，似木瓜而無鼻，其品又下木桃。
		穀	有瓣者曰「楮」，無瓣者曰「構」。
	卷十六〈釋草〉	匏	長而瘦上曰瓠，短頸大腹曰匏。
		瓜	田之大界曰疆，其小者，場也。
		菼	則蒹菼又蘆之一種也。蓋蒹，萑之小者；菼，葦之小者。故其醜似萑而細與如葦而小者，亦或謂之「蒹菼」。
	卷十九〈釋天〉	雨	滂沱，大雨也，小雨謂之「霡霂」。
		雹	雹形今似半珠，其粒皆三出，蓋雪六出而成華，雹三出而成實，此陰陽之辨也。

2、就其顏色為釋

所謂「就其顏色爲訓」者，言訓釋方法中，有以物之色澤爲物種之區分方法，如：卷九〈釋鳥・鷸〉云：「雄赤曰翡，雌青曰翠」即以赤、青二色之別釋翡、翠之異。《埤雅》書中諸例，表列如下：

類別	條目		文例	案語
就其顏色爲釋	卷一〈釋魚〉	鯉	鱠魚黃，魴魚青，鱧魚玄，鰋魚白，鯉魚赤。	
		鱣	鮪肉白，鱣肉黃。	
	卷五〈釋獸〉	騶虞	騶虞，尾叅於身，白虎，黑文，西方之獸也。	
	卷九〈釋鳥〉	鷸	舊云雄赤曰翡，雌青曰翠，其小者謂之翠碧。	《異物志》：「翠鳥，形如燕，赤而雄曰翡，青而雌曰翠。」
	卷十二〈釋馬〉	犒	六尺已上爲馬；黃，純色；犒，雜色。	
		騵	縓，淺赤也。一染謂之縓，再染謂之赬，三染謂之纁。	
		駷	驪馬白跨曰驈，黃白曰皇，純黑曰驪，黃騂曰黃，蒼白雜毛曰騅，黃白雜毛曰駓，赤黃曰騂，青黑曰騏，青驪驎曰驒，白馬黑鬣曰駱，赤身黑鬣曰騮，黑身白鬣曰雒，陰白雜毛曰駰，彤白雜毛曰騢，豪骭曰驔，二目白曰魚。	
	卷十三〈釋木〉	槐	蓮華有白、有青、有赤，其所表示則白，淨也；青，善也；赤，覺也。	
		榖	先賢以爲皮斑者是「楮」，皮白者是「榖」。	
	卷十六〈釋草〉	韭	韲之美在白，韭之美在黃。	
		菼	蓋青者如菼，故謂之綊；其赤者如璊，故謂之虋。	
	卷十七〈釋草〉	莧	莧有紅莧、白莧、紫莧三色。	

3、就其動作為釋

所謂「就其動作爲釋」者，言以名物動作之差異爲物種之區分方法，如：卷六〈釋鳥・鵝〉云：「善唼，亦鳭鵝之類；善啄，亦鸛鶴之類。」即以唼、啄別釋鵝、鶴之分。《埤雅》書中諸例，表列如下：

類別	條目		文例	案語
就其動作爲釋	卷一〈釋魚〉	鱺	鱺魚偃，鯉魚俯。	《正字通》：「一說鱺身圓白額，性好偃，腹平著地，故名」
		魦	鱣也、魴也、鯉也，其性浮；魦也、鱧也、鱺也，其性沈。	
	卷三〈釋獸〉	獺	「獺一歲二祭。豺祭方，獺祭圓。」言豺、獺之祭皆四面陣之，而獺圓布，豺方布。	
	卷六〈釋鳥〉	鵝	多伏，鳴鵝之類；多立，鸛鶴之類。……善唳，亦鳴鵝之類；善啄，亦鸛鶴之類。	
		鳶	高飛曰翱，布翼不動曰翔。	

4、就其位置爲釋

所謂「就其位置爲釋」者，言以名物生長、所處之位置以別物種，如：卷三〈釋獸‧麚〉云：「鹿，林獸也；麋，澤獸也。」即以鹿活躍於山林，麋活動於水澤之區分二者。《埤雅》書中諸例，表列如下：

類別	條目		文例
就其位置爲釋	卷一〈釋魚〉	龍	龍，天類也；馬，地類也
		鮫	龍珠在頷，鮫珠在皮，蛇珠在口，鼈珠在足，魚珠在眼，蚌珠在腹也。
	卷三〈釋獸〉	犀	在頂者謂之頂犀，在鼻者謂之鼻犀。
		麚	鹿，林獸也；麋，澤獸也。
		獺	獺，獸，西方白虎之屬。
	卷四〈釋獸〉	象	象，南越大獸。
	卷五〈釋獸〉	犯	葭莩於下，蓬莩於上，犯獲於前，猴獲於後。
	卷八〈釋鳥〉	鷖	鷖宜在梁，鶴宜在林，各有所宜也。
	卷十一〈釋蟲〉	鼠	魚龍，水名；鳥鼠，山名。
	卷十二〈釋馬〉	驈	驪馬白跨，驈；騮馬白腹，驈。
	卷十四〈釋木〉	栗	栗，味鹹，北方之果。
		柘	柘宜山石，柞宜山阜，楮宜澗谷，柳宜下田，竹宜高平之地。
	卷十五〈釋草〉	蓬	葭，澤草也；蓬，陸草也。
	卷十六〈釋草〉	瓜	廬言於天無露者，瓜言於地無曠者。且田之大界曰疆，其小者，場也。

	蘢	山性宜木，隰性宜草，而扶蘇、荷華、橋松、游龍，皆山隰之所養，以自美者也
卷十八〈釋草〉	菟絲	在木爲女蘿，在草爲菟絲。
卷十九〈釋天〉	雲	地氣上爲雲，陰中之陽也；天氣下爲雨，陽中之陰也。雨出地氣，雲出天氣，故陽上薄陰，陰能固之，然後蒸而爲雨。
卷二十〈釋天〉	漢	言水氣之在天，爲雲；水象之在天，爲漢。

5、就其特性爲釋

所謂「就其特性爲釋」者，言以萬物所特有之習性或特色以別物種，如：卷十五〈釋草・虞蓼〉云：「葵藿甘而蓼苦。」即以藿味甘而蓼味苦之特性區分二者。《埤雅》書中諸例，表列如下：

類別	條目		文例
就其特性爲釋	卷二〈釋魚〉	鼉	狚將風則踴，鼉欲雨則鳴。
		貍	狐善疑、貍善擬。
	卷四〈釋獸〉	猴	蓋猿之德靜以緩，猴之德躁以囂。……猿性靜，夜嘯常風月蕭然；猴性動，每至，林木皆振響。
		猨	猨性羣，獨性特，猨鳴三，獨鳴一，是以謂之「獨」也。
	卷五〈釋獸〉	豕	犬喜雪，馬喜風，豕喜雨。……牛順，羊很，豕躁。……羊於毛也，柔；豕於鬣也，剛。
		犬	凡肉：豚宜炮；犬宜羹。
	卷六〈釋鳥〉	鵲	先儒以爲鵲巢居而知風，蟻穴居而知雨。
		烏	狐，羣者也；鳥，合者也。
		鵝	多伏，鳲鵝之類；多立，鸛鶴之類。……善唳，亦鳲鵝之類；善啄，亦鸛鶴之類。
	卷七〈釋鳥〉	雛	尸鳩性壹而慈，祝鳩性壹而孝。……鷦巧而危，雛拙而安。
	卷八〈釋鳥〉	鶩	雕惡醜善立，梟鶩醜善趨。……雄雞能鳴，其雌不能鳴；雌鶩能鳴，其雄不能鳴。
		鳳	鳳皇貴胷，魚貴尾，龜貴頭，鼉貴背，虎貴前，馬貴脊，牛貴領。
	卷九〈釋鳥〉	溪鶒	鴻之步綱，鴛之畫印，溪鶒之勑，螺蠃之祝。
		鴰	今鴰善步，梟善趨，鷹善立。
	卷十〈釋蟲〉	蠅	青蠅善亂色，蒼蠅善亂聲。
		蜂	蜂居如臺，蟻居如樓也。…天下之味莫甘於蜜，莫淡於蠟。
		蛇	魚屬連行，蛇屬紆行。

卷十一〈釋蟲〉	蠶	蠶，陽物也，惡水，食而不飲。	
卷十三〈釋木〉	桃	棗、栗、桃言乾，蓮言實。	
	甘棠	赤棠與白棠同爾，但子有赤白美惡，子白色爲白棠，甘棠也；赤棠，子澀而酢，無味。	
	木瓜	江左故老視其實如小瓜而有鼻，食之津潤不木者，謂之「木瓜」；圓而小於木瓜，食之酢澀而木者，謂之「木桃」。木李大於木桃，似木瓜而無鼻，其品又下木桃。……木瓜性脆，木李性堅。	
	楊	白楊葉圓；青楊葉長；赤楊霜降則葉赤，材理亦赤；黃楊木性堅緻難長。	
卷十四〈釋木〉	栗	烝之之謂「新」，撰之之謂「擇」。	
	楸	今柳謂之「絲」，楸謂之「線」。	
	椒	桃李屬皆內核，椒樧屬皆外莍也。	
卷十五〈釋草〉	虞蓼	葵藿甘而蓼苦。	
卷十七〈釋草〉	荷	蓋荷善傾欹，蒲無骨鞅而柔從。	
	芹	茆，蓴也，葉如荇菜而紫莖，大如箸，柔滑可羹。芹，潔白而有節，其氣芬芳，而味不如蓴之美。	
卷二十〈釋天〉	雷	震，言所以振物也。其緩者，霆。	
	電	陰陽激耀，與雷同氣，發而爲光者也。	

6、就其屬性爲釋

　　所謂「就其屬性爲釋」者，言以萬物所屬之性質爲依歸以別物種，如：卷十八〈釋草‧蒲〉云：「蒲，水草」即言明其屬水中之植物。《埤雅》書中諸例，表列如下：

類別	條目		文例
就其屬性爲釋	卷一〈釋魚〉	龍	龍，天類也；馬，地類也
		蛟	蛟，龍屬。
	卷二〈釋魚〉	龜	龜，象也，天產也；蓍，數也，地產也。
	卷三〈釋獸〉	麝	麝，土畜也
		牛	牛，土畜也；馬，火畜也
	卷四〈釋獸〉	貙	貙，虎屬也；獌，狼屬也。
		狄	狄，蓋猿狄之屬。
		貂	貂亦鼠類，縟毛者也。
		猨	猨，猴屬。
	卷七〈釋鳥〉	鷺	鷺，鳧屬。
		雎鳩	雎鳩，雕類。
	卷八〈釋鳥〉	鶩	梟鴈醜翁，鶩鶴醜鷺。
		鴂	鴂，鴛屬也。

卷九〈釋鳥〉	鸚鵡	冠鳥,若鷹是也;帶鳥,若練鵲是也;纓鳥,若綬鳥是也。
卷十〈釋蟲〉	螣蛇	螣蛇,龍類也。
卷十三〈釋木〉	梅	梅,一名柟,杏類也。
卷十四〈釋木〉	榛	榛似梓,實如小栗,栗屬也。
卷十六〈釋草〉	韭	葱與芥,陰物也;韭與蓼,陽物也。
	蔏蔞	蔏蔞,一名購,莖高丈餘,蒿屬也。
	菁	菁,蒿屬也。
卷十六〈釋草〉	木槿	來禽,柰屬也,言果以美而來禽。
卷十八〈釋草〉	蘭	蘭,香草也。
	䒠	䒠,草名。
	蒲	蒲,水草。
卷十九〈釋天〉	雹	陽散陰為霰,陰包陽為雹。……雪,霜之類;雹,冰之類。
卷二十〈釋天〉	虹	雄曰「虹」,雌曰「蜺」。

7、就功用為釋

所謂「就其功用為釋」者,言以物類之功用為依歸以別物種,如:卷十七〈釋草・艾〉云:「蕭所以共祭,艾所以療疾」即言明艾以治病之功效〔註15〕,蕭於祭祀之用〔註16〕。《埤雅》書中諸例,表列如下:

類別	條目		文例
就其功用為釋	卷十二〈釋馬〉	騋	凡馬,宗廟用龍,戎事用騱,田事用騋。
		梅	「麴蘖」所以作酒故也,「鹽梅」所以作和羹故也。
	卷十五〈釋草〉	荇	夫后祭荇,夫人祭蘩,大夫妻祭蘋、藻。
	卷十七〈釋草〉	艾	蕭所以共祭,艾所以療疾。

〔註15〕艾用以治病,可見於如:(1)《詩・王風・采葛》:「彼采艾兮」〈傳〉曰:「艾,所以療疾。」;(2)《急就篇》註云:「艾,一名冰臺,一名醫草。」;(3)《博物志》云:「削冰令圓,舉以向日,以艾承其影得火,故號冰臺。」;(4)《本草註》:「醫家用灸百病,故曰灸草。」等書之記載。

〔註16〕蕭用以祭祀,可見於如:(1)《詩經・王風・采葛》:「彼采蕭兮」孔穎達〈正義〉引陸機曰:「今人所謂荻蒿者是也。或云牛尾蒿。似白蒿,白葉,莖麤,科生,多者數十莖,可作燭,有香氣,故祭祀以脂爇之為香。許慎以為艾蒿,非也,〈郊特牲〉云:『既奠,然後爇蕭合馨香』」;(2)《禮・郊特牲》云:「蕭合黍稷,臭陽達于牆屋。」等書之記載。

（三）說解形狀之例

「說解形狀」，即將被訓釋事物的形狀、大小、特色等以具體描寫的方式呈現詞義，亦稱為「描寫形象」〔註17〕或「說明描寫」〔註18〕。陸氏用自己之見解於《埤雅》一書中針對動、植物的形狀、特徵、或行為等加以描寫，使其便於與他物加以區分，如，卷四〈釋獸・狨〉載：

> 狨，蓋猿狖之屬，輕捷善緣木，大小類猿，長尾，尾作金色，今俗謂之金線狨者是也。生川峽深山中，人以藥矢射殺之，取其尾為臥褥、鞍被、坐毯。狨甚愛其尾，中矢毒，及自齧斷其尾以擲之，惡其為深患也。氂牛出西域，尾長而勁，中國以為纓，人或射之，亦自斷其尾。左氏所謂「雄雞自斷其尾」。……狨，一名猱，《詩》曰：「無教猱升木」。〔註19〕

按：「狨，蓋猿狖之屬」屬於物種類別之界定；「輕捷善緣木」、「狨甚愛其尾，中矢毒，及自齧斷其尾以擲之，惡其為深患也。」則描寫其動作及行為；「大小類猿，長尾，尾作金色」則為外觀之描繪；「今俗謂之金線狨者」、「狨，一名猱」則說明其異名。

又如：卷十一〈釋蟲・蜮〉云：

> 蜮，短狐也，似鼈，三足，含水射人，一曰含沙。射人之影，其瘡如疥，……一名射工，一名溪毒。有長角橫在口前，如弩檐，臨其角端，曲如上弩，以氣為矢，因水勢以射人，俗呼水弩，……然畏鵝，鵝能食之。

按：「似鼈，三足」、「有長角橫在口前，如弩檐，臨其角端，曲如上弩」乃是描寫其長相特徵；「含水射人」、「射人之影，其瘡如疥」、「以氣為矢，因水

〔註17〕周大璞《訓詁學》云：「描寫形象，即對詞所標誌的事物之形狀、性能加以描寫。」見周大璞：《訓詁學》，（臺北：洪葉文化事業有限公司，2000年6月），頁220。

〔註18〕王忠林、應裕康、方俊吉《訓詁學》云：「說明描寫：這是用說明、比擬等等方式，將名物加以描寫，以使學者了解明物，究何所指。」見王忠林、應裕康、方俊吉：《訓詁學》，（高雄：高雄文化出版社，1993年5月），頁182。

〔註19〕見《埤雅》卷四「釋獸・狨」條，收錄於（清）永瑢、紀昀纂修《景印文淵閣四庫全書》，（臺北：臺灣商務印書館，1986年3月），第二二二冊，頁92下。

勢以射人」則釋其行爲特性〔註20〕；「然畏鵝，鵝能食之」釋其天敵。

又如：卷十七〈釋草・茶〉云：

> 茶，苦菜也。苦菜生於寒秋，經冬歷春，至夏乃秀，《月令・孟夏》：
> 「苦菜秀」即此是也。此草凌冬不凋，故一名游冬。凡此則以四時
> 制名。《顏氏家訓》曰：「茶葉似苦苣而細，斷之有白汁，花黃似菊。」
> 〔註21〕

按：「生於寒秋，經冬歷春，至夏乃秀」此言明茶茱之生長週期；「此草凌冬不
凋」則言其耐寒之特性，「茶，苦菜也」言其性苦〔註22〕。

又如：〈卷十八・釋草・莫〉云：

> 莖大如箸，赤節，葉厚而長似柳，有毛刺，味酢，始生可以爲羹。……
> 其子如楮實而紅，冀人謂之乾絳，蓋以此也。〔註23〕

按：「莖大如箸，赤節，葉厚而長似柳，有毛刺，」、「其子如楮實而紅」乃言此

〔註20〕蜮之相關記錄可見於（1）《穀梁傳・莊公十八年》：「秋，有蜮。一有一亡曰有。
蜮，射人者也。」；（2）《詩經・小雅・何人斯》：「爲鬼爲蜮，則不可得。」〈箋〉
云：「狀如鼈，三足，一名射工，俗呼之水弩，在水中含沙射人，一云射人影。」；
（3）晉・葛洪《抱朴子・內篇・登涉》：「又有短狐，一名蜮，一名射工，一名射
影，其實水蟲也。狀如鳴蜩，狀似三合盃，有翼能飛，無目而利耳，口中有橫物，
角弩。如聞人聲，緣口中物如角弩，以氣爲矢，則因水而射人，中人身者，即發
瘡，中影者亦病，而不即發瘡。」（4）晉・干寶《搜神記・卷一二》：「漢光武中
平中，有物處於江水，其名曰蜮，一曰短狐，能含沙射人。所中者，則身體筋急，
頭痛發熱，劇者至死。江人以術方抑之，則得沙石於肉中。《詩》所謂『爲鬼爲蜮，
則不可測』也。今俗謂之『溪毒』。」（5）晉・張華《博物志・卷三・異蟲》：「江
南山谿中水射上蟲，甲類也，長一二寸，口中有弩形，氣射人影，隨所著處發瘡，
不治則殺人」等書。

〔註21〕見《埤雅》卷十七「釋草・茶」條，收錄於（清）永瑢、紀昀纂修《景印文淵閣
四庫全書》，（臺北：臺灣商務印書館，1986年3月），第二二二冊，頁203。

〔註22〕茶味苦之說於《詩經》早有此說，如：《詩・邶風・谷風》：「誰謂茶苦，其甘如薺」
〈傳〉曰：「茶，苦菜也。」〈箋〉云：「茶誠苦矣。」見（漢）毛亨傳，鄭玄箋，
（唐）孔穎達等正義：《毛詩正義》，卷二，（臺北：藝文印書館，1997年），頁90。

〔註23〕見《埤雅・卷十八・釋草・莫》，收錄於（清）永瑢、紀昀纂修《景印文淵閣四庫
全書》，（臺北：臺灣商務印書館，1986年3月），第二二二冊，頁216。

植物之外觀、特色；「始生可以爲羹。」則闡述其可食用之效。〔註24〕

二、音訓

音訓者，亦稱因聲求義、推因、求原，即是通過聲韻之關係，以同音或音近之字以推求語詞音義之來源。章太炎先生云：

> 語言者，不憑虛起。呼馬而馬，呼牛而牛，此必非恣意妄稱也。諸言語皆有根。先徵之有形之物，則可睹矣。何以言雀？謂其音即足也；何以言鵲？謂其音錯錯也，……此皆以音爲表者也。〔註25〕

而音訓之運用，早見於先秦典籍之中，如《周易·說卦》：「乾，健也」、《周易·序卦·傳》：「蒙者，蒙也」；《詩·大序》：「風者，風也」；《論語·顏淵》：「政者，正也」；《孟子·盡心》：「征之爲言正也」等。

至漢代則盛行以音訓釋義，如許愼《說文解字》、班固《白虎通義》諸書皆有取此法釋義者，如《白虎通義》卷一〈爵〉：「公者通公正無私之意也。侯者，候也，候，逆順也。……伯者，百也。子者，孳也，孳孳無已也。男者，任也。」許愼於《說文解字》中則有：「仲，中也」、「誼，人所宜」、「羊，祥也」、「天，顚也」、「龜，舊也」等。迨劉熙《釋名》一書「以同聲相諧推論稱名辯物之意」〔註26〕，「其書以音近之字相訓釋爲原則，間亦以本字釋本字」〔註27〕其體例可分：以本字爲訓者，如：卷一〈釋天〉：「宿，宿也」、〈釋典藝〉：「傳，傳也」；以同音爲訓者，如卷一〈釋天〉：「霜，喪也」、卷五〈釋宮室〉：「戶，護也」；

〔註24〕此相關之法說見於陸璣之說，《詩·魏風·汾沮洳》：「彼汾沮洳，言采其莫。」孔穎達〈正義〉引陸璣疏云：「莫，莖大如箸，赤節，節一葉，似柳葉，厚而長，有毛刺，今人繅以取繭緒。其味酢而滑，始生可以爲羹，又可生食。五方通謂之酸迷，冀州人謂之乾絳，河、汾之閒謂之莫。」見（漢）毛公傳，鄭玄箋，（唐）孔穎達等正義：《毛詩正義》，卷五，（臺北：藝文印書館，1997年），頁208。

〔註25〕見章炳麟：《國故論衡（上）·語言緣起說》，（臺北，廣文書局，1971年4月），頁39。

〔註26〕見（清）紀昀等編：《四庫全書總目提要》，（臺北：藝文印書館，1968年3月），卷四十，經部·小學類一，頁833。

〔註27〕見沈兼士：〈右文說在訓詁學上之沿革及其推闡〉，收錄於《中央研究院歷史語言研究所集刊外編第一種·慶祝蔡元培先生六十五歲論文集》下冊，（台北：中央研究院歷史語言研究所，1992年3月景印一版），頁781。

以雙聲爲訓者，如卷四〈釋言語〉：「公，廣也」、卷七〈釋車〉：「鞍，嬰也」；以疊韻爲訓者，如卷三〈釋姿容〉：「聽，靜也」、卷五〈釋宮室〉：「牆，障也」；以形聲字之聲母訓聲子者，如卷一〈釋天〉：「珥，耳也」、卷四〈釋語言〉：「智，知也」、卷五〈釋宮室〉：「壁，辟也」、以形聲字之聲子訓聲母者，如卷一〈釋天〉：「氣，愾也」、卷三〈釋長幼〉：「長，萇也」等。該書不僅可視爲漢代音訓運用集大成之作，其以釋字與被釋字之間，形聲字之聲子與聲母相訓釋之法，亦對宋代右文說有所啓發。

至宋代，陸佃於《埤雅》一書之釋義，亦可見利用音訓之法，其以音同、音近之字來解釋名物，以明其得名之所以。此外，《埤雅》書中亦受王安石《字說》之影響，亦對形聲字之聲符加以推求字義，以下即以求得名之由及推求形聲字聲符字義二部分加以論述之：

（一）求得名之由

《埤雅》中以音訓來推求事物的命名之意，依釋字與被釋字之關係可分爲同音爲訓、雙聲爲訓、疊韻爲訓三類，以下分別說明之：

1、同音為訓

類別	條目		文例	說明
同音爲訓	卷一〈釋魚〉	鯉	鱗，鄰也；鯉，里也。	1、鱗、鄰二字《廣韻》皆作「力珍切」；〔註28〕二字同屬來母，眞韻，古韻諄部。且二字所從聲母皆爲粦。 2、鯉、里二字《廣韻》皆作「良士切」；二字同屬來母，之韻，古韻之部。
		魴	魴，……此今之青鯿也，……其廣方，其厚褊，故一曰魴魚，一曰鯿魚。魴，方也，鯿，褊也。	1、魴、方二字《廣韻》皆作：「符方切」；二字同屬並母，陽韻，古韻陽部。 2、鯿，《廣韻》作「布還切」；屬幫母，刪韻，古韻元部。褊，《廣韻》作「方緬切」；屬幫母，獮韻，古韻元部。且二字所從聲母皆爲扁。

〔註28〕凡此處所錄之切語，多錄自《廣韻》，錄自他書者，則另標注之；聲則采黃季剛先生古聲十九紐，韻則采陳新雄先生古韻三十二部，下同。

		鰋	鰋魚偃。	鰋、偃二字《廣韻》皆作：「於幰切」；二字同屬影母，阮韻，古韻元部。且二字所從聲母皆爲匽。
	卷三〈釋獸〉	兔	兔口有缺，吐而生子，故謂之兔。兔，吐也。………兔足前卑後倨，其行俛，故俛又從免也。冕亦从免。	兔、吐二字，《廣韻》皆作「湯故切」，同屬透母，暮韻，古韻魚部。
	卷三〈釋獸〉	豺	豺，柴也，豺體細瘦，故謂之豺。	柴，《廣韻》作「士佳切」，屬牀母，佳韻，古韻支部。豺，《廣韻》作「士皆切」，屬牀母，皆韻，古韻之部。 按：牀母古歸從母， 故豺、柴二者古雙聲。
	卷二十〈釋天〉	虹	一曰赤白色謂之虹，清白色謂之霓，故虹，紅也。	虹、紅二字，《廣韻》皆作「戶公切」，同屬匣母，東韻，古韻東部。。且二字所從聲母皆爲工。

2、雙聲為訓：釋字與被釋字雙聲。

類別	條目		文例	說明
雙聲爲訓	卷十六〈釋草〉	韭	韭者，久也，一種永生。	韭、久二字，《廣韻》皆作「舉有切」，同屬見母。
	卷二十〈釋天〉	月	朔，月初之名，朔，蘇也，月死復蘇生也。晦，月終之名也。晦，灰也，火死爲灰，月光盡似之也。	1、蘇，《廣韻》作「素姑切」，屬心母，模韻。朔，《廣韻》作「所角切」，屬疏母，覺韻。 按：疏母古歸心母，故蘇、朔二者古雙聲。 2、灰，《廣韻》作「呼恢切」，屬曉母，灰韻。晦，《廣韻》作「荒內切」，屬曉母，隊韻。 按：灰、晦古雙聲。

3、疊韻為訓：釋字與被釋字同部。

類別	條目		文例	說明
疊韻爲訓	卷八〈釋鳥〉	隼	擬隼之搏噬，準，故準於文从水从隼。	準，《廣韻》作「之尹切」，屬照母，準韻，古韻眞部。 按：照母古歸端母。 隼，《廣韻》作「思尹切」，屬心母，準韻，古韻眞部。 按：二者古聲分屬舌牙，聲相疏遠，然韻古同部，故二者屬疊韻爲訓。

（二）推求形聲字聲符字義

歷來學者多以為形聲字聲符兼義之說起於晉，如劉師培〈字義起於字音說〉曰：「字義起於字音，楊泉《物理論》述叕字已着其端」、沈兼士曰：「《藝文類聚・人部》引楊泉《物理論》曰：『在金為堅，在草木為緊，在人曰賢。』世謂是說為開右文之端緒」。〔註29〕然聲符兼義之說於許慎《說文解字》中「從某，某聲」、「從某某，某亦聲」之使用，早已見端，如：「句」字，《說文解字》釋曰：「句，曲也」〔註30〕；而《說文解字》中笱、鉤、枸、句等字，其說解曰：「笱，曲竹捕魚笱也。從竹句，句亦聲」〔註31〕；「鉤，曲鉤也，從金句，句亦聲」〔註32〕、「枸，枸木也，……從木，句聲」〔註33〕、「句，鐮也，從刀，句聲」〔註34〕，以上諸字皆從「句」得聲，亦皆有「曲」意，〔註35〕由是可知許慎已觸及「聲符兼義」。至晉朝楊泉於《物理論》才進一步曰：「在金為堅，在草木為緊，在人曰賢。」〔註36〕以表達從「叕」聲之字的關連。

時至宋代，王子韶作《字解》一書，正式提出「右文說」，認為形聲字之聲符為字義之所在，《字解》一書今已亡佚，其說僅能見於沈括《夢溪筆談》卷十四所引，云：

〔註29〕見沈兼士：〈右文說在訓詁學上之沿革及其推闡〉，收錄於《中央研究院歷史語言研究所集刊外編第一種・慶祝蔡元培先生六十五歲論文集》下冊，（台北：中央研究院歷史語言研究所，1992年3月景印一版），頁784。

〔註30〕見（漢）許慎撰，（清）段玉裁注：（民國）魯實先正補：《說文解字注》，（臺北：黎明文化事業股份有限公司，1986年9月），頁88。

〔註31〕見（漢）許慎撰，（清）段玉裁注：（民國）魯實先正補：《說文解字注》，（臺北：黎明文化事業股份有限公司，1986年9月），頁88。

〔註32〕見（漢）許慎撰，（清）段玉裁注：（民國）魯實先正補：《說文解字注》，（臺北：黎明文化事業股份有限公司，1986年9月），頁88。

〔註33〕見（漢）許慎撰，（清）段玉裁注：（民國）魯實先正補：《說文解字注》，（臺北：黎明文化事業股份有限公司，1986年9月），頁247。

〔註34〕見（漢）許慎撰，（清）段玉裁注：（民國）魯實先正補：《說文解字注》，（臺北：黎明文化事業股份有限公司，1986年9月），頁247。

〔註35〕見林尹：《文字學概說》，（臺北：正中書局，1994年11月第二十次印行），頁134。

〔註36〕楊泉《物理論》今已亡佚，僅只見於《藝文類聚・人部》所引楊泉《物理論》之說。

王聖美治字學，演其義以爲右文。古之字書，皆從左文。凡字，其類在左，其義在右。如木類，其左皆從木。所謂右文者，如『戔』，小也；水之小者曰『淺』，金之小者曰『錢』，歹之小者曰『殘』，貝之小者曰『賤』。如此之類，皆以『戔』爲類也。〔註37〕

與王子韶同時期的王安石《字說》一書〔註38〕，亦視形聲字之聲符有表義之功能，且多將形聲視爲會意來解字義，如「蟅蜢」：

《字說》云：「雖或遐之，常慕而反。……黽善怒，故音猛，而謂怒力爲黽，《詩》曰：『黽勉同心』。亦蛙善踴，故謂之猛。今蚱蜢一名蟅蜢，蚱蜢長瘦，善跳，言窄而猛也。」〔註39〕

此將形聲字之「蟅」、「蜢」視爲會意字，解爲「窄而猛」，又如「鵁」字：

《字說》曰：「（鵁）從喬，尾長而走且鳴，則其首尾喬如也。」〔註40〕

然「鵁」，《說文解字》曰：「長尾雉走且鳴。乘輿尾爲防釳箸馬頭上。從鳥喬聲」〔註41〕，王安石乃依《說文》之說以釋曰「尾長而走且鳴」，並將形聲字「鵁」視爲「從鳥從喬」之會意字以釋義。又如「蜘蛛」二字：

《字說》曰：「（蜘蛛）設一面之網，物觸而後誅之，知誅義者也。」

〔註42〕

〔註37〕見（宋）沈括：《夢溪筆談》，（臺北：世界書局，1989年4月），卷十四，頁492～493。

〔註38〕《字說》一書今已亡佚，此所引《字說》之例，皆見於陸佃《埤雅》所引。下同。

〔註39〕見（宋）陸佃：《埤雅》卷二「釋魚・蟾蜍」引《字說》之說，頁8B，收錄於（清）永瑢、紀昀纂修《景印文淵閣四庫全書》，（臺北：臺灣商務印書館，1986年3月），第二二二冊，頁71上。

〔註40〕見（宋）陸佃：《埤雅》卷八「釋鳥・鵁雉」，頁三A，收錄於（清）永瑢、紀昀纂修《景印文淵閣四庫全書》，（臺北：臺灣商務印書館，1986年3月），第二二二冊，頁124上。

〔註41〕（漢）許慎撰、（清）段玉裁注：《說文解字注》，（臺北：黎明文化事業股份有限公司，1996年12月），頁157。

〔註42〕見（宋）陸佃：《埤雅》卷十一「釋蟲・蜘蛛」，頁三A，收錄於（清）永瑢、紀昀纂修《景印文淵閣四庫全書》，（臺北：臺灣商務印書館，1986年3月），第二二二冊，頁149下。

「蜘蛛」，本作「鼅鼄」。「鼅」，《說文解字》云：「鼅鼄，鼄蝥也，从黽智省聲」；
〔註43〕「鼄」字，《說文解字》云：「鼅鼄也，从黽朱聲。」〔註44〕然王安石卻
將其視爲「从虫从知」、「从虫从朱」之會意字，釋爲「知誅義者也」。王安石
於書中依此法來解字義佔該書之多數。此法雖被後人所譏笑〔註45〕，然於熙寧
八年（1075），隨著王安石復任丞相及《三經新義》告竣，且立於學官〔註46〕，
「令天下學官講解及科場程式，同己者取，異己則黜。」〔註47〕之影響。迫於
讀經須了解文字內涵之需，故王安石便將所撰之《字說》〔註48〕附於《三經新
義》一併施行。王安石於〈熙寧字說序〉便云：

〔註43〕（漢）許慎撰、（清）段玉裁注：《說文解字注》，（臺北：黎明文化事業股份有限
　　　　公司，1996 年 12 月），頁 686。

〔註44〕（漢）許慎撰、（清）段玉裁注：《說文解字注》，（臺北：黎明文化事業股份有限
　　　　公司，1996 年 12 月），頁 686。

〔註45〕如：（1）（宋）曾慥《高齋漫錄》載：「東坡聞荊公《字說》新成，戲曰：『以竹鞭
　　　　馬爲篤，以竹鞭犬有何可笑？』又曰：『鳩字从九从鳥，亦有證據，《詩》曰：『鳲
　　　　鳩在桑，其子七兮。』和爺和娘，恰是九箇。』」收錄於（清）永瑢、紀昀纂修：
　　　　《景印文淵閣四庫全書》，（臺北：臺灣商務印書館，1986 年 3 月），子部・小說家
　　　　類，第 1038 冊，頁 318。（2）（宋）羅大經《鶴林玉露》甲編卷三：「世傳東坡問
　　　　荊公：『何以謂之波？』曰：『波者，水之皮。』坡曰：『然則滑者，水之骨也？』」
　　　　收錄於《唐宋史料筆記叢刊》，（北京：中華書局，1997 年 12 月），頁 53。

〔註46〕《三經新義》立於學官之說，分見於以下各書：（一）、《宋史・王安石傳》載：「初，
　　　　安石訓釋《詩》、《書》、《周禮》，既成，頒之學官，天下號曰『新義』」收錄於（清）
　　　　永瑢、紀昀纂修《景印文淵閣四庫全書》，（臺北：臺灣商務印書館，1986 年 3 月），
　　　　第二八六冊，頁 337。（二）、《宋大詔令集・王安石進左僕射制》注文載：「熙寧八
　　　　年六月辛亥三經義成。」收錄於《宋大詔令集》卷六十一〈宰相第十一〉，（臺北・
　　　　鼎文書局，1972 年 9 月），頁 305。（三）、《續資治通鑑長編》亦云熙寧八年，「詔
　　　　以新修經義賜眾宗室、太學及諸州府學。」收錄於（清）永瑢、紀昀纂修《景印
　　　　文淵閣四庫全書》，（臺北：臺灣商務印書館，1986 年 3 月），第三一八冊，頁 508。

〔註47〕見《續資治通鑑長編》卷三百七十一。收錄於（清）永瑢、紀昀纂修《景印文淵
　　　　閣四庫全書》，（臺北：臺灣商務印書館，1986 年 3 月），第三二〇冊，頁 338。

〔註48〕《續資治通鑑長編》卷二百二十九「熙寧五年正月壬寅」載：「（神宗曰）『朕欲卿
　　　　錄文字，且早錄進。』」安石曰：『臣所著述多未成就，止有訓詁文字，容臣綴緝
　　　　進御。』」王安石因此開始編撰《字說》。收錄於（清）永瑢、紀昀纂修《景印文
　　　　淵閣四庫全書》，（臺北：臺灣商務印書館，1986 年 3 月），第三一七冊，頁 763。

余讀許慎《說文》，而於書之意，時有所悟，因序錄其說爲二十卷，

以與門人所推經義附之。〔註49〕

《字說》一出，因王安石之得勢，故學子爭先傳習，致王子韶《字解》遂不傳，
《宣和書譜·卷六·正書》云：

方王安石以字書行於天下，而子韶亦作《字解》二十卷，大抵與王

安石之書相違背，故其《解》藏於家而不傳。〔註50〕

雖王子韶之《字解》不傳且旨趣不盡相同，然近人多認爲王子韶之右文說乃受
王安石之影響，如黃季剛先生云：

王子韶右文之說，本於王荊公《字說》。〔註51〕

又如劉又辛先生云：

他（王子韶）專從聲符著眼，不像王安石那樣以形符和聲符會合在

一起曲解。………這種從音符中研究字義的方法，卻無疑受了王安

石的影響。〔註52〕

王安石之說不僅影響王子韶，更直接影響其親故門生之作，如：蔡卞《毛詩名
物解》、陸佃《爾雅新義》、《埤雅》等多引其說。綜觀陸佃《爾雅新義》、《埤雅》
二書中，不僅直接徵引《字說》之說法，於釋名物方面，亦受王安石聲符兼義、
以形聲字視爲會意之影響，《埤雅》中屢見將形聲字之聲符視爲義符者，以下列
舉數例於後，以見其說解字義之方法。

1、卷三〈釋獸·麐〉曰

麐，土畜也。……角端有肉，示有武而不用。不踐生草，不食生物，

有愛吝之意，故麐从吝。〔註53〕

〔註49〕見《臨川先生文集》第八十四卷，收錄於《四部備要》第四冊，（臺北，臺灣中華
　　　　書局，1964年），頁4。

〔註50〕見《宣和書譜·卷六·正書》，收錄於《叢書集成新編》，（臺北：新文豐出版社，
　　　　2008年9月），第52冊，義術類，頁597。

〔註51〕見黃季剛口述，黃焯筆記編輯：《文字聲韻訓詁筆記》，（臺北：木鐸出版社，1983
　　　　年9月），頁49。

〔註52〕見劉又辛：〈右文說〉，收錄於《語言研究》，1982年1期。

〔註53〕見（宋）陸佃：《埤雅》卷三「釋獸·麐」，收錄於（清）永瑢、紀昀纂修《景印文

按：麎，《說文解字》曰：「牝麒也。从鹿㖫聲。」〔註54〕，本屬形聲字，然陸佃卻从聲符「㖫」釋義，釋爲「愛㖫」，日其「角端有肉，示有武而不用。不踐生草，不食生物，有愛㖫之意」。《說文解字》曰：「㖫，恨惜也」〔註55〕，而「麎」屬「麟」字之異體，如《爾雅》「麟」字作「麎」。麟自古即被視爲瑞獸，且具仁心，如《春秋公羊傳》卷二十八〈哀公・十四年〉：「十有四年。春。西狩獲麟。」《傳》云：「麟者。仁獸也」何休注：「狀如麕，一角而戴肉，設武備而不爲害，所以爲仁也。」〔註56〕；而其長相，《史記索隱》注〈上林賦〉「獸則麒麟」下有詳細描繪，日：「張揖日：『雄日麒，雌日麟。其狀麋身，牛尾，狼蹄，一角。』郭璞云：『麒似麟而無角。』《毛詩》疏云：『麟黃色，角端有肉。』京房傳云：『有五采，腹下黃色也。』」〔註57〕，由此可知，陸佃據古籍之說而釋麎字，認爲麎具有「設武備而不爲害」之仁心，故从聲符「㖫」釋義，釋爲「愛㖫」。

2、卷三〈釋獸・麈〉

麈獸似鹿而大，其尾辟塵，……《名苑》日：「鹿之大者日麈，群鹿隨之，皆視麈所往，麈尾所轉爲準。」於文主鹿爲麈。〔註58〕

按：麈，《說文解字》曰：「麋屬。从鹿主聲」〔註59〕，本形聲字，然此卻據《名苑》之說以爲麈爲鹿屬之主，群鹿動向多隨麈之動向爲依歸，故將其視爲

淵閣四庫全書》，（臺北：臺灣商務印書館，1986年3月），第二二二冊，頁76上。

〔註54〕 見（漢）許慎撰，（清）段玉裁注：《說文解字注》卷十，（臺北，黎明文化事業股份有限公司，1996年12月），頁475。

〔註55〕 見（漢）許慎撰，（清）段玉裁注：《說文解字注》卷十，（臺北，黎明文化事業股份有限公司，1996年12月），頁61。

〔註56〕 見（漢）何休注、（唐）徐彥疏：《春秋公羊傳注疏・哀公・十四年》，（（臺北：藝文印書館，1997年），卷二十八，頁355。

〔註57〕 見（漢）司馬遷撰、（日本）瀧川龜太郎考證：《史記會注考證》卷一百一十七・〈司馬相如列傳第五十七〉，（臺北：宏業書局有限公司，1990年10月），頁1215。

〔註58〕 見（宋）陸佃：《埤雅》卷三「釋獸・麈」，收錄於（清）永瑢、紀昀纂修《景印文淵閣四庫全書》，（臺北：臺灣商務印書館，1986年3月），第二二二冊，頁78下。

〔註59〕 見（漢）許慎撰，（清）段玉裁注：《說文解字注》卷十，（臺北，黎明文化事業股份有限公司，1996年12月），頁475。

從鹿從主，曰「於文主鹿爲麈。」

3、〈卷四・釋獸・狨〉

狨，一名猱。《詩》曰：「無教猱升木」，顏氏以爲其尾柔長可藉，制
字從柔，以此故也。

按：陸佃將「狨」、「猱」二物視爲一物。狨，《集韻》曰：「獸名，禺屬。其毛
柔長可藉」；《本草綱目》曰：「似猴而大，毛黃赤色，生廣南山谷間。皮作
鞍褥。」由是可知，狨因其毛柔常被人所取用爲臥褥、鞍被、坐毯，故陸
佃以其毛可織爲絨布之物性而釋「猱」字，從柔而釋曰「其尾柔長可藉，
制字從柔，以此故」。

4、卷四〈釋獸・猨〉

猨，猴屬，長臂善嘯，便攀援，故其字從援省。……或曰：猴性躁
急，猨性靜緩，故猨從爰。爰，緩也。

按：猨，古作「蝯」，亦作「猿」。《干祿字書》即曰：「猿俗，猨通，蝯正。」〔註
60〕而歷來對猨有二說：有以爲猨即猱者，如：《爾雅・釋獸》：「猱猨善援」。
邢昺疏曰：「猱，一名蝯。善攀援樹枝。」〔註61〕；有以爲猨非猱者，如《詩・
小雅・角弓》：「毋教猱升木。」《毛傳》曰：「猱，猨屬。」鄭玄箋曰：「猱
之性善登木。」孔穎達疏則曰：「猱則猿之輩屬，非猨也。陸璣疏云：『猱，
獼猴也。楚人謂之沐猴，老者爲玃，長臂者爲猿，猿之白腰者爲獑胡，獑
胡、猨駿捷於獼猴，然則猱、猨其類大同也。』」〔註62〕《山海經第一・南
山經》：「又東三百里曰堂，庭之山，多棪木，多白猿。」郭璞注曰：「今猿
似獼猴而大，臂、腳長，便捷，色有黑有黃，其鳴聲哀。」而《說文解字》
則將「猨」作「蝯」，曰：「善援，禺屬。從虫爰聲。」〔註63〕《玉篇》則云：

〔註60〕見（漢）許慎撰，（清）段玉裁注：《說文解字注》卷十，（臺北，黎明文化事業股
　　　份有限公司，1996年12月），頁679。

〔註61〕見（晉）郭璞注，（宋）邢昺疏：《爾雅注疏》，卷十〈釋獸第十六〉，（臺北：藝文
　　　印書館，1997年），頁191。

〔註62〕見（漢）毛公傳，鄭玄箋，（唐）孔穎達等疏：《毛詩正義》，卷十四，（臺北：藝
　　　文印書館，1997年），頁504。

〔註63〕見（漢）許慎撰，（清）段玉裁注：《說文解字注》卷十，（臺北，黎明文化事業股

「似獼猴而大，能嘯。」陸佃則以為猨非猱，為二物，故將「猱」、「猨」於《埤雅·卷四》分立二條，且取許慎、陸璣、郭璞等人之說曰其「猴屬，長臂善嘯，便攀援」，而「爰」字，為「援」之初文，《說文解字》釋「爰」曰：「引也」〔註64〕，猿猴善於引木攀爬而行，故陸佃從猨猴類善攀援之特徵，將聲符「爰」視為義符以為猨「從援省」。

此外，陸佃據柳宗元〈憎王孫文〉〔註65〕之說以別「猨」及「猴」之行為特徵曰「猴性躁急，猨性靜緩」，並從聲符「爰」字釋義。爰，《爾雅·釋訓》云：「爰爰，緩也」〔註66〕。《詩·王風·兔爰》：「有兔爰爰」。《毛傳》曰：「爰爰，緩意。」〔註67〕故「爰」，有緩之義，陸佃據而釋曰「故猨從爰。爰，緩也」。

5、卷五〈釋獸·羜〉

羜，未成羊也，故從宁。宁，佇也，佇其美成而後足用。

按：羜，《說文解字》曰：「羜，五月生羔也。從羊宁聲」〔註68〕，屬形聲字，

份有限公司，1996 年 12 月），頁 679。

〔註64〕爰，甲骨文作「𤔔」，象兩手相引之形。《說文解字》釋「爰」則曰：「引也」，見（漢）許慎撰，（清）段玉裁注：《說文解字注》卷四，（臺北，黎明文化事業股份有限公司，1996 年 12 月），頁 162。

〔註65〕見（唐）柳宗元〈憎王孫文〉：「猿、王孫居異山，德異性，不能相容。猿之德靜以恆，類仁讓孝慈。居相愛，食相先，行有列，飲有序。不幸乖離，則其鳴哀。有難，則內其柔弱者。不踐稼蔬，木實未熟，相與視之謹；既熟，嘯呼群蘋，然後食，衎衎焉。山之小草木，必壞而行遂其植。故猿之居山恆鬱然。王孫之德躁以囂，勃諀號呶，唶唶強強，雖群不相善也。食相齧齧，行無列，飲無序。乖離而不思。有難，推其柔弱者以免。好踐稼蔬，所過狼籍披攘。木實未熟，輒蛇咬投注。竊取人食，皆知自實其嫌。山之小草木，必凌挫折挽，使之瘁然後已。故王孫之居山恆蒿然。以是猴群眾則逐王孫，王孫群眾亦齮猿。猿奔去，終不與抗。然則物之甚可憎，莫王孫若也。」收錄於《全唐文》卷 0583。

〔註66〕見（晉）郭璞注，（宋）邢昺疏：《爾雅注疏》，卷四「釋訓第三」，（臺北：藝文印書館，1997 年），頁 57。

〔註67〕見（漢）毛公傳，鄭玄箋，（唐）孔穎達等疏：《毛詩正義》，卷四，（臺北：藝文印書館，1997 年），頁 151。

〔註68〕見（漢）許慎撰，（清）段玉裁注：《說文解字注》卷四，（臺北，黎明文化事業股份有限公司，1996 年 12 月），頁 147。

然陸佃从聲符「宁」釋義。「宁」，《說文解字》曰：「辨積物也。」〔註69〕
為貯之古字，本指積蓄、儲存；又指介於門與屏間之間，人君用以視朝所
立之處，如：《爾雅·釋宮》：「門屏之閒謂之宁，屏謂之樹。」郭璞注：「人
君視朝所宁立處。宁，佇。」；〔註70〕、《禮記·曲禮》：「天子當宁而立。」
注：「門內屏外，人君視朝所宁立處。」〔註71〕、《釋名·釋宮室》：「宁，
佇也，將見君，所佇立定氣之處也。」等，故引申指人久立〔註72〕，故从
人从宁之「佇」，《說文解字》曰：「久立也。」、《爾雅·釋詁》：「曩，塵，
佇，淹，留，久也。」；《詩·邶風·燕燕》：「瞻望弗及，佇立以泣。」毛
亨傳：「佇立，久立也。」；宁與佇皆有久之義，故陸佃曰「宁，佇也」；而
羊古人以為「羊大為美」〔註73〕，而羜為未成羊，故欲待羔羊成熟方能享
用其美味，故陸佃从宁釋義，曰「佇其美成而後足用。」

6、卷十三〈釋木·李〉

　　李，東方之果，木子也，故其字从木从子。

按：李，《說文解字》曰：「李，果也。从木子聲。」〔註74〕。然此陸佃以李為
　　果樹所結之子，將其視為會意字，釋曰「从木从子」。

〔註69〕 見（漢）許慎撰，（清）段玉裁注：《說文解字注》卷十四，（臺北，黎明文化事業
　　　　股份有限公司，1996年12月），頁744。

〔註70〕 見（晉）郭璞注，（宋）邢昺疏：《爾雅注疏》，卷五「釋宮第五」，（臺北：藝文印
　　　　書館，1997年），頁73。

〔註71〕 （漢）鄭玄注，（唐）孔穎達疏《禮記正義》，卷五〈曲禮下〉，（臺北：藝文印書
　　　　館，1997年），頁90。

〔註72〕 《說文解字》曰：「宁，辨積物也。」，段玉裁注曰：「〈釋宮〉：『門屏之閒曰宁。』
　　　　郭云：『人君視朝所宁立處。』《毛詩》傳云：『宁立，久立也。』然則凡云宁立者，
　　　　正積物之義之引申。俗字作佇，作竚。皆非是。以其可宁立也，故謂之宁。」見
　　　　（漢）許慎撰，（清）段玉裁注：《說文解字注》卷十四，（臺北，黎明文化事業股
　　　　份有限公司，1996年12月），頁744。

〔註73〕 《說文解字》曰：「美，甘也，从羊大。」段玉裁注曰：「羊大則肥美」。見（漢）許
　　　　慎撰，（清）段玉裁注：《說文解字注》卷四，（臺北，黎明文化事業股份有限公司，
　　　　1996年12月），頁148。

〔註74〕 見（漢）許慎撰，（清）段玉裁注：《說文解字注》卷六，（臺北，黎明文化事業股
　　　　份有限公司，1996年12月），頁242。

7、卷十五〈釋木·蓬〉

蓬雖轉徙無當，其相遇往往而有也，故其制字從逢。

按：蓬，《說文解字》曰：「蒿也。从艸逢聲。」〔註75〕，因蓬末大於本，遇風則拔而旋，如《商君書·禁使》曰：「今夫飛蓬，遇飄風而行千里，乘風之勢也。」、潘岳《西征賦》曰：「飄萍浮而蓬轉」等，而隨風飄盪，偶有因遇際會之時，故陸佃从聲符「逢」釋曰「蓬雖轉徙無當，其相遇往往而有也」。

8、卷十八〈釋草·蕙〉

凡氣薰則惠和，暴則酷烈，故於文惠艸爲蕙。

按：蕙，釋从草惠聲之形聲字，爲香草之名，如《廣韻》曰：「香草，蘭屬」；《玉篇》曰：「香草，生下濕地。」；《南方草木狀》則曰：「蕙一名薰草。」惠，《說文解字》曰：「仁也。从心叀。[illegible]，古文惠从芔」，君主具有仁心，可解民之慍，暴政則民反之，如《左傳·昭公四年》曰：「紂作淫虐，文王惠和，殷是以隕，周是以興」；同理，香氣則可使人排憂解悶，人皆喜歡，如「《抱朴子·辨問》曰：「人鼻無不樂香，故流黃鬱金、芝蘭蘇合、玄膽素膠、江離揭車、春蕙秋蘭，價同瓊瑤。」《三國志·陳思王植傳》曰：「蘭茝蓀蕙之芳，衆人之所好。」然芬芳漚鬱過盛亦易引人排斥，如《群書治要·酒誡》曰：「惑鼻者必芷蕙芥馥也。」故陸佃从聲符惠而釋曰：「凡氣薰則惠和，暴則酷烈，故於文惠艸爲蕙」。

9、卷七〈釋鳥·鳲鳩〉

《禽經》曰：「一鳥曰隹，二鳥曰雔，三鳥曰朋，四鳥曰乘，五鳥曰雇，六鳥曰鶂，七鳥曰鳦，八鳥曰鸞，九鳥曰鳩，十鳥曰鶉。」九鳥曰鳩，其字从九，以此故歟？

按：鳩，《說文解字》曰：「鶻鵃也，从鳥九聲。」〔註76〕屬形聲字。段玉裁作

〔註75〕見（漢）許愼撰，（清）段玉裁注：《說文解字注》卷一，（臺北，黎明文化事業股份有限公司，1996年12月），頁47。

〔註76〕見（漢）許愼撰，（清）段玉裁注：《說文解字注》卷四，（臺北，黎明文化事業股份有限公司，1996年12月），頁150。

注時則以爲鳩爲祝鳩、鴡鳩、鳲鳩、爽鳩、鶻鳩五鳩之總稱〔註77〕，而陸佃引《禽經》之說曰「九鳥曰鳩」，將聲符「九」釋爲義符，「九」自古引申有多之義，如唐・魏徵〈諫太宗十思疏〉「宏茲九德。」，故陸佃從聲符「九」取其多之義，認爲鳩爲多種鳥名之通稱，曰「九鳥曰鳩，其字從九，以此故歟」。

10、卷九〈釋鳥・鶬〉

鶬性群居如鴈，自然而有行列，故從牟，《詩》曰「鶬行」以此故。

按：鶬，《說文解字》曰：「鶬，鳥也。肉出尺薂。從鳥牟聲。」〔註78〕屬形聲字，然陸佃卻以聲符「牟」來釋義。「牟」，《說文解字》云：「牟，相次也，從匕從十。」〔註79〕匕爲比之省，比敘則必有其次矣，故有次序之義。而陸佃以爲鶬之行爲模式「自然而有行列」與鴈相若，故引《詩經》〔註80〕及從聲符「牟」釋義曰「故從牟，《詩》曰『鶬行』以此故。」

〔註77〕五鳩之說，見於《左傳・昭十七年》記載，曰：「秋，郯子來朝，公與之宴。昭子問焉，曰：『少皞氏鳥名官，何故也？』郯子曰：『吾祖也，我知之。……我高祖少皞摯之立也，鳳鳥適至，故紀於鳥，爲鳥師而鳥名。……祝鳩氏，司徒也。鴡鳩氏，司馬也。鳲鳩氏，司空也。爽鳩氏，司寇也。鶻鳩氏，司事也。五鳩，鳩民者也。』」段玉裁注「鳩」字時則據以釋曰：「按今本《說文》奪譌，鳩與雉、雇皆本《左傳》。鳩爲五鳩之總名。猶雉爲十四雉之總名，雇爲九雇之總名也。當先出鳩篆。釋云：五鳩，鳩民者也，乃後云鷗鳩，鶻鵃也；雉，祝鳩也；秸鶅，尸鳩也；鴡，王鴡，鴡鳩也。鴡鳩鷙鳥，故別爲類廁之，而雍爲爽鳩，已見於隹部矣。度《說文》古本當如是。今本以鳩名專系諸鶻鵃，則不可通矣。《毛詩・召南》傳曰：『鳩，尸鳩秸鞠也。』〈衛風〉傳曰：『鳩，鶻鳩也。』〈月令〉注曰：『鳩，搏穀也。』經文皆單言鳩，傳注乃別爲某鳩，此可證鳩爲五鳩之總名。」見（漢）許愼撰，（清）段玉裁注：《說文解字注》卷四，（臺北，黎明文化事業股份有限公司，1996年12月），頁150。

〔註78〕見（漢）許愼撰，（清）段玉裁注：《說文解字注》卷四，（臺北，黎明文化事業股份有限公司，1996年12月），頁155。

〔註79〕見（漢）許愼撰，（清）段玉裁注：《說文解字注》卷八，（臺北，黎明文化事業股份有限公司，1996年12月），頁389。

〔註80〕《詩經・唐風・鴇羽》曰：「肅肅鴇行，集於苞桑。」見（漢）毛公傳，鄭玄箋，（唐）孔穎達等疏：《毛詩正義》，卷十四，（臺北：藝文印書館，1997年），頁225。

11、卷十〈釋蟲・螽〉

（螽）字蓋从冬，冬，終也，至冬而終。故謂之螽。

按：螽，《說文解字》曰：「蝗也，从蚰，夂聲，夂，古文終字。」〔註81〕，屬形聲字。螽斯多出現於夏季至初冬，如《通典・大鯪》云：「昆蟲，暑生寒死，螟螽之屬，能爲穀害。」故陸佃从聲符「冬」，釋義曰：「至冬而終，故謂之螽」。

12、卷十二〈釋馬・馬〉

今文以竹策龍爲籠，以竹策馬爲篤。蓋良馬見鞭影而行；於龍，是以籠之，非以篤之也。

按：籠，《說文解字》云：「舉土器也。一曰笭也。从竹龍聲」〔註82〕；篤，《說文解字》云：「馬行頓遲。从馬竹聲」〔註83〕兩字皆屬形聲字，然陸佃卻視爲會意。「篤」字，王安石曾云：「篤之字，从竹从馬。馬行地無疆，以竹策之，則力行而有所至。篤之爲言力行而有所至也。」〔註84〕策馬則可行疾，陸佃據此从字形以爲其爲會意字，並析爲「以竹策馬爲篤，」采師說以解之曰：「蓋良馬見鞭影而行」；「籠」字則以竹內虛而有節，所以可籠物，如《周禮・夏官・司弓矢》云：「田弋充籠箙矢。」鄭玄注曰：「籠，竹箙也。」〔註85〕雖若龍〔註86〕者亦可籠之，故陸佃从竹从龍而釋曰「以竹策龍曰籠」、「於龍，是以籠之」，然此說亦屬望文之訓。

〔註81〕見（漢）許慎撰，（清）段玉裁注：《說文解字注》卷十三，（臺北，黎明文化事業股份有限公司，1996 年 12 月），頁 681。

〔註82〕見（漢）許慎撰，（清）段玉裁注：《說文解字注》卷五，（臺北，黎明文化事業股份有限公司，1996 年 12 月），頁 197。

〔註83〕見（漢）許慎撰，（清）段玉裁注：《說文解字注》卷五，（臺北，黎明文化事業股份有限公司，1996 年 12 月），頁 470。

〔註84〕見（宋）王安石：《王安石文集・卷五・奏議・笥子・詩義》「公劉」條，收錄於《王安石全集》上冊，（臺北：河洛圖書出版社，1974 年），頁 451。

〔註85〕見（漢）鄭玄注，（唐）賈公彥疏：《周禮注疏》，（臺北：藝文印書，1997 年），頁 487。

〔註86〕按：依所列處之篇章〈釋馬〉及上下文判斷，此處之龍應指《周禮》中所言之龍馬，《周禮・夏官・司馬》云：「馬八尺以上爲龍，七尺以上爲騋，六尺以上爲馬。」

13、卷十二〈釋獸・駒〉

馬二歲曰駒，三歲曰駣，八歲曰駥。馬八歲一變，故从八。語曰：「七
駥八白。」言馬至八歲，駥變而白矣。……（駒）《說文》从句字，
音拘，則以駒血氣未定，宜拘執之耳。

按：駒，《說文解字》曰：「馬二歲曰駒，三歲曰駣。从馬句聲。」屬形聲字，
然陸佃以爲二歲之駒尙小，有踶齧之虞，如：《禮記・月令第六》曰：「仲
夏……游牝別羣，則縶騰駒。」鄭玄注云：「爲其牡氣有餘，相蹄齧也」〔註
87〕由是可知因牝馬妊孕已遂，爲維護其安危，故仲夏時不使牡、牝同羣，
拘繫騰躍之駒，防踶齧。陸佃从駒之「血氣未定」來釋義，將聲符「句」
視爲義符，而「句」《說文》曰「曲也。从口丩聲。」有彎曲之義，後引
申爲鉤取、拘束之義，故陸佃曰「从句字，……宜拘執之耳」。

14、卷十三〈釋木・楓〉

《爾雅》云：「楓，欇欇。」樹似白楊，有脂而香，今之香楓是也。
木厚葉弱枝，善搖，故字从風作，音从風也。

按：楓，《說文解字》曰：「楓木也，厚葉弱枝，善搖。一名欇欇。从木風聲」〔註
88〕屬形聲字。陸佃此說與《說文》之說相似，疑本《說文》之說而釋之，
且「木」字前疑脫「楓」字，故有「木厚葉弱枝」之說，而因枝弱風吹而
善搖之故，陸佃以「因風而動」，以同音義近之聲符「風」字釋之，故曰「善
搖，故字从風作，音从風。」

15、卷十九〈釋天・雹〉

陽散陰爲霰，陰包陽爲雹。

按：雹，《說文解字》曰：「雹，雨仌也。从雨包聲。」〔註89〕；霰，《說文解字》

〔註87〕（漢）鄭玄注，（唐）孔穎達疏《禮記正義》，卷十六〈月令第六〉，（臺北：藝文
印書館，1997 年），頁 317。

〔註88〕見（漢）許愼撰，（清）段玉裁注：《說文解字注》卷八，（臺北，黎明文化事業股
份有限公司，1996 年 12 月），頁 248。

〔註89〕見（漢）許愼撰，（清）段玉裁注：《說文解字注》卷十一，（臺北，黎明文化事業
股份有限公司，1996 年 12 月），頁 578。

曰：「稷雪也。从雨散聲。」〔註90〕二字皆屬形聲字。雹多發生於夏季，為水氣上升後遇冷所結之冰粒，後因重量大於空氣之浮力，而往地面墜落後仍呈固態冰粒者，其形狀多呈圓形〔註91〕。霰則為下雪或下雨時因雨滴遇冷空氣所凝結的小冰粒。關於霰與雹，歷來典籍多有紀錄，並有詳細詮釋，如《禮記‧月令》：「仲夏行多令，則雹凍傷穀，道路不通，暴兵來至」，鄭玄注曰「陽為雨，陰起脅之凝為雹」〔註92〕；《詩‧小雅‧頍弁》：「如彼雨雪，先集維霰。」《毛傳》曰：「霰，暴雪也。」箋云：「將大雨雪，始必微溫，雪自上下，遇溫氣而摶，謂之霰。」孔穎達疏曰：「《大戴禮》曾子云：『陽之專氣為霰，陰之專氣為雹。盛陽氣之在雨水則溫暖，為陰氣薄而脅之，不相入則摶為雹也。盛陰之氣在雨水，則凝滯而為雪，陽氣薄而脅之，不相入則消散而下，因水而為霰。』是霰由陽氣所薄而為之，故言遇溫氣而摶也。」〔註93〕；《春秋考異郵》曰：「陰氣之專精，凝合生雹。雹之言合也。」；〔註94〕董仲舒曰：「雹者，陰氣脅陽也。」〔註95〕；《漢書‧五行

〔註90〕 見（漢）許慎撰，（清）段玉裁注：《說文解字注》卷十一，（臺北，黎明文化事業股份有限公司，1996 年 12 月），頁 578。

〔註91〕 雹，據交通部氣象局「氣象常識」定義曰：「冰雹是在對流雲中形成，當水氣隨氣流上升遇冷會凝結成小水滴，若隨著高度增加溫度繼續降低，達到攝氏零度以下時，水滴就凝結成冰粒，在它上升運動過程中，並會吸附其周圍小冰粒或水滴而長大，直到其重量無法為上升氣流所承載時即往下降，當其降落至較高溫度區時，其表面會融解成水，同時亦會吸附周圍之小水滴，此時若又遇強大之上升氣流再被抬升，其表面則又凝結成冰，如此反覆進行如滾雪球般其體積越來越大，直到它的重量大於空氣之浮力，即往下降落，若達地面時未融解成水仍呈固態冰粒者稱為冰雹，如融解成水就是我們平常所見的雨。」網址：http://www.cwb.gov.tw/V7/knowledge/encyclopedia/me018.htm。

〔註92〕 （漢）鄭玄注，（唐）孔穎達疏《禮記正義》，卷十六〈月令第六〉，（臺北：藝文印書館，1997 年），頁 318。

〔註93〕 見（漢）毛公傳，鄭玄箋，（唐）孔穎達疏：《毛詩正義》，卷十四，（臺北：藝文印書館，1997 年），頁 483～484。

〔註94〕 見（清）黃奭輯《春秋考異郵》，收錄於《叢書集成》三編之十六：《黃氏逸書考（十四）》，（臺北：藝文印書館，1972 年），頁七。

〔註95〕 見（唐）徐堅等奉敕撰：《初學記》卷二‧〈天部下〉「脅陽微動羽」：「《西京雜記》曰：『鮑敞問董仲舒曰：『雹，何物也？』仲舒曰：『陰氣脅陽也。』』」

志》：「釐公二十九年『秋，大雨雹』。劉向以爲盛陽雨水，溫煖而湯熱，陰氣脅之不相入，則轉而爲雹；盛陰雨雪，凝滯而冰寒，陽氣薄之不相入，則散而爲霰」。顏師古注曰：「霰，雨雪雜下」。《漢書五行志》曰：「及雪之銷，亦冰解而散，此其驗也。故雹者陰脅陽也，……凡雹，皆冬之愆陽，夏之伏陰也。」顏師古注：「愆，過也。過陽，冬溫也。伏陰，夏寒也。」〔註 96〕；《南齊書‧五行》曰：「《傳》曰：『雨雹，君臣之象也。陽之氣專爲雹，陰之氣專爲霰。陽專而陰脅之，陰盛而陽薄之。雹者，陰薄陽之象也。霰者，陽脅陰之符也』」〔註 97〕等。觀察古籍之說法，雖以陰陽觀念來詮釋，然晴天下雨時出現雹，天寒時出現霰之說法與今日之見解多有雷同。陸佃不僅以陰陽釋義，亦從二字之聲符包、散釋雹、霰二字。包，《說文解字》曰：「姙也，象人裹妊，巳在中，象子未成形也。」〔註 98〕因象人裹妊之形，故引申有包裹之義，而雹即水氣不斷吸附水氣而成之物，故陸佃即從聲符包釋義曰「陰包陽爲雹」。而散，本作散，《說文解字》曰：「襍肉也」段玉裁注曰：「從㪔者，會意也，㪔，分離也。」襍肉多不完整，故「散」引申有零散、分開之義，而霰似雪，卻比雪易破碎，且多出現於嚴冬之時，故陸佃從聲符散釋義曰：「陽散陰爲霰」。

16、卷三〈釋獸‧麝〉

> 麝如小鹿，有香，故其文从鹿从射，虎豹之文來田，貍麝之香來射，
> 則其皮與臍之爲累也。

按：麝，又名「麝父」，《說文解字》作「䴠」，曰：「如小麋，臍有香。從鹿，射聲」〔註 99〕，屬形聲字。因古人以爲麝香有驅蛇、醫療、芬芳之效，

───────────────

〔註 96〕見（漢）班固撰，（唐）顏師古注，（清）王先謙補注：《漢書補注（一）》，卷二十七中之下‧〈五行志第七〉中之下，（臺北：藝文印書館，1996 年 8 月初版四刷，《二十五史》景印清乾隆武英殿刊本），頁 633。

〔註 97〕見（梁）蕭子顯撰：《南齊書‧卷十九‧志第十一‧五行》，（臺北：藝文印書館，1996 年 8 月初版四刷，《二十五史》第 11 冊，景印清乾隆武英殿刊本），頁 184。

〔註 98〕見（漢）許慎撰，（清）段玉裁注：《說文解字注》卷十一，（臺北，黎明文化事業股份有限公司，1996 年 12 月），頁 578。

〔註 99〕見（漢）許慎撰，（清）段玉裁注：《說文解字注》卷十，（臺北，黎明文化事業股份有限公司，1996 年 12 月），頁 476。

〔註100〕故多取爲己用，麝以其香而爲人所捕殺，故陸佃曰「其文从鹿从射」。

〔註100〕驅蛇、醫療、芬芳之說，如《抱朴子‧內篇卷之十七‧登涉》云：「或問隱居山澤辟蛇蝮之道。抱朴子曰：『昔圜丘多大蛇，又生好藥，黃帝將登焉，廣成子教之佩雄黃，而眾蛇皆去。今帶武都雄黃，色如雞冠者五兩以上，以入山林草木，則不畏蛇。蛇若中人，以少許雄黃末內瘡中，亦登時愈也。蛇種雖多，唯有蝮蛇及青金蛇中人爲至急，不治之，一日則煞人。人不曉治之方術者，而爲此二蛇所中，即以刀割所傷瘡肉以投地，其肉沸如火炙，須臾焦盡，而人得活。此蛇七八月毒盛之時，不得齧人，而其毒不泄，乃以牙齧大竹及小木，皆即燋枯。今爲道士人入山，徒知大方，而不曉辟之之道，亦非小事也。未入山，當預止於家，先學作禁法，思日月及朱雀玄武青龍白虎，以衛其身，乃行到山林草木中，左取三口炁閉之，以吹山草中，意思令此炁赤色如雲霧，彌滿數十里中。若有從人，無多少皆令羅列，以炁吹之，雖踐蛇，蛇不敢動，亦略不逢見蛇也。若或見蛇，因向日左取三炁閉之，以舌柱天，以手捻都關，又閉天門，塞地戶，因以物抑蛇頭而手縈之，畫地作獄以盛之，亦可捉弄也。雖繞頭頸，不敢齧人也。自不解禁，吐炁以吹之，亦終不得復出獄去也。若他人爲蛇所中，左取三口炁以吹之，即愈不復痛。若相去十數里者，亦可遙爲作炁，呼彼姓字，男祝我左手，女祝我右手，彼亦愈也。介先生法，到山中住，思作五色蛇各一頭，乃閉炁以青竹及小木板屈刺之，左徊禹步，思作吳蚣數千板，以衣其身，乃去，終亦不逢蛇也。或以乾姜附子帶之肘後，或燒牛羊鹿角薰身，或帶王方平雄黃丸，<u>或以豬耳中垢及麝香丸著足爪甲中，皆有效也。又麝及野豬皆啖蛇，故以厭之也。</u>』；……或問曰：『江南山谷之閒，多諸毒惡，辟之有道乎？』抱朴子答曰：『中州高原，土氣清和，上國名山，了無此輩。今吳楚之野，暑濕鬱蒸，雖衡霍正岳，猶多毒蛣也。又有短狐，一名蜮，一名射工，一名射影，其實水蟲也，狀如鳴蜩，狀似三合盃，有翼能飛，無目而利耳，口中有橫物角弩，如聞人聲，緣口中物如角弩，以氣爲矢，則因水而射人，中人身者即發瘡，中影者亦病，而不即發瘡，不曉治之者煞人。其病似大傷寒，不十日皆死。又有沙蝨，水陸皆有，其新雨後及晨暮前，跋涉必著人，唯烈日草燥時，差稀耳。其大如毛髮之端，初著人，便入其皮裏，其所在如芒刺之狀，小犯大痛，可以針挑取之，正赤如丹，著爪上行動也。若不挑之，蟲鑽至骨，便周行走入身，其與射工相似，皆煞人。人行有此蟲之地，每還所住，輒當以火炙燎令遍身，則此蟲墮地也。<u>若帶八物麝香丸、及度世丸、及護命丸、及玉壺丸、犀角丸、及七星丸、及薺苊，皆辟沙蝨短狐也。若卒不能得此諸藥者，但可帶好生麝香亦佳。</u>以雄黃大蒜等分合擣，帶一丸如雞子大者亦善。若已爲所中者，可以此藥塗瘡亦愈。』」《神農本草經‧卷一‧上經‧上品‧獸》「麝香條」云：「味辛，溫。主辟惡氣，殺鬼精物，溫瘧，蠱毒，癇痙，去三蟲。久服除邪，不夢寤魘寐。生川谷。」；又如《文始真經‧九藥》云：「走麝以遺香不捕，是以聖人以約爲紀」等。

三、形訓

　　形訓者，即藉形以辨義，因形以釋義的釋義方法。因文字爲表意之符號，透過形體結構之探析，見其形便可知其本義之所在，此種形訓之早見於先秦典籍之中，如《左傳・宣公十二年》：「夫文，止戈爲武」〔註101〕、《左傳・宣公十五年》：「故文，反正爲乏」〔註102〕、《左傳・昭公元年》：「於文，皿虫爲蠱」〔註103〕、《韓非子・五蠹》：「古者倉頡之作書也，自環者謂之私，背私謂之公」〔註104〕等。至漢代，漢儒注經以及許愼撰《說文解字》該書時，則多半以形索義方式以訓釋字義，如《說文解字》曰：「信，誠也，从人从言」〔註105〕、「刃，刀鋻也，象刀有刃之形」〔註106〕、「休，息止也，从人依木」〔註107〕等。陸佃因曾同王子韶參與《說文解字》修定之工作〔註108〕，故熟闇形訓之法，故於編撰《埤雅》時，亦以此法來解釋名物之義。如：

〔註101〕見（晉）杜預注，（唐）孔穎達疏：《春秋左傳正義》卷二十三〈宣公十二年〉，（臺北：藝文印書，1997 年），頁 397。

〔註102〕見（晉）杜預注，（唐）孔穎達疏：《春秋左傳正義》卷二十三〈宣公十五年〉，（臺北：藝文印書，1997 年），頁 408。

〔註103〕見（晉）杜預注，（唐）孔穎達疏：《春秋左傳正義》卷四十一〈昭公元年〉，（臺北：藝文印書，1997 年），頁 709。

〔註104〕見《韓非子集解》卷十九〈五蠹第四十九〉，收錄於楊家駱主編：《新編諸子集成・第五冊》，（臺北・世界書局，1991 年），頁 345。

〔註105〕見（漢）許愼撰，（清）段玉裁注：《説文解字注》卷三，（臺北，黎明文化事業股份有限公司，1996 年 12 月），頁 93。

〔註106〕見（漢）許愼撰，（清）段玉裁注：《説文解字注》卷四，（臺北，黎明文化事業股份有限公司，1996 年 12 月），頁 185。

〔註107〕見（漢）許愼撰，（清）段玉裁注：《説文解字注》卷六，（臺北，黎明文化事業股份有限公司，1996 年 12 月），頁 272。

〔註108〕陸佃參與修定《説文解字》之事，見諸於《宋史》、《陶山集》等書，其傳記云：「同王子韶修定《說文》」見（元）脱脱等修：《宋史・陸佃傳》卷三百四十三，列傳第一百二。另見於〈江寧府祭蔣山神祝文〉一文，云：「某在元豐初以光祿士丞資善堂修定《說文》，赴闕。」見（宋）陸佃：《陶山集》卷十三〈江寧府祭蔣山神祝文〉，收錄於（清）永瑢、紀昀纂修《景印文淵閣四庫全書》，（臺北：臺灣商務印書館，1986 年 3 月），第一一一七冊，頁 163 下。

1、卷二〈釋魚·貝〉

> 貝，背也。貝字从目从八，言貝目之所背也。

按：貝，《說文解字》曰：「海介蟲也。居陸名猋，在水名蜬。象形」，段玉裁云「象其背穹隆而腹下岐之形」，該字甲骨文做「」、金文做「」、象貝類張殼貌，另有金文做「」，小篆做「貝」則象貝殼受繩貫穿之形，皆屬獨體象形。然陸佃卻將貝殼之形視爲「目」，將穿貝之垂繩視爲「八」、「八」，《說文解字》曰：「別也。象分別相背之形」，故將該字釋爲「貝字从目从八，言貝目之所背也。」視爲會意字，此說屬望文生訓。

2、卷十二〈釋馬·騤〉

> 騤即戎馬，故其字指事，而戎事齊力尚強，故《爾雅》又曰「絕有
> 力，騤也」。

按：騤，《說文解字》曰：「馬高八尺。从馬戎聲」；《爾雅·釋畜》提及「騤」者有二處，一曰：「絕有力，騤」，一曰：「馬八尺爲騤。」由此可知馬高大且強壯有力之馬曰騤。唐·陸德明於《爾雅音義》以爲「騤」本亦作「戎」〔註109〕，而《爾雅·釋詁》曰：「戎，大也。」、《詩經·周頌·烈文》：「念茲戎功，繼序其皇之。」〈毛傳〉云：「戎，大。」由此可見「戎」與「騤」皆有大之義，故陸佃曰「騤即戎馬」。另戎馬於古籍中多指爲戰馬，如《周禮·夏官·校人》：「辨六馬之屬，……戎馬一物。」鄭玄注：「戎馬駕戎路」〔註110〕，而「戎」，本有戰爭之義，如《說文解字》曰「兵也，从戈甲，古文甲字」〔註111〕陸佃從戎字「戰爭」及「大」之義，以爲戰爭時將士同心則兵強，故有「而戎事齊力尚強」並附會而釋曰「故《爾雅》又曰『絕有力，騤也』。」之說。此外「戎」亦或「騤」皆不屬指事字，然陸佃卻將其視爲指事字，此說之謬誤亦可見矣。

〔註109〕（唐）陸德明《爾雅音義》曰：「騤，而充反，本亦作戎。」，收錄於（唐）陸德明：《經典釋文》，（臺北：鼎文書局，1972年7月），卷三十，頁437。

〔註110〕見（漢）鄭玄注，（唐）賈公彥疏：《周禮注疏》，（臺北：藝文印書館，1997年），頁494。

〔註111〕見（漢）許慎撰，（清）段玉裁注：《說文解字注》卷十二，（臺北，黎明文化事業股份有限公司，1996年12月），頁636。

3、卷十五〈釋木・竹〉

> 竹，物之有筋節者也，故蒼史制字，筋節皆从竹。

按：竹，《說文解字》曰：「冬生艸也。象形。下垂者，箁箬也」。此字甲骨做「ᐱᐱ」、「ᐱᐱ」，金文做「竹」、「竹」、楚簡做「竹」，小篆做「竹」，皆象竹生長之形〔註112〕。而筋，《說文解字》曰：「肉之力也。从力从肉从竹。竹，物之多筋者。」，此字屬會意字，由「力」、「竹」「肉」三部件組成，指以竹之多筋比擬人之筋多。宋育仁《說文部首箋正》則云：「筋以束骨，故人力在筋。然不得離肉言之，故从肉。筋者，人身之物；取於竹者，所謂遠取諸物。」由是可知，陸佃此處所言誠屬正確。

4、卷十七〈釋草・莧〉

> 莧，莖葉皆高大而見，故其字从見，指事也。

按：陸佃以「見」指莧其莖直立，主莖肥大易見，故曰「指事」，然莧，《說文解字》曰：「莧菜也。从艸見聲」〔註113〕屬形聲字，故此陸佃之說法有誤。

5、卷十七〈釋草・茹藘〉

> 茹藘，……齊人謂之茜，陶隱居以爲東方諸處乃有而少，不如西多，夫文西草爲茜，其或又以此乎？

按：茹藘，又名茜、蒨草，韎韐。茜，《說文解字》曰：「茅蒐也，从艸西聲」〔註114〕屬形聲字，而非因此草多長於西邊造字，故陸佃雖引陶弘景之說而

〔註112〕許慎言「下垂者，箁箬也」，此說歷來有持不同之見解者，如：林尹《文字學概說・第二篇・第二章象形》言：「箁箬，就是筍皮，竹子長大，筍衣就會離莖下垂。」，見林尹：《文字學概說》，（臺北：正中書局，1994年11月第二十次印行），頁75；而蔡新發先生則不認同下垂者爲箁箬，而是竹葉，其於《說文部首類釋・獨體象形》中言「金文做竹，是篆文竹之所本，象下垂的竹葉，而《說文》竟誤以爲是箁箬。箁箬即筍殼。」，見蔡新發：《說文部首類釋》，（臺北：萬卷樓圖書有限公司，1997年8月），頁57。因竹葉及箁箬皆竹生長之現象，故此綜合二家之說，僅言竹之生長。

〔註113〕見（漢）許慎撰，（清）段玉裁注：《說文解字注》卷一，（臺北，黎明文化事業股份有限公司，1996年12月），頁24。

〔註114〕見（漢）許慎撰，（清）段玉裁注：《說文解字注》卷一，（臺北，黎明文化事業股份有限公司，1996年12月），頁31。

有所疑惑，曰「夫文西草爲茜，其或又以此乎？」

6、卷二十〈釋天・月〉

《說文》曰：「太陰之精，象形」內像蟾桂之形，故夕从月半見，而
林罕以爲象其未有蟾桂之狀也。

按：月，該字甲骨文做「☽」、「☽」，金文做「☽」，楚簡做「☽」，小篆做「月」
等皆象月缺之形，陸佃此將「月」字中象徵月中陰影的符號視爲象蟾桂之
形，此明顯受古神話、傳說影響所致，月中有蟾蜍、桂木之說見諸於古籍
者有屈原〈天問〉：「夜光何德，死則又育？厥利惟何，而顧菟在腹？」、《淮
南子・精神訓》：「日中有踆烏，而月中有蟾蜍」、張衡〈靈憲〉：「嫦娥，羿
妻也，竊西王母不死藥服之，奔月。將往，枚占於有黃。有黃占之曰：『吉，
翩翩歸妹，獨將西行，逢天晦芒，毋驚毋恐，後且大昌』。嫦娥遂托身於月。
是爲蟾蜍。」、唐段成式《酉陽雜俎・天咫》：「舊言月中有桂，有蟾蜍。故
異書言，月桂高五丈，下有一人，常斫之，樹創隨合。人姓吳名剛，西河
人，學仙有過，謫令伐樹。」韓愈〈毛穎傳〉：「竊嫦娥其蟾蜍入月」，故釋
「月」曰「內像蟾桂之形」，故陸佃此說頗爲合理。

而夕，《說文解字》曰：「莫也。从月半見。」段玉裁注曰：「日且冥也。日
且冥而月且生矣。故字从月半見」〔註115〕即象月將出未出之狀，陸佃據《說
文解字》之說屬正確。而夕，該字甲骨文做「☽」、「☽」金文做「☽」、「☽」
楚簡做「☽」、小篆做「☽」，古與月字無別，故李國英先生曰：「夕月古本
一字，至篆乃分爲二」〔註116〕然陸佃據林罕《字源偏旁小說》之說云「林
罕以爲象其未有蟾桂之狀也」，則應是以小篆而釋義所造成望文生訓之誤。

四、引證典籍以釋義

黃季剛先生曾云：「訓詁之事，在解明字義和詞義。……其明字義者，有求
其證據而引古籍以證之，其明字形，亦有引經文者。」〔註117〕於《埤雅》一書

〔註115〕見（漢）許慎撰，（清）段玉裁注：《說文解字注》卷七，（臺北，黎明文化事業股
份有限公司，1996 年 12 月），頁 318。

〔註116〕見李國英：《說文類釋》，（臺北：書銘出版事業有限公司，1989 年 9 月），頁 138。

〔註117〕見黃季剛口述，黃焯筆記編輯：《文字聲韻訓詁筆記》，（臺北：木鐸出版社，1983
年 9 月），〈求訓詁之次序〉「求證據」條，頁 195。

則充分體現此說，其書除以音訓、形訓等方式對名物釋義外，或博引他籍以證之，或援引類書以爲說明，如《埤雅·卷八·釋鳥》「鶩」條云：

〈釋鳥〉云：「舒鳧，鶩。」雕鶚醜善立，鳧鶩醜善趨。《尸子》曰：「野鴨爲鳧，家鴨爲鶩。」不能飛翔，如庶人守耕稼而已。《周官》：「庶人執鶩，工商執雞。」工商欲其知時，又上之所畜也，故執雞；庶人雖亦上之所畜，欲其不散遷而已，故執鶩。鄭玄曰：「鶩取其不飛遷。」《說苑》曰：「鶩無佗心，故庶人以爲摯。」鶩一名「鴨」，蓋自呼其名曰「鴨」也。或曰：「雞可系，故謂之『雞』；鴨可押，故謂之『鴨』。」徐鍇曰：「鳥之孚卵皆如其期，不失信也；亦鳥以爪覆護其卵，愛之誠至也。」今雞、鶩孚卵，雞二十日而化，鶩三十日而化，皆如其期也。《物類相感志》云：「雞、鶩伏卵忌磨，若聞礱磨之聲，則不生矣。」《曲禮》曰：「庶人之摯，匹。」匹，鶩也。鶩不散遷，而又乘匹不妬，故或謂之「匹」也。今雄雞能鳴，其雌不能鳴；雌鶩能鳴，其雄不能鳴。蓋類之不可推也。《廣雅》曰：「鶄鴨，鶃也。」鶩音「木」，質木故也。蓋鶉性醇，鶩性木。

此條中陸佃引《爾雅·釋鳥》、《尸子》分別其所屬之種類，又據《周官》、《曲禮》釋其可當「摯禮」之功用，又以《說苑》、《物類相感志》之說以明其意義之所在。又如《埤雅·卷十一·釋蟲》「螳蜋」條下云：

螳蜋，有斧蟲也，兗人謂之「拒斧」，其臂如斧，奮之當轍不避，《莊子》所謂「猶螳蜋之怒臂以當車轍」者也。一名「不過」，以此。《爾雅》曰：「不過，螳蠰，其子，蜱蛸。」捕蟬而食，執木葉以自蔽，蟬將去而未飛，爲之一前一却，《莊子》曰：「螳蜋執翳而搏之，見得而忘其形。」蓋謂是也。世云螳蜋所執之翳可以蔽形。《類從》曰：「螳蜋之氣，含之生火；蚯蚓之塵，背洒起霧。」未知其審？〈月令〉曰：「螳蜋生。」蓋是月升陰始起，殺蟲應而生焉，孫炎《爾雅正義》云「螳螂深秋乳子，至夏之初迺生」是也。亦生百子，如螽斯云。

此條中陸佃引《爾雅》之說以明螳蜋及其子之稱，據《莊子》〈山木〉〈天地〉二篇之內容說明其有「奮臂當車」及執木葉自蔽以捕蟬之習性；引《禮記·月

令》、《爾雅正義》之說闡述其繁衍於夏季及多子特徵。

今考《埤雅》所稽覽、取證之典籍，據統計直接或間接徵引書者多達約三百多部，範圍遍及經、史、子、集各部，亦有取材自詩賦者〔註118〕，今將《埤雅》中所徵引之書目、篇名分類整理如下：

（一）經部：

1、易類：《易經》。

2、書類：《尚書》、《尚書正義》、《尚書大傳》。

3、詩類：《毛詩》、《韓詩外傳》、《毛詩序》、《毛詩草木鳥獸蟲魚疏》、《毛詩草蟲經》、劉楨《毛詩義問》。

4、禮類：《周禮》、《周禮》鄭玄注、《儀禮》、《儀禮》鄭玄注、《禮記》、《禮記》鄭玄注、《禮記正義》、《禮記注疏》、馬融注《周官》、干寶注《周官》、《大戴禮記》、蔡邕《月令章句》、董勛《問禮俗》、劉昭《續禮儀志》。

5、春秋類：《左傳》、《春秋左氏傳》杜預注、《公羊傳》、何休《春秋公羊傳注疏》、董仲舒《春秋繁露》。

6、孝經類：《孝經援神契》。

7、五經總義類：陸德明《經典釋文》、《中庸》、宋均《孝經緯》。

8、四書類：《孟子》、《孟子》趙岐注、《孟子注疏》。

9、小學類：《爾雅》、《爾雅正義》、孫炎注《爾雅正義》、郭璞《爾雅注》、孔鮒《小爾雅》、郭璞《爾雅圖贊》、揚雄《方言》、《方言》郭璞注、許慎《說文解字》、劉熙《釋名》、林罕《林氏小說》〔註119〕、郭璞《蒼頡解詁》、楊承慶《字統》、呂忱《字林》、張揖《廣雅》、張揖《埤倉》、曹憲《博雅》、《三蒼》、郭璞注《三蒼》、王安石《字說》、《字指》、《龍龕手鏡》、徐鍇《說文解字繫傳》、鄭惇方《篆髓》。

（二）史部

1、正史類：司馬遷《史記》、班固《漢書》、《漢書》顏師古注、范曄《後漢書》、《史記索隱》、《漢書音義》、《三國志》、《南齊書》、《新五代史》。

〔註118〕因下章對徵引之書集及詩賦有一詳細介紹，故此僅臚列其引證之書、篇名以說明之。

〔註119〕書中時作《林氏字源編小說》。

2、編年類：司馬光《資治通鑑》。

3、別史類：《東觀漢記》、《逸周書》。

4、雜史類：《國語》、《戰國策》。

5、傳記類：《列女傳》、晏嬰《晏子春秋》。

6、載記類：趙曄《吳越春秋》、吳平《越絕書》。

7、地理類：桑欽《水經》、酈道元注《水經》、《三秦記》、郭緣生《述征記》、楊備《恩平郡譜》、劉欣期《交州記》、束皙《發蒙記》、劉德禮《夔州圖經》、陳昭裕《建州圖經》、伍安貧《武陵記》。

8、政書類：杜佑《通典》、應劭《漢官儀》、長孫無忌等《故唐律疏議》〔註120〕、《事類賦》、《唐會要》。

（三）子部

1、儒家類：《孔子家語》、孔鮒《孔叢子》、賈誼《新書》、桓寬《鹽鐵論》、荀卿《荀子》、徐幹《中論》、揚雄《法言》。

2、兵家類：《六韜》〔註121〕、《孫子兵法》、《雜兵書》。

3、法家類：《管子》、崔寔《正論》、商鞅《商子》。

4、農家類：范蠡《養魚經》、賈思勰《齊民要術》、《相馬經》、氾勝之《氾勝之書》、卞彬《禽獸決錄》、秦觀《蠶書》、唐韓鄂《四時纂要》、崔寔《四民月令》、師曠《禽經》。

5、醫家類：《素問》、《本草》、雷斅《雷公炮炙論》、《神農書》、孟詵《食療本草》、韓保異《蜀本草》、陶弘景《本草經集注》、孫思邈《玄女房中經》。

6、天文算法類：《九章算經》、《周髀算經》。

7、術數類：《葬書》、焦贛《易林》〔註122〕、《俞氏易林》、孫思邈《相書》、《夢書》、《地理新書》、《遁甲書》、史蘇《龜經》〔註123〕、《星禽衍法》、《陰陽自然變化論》、《春秋考異郵》、《瑞應圖》、《神仙服食經》。

8、譜錄類：歐陽修《洛陽牡丹記》、戴凱之《竹譜》。

〔註120〕《唐律疏議》又稱《律疏》，宋元時稱《故唐律疏議》。

〔註121〕書中或作《太公兵法》。

〔註122〕書中或作《焦氏易林》。

〔註123〕書中或作《靈龜經》。

9、雜家類：劉劭《人物志》、公孫龍《公孫龍子》、墨翟《墨子》、《鬼谷子》、《鶡冠子》、慎到《慎子》、尸佼《尸子》、呂不韋《呂氏春秋》、應劭《風俗通》、王充《論衡》、劉晝《劉子》、趙蕤《長短經》、崔豹《古今注》、馬總《意林》、王睿《炙轂子》、僧贊寧《物類相感志》、劉安《淮南子》、譚峭《化書》、楊泉《物理論》、《裴氏新書》、沈括《夢溪筆談》、蘇鶚《蘇氏演義》、周蒙《續崔豹古今注》、杜恕《篤論》、鍾會《芻蕘論》、班固《白虎通》。

10、類書類：唐徐彥伯等《三教珠英》、唐徐堅等《初學記》。

11、小說家類：張華《博物志》、《山海經》、晉李石《續博物志》、任昉《述異記》、張鷟《朝野僉載》、段成式《酉陽雜俎》、《漢武帝故事》、《海物記》、沈懷遠《南越志》、楊孚《交州異物志》、陳致雍《晉安海物異名記》、王子嘉《拾遺記》、劉恂《嶺表異錄》、房千里《南方異物志》、《世說新語》、趙辟公《雜說》、唐趙自勔《造化權輿》、郭義恭《廣志》、《名苑》、劉歆《西京雜記》、周處《風土記》、沈瑩《臨海異物志》、劉向《說苑》、譙周《巴蜀異物志》、王仁裕《玉堂閒話》、《魚龍河圖》、尉遲偓《中朝故事》、徐整《三五歷記》。

12、釋家類：《內典》、《儒門經濟長短經》、《楞嚴經》、《北山錄》、《地藏菩薩本願經》、睦庵善卿《祖庭事苑》。

13、道家類：《老子》、《莊子》、《列子》、《抱朴子》、庚桑楚《洞靈眞經》〔註124〕、《文子》。

（四）集部

1、楚辭類：《楚辭》。

2、別集類：顏之推《稽聖賦》、《東方朔集》。

3、總集：《李善注文選》。

（五）單篇詩賦

《埤雅》一書，除徵引典籍內容釋義外，亦有引單篇詩、賦以釋義之處，以下以作品時代為序，將所徵引之詩賦作品條陳之。

1、戰國：（1）屈原〈離騷〉、〈招魂〉、〈懷沙〉、〈惜誦〉（2）宋玉〈風賦〉。

2、兩漢：（1）西漢・王褒〈洞簫賦〉（2）西漢・賈誼〈弔屈原賦〉（3）西漢・東方朔〈七諫〉（4）西漢・司馬遷〈報任安書〉（5）西漢・枚乘・〈柳賦〉

〔註124〕書中或作《桑庚子》、《亢桑子》。

（6）西漢・司馬相如〈上林賦〉（7）西漢・揚雄〈解嘲〉、〈羽獵賦〉（8）東漢・班固〈東都賦〉（9）東漢・馮衍〈與婦弟任武達書〉（10）東漢・張衡〈歸田賦〉、〈西京賦〉（11）東漢・馬融〈長笛賦〉。

　　　3、魏晉南北朝：（1）東漢末・王粲〈游海賦〉（2）東漢末，劉楨〈魯都賦〉（3）東漢末・陳琳〈武軍賦〉（4）東漢末曹植〈鷂賦〉、〈鶡雀賦〉、〈籍田賦〉（5）三國・魏・嵇康〈養生論〉（6）三國・魏・何晏〈景福殿賦〉（7）西晉・張華〈鷦鷯賦〉（8）西晉・潘岳〈西征賦〉、〈射雉賦〉（9）西晉・張協〈七命〉（10）西晉・左思〈蜀都賦〉（11）西晉・摯虞〈槐賦〉（12）東晉・郭璞〈鷗贊〉（13）東晉・王羲之〈來禽帖〉（14）南北朝・北魏・高允〈代都賦〉（15）南朝・梁・沈約〈郊居賦〉（16）南朝・陳，徐陵〈玉臺新詠・序〉（17）南朝梁・庾信〈鏡賦〉。

　　　4、隋、唐：（1）隋・杜臺卿〈淮賦〉（2）唐・吳筠〈玄猿賦〉（3）唐・杜甫〈戲作俳諧體遣悶二首〉、〈義鶻行〉、〈徐步〉、〈秦州雜詩・其一〉（4）唐・韓愈〈南海神廟碑〉、〈與張十八同效阮步兵一日度一夕〉、〈送窮文〉、〈守戒〉、〈送孟東野序〉、〈韓成王碑〉（5）唐・白居易〈放言五首〉（6）唐・柳宗元〈羆說〉、〈憎王孫文序〉。

　　由此觀之陸佃《埤雅》一書除不僅廣徵博取，詳稽博辨諸群書之說以「為《爾雅》之輔」〔註125〕，亦可見陸佃淵博之學識，故張存於〈重刊埤雅・序〉言：

> 埤，輔也，言為《爾雅》之輔也，則事愈備而文愈加詳矣。類非博極羣書、深窮萬物之理者，不能為也。〔註126〕

第二節　《爾雅新義》釋例

　　相較於《埤雅》之功用為補《爾雅》之不足，《爾雅新義》則為別於傳統《爾雅》注疏之作，故文中多有異於傳統《爾雅》注疏之舉，今分別探討之：

一、一名而兩讀

　　《爾雅》於〈釋詁〉、〈釋言〉等篇中有三十七例〔註127〕將具有不同意義的

〔註125〕見《埤雅・陸宰序》。

〔註126〕見清康熙庚辰（三十九年）常照顧械刻如月樓刊本《埤雅》。

〔註127〕按：《爾雅》中「二義同條」之例，有不同之認知，如李冬英於〈論《爾雅》解釋普通語詞二義同條〉一文中認為有 30 例，收錄於〈魯東大學學報〉（哲學社會科

被釋詞使用同一釋詞且列於同一條訓釋者，如《爾雅‧釋詁》：「林、烝、天、帝、皇、王、后、辟、公、侯，君也」，君於此有二義：其中「林烝」釋為「群聚、眾多」義之「君」；「天、帝、皇、王、后、辟、公、侯」則釋為「君王」義之「君」﹝註128﹞。又如《爾雅‧釋詁》：「嘵、幾、烖、殆，危也」，釋詞「危」有二義，一作「危險、危害」義之「危」以釋「幾、烖、殆」，一作「詭詐」義以釋「嘵」。此種情況，晉人郭璞注《爾雅》時已注意並加以辨析﹝註129﹞，至清王引之則提出「二義不嫌同條」﹝註130﹞之說，嚴元照則謂之「一訓兼兩義」，胡樸安《中國訓詁學史》則提出「訓同義異」﹝註131﹞。今人多以為此說為王引之首倡其說﹝註132﹞，然早於宋代陸佃《爾雅新義》一書中早有提有「一名而兩

學報），2009 年 9 月第 26 卷第 5 期；王建莉〈論《爾雅》二義同條的同義多組性〉一文則指出為 37 例，收錄於內〈蒙古大學學報〉（人文社會科學報），2007 年 5 月，第 39 卷第 3 期。此採王建莉之說。

﹝註128﹞ 王引之《經義述聞‧爾雅上》云：「君字有二義，一為君上之君，天、帝、皇、王、后、辟、公、侯是也；一為群聚之群，林烝是也。古者君與群同聲，故《韓詩外傳》曰：『君者，群也。』」見（清）王引之：《經義述聞》，（臺北：廣文書局，1971 年 3 月），卷 26，頁 618。

﹝註129﹞ 如郭璞於「台、朕、賚、畀、卜、陽，予也」條下注云「賚、卜、畀，皆賜與也。與猶予也，因通其名耳。〈魯詩〉曰：『陽如之何。』今巴濮之人自呼阿陽。」見（晉）郭璞注，（宋）邢昺疏：《爾雅注疏》，卷二「釋詁下」，（臺北：藝文印書館，1997 年）「台、朕、賚、畀、卜、陽，予也」條，頁 20。

﹝註130﹞ 見（清）王引之《經義述聞‧爾雅上》云：「林、烝、天、帝、皇、王、后、辟、公、侯，君也」條云：「君有二義。一為君上之君，天、帝、皇、王、后、辟、公、侯是也。一為群聚之群，林烝是也。……而得合而釋之者，古人訓詁之指本於聲音，六書之用廣於假借，故二義不嫌同條也」。見（清）王引之：《經義述聞》，（臺北：廣文書局，1971 年 3 月），卷 26，頁 618。

﹝註131﹞ 胡樸安云：「訓同義異，訓同義異者，即高郵王氏所謂二義合為一條，歸安嚴氏所謂一訓兼兩義也。」見胡樸安：《中國訓詁學史》，（臺北：台灣商務印書館，1988 年 11 月），頁 48。

﹝註132﹞ 如：洪誠言：「王氏發現了《爾雅》中二義同條之例，正是發現《爾雅》在訓詁學上代有原始性，分別詞義，精粗雜出，和《方言》相比，博固過之，精則不及」，見洪誠：《中國歷代語言文字學文選》，（南京：江蘇古籍出版社，2000 年），頁 72。又如馬景侖言：「最早提出『《爾雅》二義同條』之例的，是清代傑出的訓詁學家王念孫、王引之。」收錄於〈南京師大學報〉（社會科學報），2006 年 9 月第 5 期，頁 119。

讀」的說法論及此現象，「一名而兩讀」之說分別見於該書中卷一及卷二，凡三例，其中卷一〈釋詁第一〉有二例：一爲：「爰、粵、于、那、都、繇，於也。」條下注云：

> 於古烏字，鵲告喜而已，烏告人之凶，故於又爲於于之字。於，一名兩讀，那都繇，於也。爰粵于，於也。」；〔註133〕

一爲「台、朕、賚、畀、卜、陽，予也」條下注云：

> 陰，小人也，則陽爲我矣。予亦一名而兩讀。台、朕、陽，予也；賚、畀、卜，予也。《詩》曰：「君曰卜爾。」神所與見於卜而已。《春秋傳》曰：稱我者，「齊亦欲之。」我占恪，予畀與。〔註134〕

卷二〈釋詁〉則有一例，爲「昌、敵、彊、應、丁，當也」條下注云：

> 當，一名而兩讀。「禹拜昌言」，昌，當也。彊，彊則有當之者；應，當則有應之者。〔註135〕

以下分別針對此三例加以論述之：

1、卷一〈釋詁第一〉「爰、粵、于、那、都、繇，於也。」條下注云

> 於，古烏字，鵲告喜而已，烏告人之凶，故於又爲於于之字。於，一名兩讀，那都繇，於也。爰粵于，於也。」〔註136〕

按：「於」，本「烏」之古字，作烏鴉解；如《穆天子傳·卷三》：「徂彼西土，爰居其野。虎豹爲群，於鵲與處。」郭璞注云：「於，讀曰烏。」，又「於」字形，金文作「」、《說文》古文作「」、「」〔註137〕，楚簡作「」，

〔註133〕見（宋）陸佃：《爾雅新義》，（上海：上海古籍出版社，1995年3月），收錄於《續修四庫全書》，經部·小學類·第一八五冊，頁345。

〔註134〕見（宋）陸佃：《爾雅新義》，（上海：上海古籍出版社，1995年3月），收錄於《續修四庫全書》，經部·小學類·第一八五冊，頁347。

〔註135〕見（宋）陸佃：《爾雅新義》，（上海：上海古籍出版社，1995年3月），收錄於《續修四庫全書》，經部·小學類·第一八五冊，頁352。

〔註136〕見（宋）陸佃：《爾雅新義》，（上海：上海古籍出版社，1995年3月），收錄於《續修四庫全書》，經部·小學類·第一八五冊，頁345。

〔註137〕《說文解字》云：「古文烏，象形。，象古文烏省」，見（漢）許慎撰，（清）段玉裁注：《說文解字注》，（臺北，黎明文化事業股份有限公司，1996年9月十

皆象鳥形或烏鳥飛舞之形，許慎則以爲「�，象古文烏省」〔註 138〕，故段玉裁注「於」云：「此即今之於字也。象古文烏而省之。亦省爲革之類。此字蓋古文之後出者。」〔註 139〕另「於」又假借爲介詞，有「從、到、在、和、與」等義。如：《老子‧第六十四章》：「千里之行，始於足下。」；《論語‧八佾》：「孔子謂季氏：『八佾舞於庭，是可忍也，孰不可忍也？』……季氏旅於泰山。」；〔註 140〕等。

由是可知，陸佃將「於」視爲鳥禽之「烏」，故有「於，古烏字，鵲告喜而已，烏告人之凶」之說。

「于」本作「亏」，今變隸作「于」。而「亏」，《說文解字》云：「亏，於也。象气之舒。亏，从丂从一。一者，其气平之也。」段玉裁則注云：「於者，古文烏也。烏下云：『孔子曰：『烏，亏呼也。』取其助气，故以爲烏呼。』然則以於釋亏、亦取其助气。〈釋詁〉、《毛傳》皆曰：『亏，於也。』凡《詩》、《書》用亏字，凡《論語》用於字，蓋于、於二字在周時爲古今字。故〈釋詁〉、《毛傳》以今字釋古字也。」〔註 141〕由是可知「于」本義爲發語詞。

「粵」，《說文解字》曰：「亏也。宷愼之𥁐也。从宷亏。」段玉裁注云：「粵與于雙聲。而又从亏。則亦象气舒于也。《詩》、《書》多假越爲粵。箋云：『越，於也。』又假曰爲粵。」〔註 142〕故「粵」，本義爲發語詞。

「爰」，《說文解字》曰：「引也。从受从亏。」〔註 143〕本義爲牽引，後假

二刷），頁 158。

〔註 138〕見（漢）許愼撰，（清）段玉裁注：《說文解字注》，（臺北，黎明文化事業股份有限公司，1996 年 9 月十二刷），頁 158。

〔註 139〕見（漢）許愼撰，（清）段玉裁注：《說文解字注》，（臺北，黎明文化事業股份有限公司，1996 年 9 月十二刷），頁 158。

〔註 140〕見（魏）何晏集解，（宋）邢昺疏：《論語正義》，卷三，（臺北：藝文印書館，1997 年），頁 25。

〔註 141〕見（漢）許愼撰，（清）段玉裁注：《說文解字注》，（臺北，黎明文化事業股份有限公司，1996 年 9 月十二刷），頁 206。

〔註 142〕見（漢）許愼撰，（清）段玉裁注：《說文解字注》，（臺北，黎明文化事業股份有限公司，1996 年 9 月十二刷），頁 206。

〔註 143〕見（漢）許愼撰，（清）段玉裁注：《說文解字注》，（臺北，黎明文化事業股份有限公司，1996 年 9 月十二刷），頁 162。

借爲發語詞，《爾雅·釋詁》便有「爰，曰也。」之說，如《詩·邶風·凱風》：「爰有寒泉」，鄭玄箋云「爰，曰也」。〔註 144〕

「那」，《說文解字》曰：「西夷國。从邑冄聲。安定有朝那縣。」〔註 145〕本義爲國名，後假借爲介詞使用，有「對於」之義，如《國語·越語下》：「吳人之那不穀，亦又甚焉。」

「都」，《說文解字》曰「有先君之舊宗廟曰都。从邑者聲。《周禮》：『距國五百里爲都。』」〔註 146〕本義爲都市，後假借爲「在」之義，如《史記·司馬相如傳》：「終都攸卒」。

「繇」，《說文解字》作「繇」，曰：「隨從也」〔註 147〕，後假借有「由、從、用」等當介詞釋義，如：《爾雅·釋水》曰：「繇膝以下爲揭，繇膝以上爲涉。」、《史記·文帝本紀》：「蓋聞天道禍自怨起而福繇德興。」、《漢書·魏相傳》：「政繇冢宰」等。

由是可知，陸佃於此條中以「於，一名兩讀」言明此字有二義，將有「感嘆、讚美的語氣」之「爰」、「粵」、「于」以同表語氣詞義之「於」來訓釋，故言「於又爲於于之字」、「爰粵于，於也」；將表有介詞義之「郍」、「都」、「繇」亦以「於」來訓釋，故言「郍、都、繇，於也。」

2、卷一〈釋詁第一〉「台、朕、賚、畀、卜、陽，予也」條下注云

陰，小人也，則陽爲我矣。予亦一名而兩讀。台、朕、陽，予也；賚、畀、卜，予也。《詩》曰：「君曰卜爾。」神所與見於卜而已。《春秋傳》曰：「稱我者，齊亦欲之」。我占恪，予畀與。〔註 148〕

〔註 144〕見（漢）毛亨傳，鄭玄箋，（唐）孔穎達等正義：《毛詩正義》，卷二，（臺北：藝文印書館，1997 年），頁 85。

〔註 145〕見（漢）許愼撰，（清）段玉裁注：《說文解字注》，（臺北，黎明文化事業股份有限公司，1996 年 9 月十二刷），頁 296。

〔註 146〕見（漢）許愼撰，（清）段玉裁注：《說文解字注》，（臺北，黎明文化事業股份有限公司，1996 年 9 月十二刷），頁 286。

〔註 147〕見（漢）許愼撰，（清）段玉裁注：《說文解字注》，（臺北，黎明文化事業股份有限公司，1996 年 9 月十二刷），頁 649。

〔註 148〕見（宋）陸佃：《爾雅新義》，收錄於《續修四庫全書》，經部·小學類·第一八五冊（上海：上海古籍出版社，1995 年 3 月），頁 347。

按：「賚」，《說文解字》曰：「賜也」〔註149〕，如《尚書・說命》：「夢帝賚予良弼。」《尉繚子・原官》：「明賞賚，嚴誅責，止姦之術也。」

「畀」，《說文解字》曰：「相付與之約在閣上也。」〔註150〕，即給予之義，如：《尚書・洪範》：「不畀洪範九疇」〈傳〉曰：「畀，與也。」；《詩・鄘風・干旄》：「彼姝者子，何以畀之。」鄭玄箋曰：「畀，與也。」〔註151〕

「卜」，《說文解字》曰：「灼剝龜也，象炙龜之形。一曰象龜兆之縱橫也。」〔註152〕本義指占卜之行為，然古人以為藉灼龜之舉，可得知上天所賜予之吉凶禍福徵兆，故「卜」引申有「給予」之義，如：《詩・小雅・天保》：「君曰卜爾，萬壽無疆。」鄭玄箋：「卜，予也。」〔註153〕，陸佃則言「神所與見於卜而已。」；《詩經・小雅・楚茨》：「卜爾百福，如幾如式。」鄭玄箋：「卜，予也。」〔註154〕

「台」，《說文解字》曰：「說也」，段玉裁注云：「〈釋詁〉台、予同訓我，此皆以雙聲為用。」〔註155〕由此可知，「台」本義為說，後假借有我、余之義。如《書・禹貢》：「祇台德先」、《史記・殷本紀》：「匪台小子敢行舉亂，有夏多罪，予維聞女眾言，夏氏有罪。」

「朕」，《說文解字》曰：「我也」〔註156〕，古時無分貴賤皆可自稱朕，

〔註149〕見（漢）許慎撰，（清）段玉裁注：《說文解字注》，（臺北，黎明文化事業股份有限公司，1996年9月十二刷），頁283。

〔註150〕見（漢）許慎撰，（清）段玉裁注：《說文解字注》，（臺北，黎明文化事業股份有限公司，1996年9月十二刷），頁202。

〔註151〕見（漢）毛公傳，鄭玄箋，（唐）孔穎達等正義：《毛詩正義》，卷三，（臺北：藝文印書館，1997年），頁123。

〔註152〕見（漢）許慎撰，（清）段玉裁注：《說文解字注》，（臺北，黎明文化事業股份有限公司，1996年9月十二刷），頁128。

〔註153〕見（漢）毛公傳，鄭玄箋，（唐）孔穎達等正義：《毛詩正義》，（臺北：藝文印書館，1997年），卷九，頁330。

〔註154〕見（漢）毛公傳，鄭玄箋，（唐）孔穎達等正義：《毛詩正義》，（臺北：藝文印書館，1997年），卷十三，頁457。

〔註155〕見（漢）許慎撰，（清）段玉裁注：《說文解字注》，（臺北，黎明文化事業股份有限公司，1996年9月十二刷），頁58。

〔註156〕見（漢）許慎撰，（清）段玉裁注：《說文解字注》，（臺北，黎明文化事業股份有

〔註157〕如《莊子・外篇・在宥》：「鴻蒙曰：『浮游不知所求，猖狂不知所往，遊者鞅掌，以觀無妄，朕又何知。』」、《尚書・大禹謨》云：「帝曰：『格，汝禹！朕宅帝位三十有三載，耄期倦於勤。汝惟不怠，總朕師。』禹曰：『朕德罔克，民不依。』」、屈原〈離騷〉：「回朕車以復路兮」等。「陽」，《說文解字》曰：「高、明也。」〔註158〕郭璞注「台、朕、賚、畀、卜、陽，予也」條時引魯詩曰：「『陽如之何』〔註159〕，今巴濮之人自呼阿陽」。邢昺疏曰：「《漢書・藝文志》云：『魯申公為詩訓，故是為魯詩。其經云：『陽如之何』，申公以陽為予，故引之。』」〔註160〕而黃季剛《爾雅音訓》則曰：「陽即今語之俺，為余之對轉，姎之假音。」故「陽」假借為「予」、「我」之義。

「予」，《說文解字》曰：「推予也。」其本義為給與，又因《禮記・曲禮下》：「君天下，曰『天子』；朝諸侯、分職、授政、任功，曰『予一人』。鄭玄注曰：「余予古今字，……鄭云『余予古今字』，則同音餘」〔註161〕。後世學者多本鄭玄之說，將予讀為余，並將「予」假借有「余」「我」之義。

此條陸氏以為釋詞「予」有二義：一以本義「給予」之「予」釋「賚、

限公司，1996 年 9 月十二刷），頁 408。

〔註157〕據《史記・秦始皇本紀》云：「臣等昧死上尊號，王為泰皇，命為制，令為詔，天子自稱曰朕。」可知「朕」為帝王之專稱，乃始於秦始皇二十六年，而漢立亦襲之不改，傳於後世。

〔註158〕見（漢）許慎撰，（清）段玉裁注：《說文解字注》，（臺北，黎明文化事業股份有限公司，1996 年 9 月十二刷），頁 738。

〔註159〕「陽如之何」一語，本作「傷如之何」，出自《詩經・陳風・澤陂》：「彼澤之陂，有蒲與荷。有美一人，傷如之何？」郭璞引魯詩時作「陽如之何？」「陽」、「傷」互通，按：馬瑞辰《毛詩傳箋通釋・卷十三》「澤陂」條：「陽讀同廯養之養，自稱陽者謙詞也。詩考謂即此。《詩》『傷如之何』之異文則當為傷之假借。《玉篇》云：『陽，傷也』」，見馬端辰：《毛詩傳箋通釋》，（臺北，廣文書局，1980 年 8 月），頁 130。

〔註160〕見（晉）郭璞注，（宋）邢昺疏：《爾雅注疏》，（臺北：藝文印書館，1997 年），卷二「釋詁下」，頁 20。

〔註161〕見（漢）鄭玄注，（唐）孔穎達疏：《禮記正義》，（臺北：藝文印書館，1997 年），卷四〈曲禮下〉，頁 78。

畀、卜」，一以假借義作第一人稱代詞我之「予」釋「台、朕、陽」。故曰「予亦一名而兩讀。」並引《詩》、《公羊傳》〔註162〕為證，明確區分「予」二義、二音之別，然「陰，小人也，則陽為我矣」之說則純屬附會之說。

3、卷二〈釋詁〉則有一例，為「昌、敵、彊、應、丁，當也」條下注云

> 當，一名而兩讀。「禹拜昌言」昌，當也。彊，彊則有當之者；應，當則有應之者。〔註163〕

按：「當」，《說文解字》曰：「田相值也。」段玉裁曰：「值者，持也。田與田相持也。引申之，凡相持相抵皆曰當。」〔註164〕故「當」之義有「相當」、「適當」，如《禮記・王制》：「次國之上卿，位當大國之中，中當其下，下當其上大夫。」，又可引申釋為「與之相稱」，如《荀子・儒效》：「言必當理，事必當務，是然後君子之所長也。」另「當」通「擋」，有「敵」之義，如：唐・王維〈老將行〉：「一身轉戰三千里，一劍曾當百萬師。」

「昌」，《說文解字》曰：「美言也」，故「昌」之本義為「善」、「正當」，如：《尚書・虞書・皋陶謨》：「禹拜昌言曰：『俞』。」孔安國傳曰：「以皋陶言為當，故拜受而然之。」〔註165〕

「彊」，《說文解字》曰：「弓有力也」，〔註166〕故其本義為「弓」，引申為有力足以相匹比也，如郭璞於「昌、敵、彊、應、丁，當也」條下注曰「彊

〔註162〕陸佃云：「《春秋傳》曰：稱我者，齊亦欲之。」按：此語出於《公羊傳・隱公八年》：「其言我何？言我者非獨我也，齊亦欲之。」，見（西漢）公羊壽傳，（東漢）何休解詁，（唐）徐彥疏：《春秋公羊傳注疏》，（台灣：藝文印書館，1997年），（臺北：藝文印書館，1997年），頁39。

〔註163〕見（宋）陸佃：《爾雅新義》，（上海：上海古籍出版社，1995年3月），收錄於《續修四庫全書》，經部・小學類・第一八五冊，頁352。

〔註164〕見（漢）許慎撰，（清）段玉裁注：《說文解字注》，（臺北，黎明文化事業股份有限公司，1996年9月十二刷），頁703～704。

〔註165〕見（漢）孔安國傳，（唐）孔穎達疏：《尚書正義》，卷四〈虞書・皋陶謨〉，（臺北：藝文印書館，1997年），頁60。

〔註166〕見（漢）許慎撰，（清）段玉裁注：《說文解字注》，（臺北，黎明文化事業股份有限公司，1996年9月十二刷），頁646。

者，好與物相當值。」〔註167〕，段玉裁注「彊」則曰：「引申爲凡有力之稱。又叚爲勥迫之勥。」

「應」，《說文解字》曰：「當也，」段玉裁注曰：「當，田相值也。引伸爲凡相對之偁。凡言語應對之字即用此。」〔註168〕，故「應」之本義爲「當」，如：《詩經・周頌・賚》：「文王既勤止，我應受之。」〔註169〕，《南史・江智深傳》：「人所應有盡有，所應無盡無者，其江智深乎？」〔註170〕

陸佃於此言「一名而兩讀」，則將「當」以「適當」之義釋，故言「應，當則有應之者」；以「正當」之義，並引《尙書・虞書・皋陶謨》而云「『禹拜昌言』，昌，當也」；以「相當」義而釋云「彊，彊則有當之者」。

陸氏對「一名而兩讀」之說法雖僅見於《爾雅新義》中此三例，然已對後世產生一定之影響，故清陳玉澍《爾雅釋例》便指出：「訓同義異，即高郵王氏所謂二義合爲一條，歸安嚴氏所謂一訓兼兩義也。宋陸氏佃撰《爾雅新義》已發其例。」〔註171〕黃季剛先生亦認爲「《爾雅》有一字兩讀、一條兩解之例，實發自陸師農。」〔註172〕

〔註167〕見（晉）郭璞注，（宋）邢昺疏：《爾雅注疏》，（臺北：藝文印書館，1997 年），卷二「釋詁下」，頁 25。

〔註168〕見（漢）許慎撰，（清）段玉裁注：《說文解字注》，（臺北，黎明文化事業股份有限公司，1996 年 9 月十二刷），頁 507。

〔註169〕見（漢）毛公傳，鄭玄箋，（唐）孔穎達等正義：《毛詩正義》，（臺北：藝文印書館，1997 年），卷十三，頁 754。

〔註170〕見（唐）李延壽撰：《南史・列傳第二十六・江智深傳》，（臺北：藝文印書館，1996 年 8 月初版四刷，《二十五史》影印清乾隆武英殿刊本），卷三十六，頁 440。

〔註171〕見（清）陳玉澍：《爾雅釋例》，（湖北：湖北教育出版社，1998 年 9 月），收錄於朱祖延主編：《爾《爾雅詁林》第四冊，《雅詁林敘錄・下・研究專著輯錄》，〈卷二・訓同義異例〉，頁 913。

〔註172〕黃季剛先生云：「《爾雅》有一字兩讀、一條兩解之例，實發自陸師農。『台、朕、賚、畀、卜、陽，予也』條下注云：『予亦一名而兩讀。台、朕、陽，予也；賚、畀、卜，予也。」又「昌、敵、彊、應、丁，當也」條下注云：『當，一名而兩讀。』……凡一字兩讀、一條兩解，昔之人難通其說者，並得由農師之例而得解焉，此其千慮一得。見黃季剛口述，黃焯筆記編輯：《文字聲韻訓詁筆記》，（臺北：木鐸出版部，1983 年 9 月），「《爾雅》有一字兩讀一條兩解之例」條，頁 238。

二、辨析詞義之別

1、《爾雅新義》卷一

《爾雅・釋詁》:「典、彝、法、則、刑、範、矩、庸、恆、律、戞、職、秩,常也。」陸佃注:「典,邦國之常;彝,宗廟之常;法,官府之常;則,都鄙之常;律,樂也;戞,禮也。」〔註173〕

按:典,《說文解字》曰:「五帝之書也。从冊在丌上,尊閣之也。莊都說:『典,大冊也。』」〔註174〕。其本義爲經籍,如《爾雅・釋言》:「典,經也。」〔註175〕《廣韻》:「法也。」後引申爲遵守的法則之義,如《尚書・舜典》:「愼徽五典。」孔氏傳云:「五典,五常之教。」〔註176〕、《周禮・天官・大宰之職》:「掌建邦之六典。」鄭玄注:「典,常也,經也,灋也。」〔註177〕

彝,《說文解字》曰:「宗廟常器也。」〔註178〕本義爲祭祀禮器之稱,如《左傳・襄公十九年》:「取其所得,以作彝器。」杜預注云:「彝,常也,謂鐘鼎爲宗廟之常器。」〔註179〕

法,《說文解字》本作「灋」曰:「刑也。平之如水,从水;廌,所吕觸不直者;去之,从廌去。」〔註180〕本義爲罰辠,如《韓非子・五蠹》:「儒以

〔註173〕見(宋)陸佃:《爾雅新義》,(上海:上海古籍出版社,1995年3月),收錄於《續修四庫全書》,經部・小學類・第一八五冊,頁353。

〔註174〕見(漢)許愼撰、(清)段玉裁注:《說文解字注》,(臺北:黎明文化事業股份有限公司,1996年12月),頁202。

〔註175〕見(晉)郭璞注,(宋)邢昺疏:《爾雅注疏》,(臺北:藝文印書館,1997年),卷二「釋言第二」,頁46。

〔註176〕見(漢)孔安國傳,(唐)孔穎達疏:《尚書正義》,(臺北:藝文印書館,1997年),卷三〈虞書・堯典〉,頁34。

〔註177〕見(漢)鄭玄注,(唐)賈公彥疏:《周禮注疏》,(臺北:藝文印書,1997年),卷二,頁26。

〔註178〕見(漢)許愼撰、(清)段玉裁注:《說文解字注》,(臺北,黎明文化事業股份有限公司,1996年12月),頁669。

〔註179〕見(晉)杜預注,(唐)孔穎達疏:《春秋左傳正義・襄公十九年》,(臺北:藝文印書,1997年),卷三十四,頁585。

〔註180〕見(漢)許愼撰、(清)段玉裁注:《說文解字注》,(臺北,黎明文化事業股份有限公司,1996年12月),頁474。

文亂法，俠以武犯禁，而人主兼禮之，此所以亂也。」

則，《說文解字》曰：「等畫物也。从刀从貝。」段玉裁注「等畫物者，定其差等而各爲介畫也。今俗云：科，則是也。介畫之，故從刀。引伸之爲法則。假借之爲語詞。」〔註181〕

律，《說文解字》曰：「均布也。」〔註182〕。《爾雅‧釋器》：「律謂之分。」郭璞注：「律管，可以分氣。」〔註183〕《禮記‧禮運》：「五声六律十二管。」

戞，《說文解字》曰：「戟也」。其本義爲兵器，《爾雅‧釋言》則曰：「禮也。」郭璞注：「謂常禮。」邢昺疏：「戞，常也。」〔註184〕《尚書‧康誥》：「不率大戞。」孔安國傳曰：「戞者，常也。凡民不循大常之教，猶刑之無赦。」孔穎達疏曰：「戞猶楷也，言爲楷模之常。」〔註185〕

由此可知，典、彝、法、則、律、戞等皆有規範、法則之義，然依施行或遵守對象的差異，細分之則有別，故陸佃注曰：「典，邦國之常；彝，宗廟之常；法，官府之常；則，都鄙之常；律，樂也；戞，禮也。」

2、《爾雅新義》卷一

《爾雅‧釋詁》：「妃、合、會，對也。」陸佃注：「合若太姒文王，對也；會若齊侯宋公，對也。」〔註186〕

按：對本作𡭊，《說文解字》曰：「𡭊或从士。漢文帝以爲責對而面言。多非誠

〔註181〕見（漢）許慎撰、（清）段玉裁注：《說文解字注》，（臺北，黎明文化事業股份有限公司，1996 年 12 月），頁 181。

〔註182〕見（漢）許慎撰、（清）段玉裁注：《說文解字注》，（臺北，黎明文化事業股份有限公司，1996 年 12 月），頁 78。

〔註183〕見（晉）郭璞注，（宋）邢昺疏：《爾雅注疏》，（臺北：藝文印書館，1997 年），卷五「釋器第六」，頁 77。

〔註184〕見（晉）郭璞注，（宋）邢昺疏：《爾雅注疏》，（臺北：藝文印書館，1997 年），卷五「釋器第六」，頁 43。

〔註185〕見（漢）孔安國傳，（唐）孔穎達疏：《尚書正義》，（臺北：藝文印書館，1997 年），卷八〈商書‧仲虺之誥〉，頁 204。

〔註186〕見（宋）陸佃：《爾雅新義》，（上海：上海古籍出版社，1995 年 3 月），收錄於《續修四庫全書》，經部‧小學類‧第一八五冊，頁 345。

對，故去其口以从士也。」〔註187〕而「對」，《說文解字》曰：「譍無方也。」
段玉裁注云：「聘禮注曰：『對，荅問也。』按：對、荅古通用。云譍無方
者，所謂善待問者如撞鐘，叩以大者則大鳴；叩以小者則小鳴也；無方，
故從丵口。」〔註188〕《爾雅・釋言》則曰：「對，遂也。」邢昺疏云：「遂
者，因事之辭。」〔註189〕故其本義爲應對、應答。後引申有匹配之義，如
《詩經・大雅・皇矣》：「帝作邦作對、自大伯王季。」孔穎達疏云：「〈釋
詁〉云：『妃，對也』則對是相配之義，故爲配也。」〔註190〕朱熹《詩經
集傳・卷之六・皇矣》則注：「對、猶當也。作對、言擇其可當此國者、以
君之也。」

妃，《說文解字》曰：「匹也。」段玉裁注云：「匹者，四丈也。《禮記》：
『納幣一束。束五兩。兩五尋。』注云：『十箇爲束。兩兩合其卷，是謂
五兩。八尺曰尋。』按四丈而兩之，各得二丈。夫婦之片合如帛之判合
矣。故帛四丈曰兩，曰匹。人之配耦亦曰匹。妃本上下通偁。後人以爲
貴偁耳。〈釋詁〉曰：『妃，媲也。』引申爲凡相耦之偁。」〔註191〕故妃
之引申義有匹配、配偶、實力相稱等義，如《詩・大雅・思齊》：「大姒
嗣徽音，則百斯男。」鄭玄箋：「大姒，文王之妃也。」〔註192〕，《史記・
管蔡世家》：「武王同母兄弟十人，母曰太姒，文王正妃也。」大姒即太
姒，爲文王之配偶。

合，《說文解字》曰：「合口也」，段玉裁注云：「三口相同是爲合。十口相

〔註187〕見（漢）許慎撰、（清）段玉裁注：《說文解字注》，（臺北，黎明文化事業股份有
限公司，1996 年 12 月），頁 104。

〔註188〕見（漢）許慎撰、（清）段玉裁注：《說文解字注》，（臺北，黎明文化事業股份有
限公司，1996 年 12 月），頁 104。

〔註189〕見（晉）郭璞注，（宋）邢昺疏：《爾雅注疏》，（臺北：藝文印書館，1997 年），
卷五「釋器第六」，頁 44。

〔註190〕見（漢）毛公傳，鄭玄箋，（唐）孔穎達疏：《毛詩正義》，（臺北：藝文印書館，
1997 年），卷十六，頁 569。

〔註191〕見（漢）許慎撰、（清）段玉裁注：《說文解字注》，（臺北，黎明文化事業股份有
限公司，1996 年 12 月），頁 620。

〔註192〕見（漢）毛公傳，鄭玄箋，（唐）孔穎達疏：《毛詩正義》，（臺北：藝文印書館，
1997 年），卷十六，頁 561。

傳是爲古。引伸爲凡會合之偁」〔註 193〕，本義爲會合，後引申有匹配之
義，如《漢書・貨殖傳》：「櫱麴鹽豉千合。」顏師古注曰：「櫱麴以斤石
稱之，輕重齊則爲合。鹽豉以斗斛量之，多少等亦爲合。合者，相配耦之
言耳。」

由是可知，陸氏以爲「對」有匹配、配偶之義，而太姒，爲文王之配偶，
故舉太姒文王爲例而以「對」釋「合」而曰「合若太姒文王，對也」；同理，
齊桓公與宋襄公同列爲五霸之名，故以「對」訓「會」，曰「會若齊侯宋公，
對也。」

3、《爾雅新義》卷一

《爾雅・釋詁》：「仇、讎、敵、妃、知、儀，匹也」陸佃注：「仇、
讎、敵，怨匹也；妃、知、儀，嘉匹也。知非其匹，雖知有不能盡。

王文公曰：『《易》不可勝，巴尚不爲知雄者』」〔註 194〕

按：仇，《說文解字》曰：「讎也」；段玉裁注：「讎猶應也，《左傳》曰：『嘉偶
曰妃，怨偶曰讎。』按仇與述古通用。辵部怨匹曰述，即怨偶曰仇也。
仇爲怨匹，亦爲嘉偶；如亂之爲治，苦之爲快也。」〔註 195〕如《禮記・緇
衣》：「《詩》云：『君子好仇。』」鄭玄注：「仇，匹也。」〔註 196〕有此可知，
「仇」之本義爲仇人，後「仇」可假借爲「述」字，又引申作「配偶」解。
如三國魏・曹植〈浮萍篇〉：「結髮辭嚴親，來爲君子仇。」

讎，《說文解字》曰：「猶讐也」段玉裁注云：「又引伸之爲讎怨。《詩》：『不
我能慉，反以我爲讎』，《周禮》：『父之讎，兄弟之讎』是也，人部曰：『仇，

〔註193〕見（漢）許慎撰、（清）段玉裁注：《說文解字注》，（臺北，黎明文化事業股份有
　　　　限公司，1996 年 12 月），頁 225。

〔註194〕見（宋）陸佃：《爾雅新義》，（上海：上海古籍出版社，1995 年 3 月），收錄於《續
　　　　修四庫全書》，經部・小學類・第一八五冊，頁 345。

按：此語出自《王安石文集・卷五十五・碑誌・墓志銘・王深父墓志銘》，而「巴」爲「芭」
　　之誤，收錄於《王安石全集》，（臺北河洛圖書出版社），1974 年 12 月，頁 700。

〔註195〕見（漢）許慎撰、（清）段玉裁注：《說文解字注》，（臺北，黎明文化事業股份有
　　　　限公司，1996 年 12 月），頁 386。

〔註196〕見（漢）鄭玄注，（唐）孔穎達疏《禮記正義・緇衣》，（臺北：藝文印書館，1997
　　　　年），卷五十五，頁 934。

讎也。』仇、讎本皆兼善惡言之，後乃專謂怨爲讎矣。」〔註197〕「讎」本義爲「以言對之」，有應答之義，如：《詩・大雅・抑》：「無言不讎。」孔穎達箋云「讎，用也。」孔穎達疏：「《正義》曰：『相對謂之讎。讎者，相與用言語，故以讎爲用』」〔註198〕，而應答需兩人以上，故有匹之義，後引申有仇恨之義。如《左傳・襄公三年》孔穎達疏云：「讎者，相負挾怨之名。」〔註199〕、《禮記・曲禮上》：「父之讎，弗與共戴天。」，鄭玄注云：「父者，子之天，殺己之天，與共戴天非孝子也，行求殺之乃止」〔註200〕、《新序・善謀》：「齊，秦之深讎也」等。

敵，《說文解字》曰：「仇也」，段玉裁注云：「仇，讎也。左傳曰：『怨耦曰仇。』仇者兼好惡之詞。相等爲敵。」〔註201〕「敵」本義爲仇人，後引申爲匹比、相當之義，如《老子・河上公章句・儉武》：「以道自佐之主，不以兵革，順天任德，敵人自服。」〔註202〕《戰國策・秦策》：「四國之兵敵」高誘注：「敵，強弱等也。」

妃，《說文解字》曰：「匹也。」段玉裁注云：「匹者，四丈也。《禮記》：『納幣一束。束五兩。兩五尋。』注云：『十箇爲束。兩兩合其卷，是謂五兩。八尺曰尋。』按四丈而兩之，各得二丈。夫婦之片合如帛之判合矣。故帛四丈曰兩，曰匹。人之配耦亦曰匹。妃本上下通偁。後人以爲貴偁耳。〈釋詁〉曰：『妃，媲也。』引申爲凡相耦之偁。」〔註203〕故妃之引申義有匹

〔註197〕見（漢）許慎撰、（清）段玉裁注：《說文解字注》，（臺北，黎明文化事業股份有限公司，1996年12月），頁90。

〔註198〕見（漢）毛公傳，鄭玄箋，（唐）孔穎達疏：《毛詩正義》，（臺北：藝文印書館，1997年），卷十八，頁647。

〔註199〕見（晉）杜預注，（唐）孔穎達疏：《春秋左傳正義・成公九年》，（臺北：藝文印書，1997年），卷二十六，頁501。

〔註200〕見（漢）鄭玄注，（唐）孔穎達疏《禮記正義・曲禮上》，（臺北：藝文印書館，1997年），卷三，頁57。

〔註201〕見（漢）許慎撰、（清）段玉裁注：《說文解字注》，（臺北，黎明文化事業股份有限公司，1996年12月），頁125。

〔註202〕見《老子道德經河上公章句》儉武第三十。

〔註203〕見（漢）許慎撰、（清）段玉裁注：《說文解字注》，（臺北，黎明文化事業股份有限公司，1996年12月），頁620。

配、配偶、實力相稱等義。

知，《說文解字》曰：「詞也」，段玉裁注云：「識敏，故出於口者疾如矢也。」
〔註204〕故「知」本義爲了解，如《孟子・梁惠王上》：「梁惠王曰：『晉國，
天下莫強焉，叟之所知也。』」〔註205〕後引申有相等、匹配之義，如《詩・
檜風・隰有萇楚》：「樂子之無知。」鄭玄箋：「知，匹也……樂其無妃匹之
意。」〔註206〕

儀，《說文解字》曰：「度也」〔註207〕，本義即法度，如《墨子》：「置此以
爲法，立此以爲儀，將以量度天下之王公大人、卿大夫之仁與不仁，譬之
猶分黑白也。」〔註208〕後引申有匹配之義，如《詩・大雅・烝民》：「我儀
圖之。」鄭玄箋：「儀，匹也。」、〔註209〕《詩・鄘風・柏舟》：「髧彼兩髦，
實維我儀」鄭玄箋：「儀，匹也。」〔註210〕顏延之〈應詔讌曲水作詩〉：「帝
體麗明，儀辰作貳。」注云「毛萇《詩傳》曰：『儀，匹也』。」〔註211〕

由此可知「仇」、「讎」、「敵」、「妃」、「知」、「儀」，皆有相當、匹配之義，
然細分之「仇」、「讎」、「敵」由匹配、對等之義引申有較量、仇恨之義，
故陸佃注云：「仇、讎、敵，怨匹也。」而「妃」、「知」、「儀」則多有正面
之義，故注云「妃、知、儀，嘉匹也。」

〔註204〕見（漢）許慎撰、（清）段玉裁注：《說文解字注》，（臺北，黎明文化事業股份有
　　　　限公司，1996年12月），頁230。

〔註205〕見（漢）趙岐注，（宋）孫奭疏：《孟子注疏・梁惠王章句上》，（臺北：藝文印書
　　　　館，1997年），卷一，頁14。

〔註206〕見（漢）毛公傳，鄭玄箋，（唐）孔穎達疏：《毛詩正義》，卷七，（臺北：藝文印
　　　　書館，1997年），頁264。

〔註207〕見（漢）許慎撰、（清）段玉裁注：《說文解字注》，（臺北，黎明文化事業股份有
　　　　限公司，1996年12月），頁379。

〔註208〕見（清）孫詒讓：《墨子閒詁・卷七・天志中第二十七》，收錄於楊家駱主編：《新
　　　　編諸子集成》第六冊，（臺北：世界書局，1996年5月），頁129。

〔註209〕見（漢）毛公傳，鄭玄箋，（唐）孔穎達疏：《毛詩正義》，（臺北：藝文印書館，
　　　　1997年），卷十八，頁676。

〔註210〕見（漢）毛公傳，鄭玄箋，（唐）孔穎達疏：《毛詩正義》，（臺北：藝文印書館，
　　　　1997年），卷三，頁109。

〔註211〕見顏延之〈應詔讌曲水作詩〉，收錄於《文選・卷二十・公讌》，（臺北：藝文印書
　　　　館，2003年3月），頁295。

4、《爾雅新義》卷二

《爾雅·釋詁》:「廢、稅、赦,舍也」陸佃注:「廢,舍無功;赦,

捨有罪;稅,舍而捨之」〔註212〕

按:舍,《說文解字》曰:「市居曰舍」,其本義爲屋舍,然後引申有捨棄之義,段玉裁於「舍」下便注云:「凡止於是曰舍,止而不爲亦曰舍,其義異而同也。猶置之而不用曰廢,置而用之亦曰廢也。《論語》:『不舍晝夜。』謂不放過晝夜也。不放過晝夜,卽是不停止於某一晝一夜。以今俗音讀之,上去無二理也。古音不分上去,舍捨二字義相同。」〔註213〕故舍亦可引申有捨棄之義,如《大戴禮記·哀公問五義》:「舍此而爲非者,不亦鮮乎?。」

廢,《說文解字》曰:「屋頓也。」本義指屋毀,屋毀則人多棄之,故引申有捨棄之義,段玉裁即注云:「古謂存之爲置。棄之爲廢。」〔註214〕

赦,《說文解字》曰:「置也」,本有放置、放下之義,後引申引申有免責之義,如段玉裁注云:「置,赦也。二字互訓。赦與捨音義同。非專謂赦罪也。後捨行而赦廢。赦專爲赦罪矣」〔註215〕。如《韓非子·愛臣》:「不赦死,不宥刑,赦死宥刑,是謂威淫,社稷將危,國家偏威。」

稅,《說文解字》曰:「租也」〔註216〕。本義指爲租稅,後假借有「脫」「捨棄」之義,如郭璞注云:「舍,放置」〔註217〕、《集韻》:「他括切,音脫。」《左傳·成公九年》:「晉侯見鍾儀,問之,有司對曰:『鄭人所獻楚囚也。』

〔註212〕見(宋)陸佃:《爾雅新義》,(上海:上海古籍出版社,1995年3月),收錄於《續修四庫全書》,經部·小學類·第一八五冊,頁353。

〔註213〕見(漢)許慎撰、(清)段玉裁注:《說文解字注》,(臺北,黎明文化事業股份有限公司,1996年12月),頁225。

〔註214〕見(漢)許慎撰、(清)段玉裁注:《說文解字注》,(臺北,黎明文化事業股份有限公司,1996年12月),頁125。

〔註215〕見(漢)許慎撰、(清)段玉裁注:《說文解字注》,(臺北,黎明文化事業股份有限公司,1996年12月),頁125。

〔註216〕見(漢)許慎撰、(清)段玉裁注:《說文解字注》,(臺北,黎明文化事業股份有限公司,1996年12月),頁329。

〔註217〕見(晉)郭璞注,(宋)邢昺疏:《爾雅注疏·釋詁第一》,(臺北:藝文印書館,1997年),卷一,頁26。

使稅之。」杜預注云：「稅，解也。」〔註218〕、《韓非子・十過》：「昔者衛靈公將之晉，至濮水之上，稅車而放馬。」

由此觀之，以廣義而言「廢」、「赦」、「稅」皆有捨棄之義，然細分之則有別：棄無用之物曰廢；捨棄罪責曰赦；放置曰稅，故陸佃同中求異而分曰：「廢，舍無功；赦，捨有罪；稅，舍而捨之」。

5、《爾雅新義》卷三

《爾雅・釋詁》：「馘，穧，獲也」陸佃注：「馘，戰之獲；穧，耕之獲。」〔註219〕

按：獲，《說文解字》曰：「獵所獲。」本義爲打獵而有所得，故引申有獲得。

馘，或作聝，《說文解字》曰：「聝，軍戰斷耳也。《春秋傳》曰：『以爲俘聝。』」段玉裁則注云：「〈大雅〉：『攸馘安安。』傳曰：『馘，獲也。』不服者殺而獻其左耳曰馘。〈魯頌〉：『在泮獻馘。』箋云：『馘所格者之左耳。』」〔註220〕由此觀之，可知馘之本義爲古代取敵人左耳以計功之行爲，如《呂氏春秋・古樂》：「歸，乃薦俘馘于京太室，乃命周公爲作大武。」，《左傳・僖公二十八年》：「獻俘授馘，飲至大賞。」〔註221〕後由取敵人耳引申爲獲得之義。

穧，《說文解字》曰：「穫刈也。一曰撮也。」〔註222〕其本義指收割之作物，後由收割引申有獲得之義。

「馘」、「穧」雖皆有獲取之義，然對象卻有所差別，故郭璞曾對此二字詳

〔註218〕見（晉）杜預注，（唐）孔穎達疏：《春秋左傳正義・成公九年》，（臺北：藝文印書，1997年），卷二十六，頁448。

〔註219〕見（宋）陸佃：《爾雅新義》，（上海：上海古籍出版社，1995年3月），收錄於《續修四庫全書》，經部・小學類・第一八五冊，頁354。

〔註220〕見（漢）許慎撰、（清）段玉裁注：《說文解字注》，（臺北，黎明文化事業股份有限公司，1996年12月），頁598。

〔註221〕見（晉）杜預注，（唐）孔穎達疏：《春秋左傳正義・僖公二十八年》，（臺北：藝文印書，1997年），卷十六，頁276。

〔註222〕見（漢）許慎撰、（清）段玉裁注：《說文解字注》，（臺北，黎明文化事業股份有限公司，1996年12月），頁328。

加區分曰：「今以獲賊耳爲馘，獲禾爲穧」〔註223〕，陸佃採相似之說法，取「獲取」之義而細分曰：「馘，戰之獲；穧，耕之獲。」

6、《爾雅新義》卷五

《爾雅‧釋訓》：「懋懋、慔慔，勉也。」陸佃注：「懋懋，自勉也；慔慔，有所慕而勉。」〔註224〕

按：勉，《說文解字》曰：「勞也。」本指力所不及而強作之義，後引申有勤奮努力之義，如段玉裁注云：「凡言勉者皆相迫之意。自勉者，自迫也。勉人者，迫人也。」〔註225〕

「懋」，《說文解字》曰：「勉也。」〔註226〕有勉勵上進之義，如《尚書‧仲虺之誥》：「德懋懋官，功懋懋賞」孔安國傳云：「勉於德者則勉之以官，勉於功者則勉之以賞。」〔註227〕、《國語‧晉語四》：「懋穡勸分，省用足財。」

「慔」，《說文解字》亦釋曰：「勉也。」〔註228〕《經典釋文‧卷三十‧爾雅音義》則云「慔亦作慕」，段玉裁注「慔」字亦云：「按《爾雅音義》云：『亦作慕。』今《說文》慔、懜分列，或恐出後人改竄。」〔註229〕，就音而言，「慔」、「慕」二字《廣韻》皆作「莫故切」，古音同。而慕，《說文解

〔註223〕見（晉）郭璞注，（宋）邢昺疏：《爾雅注疏‧釋詁第一》，（臺北：藝文印書館，1997年），卷一，頁28。

〔註224〕見（宋）陸佃：《爾雅新義》，（上海：上海古籍出版社，1995年3月），收錄於《續修四庫全書》，經部‧小學類‧第一八五冊，頁372。

〔註225〕見（漢）許慎撰、（清）段玉裁注：《說文解字注》，（臺北，黎明文化事業股份有限公司，1996年12月），頁706。

〔註226〕見（漢）許慎撰、（清）段玉裁注：《說文解字注》，（臺北，黎明文化事業股份有限公司，1996年12月），頁511。

〔註227〕見（漢）孔安國傳，（唐）孔穎達疏：《尚書正義》，（臺北：藝文印書館，1997年），卷八〈商書‧仲虺之誥〉，頁111。

〔註228〕見（漢）許慎撰、（清）段玉裁注：《說文解字注》，（臺北，黎明文化事業股份有限公司，1996年12月），頁511。

〔註229〕見（漢）許慎撰、（清）段玉裁注：《說文解字注》，（臺北，黎明文化事業股份有限公司，1996年12月），頁511。

字》曰：「習也。」段玉裁注云：「習其事者，必中心好之。」〔註230〕若爲心所好之事，必努力求取，意義上亦有相通之處，故「慔」作「惹」之說爲可信。

而陸佃注此條之時，應受《經典釋文》之影響，故爲區分同有勉義之「懋懋」、「慔慔」時便注云「懋懋，自勉也；慔慔，有所慕而勉。」

7、《爾雅新義》卷五

《爾雅·釋訓》：「痯痯、瘐瘐，病也」陸佃注：「痯，病于官縛；瘐，病于囚拘。」〔註231〕

按：「痯痯」一詞見於《詩經·小雅·杕杜》，其文爲：「檀車幝幝、四牡痯痯、征夫不遠」，鄭玄箋云：「痯痯，罷貌。」〔註232〕指疲病貌，「罷」字《說文解字》則釋曰：「遣有辠也。」而郭璞於《爾雅·釋訓》「痯痯、瘐瘐，病也」條下則注曰：「皆賢人失志懷憂，病也。」〔註233〕

「瘐」，《漢書·宣帝紀》：「今繫者或以掠辜若飢寒瘐死獄中。」顏師古注云：「蘇林曰：『瘐病也。囚徒病，律名爲瘐。』」〔註234〕，《集韻》則載：「囚以飢寒而死曰瘐。」

由此可知，「痯痯」與「瘐瘐」二者同中有異，故陸佃注此條時亦注意到彼此區別，將其以「因失志懷憂而病」與「因囚禁而病」二者細分，指出「痯痯」與「瘐瘐」二者的區別，注云：「痯，病于官縛；瘐，病于囚拘。」

〔註230〕見（漢）許慎撰、（清）段玉裁注：《說文解字注》，（臺北，黎明文化事業股份有限公司，1996年12月），頁511。

〔註231〕見（宋）陸佃：《爾雅新義》，（上海：上海古籍出版社，1995年3月），收錄於《續修四庫全書》，經部·小學類·第一八五冊，頁372。

〔註232〕見（漢）毛公傳，鄭玄箋，（唐）孔穎達疏：《毛詩正義》，（臺北：藝文印書館，1997年），卷九，頁340。

〔註233〕見（晉）郭璞注，（宋）邢昺疏：《爾雅注疏》，（臺北：藝文印書館，1997年），卷一「釋詁第一」，頁56～57。

〔註234〕見（東漢）班固著，（唐）顏師古注，（清）王先謙補注：《漢書補注》，臺北：藝文印書館，1996年），卷八〈宣帝紀第八〉，頁114。

三、補郭注之不足

《爾雅》之注疏者眾多，然郭璞《爾雅注》雖是目前所見最早之《爾雅》注，然郭璞非所有所條目皆有注，或有所疏漏、未明之處，故陸佃《爾雅新義》中有補充郭璞不足之處者，茲列舉數條以資說明。

1、《爾雅新義》卷一

《爾雅·釋詁》：「黃髮、齯齒、鮐背、耇、老，壽也。」陸佃注：「今鮫魚胎生，背皮錯戾，鮐背者象此魚歟？」〔註235〕

按：郭璞注《爾雅》此條時云：「黃髮，髮落更生黃者。齯齒，齒墮更生細者。鮐背，背皮如鮐魚。」〔註236〕郭注以為老人背部皮膚如鮐魚之文故曰「鮐背」，陸佃則進一步將「背皮如鮐魚」加以具體化，以鮫魚的背皮錯戾形容老者皮膚而釋鮐背之義，此說法則與同時代之邢昺之說頗為相似，邢昺引舍人之說釋曰：「老人氣衰，皮膚消瘠，背若鮐魚。」〔註237〕

2、《爾雅新義》卷一

《爾雅·釋詁》：「劉、獮、斬、刺，殺也。」陸佃注：「殺大夫曰刺，若所謂簋簋不飭，蓋刺之而已」〔註238〕

按：郭璞注此條引《書·君奭》「咸劉厥敵」指出「劉」有「殺」之義；釋「獮」則以《爾雅·釋天》所載「秋獵曰獮」引申有「殺」、「殺氣」之義；〔註239〕而釋「刺」字僅引《公羊傳·僖公二十八年》曰：「刺之者何？殺之也。」

〔註235〕見（宋）陸佃：《爾雅新義》，（上海：上海古籍出版社，1995年3月），收錄於《續修四庫全書》，經部·小學類·第一八五冊，頁344。

〔註236〕見（晉）郭璞注，（宋）邢昺疏：《爾雅注疏》（臺北：藝文印書館，1997年），卷一「釋詁第一」，頁9。

〔註237〕見（晉）郭璞注，（宋）邢昺疏：《爾雅注疏》，（臺北：藝文印書館，1997年），卷一「釋詁第一」，頁9。

〔註238〕見（宋）陸佃：《爾雅新義》，（上海：上海古籍出版社，1995年3月），收錄於《續修四庫全書》，經部·小學類·第一八五冊，頁346。

〔註239〕郭璞注疏此條之原文為：「《書》曰：』秋獵曰獮，應殺氣也。《公羊傳》曰：『刺之者何？殺之也。』」見（晉）郭璞注，（宋）邢昺疏：《爾雅注疏》，卷一「釋詁第一」，（臺北：藝文印書館，1997年），頁11。

未詳釋得義之由來，然《公羊傳・僖公二十八年》該句全文說明甚詳，曰
「刺之者何？殺之也。殺之，則曷為謂之刺之？內諱殺大夫，謂之刺之也。」
《說文解字》釋「刺」字亦曰：「君殺大夫曰刺。刺，直傷也」〔註240〕，
故陸氏以為為人臣者，若「簠簋不飭」〔註241〕得以殺之，乃據《公羊傳》、
《說文解字》之說法，補充說明以釋曰：「殺大夫曰刺，若所謂簠簋不飭，
蓋刺之而已。」

3、《爾雅新義》卷二

《爾雅・釋詁》：「墼、阬阬、滕、徵、隍、漮，虛也。」陸佃注：「徵，
證也，實所學也，虛所證也。滕，莫湮之則騰；漮莫撓之則康。」

〔註242〕

按：郭璞注此條時僅就「墼」、「阬阬」「隍」、「漮」加以訓釋云：「墼，谿墼也；
阬阬，謂阬塹也；隍，城池無水者。《方言》云：『漮之言空也。』皆謂丘
墟耳。」至於「滕」、「徵」二字則言「未詳。」〔註243〕

「徵」，《說文解字》曰：「召也」〔註244〕；《廣韻》云：「召也，明也，成
也，證也。……陟陵切」〔註245〕屬知母蒸韻；「證」，《說文解字》曰：「告
也」，《廣韻》云：「驗也。諸應切」〔註246〕屬照母證韻，蒸韻、證韻同屬

〔註240〕見（漢）許慎撰、（清）段玉裁注：《說文解字注》，（臺北，黎明文化事業股份有
　　　　限公司，1996 年 12 月），頁 184。

〔註241〕「簠簋不飭」，亦作「簠簋不飾」，賈誼《新書・階級》，云：「古者大臣有坐不廉而
　　　　廢者，不謂不廉，曰簠簋不飾。」收錄於楊家駱主編：《增訂中國學術名著第一輯・
　　　　增補中國思想名著第二冊・新書》，（臺北：世界書局，1958 年），卷二，頁 20。

〔註242〕見（宋）陸佃：《爾雅新義》，（上海：上海古籍出版社，1995 年 3 月），收錄於《續
　　　　修四庫全書》，經部・小學類・第一八五冊，頁 348。

〔註243〕見（晉）郭璞注，（宋）邢昺疏：《爾雅注疏》，（臺北：藝文印書館，1997 年），
　　　　卷一「釋詁第一」，頁 21。

〔註244〕見（漢）許慎撰、（清）段玉裁注：《說文解字注》，（臺北，黎明文化事業股份有
　　　　限公司，1996 年 12 月），頁 391。

〔註245〕見（宋）陳彭年等修，（民國）林尹校訂：《新校正切宋本廣韻》，（臺北，黎明文
　　　　化事業股份有限公司，1995 年 3 月），頁 200。

〔註246〕見（宋）陳彭年等修，（民國）林尹校訂：《新校正切宋本廣韻》，（臺北，黎明文
　　　　化事業股份有限公司，1995 年 3 月），頁 432。

蒸部，知母、照母古歸端母，「徵」、「證」古音同，故陸佃持音訓方式，以「證」訓「徵」曰「徵，證也」。而《禮記‧中庸》：「雖善無徵，無徵不信。」鄭注：「善無明徵，則其善不信也。……徵或爲證。」〔註247〕陸佃則將從爲學態度上來釋義，以驗證所學之虛實爲「徵」，曰「實所學也，虛所證也。」清段玉裁注「徵」時亦有相似之說，云：「徵者，證也，驗也。有證驗，斯有感召；有感召，而事以成。」

滕，《說文解字》曰：「水超踊也。」段玉裁注云：「超、踊皆跳也。跳，躍也。小雅：『百川沸騰。』毛曰：『沸，出；騰，乘也。』〔註248〕騰者，滕之假借。」〔註249〕陸佃則依《說文解字》水向上騰湧之說，加以引申釋「滕」曰「莫湮之則騰。」

4、《爾雅新義》卷四

《爾雅‧釋言》：「陪，朝也。」陸佃注：「陪，大夫也，朝坐燕與。

《詩》曰：『以無陪無卿』」〔註250〕

按：郭璞注僅言「陪位爲朝」〔註251〕，陪位有陪同之義，如《三國志‧魏志‧高貴鄉公髦傳》：「其日即皇帝位於太極前殿，百僚陪位者欣欣焉。」、《南史‧何尚之傳》：「尚之在家，常著鹿皮帽。及拜開府，天子臨軒，百僚陪位，」然朝堂、宴席中君王之陪位者多爲公卿大夫，如《禮記‧曲禮下》：「列國之大夫，入天子之國曰某士，自稱曰陪臣某。」故陸佃詳加解釋曰「陪，大夫也，朝坐燕與」，並引《詩‧大雅‧蕩》爲證曰：「《詩》曰：『以無陪無卿』。

〔註247〕見（漢）鄭玄注，（唐）孔穎達疏：《禮記正義》，（臺北：藝文印書館，1997 年），卷五十三〈中庸〉，頁 898。

〔註248〕見（漢）毛公傳，鄭玄箋，（唐）孔穎達疏：《毛詩正義》，（臺北：藝文印書館，1997 年），卷九，頁 407。

〔註249〕見（漢）許慎撰、（清）段玉裁注：《說文解字注》，（臺北，黎明文化事業股份有限公司，1996 年 12 月），頁 553。

〔註250〕見（宋）陸佃：《爾雅新義》，（上海：上海古籍出版社，1995 年 3 月），收錄於《續修四庫全書》，經部‧小學類‧第一八五冊，頁 362。

〔註251〕見（晉）郭璞注，（宋）邢昺疏：《爾雅注疏》，（臺北：藝文印書館，1997 年），卷三「釋言第二」，頁 41。

5、《爾雅新義》卷第十二

《爾雅・釋草》：「絰履。」陸佃注：「衰有衰焉，絰用其至。履，禮也，以實爲至。」〔註252〕

按：此條《爾雅》未釋，郭璞注此條時亦曰「未詳」〔註253〕。絰，《說文解字》云：「喪首戴也。」、《儀禮・喪服》：「喪服：斬衰裳、苴絰、杖、絞帶。」鄭玄注：「凡服在上曰衰，在下曰裳；麻在首、在要，皆曰絰。……首絰象緇布冠之缺項；要絰象大帶。」賈公彥疏：「苴絰、杖、絞帶者，以一苴目此三事，謂苴麻爲首絰、要絰；又以苴竹爲杖；又以苴麻爲絞帶。」〔註254〕，而《禮記・檀弓上》則曰：「絰也者，實也。」鄭玄注「所以表哀戚。」〔註255〕由此可知「絰」爲居喪時所著之喪服，爲「明孝子有忠實之心，故爲制此服焉」〔註256〕故陸佃從喪服之材料由麻所織釋「絰」曰「衰有衰焉，絰用其至」。

《爾雅・釋言》：「履，禮也。」郭璞注：「禮可以履行也。」〔註257〕如《禮記・檀弓上》曰「衰，與其不當物也，寧無衰。」〔註258〕而《釋名》則曰「履，飾足以爲禮也」，故陸佃從〈釋言〉及郭璞之說而曰「履，禮也，以實爲至。」

〔註252〕見（宋）陸佃：《爾雅新義》，（上海：上海古籍出版社，1995 年 3 月），收錄於《續修四庫全書》，經部・小學類・第一八五冊，頁 422。

〔註253〕見（晉）郭璞注，（宋）邢昺疏：《爾雅注疏》，（臺北：藝文印書館，1997 年），卷八「釋草第十三」，頁 136。

〔註254〕見（漢）鄭玄注、（唐）賈公彥等撰：《儀禮注疏》，（臺北：藝文印書館，1997 年），頁 338。

〔註255〕見（漢）鄭玄注，（唐）孔穎達疏：《禮記正義》，（臺北：藝文印書館，1997 年），頁 136。

〔註256〕見（漢）鄭玄注、（唐）賈公彥等撰：《儀禮注疏》，（臺北：藝文印書館，1997 年），頁 338。

〔註257〕見（晉）郭璞注，（宋）邢昺疏：《爾雅注疏》，卷三「釋言第二」，（臺北：藝文印書館，1997 年），頁 39。

〔註258〕見（漢）鄭玄注，（唐）孔穎達疏：《禮記正義》，（臺北：藝文印書館，1997 年），頁 129。

6、《爾雅新義》卷第十七

《爾雅・釋鳥》：「鵙，鵛鷋。」陸佃注：「鵙，載也，鷺是歟？鷺言性，鷋言色。先鵙頸載下，據鷺，春鉏，且，逃有畏。故其首頯，免有愧，故其首俛。不鵙，其頸者也，非潔白者也。」〔註259〕

按：郭璞注此條時曰：「未詳。」〔註260〕「鵙」，《經典釋文》」云：「樊孫本作鷿」〔註261〕、《廣韻・下平十五・青韻》亦載「鵛：『鷿，鵛鷋也』」。〔註262〕古以為此即為「鷿」，然陸佃卻以為「鵙，鵛鷋。」為「鷺」之別稱。而「鷺」，《說文解字》曰：「白鷺也」〔註263〕，《爾雅・釋鳥》則曰：「鷺，春鉏」郭璞注：「白鷺也。頭、翅、背上皆有長翰毛。今江東人取以為睫欐，名之曰白鷺縗。」邢昺疏云：「釋曰：鷺，一名春鉏。……《詩・陳風》云：『值其鷺羽。』陸機《疏》云：『鷺，水鳥也。好而潔白，故謂之白鳥。齊魯之間謂之春鉏。遼東樂浪吳楊人皆謂之白鷺。青腳，高尺七八寸，尾如鷹尾，喙長三寸，頭上有長毛十數枚，長尺餘，毿毿然與眾毛異。好欲取魚，時則弭之。今吳人亦養焉。楚威王時，有朱鷺合沓飛翔而來舞，則複有赤者，舊鼓吹《朱鷺曲》是也。然則鳥名白鷺，赤者少耳。』」〔註264〕而《禽經》則曰：「鷮飛則霜，鷺飛則露，其名以此。步於淺水，好自低昂，如舂如鋤之狀，故曰舂鋤。」陸佃於《埤雅》則取《禽經》解釋「春鉏」得名之由，曰：「春鉏，步於水好自低昂，故名。」故陸佃於此言「鷺言性」，即指「好

〔註259〕見（宋）陸佃：《爾雅新義》，（上海：上海古籍出版社，1995 年 3 月），收錄於《續修四庫全書》，經部・小學類・第一八五冊，頁 456。

〔註260〕見（晉）郭璞注，（宋）邢昺疏：《爾雅注疏》，卷十「釋鳥第十七」，（臺北：藝文印書館，1997 年），頁 183。

〔註261〕見（唐）陸德明：《經典釋文》下冊，（上海：上海古籍出版社，1985 年 10 月），卷三十《爾雅音義・釋鳥第十七》，頁 1699。

〔註262〕見（宋）陳彭年等修，（民國）林尹校訂：《新校正切宋本廣韻》，（臺北，黎明文化事業股份有限公司，1995 年 3 月），頁 193。

〔註263〕段注云：「〈釋鳥〉曰：『鷺，春鉏』，……春鋤者，謂其狀俯仰如舂如鋤。」見（漢）許慎撰、（清）段玉裁注：《說文解字注》，（臺北，黎明文化事業股份有限公司，1996 年 12 月），頁 153。

〔註264〕見（晉）郭璞注，（宋）邢昺疏：《爾雅注疏》，卷十「釋鳥第十七」，（臺北：藝文印書館，1997 年），頁 186。

自低昂」之特徵。

　　鶪，通「頸」，如應劭《風俗通義·卷六·聲音》：「《春秋》：師曠爲晉平公奏清徵之音，有玄鶴二八，從南方來，進於廊門之危，再奏之而成列，三奏之則延鶪舒翼而舞。」〔註265〕

　　鷺之言荼，荼，有白之義〔註266〕，如《管子·輕重甲》：「今每戰，輿死扶傷，如孤荼首之孫。」劉績補注云：「荼首，白首也。」而鷺「好而潔白」，故陸佃言「鷺言色。」

　　「頭上有長毛十數枚，長尺餘，軮軮然與眾毛異。」故陸佃云：「不與其　頸者也，非潔白者也。」

四、對郭注之糾誤

　　《爾雅新義》中，陸佃除補郭璞之不足外，另外亦對郭注有誤之處，進行糾誤之工作，雖僅見於《爾雅新義》卷十的二例，然亦可視爲其訓釋特色之一。

　　1、《爾雅新義·卷十·釋地》：「中有岱岳，與其五穀、魚、鹽生焉」條，陸佃注云：

　　此言中有岱岳，又有五穀、魚、鹽生焉，郭氏謂『泰山有魚鹽之饒』，

　　誤矣。〔註267〕

按：郭璞注此條時注曰：「泰山有魚鹽之饒。」〔註268〕然據《淮南子·墜形訓》：

　　「中央之美者，有岱嶽以生五穀、桑、麻、魚、鹽出焉。」〔註269〕若據《淮

　　南子》之記載，疑郭璞引書說注疏時有所脫誤，故陸佃注言「郭氏謂『泰

〔註265〕見（漢）應劭撰，王利器注：《風俗通義校注》，（臺北·漢京文化事業有限公司，2004年3月），卷六「聲音」，頁286。

〔註266〕黃侃《爾雅音訓·卷下·釋鳥第十七》「鷉，鶪鷺」條云：「鶪之言頸也，鷺之言荼也，荼者，白也」。見黃侃著，黃焯輯，黃延祖重輯：《爾雅音訓》，收錄於《黃侃文集》，（北京：中華書局，2007年7月），頁160。

〔註267〕見（宋）陸佃：《爾雅新義》，（上海：上海古籍出版社，1995年3月），收錄於《續修四庫全書》，經部·小學類·第一八五冊，頁406。

〔註268〕見（晉）郭璞注，（宋）邢昺疏：《爾雅注疏》，（臺北：藝文印書館，1997年），卷七「釋地第九」，頁111。

〔註269〕見（漢）高誘注：《淮南子·卷四·墜形訓》，收錄於楊家駱主編：《新編諸子集成》第七冊，（臺北：世界書局，1996年5月），頁59。

山有魚鹽之饒』，誤矣。」

2、《爾雅・釋地》「中有枳首蛇焉」條，郭璞以爲即「兩頭蛇」，故注此條時曰：「岐頭蛇也，或曰今江東呼兩頭蛇，爲越王約髮，亦名弩弦。」〔註270〕然陸佃則不贊同郭氏之說，進而駁郭注，《爾雅新義・卷十・釋地》「中有枳首蛇焉」條下注云：

> 枳，讀如枝。今一種如蚓，一首逆麟，非此枝首蛇也。

按：兩頭蛇，據唐劉恂《嶺表錄異》卷三「兩頭蛇」條言：「兩頭蛇，嶺外多此類，時有如小指大者，長尺餘，腹下麟紅，皆錦文，一頭有口眼，一頭似蛇而無口眼，云兩頭俱能進退，謬也。」而宋沈括《夢溪筆談・雜志二》亦云：「宣州寧國縣多枳頭蛇，其長盈尺，黑麟白章，兩首文采同，但一首逆麟耳」，由是觀之，「兩頭」、「兩蛇」應指頭尾二端，非指兩個頭。陸佃認同其說，故云「如蚓」、「一首逆麟」，進而駁曰「非此枝首蛇也」。

五、徵引文獻以釋義

《爾雅新義》文中多引用經典、文獻以注經，此釋義方式與《埤雅》相同，然取材對象則有不同，《埤雅》爲補《爾雅》之不足，故取材較廣，遍及經、史、子、集及俗諺等，然《爾雅新義》乃爲注經而作，故所徵引之文獻，多以經、史、子爲居多，集部及俗諺則僅少量引用，今羅列其徵引文獻如下：

（一）經部

1、易類：《易經》。

2、書類：《尚書》、《尚書》孔穎達疏。

3、詩類：《毛詩》、《詩經》鄭箋。

4、禮類：《周禮》、《周禮》鄭玄注、《儀禮》、《禮記》。

5、春秋類：《穀梁傳》、《公羊傳》、《左傳》。

6、孝經類：《孝經》。

7、四書類：《論語》、《孟子》。

8、小學類：《爾雅》、《爾雅》郭注、《爾雅》邢疏、《方言》、《說文解字》、

〔註270〕見（晉）郭璞注，（宋）邢昺疏：《爾雅注疏》，（臺北：藝文印書館，1997 年），卷七「釋地第九」，頁112。

《釋名》、《廣雅》、《字說》。

（二）史部

1、正史類：《史記》、《漢書》。

2、別史類：《逸周書》。

3、雜史類：《國語》、《戰國策》。

（三）子部

1、儒家類：《孔子家語》、《荀子》、《法言》、《太玄經》、《中論》《顏氏家訓》。

2、兵家類：《孫子兵法》。

3、農家類：《齊民要術》《相鶴經》《禽經》。

4、曆算類：《孫子算經》。

5、雜家類：《墨子》、《鶡冠子》、《尸子》、《呂氏春秋》、《淮南子》。

6、小說家類：《造化權輿》。

8、釋家類：《楞嚴經》、《大方廣佛華嚴經疏》。

9、道家類：《老子》、《莊子》、《列子》。

（四）集部

1、楚辭類：《楚辭》。

（五）其他：

包含俗諺語、蘇軾〈策別〉、韓愈〈守戒〉、司馬相如〈大人賦〉等。